GAROTAS DE SORTE

CHARLOTTE NICOLE DAVIS

GAROTAS DE SORTE

Tradução
Isadora Prospero

Planeta minotauro

Copyright © Charlotte Nicole Davis, 2019
Copyright © Editora Planeta do Brasil, 2022
Copyright da tradução © Isadora Prospero
Todos os direitos reservados.
Título original: *The Good Luck Girls*

Preparação: Fernanda Cosenza
Revisão: Maitê Zickuhr e Valquíria Matiolli
Projeto gráfico e diagramação: Maria Beatriz Rosa
Capa e ilustração de capa: Helena Hennemann | Foresti Design

Dados Internacionais de Catalogação na Publicação (CIP)
Angélica Ilacqua CRB-8/7057

Davis, Charlotte Nicole
    Garotas de Sorte / Charlotte Nicole Davis; tradução de Isadora Prospero. – São Paulo: Planeta, 2022.
    304 p.

ISBN 978-65-5535-736-3
Título original: The Good Luck Girls

1. Ficção norte-americana I. Título II. Prospero, Isadora

22-1639   CDD 813

Índice para catálogo sistemático:
1. Ficção norte-americana

Ao escolher este livro, você está apoiando o manejo responsável das florestas do mundo

2022
Todos os direitos desta edição reservados à
Editora Planeta do Brasil Ltda.
Rua Bela Cintra, 986, 4º andar – Consolação
São Paulo – SP CEP 01415-002
www.planetadelivros.com.br
faleconosco@editoraplaneta.com.br

Aos meus pais,
por apoiarem este sonho desde o começo.

Prólogo

Era mais fácil, tinham dito a ela, se você cantarolasse uma música na cabeça.

Clementina tentava se manter imóvel, sentada diante da penteadeira com pés em garra enquanto vasculhava a memória atrás de qualquer canção que tivesse aprendido no piano do salão. Só que sua mente estava em branco desde o leilão, tomada por um grito de medo incoerente como o lamento dos mortos. Atrás dela, com a boca cheia de grampos de cabelo, Mãe Fleur explicava como era uma honra Clementina ter recebido uma oferta tão alta e como estava orgulhosa. A madame da casa tinha passado uma hora preparando Clementina para sua Noite de Sorte, amarrando os laços do seu vestido branco bufante, aplicando ruge em suas bochechas e escurecendo seus olhos com fuligem.

— Você também devia estar orgulhosa — disse a mulher, puxando o cabelo preto e cacheado dela e prendendo-o em um nó elegante. Um suspiro cansado fez cócegas na nuca da garota. — Dezesseis anos, finalmente uma mulher de verdade. Lembro quando você era só um grilinho, você e sua irmã. Se ela se saiu bem, você também vai.

Clementina não se sentiu reconfortada. Mãe Fleur tinha passado da idade ativa havia muito tempo. Sua insígnia, um cravo, tinha começado a murchar na bochecha branca enrugada, e a tinta amaldiçoada tinha esmaecido até ficar cinza. A garota se perguntava quanto a mulher se lembrava da sua Noite de Sorte. Será que ela também ficara tão assustada? Será que alguma delas tinha ficado? Garotas do crepúsculo eram desencorajadas a conversar com garotas da aurora sobre os negócios. As outras só contaram o essencial para Clementina – não se aqueles últimos minutos deveriam se alongar como a respiração presa entre o raio e o trovão, nem se ela deveria sentir um frio na barriga como se estivesse caindo de um desfiladeiro. Até a irmã, Áster, nunca contara nenhum detalhe sobre sua Noite de Sorte.

Ainda assim, tinha sido sugestão de Áster manter uma canção na cabeça. *Não precisa ser a sua preferida*, ela dissera. *Na verdade, é melhor que não seja. Só escolha uma que você conheça no fundo do coração e não pense em mais nada.*

Áster também insistira para que Clementina não tomasse cardo-doce, a infusão tranquilizadora que as garotas do crepúsculo eram obrigadas a beber para acalmar os nervos. A irmã tinha até recomendado que ela mentisse a Mãe Fleur sobre ter tomado a dose. Clementina não perguntara por que, embora tivesse ficado surpresa. Ela confiava em Áster para tudo.

Agora, no entanto, ela se perguntava se uma gota de cardo-doce não teria sido uma boa ideia.

Mãe Fleur terminou de mexer no cabelo, enfiando o último grampo no lugar.

— Quase lá — murmurou a mulher. Clementina tentou relaxar e aproveitar os cuidados. Nos seis anos que passara na casa de boas-vindas de Córrego Verde, era certamente o tratamento mais gentil que já recebera de Mãe Fleur. Ela nunca tinha sido tão paparicada e ficou contente por ser distraída do dever que estava por vir.

Ela limpou a garganta.

— Eu gostei do penteado — ela conseguiu dizer.

— Não é *você* que estamos tentando impressionar hoje — Mãe Fleur retrucou com uma risada seca. — Mas fico feliz que tenha gostado. As garotas ficam mais confiantes quando sabem que estão bonitas.

Mãe Fleur pegou uma garrafa de cristal com perfume, e Clementina expôs o lado esquerdo do pescoço, onde sua própria insígnia brilhava negra contra a pele marrom-escura: uma flor de clementina, origem do seu nome, cujas pétalas estreladas esvoaçavam de vez em quando como se estivessem sob uma brisa suave. Ela gostava de pensar que combinava com ela. Recebera a tatuagem quando tinha dez anos. O tatuador tinha preparado a tinta com cuidado, misturando-a com os ingredientes desagradáveis que lhe forneciam poder: um fio do cabelo dela, osso em pó, veneno de um lagarto de presas negras. Então, enfiara a agulha na cavidade acima da clavícula dela, afiada como a garra de um puma. A insígnia marcaria Clementina como propriedade da casa de boas-vindas pelo resto de seus dias.

A princípio, a flor era apenas um botão – duas folhas no formato de lágrimas e um caule pequeno e curvado. Mas tinha crescido lentamente a cada ano, a tinta se desdobrando com o crescente do pescoço, até que finalmente, naquela manhã, ela acordara e a descobrira inteiramente desabrochada sobre o maxilar.

Sua pele se arrepiou com o beijo frio do perfume. Mãe Fleur devolveu a garrafa ao seu lugar.

— Pronto — disse a madame, apoiando as mãos nos ombros de Clementina. Sua voz ressoou com firmeza e o coração da garota deu um salto. Ela encontrou os olhos de Mãe Fleur no espelho, sentindo perguntas subirem pela garganta. — Agora, lembre-se — continuou Mãe Fleur —, você não vai representar apenas a si esta noite, mas a toda a casa de boas-vindas de Córrego Verde. — Um alerta familiar se insinuou na voz da madame. — Mas todos sabemos como você é especial; o gabola também. É por isso que ele pagou uma fortuna. Prove a ele que valeu cada cobre e então vamos celebrar, está ouvindo?

Ela não precisava dizer o que aconteceria se Clementina fracassasse. Os famélicos, os capangas da casa, tinham jeitos de punir uma garota sem deixar qualquer marca no corpo, invadindo sua mente e causando dor ou medo. Clementina já tinha sido submetida às feitiçarias deles no passado. Todas tinham, pelo menos uma vez. As garotas tinham que ser condicionadas quando chegavam à casa de boas-vindas, precisavam aprender a temer a fúria dos famélicos. Algumas não se recuperavam da experiência e eram atiradas na rua para morrer, delirantes.

A ameaça velada foi suficiente para soltar a língua de Clementina.

— Mãe Fleur... — Ela hesitou. — É só que... é normal ficar tão nervosa? Meu estômago está um pouco embrulhado.

— São só as mariposas-lunas, Clementina. Toda garota as sente. São mais de empolgação que qualquer outra coisa. E por que você não deveria estar empolgada? — Ela deu uma piscadela. — E lisonjeada também. Não é toda garota que atrai a atenção de um jovem tão respeitado.

— Quem é ele? — Clementina arriscou perguntar. Talvez fosse um político, um homem de negócios elegante ou então um apostador famoso com ganhos altos no bolso...

— Se eu contar, você só vai ficar ainda mais agitada — respondeu Mãe Fleur. — Ele vai te tratar bem. É tudo que você precisa saber.

Clementina assentiu, com medo de insistir. E, no fim, não importava. Sua vida toda em Córrego Verde a tinha levado àquele momento. Não haveria mais trabalhos de criada depois daquela noite – nada de esfregar pratos até as mãos ficarem em carne viva, nem de suar na frente do fogão. Ela não via a hora de usar vestidos elegantes e circular preguiçosamente pelos salões da casa com as outras garotas do crepúsculo – incluindo Áster, que mal vira no ano anterior. Poder ficar perto da irmã de novo seria a melhor parte de tudo aquilo.

Ela só precisava sobreviver à noite.

— Está pronta para recebê-lo? — Mãe Fleur perguntou.

— Sim — Clementina respondeu genuinamente.

— Ótimo. — A mulher apertou outra vez o ombro dela, cravando as unhas em sua pele. — Não nos decepcione, Clementina.

Mãe Fleur saiu com um floreio, desligando o lustre a gás. O quarto foi mergulhado no brilho rosado de um abajur de vidro. A porta se fechou com um clique atrás da mulher.

Durante várias batidas do coração, Clementina ficou sentada diante da penteadeira, seu reflexo um exagero de sombras. O gabola chegaria a qualquer momento. Será que deveria se levantar para recebê-lo? Ou esperá-lo deitada na cama? Ela tivera o dia todo para planejar aquele momento. Tivera anos.

Então ouviu o rangido pesado de passos na escada.

Pense numa canção, ela pensou com urgência. *Áster está lá embaixo. Só pense em uma canção.*

A porta se abriu.

O homem que apareceu era mais bruto do que ela esperava, um touro de ombros largos enfiado num terno. Seu casaco preto elegante caía até os joelhos, enquanto seu chapéu-coco pendia baixo sobre o rosto em formato de pá, emoldurado por uma barba castanha. Nada em sua aparência indicava quem poderia ser, mas sua riqueza era evidenciada por um anel de teomita brilhante no dedão. A joia escura era grande o bastante para comprar a casa de boas-vindas inteira.

O gabola parou no batente e examinou a suíte: as paredes cor de ameixa com pinturas mostrando as montanhas de rocha vermelha de Arketta, o elegante tapete importado cobrindo o chão, o sofá luxuoso contra uma parede e o decantador de vinho na mesinha à sua frente. E, é claro, a cama majestosa no centro do quarto, com travesseiros empilhados contra uma cabeceira folheada a ouro. Por fim, o olhar do gabola pousou em Clementina, que ergueu o queixo. Ele deslizou a língua pelos lábios finos e abriu um sorriso. Ela se encolheu, repreendendo-se logo em seguida. Aquela era uma casa de boas-vindas. Ela devia fazê-lo se sentir bem-vindo.

O gabola fechou a porta e a tranca soou alto como um tiro. Ele jogou o casaco e o chapéu em um gancho. Seus ombros grossos estiravam a camisa social branca, mas Clementina podia ver que ele era mais jovem do que ela pensara a princípio – dezenove, talvez vinte anos, com olhos azuis gélidos. Ela deu um passo hesitante para a frente.

— Deixe que eu faço isso — disse, aproximando-se para desabotoar o colete dele. — O senhor deve estar contente por sair da estrada.

As palavras ensaiadas saíram sem jeito, mas o gabola estendeu os braços de modo solícito enquanto ela puxava o colete e afrouxava a gravata dele.

— E o que uma garota como você saberia sobre a estrada? Ou qualquer coisa fora deste belo estabelecimento? — ele perguntou em uma voz arrastada.

A memória de Clementina reluziu como sol sobre água.

— O suficiente — ela respondeu.

Ele umedeceu os lábios outra vez, aproximando-se para examiná-la mais de perto, então correu um dedo por sua insígnia.

— Pele como seda — ele murmurou. — Fizeram um bom trabalho com você.

Ela ficou surpresa com a aspereza de suas mãos e o calor do seu toque. Além de parentes, o único homem que já a tocara era o médico da casa, que sempre usava luvas de borracha frias. Ela ergueu a própria mão para cobrir a do gabola e entrelaçou os dedos nos dele.

— Fico feliz que goste do que vê — ela disse, reunindo coragem. — Vamos ver do que mais o senhor gosta.

Provavelmente foi a coisa certa a dizer, ou quase, porque ele ergueu as sobrancelhas e a conduziu até a cama, com sua mão grande como a pata de um urso ainda envolvendo a dela. O estômago de Clementina se revirou outra vez. *São só as mariposas-lunas,* ela disse a si mesma, e, um momento depois, eles se sentaram lado a lado na beirada do colchão. O gabola se inclinou para desamarrar as botas. Clementina tentou encontrar um jeito de preencher o silêncio. Sentiu o rosto queimar. Ela não podia ficar de conversa fiada, nem perguntar o nome dele ou de onde ele vinha. Cabia ao homem decidir revelar ou guardar esses segredos.

Então ele começou a desabotoar a camisa. Clementina fechou os dedos na coberta.

— Você é calada, né? — ele perguntou.

Ela deu uma risadinha nervosa.

— Acho que sim.

— Vocês são todas caladas na primeira vez — ele disse casualmente. — É melhor assim. Todo aquele papo-furado que algumas garotas jogam pra cima de você é uma perda de tempo. Eu prefiro fazer valer cada minuto do meu brilho.

O coração dela deu um salto. Sua respiração ficou curta e acelerada.

— Parece que o senhor é o tipo de homem que tem brilho de sobra — ela respondeu. Tinha que mantê-lo falando.

— Bem, o dinheiro é do meu pai, por enquanto. — Ele se levantou e arrancou a camisa, revelando um peito largo com pelos ruivos. — Sabe quem é meu pai?

Clementina fez que não.

— É melhor assim — ele disse de novo. — Eu vou estar no comando em breve. E, quando estiver, vou voltar uma hora dessas e trazer algo bonito pra você, ouviu? — Ele ergueu o queixo dela, olhando-a nos olhos pela primeira vez. Seu sorriso era cortante como uma lâmina. — Se me tratar bem, é claro.

Então, antes que Clementina pudesse protelar mais, ele a ergueu e a deitou no meio da cama, engatinhando sobre ela e prendendo-a entre seus braços. O hálito dele estava azedo de uísque. O estômago de Clementina revirou enquanto o olhar dele percorria o *v* do seu decote. Não podia mais confundir a náusea com mariposas-lunas inofensivas. Ela ia vomitar.

Tenho que pôr fim nisso...

O gabola se inclinou e começou a beijar seu pescoço.

Ela puxou o ar e segurou. Tensa, fechou os olhos. Os lábios rachados dele arranharam sua pele. Seus dentes retos a mordiscavam com desejo desajeitado. Depois de um momento, ela abriu os olhos devagar. Não era tão ruim assim. Os beijos podiam ser meio desagradáveis, mas não era tão ruim assim.

Então ele relaxou, acomodando seu peso sobre ela enquanto começava a descer por seu pescoço e chupar sua insígnia. Clementina se contorceu sob a pressão sufocante.

— Espere — ela sussurrou. Ele a ignorou e ela começou a se debater, erguendo a voz. — Espere, por favor...

— Você disse que ficaria em silêncio — ele rosnou. Subiu a mão pela perna dela, entrando sob o vestido e apoiando-a no seu joelho. O coração dela batia forte como o coice de um cavalo. *Pense numa canção, pense em uma canção.*

A mão dele continuou subindo.

— *Espere*, por favor, eu não estou pronta...

Ele apoiou o antebraço em seu pescoço – para silenciá-la, com certeza –, e ela engoliu um nó de dor, ficando zonza.

Não conseguia respirar.

Foi o suficiente para libertar o medo que crescia nela desde a manhã, transformando-o em um pânico esmagador. Ela não queria aquilo, não estava pronta, não conseguia *respirar*...

— Pare! — gritou, empurrando o peito dele com toda a sua força. Foi a última palavra que conseguiu pronunciar. Ele só pressionou o braço com mais força. A visão dela escureceu e seus olhos marejaram. Seus pulmões estavam sendo espremidos. Ela tentou alcançar a mesa de cabeceira, procurando alguma coisa, qualquer coisa, até que seus dedos se fecharam no pescoço do abajur.

E ela trouxe a base pesada em direção à cabeça dele.

O homem rugiu, recuando e pressionando uma mão onde o abajur o tinha atingido.

— *Desgraçada*! — ele urrou, com os olhos reluzindo de fúria. — Eu vou te *matar* por isso...

Clementina bateu de novo, com mais força. Dessa vez o corpo dele ficou flácido, desabando sobre ela. Ela inspirou bruscamente quando sentiu a pressão súbita e esmagadora. Empurrou-o para o lado e rolou para longe, saltando da cama e recuando para um canto do quarto escurecido, pressionando as costas contra a parede. Tossia tanto que temeu vomitar enquanto forçava as lágrimas que ardiam nos olhos a cair. *Pronto*, pensou. Agora ele ia ficar ainda mais furioso e viria atrás dela outra vez e... e...

E ele não estava se levantando. Ela ficou imóvel, tentando escutar o som da respiração dele. Atenta ao menor movimento.

Nada.

Lentamente, ela se esgueirou em direção à cama. Podia distinguir o corpo dele no escuro. Apoiou uma mão na cabeça dele e a puxou de volta no instante em que sentiu o buraco ensanguentado em seu crânio, quente e úmido.

Ela foi inundada de choque, seguido por um alívio tão puro que seus joelhos fraquejaram. A memória finalmente evocou uma canção, e os últimos três acordes ressoaram em seus ouvidos.

A jovem Eliza de cabelo dourado
Pegou o marido com outra deitado.
Ele, de joelhos, implorou seu perdão,
Ela, com o fuzil, partiu seu coração.

1

DOZE HORAS ANTES

A MÃO DE ÁSTER ANSIAVA POR UMA FACA, mas ela se contentou com um punho fechado.

Do canto do quarto cor de ameixa, ela observava Mãe Fleur mostrar a Clementina seus novos aposentos luxuosos — um contraste notável com o dormitório precário onde as garotas da aurora dormiam. Áster engoliu um gosto amargo na boca enquanto a irmã absorvia o ambiente. Como toda Garota de Sorte, Clem estava começando seu décimo sexto aniversário sendo recebida no mundo das garotas do crepúsculo — e acabaria o dia ali, naquele quarto, em sua Noite de Sorte.

Era isso que fazia Áster desejar uma arma — a ideia da irmã presa naquele lugar com um dos vermes que frequentavam a casa de boas-vindas. Mas não adiantava resistir ao que a esperava — não quando uma palavra mal-educada era o suficiente para ter a mente devastada por um famélico. O único jeito de vencer era roubar qualquer momento de felicidade quando ninguém estivesse olhando.

Mãe Fleur pigarreou, parecendo notar o silêncio emburrado de Áster.

— Não tenho dúvida de que essa careta horrorosa está fixada em seu rosto a essa altura, Áster, mas seria de bom-tom mostrar um pouco mais de entusiasmo com o grande dia de sua irmã — ela alertou.

Clementina virou-se para Áster.

— É só que ela não gosta de acordar cedo — a irmã explicou, ansiosa. — Nunca gostou. Vamos, Áster, sorria para Mãe Fleur.

Áster virou-se para Mãe Fleur e expôs os dentes. A mulher comprimiu os lábios em uma linha fina, com um olhar extremamente familiar de desaprovação. Áster sabia que nunca fora uma das preferidas da madame da casa. Não porque já tivesse desobedecido a ela abertamente – ela se recusava a dar a Mãe Fleur o prazer de puni-la –, mas porque sempre fora como o seu punho fechado ao lado do corpo. Tensa. Hostil. Esperando uma chance para atacar.

Aquela fúria fervilhante só queimava com mais intensidade nos últimos dias. Áster não conseguia parar de pensar sobre sua própria Noite de Sorte, pouco mais de um ano antes, quando Mãe Fleur a vendera para um homenzinho magrelo com olhinhos maliciosos. Ela prometera a Áster que ficaria orgulhosa naquela noite, que se tornaria uma mulher.

Mas ela não se tornara uma mulher. Tornara-se uma sombra com bile no lugar do sangue e um poço de vergonha no coração. A única coisa que a impedia de entregar-se ao fundo daquele poço era o fato de que Clementina precisava dela.

Áster não achava possível se sentir mais impotente do que quando aquele primeiro homem pôs as mãos nela, mas estava errada. Isso era pior.

— Eu diria que você me deve um pedido de desculpas, não acha, Áster? — Mãe Fleur continuou, claramente insatisfeita. — Ou preciso ter uma palavrinha com Dex?

O chefe dos famélicos.

Áster soltou os dedos.

— Perdão, Mãe Fleur — ela murmurou. — Clem tem razão. Faz tempo que não acordo tão cedo.

Mãe Fleur lhe deu um olhar frio e cético, mas não insistiu.

— Bem, essas manhãs preguiçosas são um dos muitos privilégios que Clementina terá no futuro como uma garota do crepúsculo — ela disse com falsa alegria. — Agora, precisam de mim lá embaixo para abrir a casa. Mas confio que você é capaz de acomodar sua irmã...?

— Será um prazer.

Mãe Fleur segurou o olhar desaprovador por mais um momento, então se virou para Clementina e abriu um sorriso largo.

— Nesse caso, feliz aniversário, Clementina — ela disse em um tom pomposo. — Verei vocês duas no café da manhã.

A mulher saiu.

Assim que Mãe Fleur estava fora de vista, Clementina soltou um gritinho de alegria e pulou de costas na cama, fazendo a saia do vestido amarelo inflar como um sino ao seu redor.

— Pelo Véu! Este quarto é digno de uma princesa. Acho que é maior até que o seu.

Apesar de suas apreensões, Áster sorriu. Ela cruzou os braços.

— É mesmo? Não vejo janelas, como no meu. Mas aposto que você tem razão, este é maior mesmo. Sua mimada.

A verdade era que ela aceitaria até o menor quarto da casa, contanto que pudesse ter uma janela. Adorava assistir ao nascer do sol atrás das montanhas, a luz vertendo-se como ouro líquido no vale onde dormia Córrego Verde. A casa de boas-vindas ficava perto do centro da cidade, o que dava a Áster uma vista de praticamente tudo – das lojinhas arrumadas que ladeavam a Rua Principal até o muro que cercava a cidade, cuja argamassa era misturada com pó de teomita para manter espíritos vingativos a distância.

Aquela vista era uma fuga – a única que ela tinha.

— Mimada coisa nenhuma — Clementina protestou. — Eu trabalhei duro por este quarto... e esta *cama*. Olhe, até os travesseiros têm travesseiros.

— Melhor que aqueles beliches com cheiro de mijo lá em cima? — Áster perguntou.

— Muito. — Clementina se sentou, seu sorriso murchando. — Mas acho que tem que ser.

Uma sensação fria e pegajosa escorreu pela barriga de Áster.

— Não pense nisso agora — ela disse, colocando Clem de pé. — Vamos pegar suas coisas e deixar este lugar aconchegante.

A empolgação de Clementina retornou.

— Certo, se formos logo podemos encontrar as outras antes de irem pra cozinha.

As "outras" eram Palminha e Malva, as duas melhores amigas de Clementina. Elas ainda moravam no sótão com as outras garotas que não tinham completado dezesseis anos. Até aquela manhã, Clementina trabalhara na cozinha com elas.

— É estranho não ter tarefas? — Áster perguntou quando elas saíram no corredor.

— Bem, não sinto falta delas, se é isso que quer saber — Clementina bufou. Seu sorriso esvaneceu. — Mas vou sentir falta de Palminha e Má.

— Elas fazem dezesseis daqui a, o quê, três e quatro meses? Logo vão ser garotas do crepúsculo também — Áster a tranquilizou.

— Certo. E eu ainda vou vê-las por aí, então não é tão ruim — Clementina acrescentou.

Áster hesitou um momento.

— Certo. É verdade.

Mas claro que não seria o mesmo, nem um pouco. Garotas do crepúsculo e da aurora viviam vidas separadas e, quando se cruzavam, havia uma barreira implícita entre elas, como o Véu entre os vivos e os mortos. Clementina não poderia falar sobre o trabalho com as garotas da aurora – mas, para as garotas do crepúsculo, a única coisa que existia era o trabalho.

Áster ouvira muitas vezes que devia ser grata por esse trabalho. Garotas de Sorte nunca passavam fome, sempre tinham um teto sobre a cabeça e iam ao médico e ao dentista duas vezes por ano. Entreter os gabolas também significava que podiam usar roupas com as quais outras garotas apenas sonhavam, e desfrutar de um estoque infinito de cardo-doce.

Era muito mais do que a maioria das pessoas podia esperar em Arketta, especialmente na Chaga, a cordilheira de montanhas escarpadas que cortava o país no meio. Nos dias do antigo Império, qualquer pessoa considerada criminosa era banida para trabalhar nas minas, que ficavam em sua extensão erma e ventosa. Alguns haviam sido capturados em Arketta, nos campos de batalha onde resistiam contra os ataques do Império. Outros foram enviados a Arketta em navios fedorentos de prisioneiros vindos das colônias. Sangues-sujos, eles eram chamados. Tinham o mesmo aspecto que o das pessoas normais, sangues-limpos, exceto pelo fato de que não projetavam sombra. Os primeiros sangues-sujos tiveram suas sombras arrancadas como parte de sua punição, e seus filhos nasceram sem elas. Era impossível pagar a dívida de um sangue-sujo. Se a princípio a pessoa devia dez águias por roubar, ao final do ano devia dez mil, por tudo: do pão embolorado que recebia como ração até o teto com vazamento sobre sua cabeça.

Agora, cerca de dois séculos após a queda do Império, havia mais sangues-sujos vivendo na Chaga do que nunca. Homens de negócios empreendedores tinham comprado terras e assumido a dívida dos sangues-

-sujos em troca do seu trabalho – um arranjo que ficara conhecido como o Acerto Final. Este dava aos sangues-limpos a oportunidade de se tornarem mestres de terras ricos e viver entre a elite de Arketta, e aos sangues-sujos a de pagar dívidas, que remontavam a gerações, para finalmente ganhar a liberdade da Chaga. Tinha funcionado bem para os donos de terra, mas os mineiros não ganhavam nada além de corpos quebrados e barrigas vazias. Morriam por doenças, engolidos por uma montanha ou rasgados pelas garras invisíveis de um vingativo. A lei garantia que não havia como escapar do Acerto Final – a fronteira de Arketta com seu vizinho industrial ao norte, Ferron, era protegida por seus melhores soldados e ninguém sem sombra podia cruzá-la.

Era assim que as casas de boas-vindas conseguiam garotas, pra começo de conversa. Olheiros encontravam famílias desesperadas com filhas jovens e se ofereciam para levá-las em troca de uma compensação módica. As garotas trabalhavam como criadas até completarem dezesseis anos, então serviam aos clientes até os quarenta. Elas não tinham que pagar por nada, mas também não recebiam salário. Era um acordo injusto – e todos sabiam disso –, mas, quando havia bocas demais para alimentar, quando um acidente nas minas deixava os pais incapazes de trabalhar, quando a alternativa era uma vida de sofrimento bruscamente interrompida, a casa de boas-vindas continuava sendo a única opção. Pelo menos a barriga ficaria cheia à noite. Pelo menos as necessidades médicas seriam atendidas. Na verdade, os latifundiários concordavam: as garotas tinham sorte de serem tão mimadas.

O único problema era que Áster nunca escolhera essa vida.

Nenhuma delas tinha escolhido, e nenhuma podia abandoná-la – não quando suas insígnias as marcavam pelo que eram, mesmo depois que atingiam a idade-limite. Por mais que os gabolas gostassem de falar sobre como as Garotas de Sorte tinham uma vida boa, nunca se lembravam de mencionar como a maioria morria nas ruas como pedinte. Em ocasiões extremamente raras, um gabola rico comprava uma garota de uma casa para seu uso pessoal. Mas isso não era muito melhor: depois de comprada, ela nunca atingia a idade-limite; era propriedade do gabola pelo resto da vida.

A mão de Áster foi até sua garganta, onde uma corrente de pétalas finas pontuava sua pele como estrelas negras reluzentes. Ela já pensara em fugir. Era impossível não pensar. Mas as insígnias não eram só marcas de que alguém era propriedade de uma casa de boas-vindas – também eram enfeitiçadas. Se uma garota cobrisse a sua, com maquiagem ou um lenço ou qualquer outra coisa, a tinta se aquecia e brilhava como ferro no fogo: vermelha, a princípio, depois laranja, amarela e branca. A dor era suportável por alguns minutos, mas logo fazia mesmo a garota mais forte cair de joelhos, e levava horas para passar completamente.

Elas não podiam esconder nem remover suas insígnias. Não podiam sequer sair pela *porta*. Dex ficava de guarda no vestíbulo, vigiando todas as entradas e saídas com seus olhos cor de ferrugem. Em teoria, estava lá para a proteção delas, mas todos sabiam que qualquer garota que tentasse passar por ele seria caçada e arrastada de volta para sofrer uma execução prolongada.

Áster costumava pensar que se acostumaria com a casa de boas-vindas e talvez até aprendesse a ver o glamour de sua situação, como muitas garotas faziam. A ilusão provavelmente tornava a vida mais suportável. Mas, para ela, não havia tempo capaz de transformar aquele barril de mijo em vinho. A única sorte que ela conseguia ver era que ela e Clementina ainda tinham uma à outra. A maioria das garotas nunca mais via sua família.

Na frente dela, Clementina chegou às escadas no fim do corredor e subiu os degraus de dois em dois, ágil e silenciosa. Áster seguiu, guiada pela memória muscular de modo a evitar os rangidos sob o carpete. Elas viraram um canto e atravessaram o terceiro andar, onde ficavam os aposentos privados de Mãe Fleur, então subiram mais uma escada até o sótão inacabado.

— Feliz Noite de Sorte, Clementina! — uma garota mais jovem desejou alegremente quando passou por elas a caminho do andar de baixo. Duas outras a seguiram, quase derrubando Áster na correria.

— Ah... perdão, senhorita Áster — uma delas balbuciou. Provavelmente não esperava ver uma garota mais velha ali em cima. Áster se encolheu com a deferência na voz da menina, como se apenas um ano antes ela mesma não fosse uma garota da aurora.

— Não tem problema — murmurou. *E não me chame de senhorita*, quis acrescentar. Mas é claro que elas só estavam obedecendo a ordens. Áster seguiu em frente.

O sótão fazia as vezes de dormitório improvisado e não tinha nada do luxo do resto da casa – só pisos descobertos com pregos tortos e o ar frio da manhã que se infiltrava pelas paredes. Um cordão de lamparinas de mineração projetava uma luz fraca e tremeluzente no ambiente. Um escorpião morto acomodado no peitoril da janela. De noite, quando tudo estava calmo, era possível ouvir um rangido nas vigas do teto onde uma garota tinha se enforcado com os próprios lençóis trinta anos antes – e, se você fosse tola o bastante para abrir os olhos, veria também o resquício da menina, pálido como a lua.

Mas era manhã, barulhenta e cheia de vida, e mais de vinte garotas da aurora corriam de um lado para o outro, preparando-se para ir trabalhar. Elas apressavam as amigas, arrumavam as camas e vestiam seus trajes de criada – linho verde rígido sob um avental branco impecável. Embora todas usassem o mesmo uniforme, seus corpos tinham todos os tamanhos, formatos e cores. Era de conhecimento geral que uma casa de boas-vindas que oferecia variedade atraía mais clientes.

Áster sentiu uma pontada de compaixão enquanto passava por entre os beliches. A maioria das Garotas de Sorte era sangue-sujo como ela e Clem; elas chegavam às casas esgotadas e famintas, sem ter sequer a própria sombra para lhes fazer companhia. As mais novas, com apenas dez anos, ainda tinham aquele aspecto macilento. À medida que cresciam, ficavam mais robustas e saudáveis – mas todas eram porcos engordados para o abate, e a maioria ainda nem tinha percebido.

Não pense nisso, Áster lembrou a si mesma. *Sorria. Por Clementina.* Ela soltou o ar e relaxou. Virou-se para o canto onde ficava o único espelho no dormitório, onde Clementina estava exibindo seu vestido para Palminha e Malva. As garotas inseparáveis sempre foram o oposto uma da outra – Palminha com cabelo desgrenhado cor de areia e pele branca e sardenta, Malva com pele escura e cabelo negro liso e curto. Aos quinze anos, elas eram das mais velhas no sótão – suas insígnias prestes a desabrochar. Florezinhas redondas pontilhavam o pescoço de Palminha como tufos de algodão, enquanto a insígnia de Malva era tão delicada quanto ela era grosseira, cada flor desabrochando em cinco pétalas no formato de corações.

— Não é o que vou usar hoje à noite, claro — Clementina estava dizendo quando Áster se aproximou. — Vou me trocar depois do leilão. Mas meu guarda-roupa já está cheio de novas maravilhas como esta.

— Está nervosa? — Palminha perguntou, puxando sua trança desalinhada.

Clementina hesitou, a resposta estampada no rosto, mas Malva lhe deu um empurrãozinho de incentivo no ombro.

— Claro que não, ela vai sair desta espelunca de uma vez por todas — disse a garota, olhando ao redor do sótão. Clementina lhe deu um olhar aliviado.

— Sim. O que quer que aconteça esta noite, acho que vai valer a pena para começar a viver como uma garota do crepúsculo — Clem disse.

Áster ficou à parte, observando-as com um aperto no peito. Ao contrário de Clementina, ela nunca tinha se aproximado de nenhuma outra garota. Era melhor assim. Ela não poderia perder pessoas se nunca as tivesse.

Mas teria sido bom ver um rosto amigável depois da minha Noite de Sorte, pensou. Clementina e as outras achavam que as coisas seriam melhores depois da maioridade. Áster não tinha coragem de dizer a elas que seria muito pior.

Em vez disso, forçou-se a abrir um sorriso e juntou-se a elas.

— Vamos, Clem, temos que descer para seu banquete de café da manhã em alguns minutos.

— Ah, oi, é bom ver você também, *senhorita* Áster — disse Malva, sem qualquer sinal da reverência das garotas na escada.

Palminha bufou.

— Prometa que não vai ficar importante demais pra dizer oi pra gente, Clem.

— *Senhorita* Clem — corrigiu Clementina com uma fungada.

Áster soltou o ar.

— Escutem, só estou aqui pra contar que crescer não vai impedir Mãe Fleur de tornar a vida de vocês um inferno se não fizerem o que ela manda. E ela disse pra você se acomodar no quarto novo antes do café. Onde estão suas coisas?

Clementina suspirou dramaticamente, mas conduziu-as até sua cama, ao pé da qual ficava um baú simples. Ela não precisaria mais de suas antigas roupas, então elas só reuniram seus bens mais preciosos: recados e desenhos que ela coletara das outras garotas ao longo dos anos, um jarro de pirulitos que sobraram do Dia do Acerto Final e uma pena vermelha empoeirada que ela encontrara limpando a chaminé.

— Mas e...? — Palminha perguntou por fim, erguendo a boneca de pano de Clementina.

Áster olhou para a irmã, cuja alegria vacilou por um momento. Mas então ela apertou os lábios e balançou a cabeça.

— Eu pareceria uma boba explicando essa velharia a um gabola — Clementina disse. — A última garota que dormia nessa cama deixou a boneca aqui para mim. Vou fazer o mesmo e deixá-la para a próxima.

A próxima, pensou Áster, melancólica.

Sempre há uma próxima.

2

A sala de jantar era um dos cômodos mais elegantes da casa de boas-vindas, do piso de mármore reluzente ao teto folheado a ouro. Cada prato oferecia pilhas de comida: bolos de milho cobertos com creme e geleia, salsichas de porco apimentadas, ovos mexidos, batatas coradas e frutas frescas cortadas no formato de flores. Enquanto as garotas da aurora comiam as sobras do dia anterior na cozinha, as garotas do crepúsculo, junto aos gabolas que tivessem permanecido para o café da manhã, desfrutavam de uma refeição adequada a um trabalhador braçal. Conversas inúteis fluíam entre as mesas como o murmúrio de um riacho.

Áster sentou-se com Clementina e outras quatro garotas do crepúsculo, nenhuma delas com mais de vinte anos. Lírio, Calêndula e Sálvia eram todas conhecidas de infância de Clem – Garotas de Sorte tendiam a ficar perto de outras da sua idade.

Para grande irritação de Áster, isso significava que o grupo delas também incluía Violeta, a aprendiz e protegida de Mãe Fleur. Ao contrário das outras, Violeta tinha *nascido* na casa de boas-vindas – filha de uma ex-garota do crepúsculo, o que a fazia pensar que era uma droga de princesa ou algo do tipo. Mesmo naquela manhã, tinha dado um jeito de se transformar na chefe da mesa, embora as garotas estivessem em círculo.

— Os gabolas têm até o meio-dia para ir embora — ela estava dizendo a Clementina. Violeta era a única sangue-limpo na casa de boas-vindas e sua sombra se alongava atrás do corpo como a cauda de um vestido. Ela sempre falava com um tom de superioridade que arranhava os ouvidos de Áster. — A maioria dos homens não consegue pagar mais que uma hora ou duas com uma de nós — ela continuou —, mas se você conseguir um que fique a noite toda, é seu dever fazer companhia para ele de manhã. Depois, do meio-dia às quatro, você deverá se banhar, se preparar, arrumar seu quarto e por aí vai. Tenho uma lista dos seus deveres e, embora eles sejam certamente mais agradáveis do que as tarefas de criada, não são menos importantes: Córrego Verde representa o ápice da elegância e do profissionalismo. *Depois*, às quatro, abrimos a casa novamente para a próxima rodada de clientes...

Áster torceu os lábios.

— Pelos mortos, Violeta, dá pra deixar Clem comer o bolo de milho em paz?

Violeta se virou para ela, estreitando os olhos azuis gélidos e enfiando uma mecha solta do cabelo negro atrás da orelha. Sua insígnia, com pétalas elegantes na forma de lágrimas, tinha a iridescência escura da asa de um corvo.

— Só quero que sua irmã tenha sucesso, Áster — ela disse. — Você não?

— *Eu* só quero que ela termine de tomar o esgarçado do café da manhã antes que esfrie.

— Palavrões são estritamente proibidos durante o expediente — Violeta informou Clementina.

Áster cerrou os dentes. Geralmente conseguia segurar a língua, mas não sabia quanto tempo seria capaz de suportar aquela *celebração* do que aconteceria à noite. Aquilo a lembrava de como sempre se sentia no Dia do Acerto Final, o feriado arkettano em que os sangues-sujos comemoravam a sua "sorte" e os mestres de terras eram celebrados por sua suposta beneficência. O feriado lhe dava náuseas. Este dia era ainda pior.

Respire. Sorria.

Ao lado dela, Clementina estava concentrada em beber seu leite para evitar falar com qualquer uma das duas.

Lírio riu.

— Vamos, Violeta. Áster tem razão. É muita coisa para absorver de uma vez. Que perguntas você tem para *nós*, Clementina?

Clem finalmente abaixou o copo e lambeu o bigode de leite sobre o lábio, olhando de relance para Áster.

— Bem, hum... quer dizer... como é o leilão? Eu só fico lá parada por alguns segundos mesmo?

Os dedos de Áster apertaram o garfo com mais força.

— Ah, não se preocupe com isso — Calêndula respondeu depressa. — É rápido e silencioso. Os gabolas não têm permissão de falar. Como Violeta disse, Córrego Verde é um lugar agradável. Não acontecem coisas horríveis como em outras casas de boas-vindas.

— E você é vendada — Lírio explicou. — É a tradição; dá azar ver o gabola antes do pôr do sol. Então você só tem que ficar lá sendo bonita, na verdade. Não tem nada de mais.

Áster não teve coragem de olhar para Clementina, com medo de que a irmã visse a verdade em seus olhos. Córrego Verde não era um lugar "agradável". Suas "tradições" existiam para manter todas elas sob controle. Mas ela sabia que Lírio e Calêndula estavam fingindo pelo bem da irmã, como uma gentileza, e permitiu que continuassem. De toda forma, o leilão seria a menor de suas preocupações.

Clem fez mais algumas perguntas, mas elas foram todas respondidas com as mesmas respostas vagas e o glamour falso. Era, Áster percebeu com cinismo, uma apresentação perfeita ao mundo das garotas do crepúsculo: brilhante por fora, com a promessa de doçura, enquanto o interior estava podre.

Áster mordiscou a comida sem vontade. Mesmo depois de sete anos na casa, nunca desdenhava uma refeição, mas naquela manhã estava sem apetite.

Por fim, algumas garotas da aurora vieram tirar os pratos. Uma delas deixou um copo escorregar. O vidro se estilhaçou no chão.

— Perdão — a garota disse depressa, abaixando os olhos e correndo para limpar a bagunça. Mas Violeta a agarrou pelo pulso antes que pudesse começar.

— Sua *idiota*. Deixe isso aí — ela ordenou, exibindo os dentes em um rosnado. — Você só vai piorar. Pode apostar que Mãe Fleur vai ficar sabendo disso.

— Mas...

Violeta arqueou uma sobrancelha.

— Vai retrucar também?

A garota se afastou rapidamente antes que arrumasse mais problemas. Violeta se virou para Clementina, toda sorridente outra vez.

— Agora, como é o seu aniversário, as garotas e eu trouxemos presentinhos. Áster, por que não dá o seu primeiro? — ela sugeriu com eficiência.

Áster ergueu os olhos do vidro quebrado a seus pés. Aquela era a única parte da manhã para o qual ela estava realmente animada. Tinha passado a semana anterior trabalhando em uma pulseira para a irmã, usando fios que restaram no kit de costura e um grampo de cabelo decorado para o fecho. A pulseira tinha o mesmo padrão marrom-preto-branco de uma cascavel-diamante.

— Parece familiar? — Áster perguntou, tirando o presente do bolso. Pela primeira vez naquele dia, seu sorriso era genuíno.

Os olhos de Clementina se iluminaram de reconhecimento.

— Você sabe que sim! Nunca vou esquecer essas cores pelo resto da vida.

— Espere — Sálvia começou, hesitante. — Lembro que você contou uma vez que foi mordida por uma cobra quando era pequena, Clementina. Tem a ver com isso?

Áster assentiu. Acontecera há dez anos, muito antes de chegarem à casa de boas-vindas, quando elas ainda moravam no acampamento dos mineiros arrendatários. A morte rondava as casas como um coiote à espreita, e algumas noites a fome de Áster era tão voraz que ela mordiscava o colarinho da camisola para saciá-la. Mas, pelo menos, ela e Clementina eram livres.

Uma noite estavam sentadas fora de casa enquanto a mãe varria a varanda, e Clementina, que tinha ido brincar na grama, perturbou uma cascavel nos arbustos. A serpente fincou as presas no seu tornozelo, mas de algum modo, graças aos mortos, ela sobreviveu.

— Você não devia ter sobrevivido — disse Áster. — Mas sobreviveu e está aqui e... — Ela engoliu em seco. Não tinha planejado o que dizer. — E isso significa tudo para mim. — Com as mãos trêmulas, ela fechou a pulseira no braço de Clementina e beijou a testa da irmã. — Se sobreviveu a algo assim, pode sobreviver a qualquer coisa, está ouvindo?

Violeta pigarreou, provavelmente irritada porque Áster não havia seguido o roteiro.

Problema seu, pensou Áster. Alguém tinha que ser honesta com Clementina. Aquele trabalho não era aproveitado – era suportado.

Sálvia se remexeu na cadeira, desconfortável.

— Bem, eu pedi a uma amiga minha na cozinha para assar biscoitos de batata-doce pra você — ela disse. — Sei que são seus preferidos, então... — Ela entregou um saquinho embrulhado em jornal velho. Então foi a vez de Calêndula e Lírio: a primeira ofertou um desenho de Clementina e Áster, enquanto a segunda deu um relógio de bolso quebrado que um gabola tinha esquecido. Clementina agradeceu a todas com um sorriso largo no rosto. Nunca tinha ganhado tantas coisas em um aniversário. Mas de vez em quando olhava para a pulseira e seu sorriso vacilava, e Áster pensou que talvez tivesse sido um erro não fingir como as outras.

Então chegou a vez de Violeta.

— Meu presente vem em nome de Mãe Fleur — ela disse, entregando a Clementina uma garrafinha marrom. — Cardo-doce.

Agora todas as garotas sorriam.

— Esse é o *verdadeiro* presente — Calêndula murmurou.

— Ouro líquido — disse Lírio, assentindo.

Áster não disse nada, mas sentiu o pescoço esquentar.

— Tenho certeza de que já ouviu todas nós falando de cardo-doce, Clementina — Violeta continuou —, mas palavras não fazem jus à sensação de bebê-lo. É como deixar sua mente afundar em um banho quente. Fora da casa de boas-vindas as pessoas se engalfinham por um gole, mas agora que você é uma garota do crepúsculo vai tomar toda noite. A tampa é um dosador, está vendo? Uma gota sob a língua é o suficiente. Mãe Fleur vai encher a garrafa pra você toda semana.

Áster só usara seu cardo-doce uma vez, em sua Noite de Sorte. Ela entendia por que algumas garotas gostavam, mas a bebida deixava seus movimentos lentos e sua mente enevoada de um jeito que só a fizera se sentir mais impotente, e o vazio esmagador que tinha deixado na manhã seguinte fora pior que qualquer fome natural. Outra dose o teria preenchido, mas Áster sabia que, se cedesse, ficaria dependente para sempre. Até garotas como Violeta, que só tomavam o cardo-doce fazia um ano, ficavam fatigadas e esquecidas devido à sua influência, e a mente de muitas garotas mais velhas tinha derretido completamente.

Áster odiava pensar em Clementina acabando desse jeito.

— Obrigada, Violeta — Clementina disse baixinho. — Sério, obrigada a vocês *todas*. Este foi meu melhor dia em Córrego Verde, e se todos os dias de uma garota do crepúsculo são assim... *sorte* é mesmo a palavra certa.

Ela abriu a tampa da garrafa e aproximou-a do nariz.

— Ainda não — disse Violeta. — Guarde para a noite.

— Ah, desculpe.

— Não peça desculpas. Estamos todas felizes por você. Não é verdade, Áster? — Violeta perguntou.

Áster soltou o ar entre os dentes.

— Encantadas.

※

Depois do café da manhã, as duas levaram os presentes para o quarto de Clementina. Clem cuidadosamente guardou os biscoitos e o desenho no armário e o relógio de bolso em sua caixinha de joias, com os colares e brincos cintilantes que Mãe Fleur lhe dera. Agora que estavam sozinhas, foi como se a irmã deixasse cair uma máscara. Seu sorriso era genuíno, mas cansado. Ela correu o dedo sobre a pulseira que Áster lhe dera.

— Obrigada outra vez — ela disse. — Sabe, significa tudo pra mim ter você aqui também. — Ela fez uma pausa. — O que eu devo esperar hoje à noite? De verdade. Sei que você não pode falar sobre isso e não quero obrigá-la, mas eu só... eu quero saber.

Áster olhou por cima do ombro, certificando-se de que a porta estava fechada. Ainda assim, ela hesitou. Não via motivo para plantar o medo na cabeça de Clementina. Ainda mais quando não podia fazer nada para ajudar. Perguntou-se, outra vez, se Violeta tinha razão.

Mas Violeta mentiu. Mãe Fleur mentiu.

Todos mentiam. Era assim que as garotas iam parar em casas de boas--vindas para começo de conversa, enviadas por pais desesperados o bastante para acreditar que seria melhor que a vida que eles podiam oferecer.

Finalmente, ela olhou nos olhos da irmã.

— Nenhuma de nós sabe realmente o que esperar em qualquer noite — ela disse. — Isso é verdade para mim hoje tanto quanto era no meu aniversário de dezesseis anos. Mas escute, eu estava falando sério, Clem. Você sempre foi mais forte do que qualquer coisa que a vida lançou contra a gente. Mais forte que eu, também, porque sempre encontra um jeito de continuar alegre, não importa o que aconteça. — Ela se esforçou para abrir um sorriso, embora se sentisse perigosamente à beira das lágrimas.

— Então, se ficar com medo... só pense em uma canção, ouviu? Não precisa ser a sua preferida. Na verdade, é melhor que não seja. Só escolha uma que você conheça do fundo do coração e não pense em mais nada. É isso que eu faço.

Clementina assentiu.

— Certo, tudo bem. — Ela soltou o ar e envolveu Áster com os braços. — Obrigada.

Áster a apertou com força.

— Eu estarei lá embaixo o tempo todo.

— Certo.

Clementina a soltou com uma risada, um pouco encabulada.

— Enfim, é melhor eu descer para a recepção que o leilão vai começar. Bom vagar.

— Bom vagar — Áster respondeu solenemente.

Ela seguiu a irmã para fora do quarto até o corredor, onde elas se separariam. Áster precisava voltar ao próprio quarto para se preparar para o próximo gabola. A próxima vez que visse Clementina, o pior da noite teria passado.

Então estaremos do mesmo lado de novo, pensou ela.

Áster não teria mais de esconder segredos de Clementina e não ficaria separada da irmã. Elas poderiam conversar como antes. Encontrar motivos para rir. Roubar um pouco de felicidade de onde pudessem. Era assim que venciam.

A não ser que...

Áster girou nos calcanhares.

— Clem? — chamou, sentindo um frio súbito ao pensar em Clementina com os olhos mortos das Garotas de Sorte mais velhas, cuja única felicidade remanescente vinha de uma garrafinha marrom.

Clementina se virou.

— Sim?

— Não... não beba o cardo-doce, tudo bem? — ela pediu. — Minta para Mãe Fleur se ela perguntar. Seu corpo pode pertencer a eles, mas sua mente não precisa. Podemos dar coragem uma para a outra. Como sempre.

Clementina franziu o cenho em confusão.

— Mas Violeta...

— Prometa, Clem.

Ela engoliu em seco e assentiu.

— Eu prometo.

3

Caíra a noite na casa de boas-vindas de Córrego Verde, e as garotas do crepúsculo, fiéis a seu nome, voltaram à vida enquanto serviam ao público crescente.

Áster estava preocupada demais com Clementina para conseguir adular os homens vaidosos ao seu redor. Em vez disso, permaneceu nas sombras do salão principal, observando as outras garotas se reclinarem sobre a mobília e flertarem com uma facilidade adquirida com a prática. As paredes espelhadas refletiam a luz do lustre infinitamente, criando a ilusão de estrelas no céu, enquanto os tapetes felpudos abafavam os sons e criavam uma atmosfera intimista. Íris, uma das mulheres mais velhas da casa, se inclinou sobre o piano que dominava o canto sudoeste do salão e começou a tocar uma melodia provocante. Áster lembrou-se de quando elas tinham chegado à casa de boas-vindas e Clementina, com nove anos, tinha sido pega fora da cama tocando uma canção de ninar nas teclas brancas cremosas. Os famélicos esfolaram sua mente com tanta ferocidade que ela não falou por três dias. Mas, depois disso, Íris havia gentilmente tomado a irmã sob sua proteção. "É hora de treinar uma de vocês pra cuidar dessa fera pra mim", a mulher tinha dito. "Sei que parece que tem dentes, mas prometo que não morde."

Naquele momento, Clementina estaria cumprimentando o gabola que a comprara no leilão.

Áster lutou contra uma nova onda de náusea. O ar no cômodo era sufocante, aumentando sua irritação. Os homens deviam ter percebido seu humor, porque, pela primeira vez, deixaram-na em paz. Alguns eram conhecedores do negócio e tinham vindo conferir se a casa de boas-vindas de Córrego Verde fazia jus à reputação. Outros eram viajantes ricos, cansados da estrada, procurando um leito e diversão pela noite. E quase todos vinham de uma das cidades enriquecidas de Arketta ao longo das fronteiras, de onde pertenciam. A Chaga tinha um jeito de fazer até homens grandes se sentirem pequenos, com suas montanhas imponentes e seus mortos irrequietos. Garotas de Sorte os faziam se sentir grandes outra vez.

Pelo menos, deveriam.

Áster continuou contornando o salão, repuxando a frente do espartilho. Seu vestido, azul-cobalto com renda preta, mal cobria metade da coxa, deixando as pernas suando embaixo de meias-arrastão apertadas demais. Seu cabelo se encrespava ao redor da bandana de seda como uma nuvem de tempestade. Mãe Fleur franziu o cenho para ela de sua cadeira preferida, mas felizmente decidiu não mexer com ela naquela noite também.

Uma nota particularmente alta soou do piano, e Áster deu um pulo, com os nervos à flor da pele. Violeta, sentada no sofá mais próximo, arqueou uma sobrancelha para o gabola em cujo colo estava empoleirada.

— Você parece tensa, Áster — ela disse languidamente. — Não precisa se preocupar. Sua irmã está bem.

— E como você poderia saber? — Áster retrucou.

— Eu dei uma boa olhada no gabola que está com ela. É grande como uma casa. Imagino que ela está tendo uma noite de mais sorte que a maioria.

— O *que* você disse? — Áster deu um passo em direção a ela com o punho fechado. O sorriso de Violeta morreu em seu rosto. Mas, antes que Áster pudesse dizer mais alguma coisa, alguém agarrou seu pulso por trás com um aperto de ferro. Um arrepio febril subiu pelo braço dela e se irradiou pelo corpo, seguido por um terror súbito e esmagador.

Famélico.

— Basta — ele disse, sua voz escorrendo pela nuca de Áster como água gelada.

Ela se virou para um homem esguio vestido de modo elegante, seu colete verde-musgo identificando-o como um ajudante da casa. Áster o reconheceu: Amos. Como todos os famélicos, tinha olhos âmbar-alaranjados, encovados no rosto duro. Olhar diretamente para eles só intensificava o efeito de sua feitiçaria. Os joelhos dela se dobraram. Dor desabrochou no peito. E o medo rugiu no crânio, fazendo um grito subir pela garganta...

Amos libertou a mente dela. Um momento depois, seu pulso também. Ele só a havia controlado por alguns segundos, mas ter sua mente esfolada era como manter a mão sobre uma chama: alguns segundos eram mais que o suficiente.

— Não quero ver você emburrada de novo — Amos sibilou no ouvido dela. — Encontre um gabola ou da próxima vez vai ser pior.

Com a missão cumprida, ele recuou para seu posto no canto do salão. Havia outros como ele espalhados pela casa. Famélicos extraíam seu poder do outro lado do Véu, e ele os tornava meio mortos também – indiferentes ao frio ou à fome, à fadiga ou à dor. Dizia-se que todos os homens que se tornavam famélicos perdiam as almas para esse poder ao longo do tempo, mas Áster suspeitava que qualquer um atraído pelo trabalho não tinha uma alma muito nobre para começo de conversa. "Eles são necessários para manter a paz", Violeta diria.

Aquela lambe-botas estava dando um sorrisinho para Áster. Provavelmente pensava que ela tinha merecido. Áster torceu o lábio e se afastou. Ainda estava trêmula e suando. Ela precisava arejar a cabeça.

A recepção era flanqueada de cada lado por duas saletas menores, uma sala de apostas e um bar que servia de pista de dança. Áster rondou por ambos, com cuidado para não chamar mais atenção. A caminhada não ajudou a acalmá-la. Amos podia ter trazido à luz um medo antigo e animal, mas ele já existia logo abaixo da superfície. Estivera crescendo a noite toda.

Áster sempre soubera que era seu trabalho proteger Clementina – e sempre soubera que isso significava obedecer às regras o máximo possível e evitar a fúria terrível de Mãe Fleur.

Então, por que sentia que tinha falhado completamente?

Ela logo se viu de volta à recepção, que agora estava mais animada do que nunca. Virou-se em direção a uma das janelas, onde estava mais sossegado. Não conseguia ver nada no quadrado escuro da noite, mas o ar fresco foi um alívio bem-vindo. A parte pior do ataque do famélico começou a se dissipar.

Então, quando estava prestes a se arrastar de volta à multidão, ela viu algo na janela seguinte, ao pé das escadas: as cortinas de veludo se mexeram.

O movimento foi abrupto demais para ser uma brisa.

Áster estreitou os olhos. A casa de boas-vindas tinha seus mortos, é claro. O Véu era sempre mais fino em lugares de grande sofrimento. Mas um consagrador vinha uma vez por mês expulsar os espíritos; fazia anos que não tinham uma perturbação séria.

Outro farfalhar, dessa vez mais exagerado. Ninguém mais parecia ter notado. Ela tomou coragem e foi investigar, mesmo que fosse só para se distrair daquela noite infinita. Quando puxou as cortinas, engoliu um grito.

Clementina.

O penteado da irmã estava desfeito e seus olhos, arregalados de pânico. Ela tremia convulsivamente. O choque calou as palavras de Áster. Clementina fechou as cortinas antes que mais alguém pudesse vê-la. Áster se virou depressa, como se estivesse apenas recostando-se contra a parede.

— O que aconteceu? — ela sussurrou pelo canto da boca, olhando ao redor ansiosamente. Ela não vira Clem descer as escadas, mas outra pessoa podia ter visto. Algumas das garotas da aurora que serviam bebidas no salão certamente eram espiãs, prontas para trair outras em troca da boa vontade de Mãe Fleur. E os famélicos farejavam o medo tão bem quanto o controlavam.

— Áster, o gabola que estava comigo… ele está… — Áster mal conseguia ouvir a voz de Clem. — Eu acho que eu… — A voz dela morreu por completo.

— O quê?

— Eu disse que… eu acho que o matei.

Matar? Não. Clementina não era capaz de algo assim. O gabola devia ter desmaiado de bêbado. Podia acordar a qualquer minuto e vir procurá-la.

Áster começou a dizer isso, mas as palavras escaparam de Clementina em uma corrente.

— Eu não queria, Áster, juro. Bati o abajur na cabeça dele. Ele estava me estrangulando e eu não conseguia pensar, só queria que parasse, e agora tem um monte de sangue…

Pelo Véu.

— Certo — disse Áster. — *Shh*, Clem, vai ficar tudo bem. Só fique quieta por enquanto.

Na verdade, seu próprio coração estava disparado. Ela olhou em volta novamente, através da fumaça de charuto no salão. Mãe Fleur não estava prestando atenção nela, mas Violeta a observava com clara desconfiança. Áster já havia desafiado a garota duas vezes naquele dia. Violeta devia estar louca para encontrar uma desculpa para dedurá-la.

Olhe para o outro lado, Áster implorou. *Só desta vez, Violeta, cuide da própria vida.*

O gabola de Violeta segurou seu queixo e a puxou para beijá-la. Violeta fechou os olhos.

— Temos que ir — Áster sussurrou com urgência. — Agora.

Elas se afastaram da janela e subiram as escadas na ponta dos pés, Clementina mantendo-se nas sombras perto da parede. Áster se obrigou a ficar calma e manter um passo comedido, apertando a mão da irmã para conter o medo dela também. Só quando chegaram ao corredor elas começaram a correr.

Clementina parou a alguns passos da porta, claramente relutante em entrar. Rezando para que a irmã estivesse enganada, Áster abriu a porta.

O quarto estava no breu, exceto pelo retângulo de luz que entrou pelo corredor. Mesmo assim, Áster pôde ver o corpo na cama. O homem era enorme e estava nu da cintura para cima, caído de barriga para baixo com os membros grossos abertos em um *x*. Sangue brilhava em seu crânio, um melão podre e esmagado. O vidro quebrado do abajur reluzia no chão.

Áster encarou o gabola como se esperasse que ele se levantasse.

— Foi um acidente — Clementina sussurrou de novo, quase implorando. — Vamos dizer isso pra eles, certo? Que foi um acidente?

Áster puxou a irmã para dentro e encostou-se na porta que fechou atrás dela, dando-se um momento para pensar. Não importava que tivesse sido um acidente. Não haveria perdão.

— Clementina… — A boca de Áster ficara seca. — Não podemos contar a ninguém. Se Mãe Fleur descobrir…

Ela não completou o pensamento. Clementina tinha acendido o lustre a gás, girando o botão ao máximo. Horror se acumulou na barriga de Áster com a cena que se descortinou: o brilho vazio dos olhos do gabola e o grito silencioso em sua boca aberta. Não se passava uma noite sem que ela fantasiasse sobre matar os homens que vinham à sua cama. Um beijo de pistola contra suas têmporas. As mãos fechadas ao redor da garganta deles. Mas eram só isso: fantasias. A realidade a deixou chocada e horrorizada.

Ainda assim, ela preferiria que a irmã matasse aquele homem mil vezes do que arriscar que ele fizesse o mesmo com ela. Não teria sido a primeira vez que uma Garota de Sorte morria no trabalho porque um gabola tinha ido longe demais.

Graças aos mortos eu disse a ela pra não tomar cardo-doce, ela pensou de repente. Clementina jamais teria tido forças para se defender se estivesse drogada.

Por um instante fugaz, Áster quase ficou orgulhosa. A irmã tinha demonstrado o tipo de coragem que ela mesma não sabia mais se tinha.

— Sinto muito — Clementina disse por fim, enxugando as lágrimas.

— Não sinta — Áster respondeu. — Não peça desculpas, Clem. Eu prefiro que tenha sido ele.

Clementina respirou fundo.

— O que vamos fazer?

Áster examinou as opções em silêncio. Se alguém descobrisse o que acontecera, Clementina seria executada. Isso era certo. Assassinos na Chaga eram pendurados na forca e deixados à mercê dos vingativos, os espíritos mais implacáveis daquele lado do Véu. A pessoa às vezes definhava por dias antes que os vingativos fossem atraídos, irresistivelmente, pelo seu sofrimento... mas, cedo ou tarde, sempre a alcançavam, esgarçando sua barriga com garras invisíveis e rasgando sua garganta com dentes ocultos. Os corvos bicavam o corpo arruinado até os ossos caírem.

Áster morreria antes de deixar isso acontecer a Clementina.

— Certo — ela disse, se aprumando. — Certo, primeiro escondemos o corpo. Mãe Fleur gosta de espiar as garotas novas para ver se estão agradando os homens. Não podemos deixar que ela entre e veja o seu assim.

— E depois?

— Eu não sei! — disparou Áster, lançando um olhar culpado à irmã logo em seguida. — Desculpe, eu só... eu ainda estou pensando. A única certeza que eu tenho é que precisamos dar um sumiço nesse corpo. — Ela examinou o quarto. — O guarda-roupa — disse. Era o melhor esconderijo disponível.

Depois de abrir as portas do móvel e afastar os vestidos para abrir espaço, elas agiram depressa: Clementina agarrou os tornozelos do gabola e Áster, os pulsos. Mas, quando começaram a arrastá-lo, ficou claro que ele era pesado demais. Mesmo se conseguissem puxá-lo do colchão, nunca conseguiriam segurá-lo. Seu corpo cairia no chão e alguém viria correndo investigar. Clementina sugeriu que elas pedissem a ajuda de Palminha e Malva. Áster não confiava nelas. Clementina insistiu. Áster finalmente cedeu, horrivelmente ciente do tempo que estavam desperdiçando naquela discussão.

Com o máximo de serenidade possível, Áster seguiu depressa até o sótão. Clementina ficou no quarto para continuar falando como se o gabola ainda estivesse vivo, caso Mãe Fleur encostasse o ouvido na porta, como costumava fazer.

O sótão estava relativamente vazio – era a hora mais movimentada da noite e a maioria das garotas da aurora estava trabalhando no salão. Mas Palminha e Malva já tinham terminado seu último turno depois do jantar. As duas estavam relaxando na cama de Malva, ainda de uniforme – Malva com a cabeça no joelho de Palminha, que ria de algo que a outra dissera.

Áster foi até elas.

— Palminha! Malva! — rosnou. — Precisam de vocês lá embaixo.

— E por que raios? — Malva quis saber.

— Só venham comigo — Áster ordenou. Depois se inclinou e disse baixinho: — Clem está com problemas.

As duas ficaram sérias imediatamente. Levantaram e seguiram Áster escada abaixo, por corredores mal iluminados. Áster explicou a situação em um sussurro urgente, parando e forçando-se a abrir um sorriso quando outras garotas passavam por elas.

Antes de abrir a porta do quarto de Clementina, ela olhou para os dois lados, certificando-se de que não havia ninguém por perto.

— Ouçam — ela disse. — Se quiserem dar meia-volta, a hora é essa. — Ela olhou nos olhos das duas, uma de cada vez. — Vou entender se não quiserem se envolver nisso. Clem também.

As duas se entreolharam.

— Não vamos a lugar nenhum — disse Malva, virando-se de novo para Áster. — Não vamos deixar vocês sozinhas com isso.

Palminha assentiu.

— Ela faria o mesmo por nós.

Áster deu um aceno agradecido, então abriu a porta.

— Ah — Palminha exclamou suavemente, cobrindo a boca.

— Que inferno, Clem — Malva sussurrou, embora parecesse mais impressionada que qualquer coisa. — Me lembre de nunca te irritar.

— Foi um aciden... — Clementina começou.

— Não interessa o que foi — Áster interrompeu antes que a irmã começasse com as desculpas de novo. Ela fechou a porta do quarto. — Peguem um membro cada. Vamos enfiá-lo no guarda-roupa.

Malva enrolou as mangas, expondo braços musculosos como os de um fazendeiro, enquanto Palminha puxou as mangas por cima das mãos, possivelmente para mantê-las limpas. Elas pegaram as pernas enquanto Clementina e Áster seguraram os braços. Mesmo com todas trabalhando juntas, o corpo ainda era pesado e difícil de manusear. Elas se arrastaram até o guarda-roupa, que, por sorte, ficava encostado na parede da porta, fora da linha de visão de quem entrava. Então, quando chegasse o momento inevitável e Mãe Fleur abrisse a porta...

— Qual é o plano depois disso? — Malva sussurrou, como se lesse os pensamentos de Áster. — Com certeza alguém vai reparar quando ele não descer.

Áster só conseguia pensar nisso e ainda não fazia ideia. Clem não podia ficar ali se quisesse viver, mas não havia como tirá-la da casa de boas-vindas com Dex postado na porta. As únicas pessoas que podiam entrar e sair por aquela porta eram clientes.

Os gabolas.

Como aquele bem ali.

— E aí? — Malva insistiu, a voz tensa de fadiga.

Adrenalina percorreu o corpo de Áster quando uma ideia cruzou sua mente.

— Espere, estou pensando — ela disse. — Apoiem ele aqui um segundo.

As garotas depositaram o corpo gentilmente no chão. Áster encarou a mão do gabola, que escapava da manga perto de onde ela agarrara seu braço. Como todos os convidados, ele tinha recebido uma insígnia temporária no dorso da mão ao entrar – o emblema da casa de boas-vindas, um crânio com rosas crescendo de seu interior. Ele teria que mostrar a mão para Dex na saída – uma prova de que tinha pago por seu divertimento –, então estaria livre para ir embora.

— Nós vamos fugir — disse Áster, com mais confiança do que sentia de fato. — Eu e Clem. Vamos dar o fora daqui. — A insígnia do gabola desapareceria depois que o tempo pelo qual ele tinha pagado se esgotasse. Até onde Áster sabia, poderia desaparecer a qualquer minuto agora que ele estava morto. Mas se elas se apressassem...

Clem a encarou com os olhos arregalados.

— Vamos?

— Você não pode estar falando sério — Palminha replicou. — Não vão conseguir passar por Dex.

Áster não tinha resolvido todos os detalhes ainda, mas sabia que tinham a coisa mais importante de que precisavam.

— Vamos, sim. Deixa eu pensar um minuto — ela pediu. — Clem, pegue suas coisas. Nós vamos embora. Você não vai sobreviver se ficarmos aqui.

— Como? — Clementina perguntou. — Para onde?

— *Para fora desta maldita casa* — Áster rosnou, rompendo o sussurro que usara até então. Ela engoliu em seco. — Por enquanto, só se apronte.

Depois de mais um momento de choque, Clem correu até seu baú.

Áster ficou parada encarando o gabola, tentando desesperadamente bolar o resto do plano. Malva pescou uma faca enfiada na bota do gabola e a estendeu com um floreio hábil.

— Espero que não precisem disso, mas me sentirei melhor se levarem — ela murmurou. — Embora ainda não entenda o que você está pensando em fazer.

— E vocês definitivamente vão precisar de brilho — Palminha acrescentou, tirando o anel de teomita do dedão dele. — Isto deve valer bastante.

— Como vamos...? — Clementina começou.

Mas, antes que qualquer uma pudesse falar, a maçaneta virou com um chacoalhar suave.

Elas tinham sido descobertas.

4

Violeta estava de braços cruzados diante da porta.

— Eu sabia que você estava tramando alguma coisa, Áster — ela acusou. — Que inferno está acontecendo aqui?

Áster soltou um xingamento baixo. *De todas as pessoas...* Violeta, a única garota que não hesitaria em dedurá-las.

Elas tinham que se livrar dela.

— Nada que seja da sua conta — Áster disse. — Vejo você lá embaixo em um minuto.

— Malva? Palminha? — Violeta continuou, ignorando Áster. Seu rosto ficou vermelho. — É melhor uma de vocês me responder. Clementina, onde está seu gabola?

Clementina olhou para Áster com desespero óbvio.

— Ele saiu mais cedo — Áster respondeu com calma. Elas estavam bloqueando a porta, de modo que Violeta não veria o corpo a não ser que olhasse além delas. Áster não podia lhe dar um motivo para fazer isso. — Foi para o Clooney's — acrescentou, referindo-se à casa de apostas do outro lado da rua. Era plausível. Nem todos os homens ficavam a noite toda.

— Isso — Clementina concordou depressa. — E depois que ele saiu eu decidi chamar minhas amigas para... você sabe... ter alguém com quem falar...

Violeta estreitou os olhos.

— Você está dizendo que seu gabola pagou por uma Noite de Sorte e foi embora depois de vinte minutos? Ele ficou tão insatisfeito assim? — Ela deu um passo em direção a Clementina. — Se você tiver nos custado esse cliente, Mãe Fleur vai arrancar seu...

— Ei, calma lá — Malva alertou em voz baixa.

— E é melhor *você* voltar pro sótão antes que eu conte para Mãe Fleur que está andando por aí sem permissão — Violeta acrescentou, virando-se para ela. — Você também — ela disse a Palminha. — E vejam a cara de vocês! É assim que se apresentam? — Seu olhar pousou em algo. — Palminha, o que é isso na sua manga? Está manchada. — Ela deu um passo à frente.

Áster viu a mancha vermelho-escuro na blusa da garota.

— Nada — Palminha respondeu, rapidamente escondendo as mãos atrás das costas.

— Em nome de Mãe Fleur, eu exijo que... — Violeta se aproximou enquanto falava. Com o coração disparado, Áster se moveu para bloquear seu caminho, mas era tarde demais. A expressão de Violeta mudou e seus olhos se arregalaram ao ver o sangue na cama e rastreá-lo até sua fonte. — O quê...

Áster estendeu a mão antes que pudesse pensar duas vezes – agarrou Violeta pelo punho, puxou a garota para dentro e fechou a porta com um chute. Violeta soltou um gritinho agudo quando Áster a pressionou contra a porta.

— *O que fizeram com aquele gabola?* — Violeta perguntou em uma voz estridente. — *Me solte!*

— Quieta — disse Áster. Ela olhou por cima do ombro, segurando o braço de Violeta contra a porta com uma mão. — Malva, a faca. — Ela estendeu a mão livre para receber a arma.

— Áster... — disse Clementina.

— *A faca.*

Malva entregou-a sem dizer nada.

Então esta é a sensação, Áster pensou enquanto pegava a faca, sentindo o couro macio sob os dedos, a lâmina pesada na mão. Algo naquele objeto imediatamente apaziguou sua mente agitada.

Pela primeira vez, ela não estava impotente.

Violeta parou de se debater e ficou quieta ao ver a arma, olhando desesperadamente ao redor do quarto.

— O que aconteceu? — ela perguntou de novo com a voz mais baixa.

Não havia mais volta.

Áster segurou a faca contra a garganta da garota, pressionando a lâmina contra sua pele.

— O gabola está morto — ela respondeu devagar, num tom contido. Sua voz tremia, mas a mão estava firme. — Eu o matei. Foi um acidente. E agora eu e Clem temos que fugir.

Clementina começou a dizer algo, mas Áster lançou-lhe um olhar de alerta. *Deixe que eu cuido disso.* Se não conseguissem escapar, pelo menos seria Áster que levaria a culpa.

— Você espera que eu acredite nisso? — Violeta perguntou, engasgada. — Era Clementina que estava com ele o tempo todo. E ela parece bem mais abalada que você.

— Acredite no que quiser. Não tenho tempo para convencer ninguém. Mas, se *você* não conseguir me convencer de que vai manter a boca fechada, eu vou cortar sua língua antes de ir.

As outras se remexeram, desconfortáveis. Violeta encontrou o olhar sombrio de Áster, pesando as palavras. Quando respondeu, sua voz saiu num sussurro.

— Você está blefando.

— Estou? — ela rosnou, pressionando a faca com mais força. Ela falava rispidamente na esperança de disfarçar que, na verdade, *não sabia* se teria coragem de cumprir a promessa.

Mas tinha que cumprir, ou Clementina morreria.

Ela extraiu uma gota brilhante de sangue logo abaixo da insígnia de Violeta.

— Certo, certo, pare! — Violeta sibilou.

— Quieta — Áster lembrou.

— Está falando sério sobre fugir?

— Sério como os mortos.

— Acha que sou idiota? Se houvesse um jeito de fugir, eu não saberia? Não acha que outras garotas fugiriam o tempo todo?

— Outras garotas não têm o que temos.

— Um desejo suicida? — Mesmo naquele momento, empurrada contra a parede com uma faca na garganta, Violeta não abandonava aquele tom condescendente.

Áster hesitou. Não parecia esperto dar informações sobre o plano delas – mas, àquela altura, não importava mais.

— A mão do gabola. Podemos cortá-la e passar por Dex.

O morto era a única solução para o problema criado.

— Inferno esgarçado — Malva murmurou depois de um segundo. — Você tem razão.

Violeta franziu o cenho.

— Isso... até que pode funcionar.

Áster respirou fundo e recuou um passo.

— Sente na cama — ela ordenou a Violeta, gesticulando com a faca. — Você já entendeu que não vai sair deste quarto até nos convencer de que podemos confiar em você.

Violeta caminhou até a cama, aprumada como sempre, e sentou-se na beirada.

— Ainda estou resolvendo os detalhes — disse Áster, olhando para Clementina, Malva e Palminha, que a estavam encarando. — Mas a ideia básica é eu e Clem usarmos a mão para fugir.

Malva olhou para Palminha. Uma pergunta silenciosa passou entre elas. Palminha assentiu de leve e virou-se para Áster.

— Leve a gente também.

— De jeito *nenhum*! — Clementina exclamou antes que Áster pudesse responder. — Não vou deixar vocês todas morrerem por nossa causa. Já foi ruim termos pedido sua ajuda.

— Ela tem razão — Áster concordou, aliviada por terem a mesma opinião. — Não temos ideia do que esperar lá fora, e a lei vai estar atrás de nós o tempo todo. Só estamos fugindo porque não temos escolha. Mas ninguém mais sabe que vocês estão envolvidas. Ainda podem se safar.

Malva fez uma careta.

— Então Palminha e eu ficamos aqui e desistimos da nossa única chance de sair deste lugar? — ela perguntou. — Pode esquecer. Eu prefiro morrer lá fora amanhã que viver aqui pelo resto dos meus dias.

— Eu também — Palminha concordou em voz baixa.

Violeta se remexeu. Áster imediatamente brandiu a faca, mas Violeta ergueu as mãos em rendição.

— Me levem com vocês — ela pediu sem fôlego. — Eu quero fugir também.

Áster riu.

— Claro que quer.

— Me levem com vocês! — Violeta repetiu, desesperada.

— Por que raios deveríamos, depois de você nos atormentar por anos?

— *Por favor.*

Violeta nunca tinha pedido por favor a nenhuma delas. *Qual é o jogo dela?* Áster olhou para as outras, mas Clementina, Palminha e Malva pareciam igualmente desconfiadas.

— É um truque — Palminha murmurou.

— Não é um truque! — Violeta insistiu. — Eu quero sair daqui. — Ela apertou os lábios. — Ou vocês me levam junto ou eu conto tudo a Mãe Fleur.

— *Ou* eu corto a sua garganta — Áster lembrou.

— Melhor do que viver assim.

Áster sentiu uma pontada de dúvida. Se fosse qualquer outra pessoa, ela teria acreditado sem hesitar. Mas Violeta? A favorita de Mãe Fleur? A garota que não calava a boca sobre como *amava* Córrego Verde? Não, algo não estava certo.

Pelo Véu, nós não temos tempo *para isso...*

— Além disso, vocês precisam de mim — continuou Violeta.

— Para que, exatamente? — Clementina perguntou, não parecendo nem um pouco convencida também.

— Eu *sei* de coisas, coisas que Mãe Fleur não conta pra vocês.

— Você só nos atrasaria — Malva cuspiu. — Princesinha mimada...

Violeta rosnou.

— Escória sangue-sujo...

— *Calem-se*, todas vocês — Áster interrompeu. Ela também não confiava em Violeta, mas elas não podiam continuar discutindo. Mãe Fleur podia chegar a qualquer instante. E, mesmo se cortar a garganta de Violeta fosse claramente o único jeito seguro de mantê-la calada, a ideia embrulhava seu estômago. Ao contrário do gabola, Violeta era inocente – uma chata insuportável e egoísta, sim, mas inocente.

Ela tinha que tomar uma decisão.

Abaixou a voz para um sussurro intimidador e ergueu a faca outra vez.

— Se tentar nos sabotar de qualquer forma eu garanto que vai se arrepender.

Mais uma vez, Áster rondou o salão principal. Dessa vez, no entanto, ela era a caçadora, não a presa. Precisava encontrar um cliente ainda desacompanhado e tinha que agir rápido, antes que Violeta descesse vestida como o gabola de Clementina.

O plano era que Violeta escapasse, encontrasse uma carroça de feno na estrebaria e a levasse para baixo da janela de Áster, para que as outras pulassem. No entanto, para passar por Dex, ela teria que estender a mão amputada através da manga do casaco como se fosse a sua. Áster odiava confiar a parte mais importante do plano a Violeta, mas ela era a única alta o suficiente para usar as roupas do gabola.

Malva e Palminha concordaram em realizar o trabalho repulsivo de cortar a mão com a faca do gabola. O papel de Áster era criar uma distração no salão para que Dex não prestasse muita atenção em Violeta quando ela tentasse sair.

O pescoço de Áster formigava de frustação enquanto ela examinava a multidão, cada batida do coração como o ponteiro de um relógio. Ela não fazia ideia de quanto tempo duraria a insígnia do gabola. E se desaparecesse antes que Violeta saísse? Estariam mortas.

Um gabola magrelo usando um longo casaco marrom estava parado sozinho diante do bar, encarando uma bebida intocada. Ele era um dos mais jovens ali. Áster estava prestes a se aproximar dele quando outra garota chegou primeiro e se inclinou languidamente contra o balcão.

Que inferno.

Áster se virou, procurando desesperadamente outro homem que pudesse encurralar. Foi quando o viu: sozinho ao lado do piano, perto o bastante da porta da frente para que Dex com certeza viesse correndo investigar a distração. O gabola usava o uniforme cinza desbotado das forças armadas arkettanas. *Glória ao Acerto Final*, diziam as palavras sob as listras – o lema nacional. Como os ordeiros, os armeiros tinham um desconto nas casas de boas-vindas. Estavam sempre ávidos para encontrar uma ouvinte para suas histórias sobre os rebeldes sangues-sujos que tinham ajudado a capturar.

Áster seguiu na direção dele, abrindo caminho pelo salão.

— O senhor parece estar precisando de companhia — ela disse, parando ao lado dele e correndo os dedos pelo seu braço. Geralmente não era tão atirada e pela primeira vez se pegou desejando a facilidade de Violeta para flertar.

O soldado se aprumou, com os olhos vítreos e desfocados de tanto beber.

— E qual o seu nome, senhorita? — ele perguntou com a voz embargada.

— Eu me chamo Áster. Não viu? — ela provocou, virando para mostrar sua insígnia. Conseguiu dar uma olhada no salão, mas não viu sinal de Violeta. Ela engoliu um nó na garganta.

— Bem, eu sou o tenente Carney, a seu dispor — ele se apresentou, abaixando o chapéu de aba larga com um movimento desajeitado. Ele a examinou de cima a baixo e abriu um meio sorriso. Uma garota da aurora passou com uma bandeja de drinques coloridos. Ele pegou dois.

— Uma bebida doce para uma garota doce? — ele perguntou.

Áster agradeceu modestamente, aceitando a taça, então olhou além dele até as escadas. *Onde* estava Violeta?

Foi quando a viu, descendo os degraus com uma confiança surpreendente. Seu cabelo longo tinha sido escondido sob o chapéu do gabola e a figura feminina estava oculta pelo casaco que descia até o joelho. Ela tinha enrolado o lenço antipoeira do homem sobre a parte inferior do rosto. Mas não eram essas coisas que a deixavam convincente, e sim o jeito como se portava, a autoridade natural de quem se achava dono do salão. Ela não demonstrava o medo que certamente estava sentindo.

O pulso de Áster acelerou. Ela umedeceu os lábios.

— Bom vagar — Carney disse alegremente, erguendo a taça para brindar.

Ela se virou para o armeiro, esforçando-se para manter a calma.

— Bom vagar — respondeu com um sorriso forçado, terminando a bebida em três goles.

O álcool queimou sua garganta, a doçura pegajosa ardendo na língua. Ela tossiu violentamente e se apoiou no ombro de Carney enquanto a cabeça girava.

Carney esfregou suas costas, rindo. A pele dela se arrepiou com o toque.

— Devagar! — ele disse, surpreso. — Vocês sangues-sujos são duronas como grama-seca mesmo.

— Bem, nossa meta é impressionar, tenente — ela respondeu animada. — Embora eu deva confessar que estou me sentindo um pouco fraca. — Ela se endireitou, balançando um pouco.

— Nada que um copo d'água não resolva — Carney disse com avidez excessiva.

Áster olhou além dele outra vez. Violeta tinha chegado ao saguão e era a próxima na fila para sair.

Carney insistiu.

— Vamos, eu levo você até o bar...

— Não se preocupe — Áster disse depressa. — Só preciso me sentar por um segundo. — Ela deu alguns passos vacilantes, soltou um gritinho dramático e desabou no chão. A música do piano se interrompeu. Um arquejo coletivo se ergueu na sala.

Ela permaneceu no chão, com os olhos fechados, enquanto o caos irrompia ao seu redor. Uma mistura de vozes encheu o ar: garotas chamando seu nome, um homem gritando por ajuda. O chão vibrou sob sua bochecha conforme um círculo de pessoas se formava em volta dela. Ela ouviu Mãe Fleur abrindo caminho pela multidão e desculpando-se pelo incômodo. O cheiro de fumaça de charuto no tapete revirou seu estômago.

— Para trás, ela está comigo — Carney ordenou.

Áster abriu os olhos aos poucos. Havia um emaranhado de pernas entre ela e a porta da frente, mas ela conseguiu distinguir Violeta saindo da casa. Dex estava vindo em direção à multidão crescente com seu passo lento e pesado, usando sua influência mental para acalmar os clientes. O alívio de Áster, no entanto, era genuíno.

Violeta tinha conseguido sair.

Então um pensamento gélido escorreu pela coluna dela, amargando seu breve triunfo: e se Violeta simplesmente fugisse? E se ela não levasse a carroça até as outras, mas só usasse a mão do gabola para escapar e abandonasse as outras para morrer? Talvez ela só quisesse usá-las. Talvez esse fosse o plano dela o tempo todo.

Agora só posso ir em frente.

Áster ergueu os olhos para Dex, que rosnava revelando dentes amarelos, e para Mãe Fleur, que sorria com os olhos reluzindo de fúria. O comportamento descuidado de Áster ia prejudicar a imagem da casa de boas-vindas. Normalmente isso significaria que ela passaria o dia seguinte tendo a mente destroçada por um dos famélicos.

Mas àquela hora do dia seguinte, Áster estaria livre ou morta.

— Você está bem, Áster? — Mãe Fleur perguntou com a voz transbordando de falsa preocupação.

Áster aceitou a mão de Carney e se levantou devagar.

— Agora sim, madame. Só fiquei um pouco zonza. Perdão por causar um rebuliço. — Ela não teve que fingir o tremor na voz. — Acho que é melhor eu me retirar pela noite, com a sua permissão.

— É claro — Mãe Fleur respondeu. — E o tenente adoraria acompanhá-la para certificar-se de que está bem e passar um tempo com você. — Ela se virou para o gabola e sorriu. — O quarto de Áster é no final do corredor, à direita.

Carney se aproximou enquanto o resto da multidão começou a se dispersar. O pânico de Áster dobrou.

— Na verdade, não tenho certeza de que... — ela começou.

— Não se preocupe, eu vou cuidar de você — ele prometeu, jogando um braço ao redor dela e conduzindo-a em direção às escadas.

O coração de Áster disparava contra as costelas. Aquilo não era parte do plano. Ela não podia levá-lo ao seu quarto. Clementina e as outras provavelmente estariam pulando da janela naquele exato momento. Ou, se Violeta as tivesse abandonado, estariam presas lá sem rota de fuga.

Ela fingiu tropeçar no primeiro degrau.

— Cuidado — alertou Carney. — Não quero que leve outro tombo feio.

— Parece que ainda estou fraca demais para subir — Áster observou. Ela esperava enrolar um pouco e dar mais tempo para as outras fugirem, mas Carney simplesmente a tomou nos braços e começou a subir as escadas.

— Não tem problema — ele disse, galante.

Áster xingou em silêncio. É claro que parecer indefesa só iria encorajá-lo. Ele sorriu enquanto continuava a falar, e Áster começou a se sentir mal de verdade. Também havia o medo de sempre, aquele que a tomava toda vez que subia as escadas com um gabola. Um terror de gelar os ossos começou a afogá-la. Por mais que Carney pensasse ser um cavalheiro, o resultado era sempre o mesmo.

Eles chegaram ao topo das escadas. Carney a pôs no chão. Áster seguiu lentamente para o fim do corredor como se caminhasse em direção à forca. Ela puxou o ar com dificuldade enquanto segurava a maçaneta.

Pelo Véu, que eu não encontre ninguém atrás desta porta. Que elas tenham escapado. Por favor.

Ela abriu a porta.

E soltou o ar. O quarto estava vazio e a janela, aberta. Ela foi até lá, fingindo que ia fechar as cortinas. Olhou para baixo e viu a carroça de feno esperando.

Clementina tinha escapado. Todas tinham.

Então Carney fechou a porta com um baque e o coração dela deu um salto. Ela não podia pular com ele ali.

Você vai ter que lutar com ele. Deixá-lo inconsciente.

Um soldado profissional? Suas chances não eram nada boas.

— Bem, por onde devemos começar? — Carney perguntou, com a voz ligeiramente arrastada. Ele foi até ela e circundou sua cintura por trás com as mãos carnudas.

Um nó se formou na garganta de Áster e seus olhos queimaram. Ela já começava a deslizar para aquele distanciamento entorpecido em que se perdia toda noite, quando sua mente flutuava cada vez mais longe e deixava o corpo para trás. Sua respiração soava alta nos ouvidos e seus membros ficaram tão pesados que era como se ela tivesse engolido uma semana de doses de cardo-doce.

Cardo-doce.

É isso.

— Vamos tirar esse vestido pra você respirar melhor — sugeriu Carney. Ela se virou para encará-lo, ainda em seus braços.

— Tem uma coisa que eu quero tentar há algum tempo — ela murmurou no ouvido dele. — Mas não sei se você vai querer.

— É mesmo?

— Deixe-me ver se encontro.

Áster se desvencilhou e foi até a penteadeira, onde sua garrafa de cardo-doce estava guardada entre as joias e as escovas.

Ela umedeceu os lábios, sentindo a raiva queimar a névoa que anuviava sua mente. Toda semana, Mãe Fleur esperava que ela ficasse grata pelo cardo-doce. Seus pais tinham esperado que ela ficasse grata por aquela casa. O tenente Carney provavelmente esperava que ela ficasse grata pelo seu autocontrole. Como se qualquer uma dessas coisas mudasse a natureza daquele lugar e o que quase fizera a Clementina. O que já fizera a Áster e a milhares de outras.

— Você é linda, sabe — Carney disse casualmente. — A maioria dessas sangues-sujos... — Ele só balançou a cabeça. — Mas o que mais se pode esperar da Chaga? Fico feliz por ter encontrado um pouco de sorte aqui no fim das contas.

Eu devia quebrar um espelho na cabeça dele.
Cortar sua garganta com um caco de vidro.
Deixá-lo sangrar como um porco.

Mas ela não podia fazer nada disso. Tinha que controlar sua raiva, assim como controlava seu medo. Era o único jeito de sair viva dali.

— O que você tem aí? — Carney perguntou. Ele tinha se aproximado por trás dela, surpreendentemente silencioso.

Ela engoliu em seco e mostrou a garrafa de cardo-doce.

— Só um estimulante que outro cliente deixou — ela disse, empolgada. — Interessado?

Carney ergueu uma sobrancelha.

— E o que esse estimulante faz exatamente?

— É um extrato de uma flor rara do pico das montanhas — ela mentiu. — Dizem que abre a mente e os sentidos e liberta seu potencial mais profundo para o prazer.

— É mesmo?

Ela assentiu.

— Basta uma gota embaixo da língua. Quanto mais você usa, mais forte o efeito. Mas não é todo homem que consegue aguentar. A maioria não consegue lidar com mais que uma ou duas doses. Mas um armeiro como o senhor...

— Dê aqui — Carney ordenou bruscamente. Áster obedeceu, observando tensa enquanto ele abria a tampa e erguia a garrafa ao nariz. Se reconhecesse o aroma de cardo-doce, saberia que Áster estava mentindo. Mas ele só encheu o conta-gotas até o topo, abriu a boca e verteu o líquido todo sob a língua.

— Viu? Sem problemas — disse Carney, com a voz ficando ainda mais arrastada à medida que a droga começava a fazer efeito. — Agora venha cá pra gente poder... pra gente poder...

Ele sentou-se pesadamente sobre a cama, murmurou um xingamento baixo e tombou de costas. Áster correu até ele. Seus olhos estavam semiabertos, mas vidrados; suas palavras, fracas e incompreensíveis. Se não estivesse dormindo, logo estaria.

Ela se moveu depressa.

Correu de volta à janela – por sorte, a carroça de feno ainda estava lá. A letargia que dominara seus membros alguns momentos antes tinha se dissipado completamente. Áster vibrava com energia – medo e expectativa em partes iguais. Tantas noites havia imaginado uma fuga e estava finalmente acontecendo.

Mas só se ela se apressasse. Cada segundo que desperdiçava era um segundo em que as outras poderiam ser descobertas na estrebaria.

Ela ergueu uma perna de cada vez sobre a janela, enterrando as palmas no peitoril de ferro. Tinha certeza de que, se demorasse mesmo um segundo, alguém ou algo viria impedi-la. Depois de um instante, estava sentada na beirada com as pernas balançando no ar. A distância entre os pés e a carroça parecia muito maior agora que ela tinha que pular. *Vá,* ordenou a si mesma. *Pule.*

Em vez disso, ela se virou para olhar por sobre o ombro – para o quarto que fora sua prisão por tanto tempo, para o homem que a teria usado como tantos outros. Apenas a morte de um gabola tinha lhe dado uma chance de fugir, e ela sabia que uma oportunidade como aquela não surgiria nunca mais.

Então tomou uma decisão. Mesmo que lhe custasse a vida, ela nunca mais voltaria para aquele lugar ou para outro como ele.

Ela nunca mais seria uma Garota de Sorte.

5

ÁSTER PULOU DA BEIRADA e, por um momento – um breve momento –, sentiu que estava voando.

Quando tinha sete anos, ela pulou do galho alto de uma árvore meio morta atrás da casa dilapidada em que viviam no acampamento dos arrendatários. Tinha pensado que, se subisse alto o bastante e pulasse longe o suficiente, o vento a carregaria e ela voaria sobre as montanhas até sair da Chaga.

Em vez disso, caiu no chão e torceu o tornozelo, que inchou até ficar do tamanho de uma maçã. Mas tinha valido a pena por aquele voo fugaz e pela promessa de liberdade.

Dessa vez, ela sabia que o vento não a levaria a lugar nenhum – mas, enquanto caía, com o ar noturno sussurrando ao seu redor, tudo parecia possível.

Ela aterrissou na carroça com os pés, e uma pontada de dor disparou por suas canelas apesar do amortecimento do feno. Não conseguiu evitar um gritinho de surpresa. O estalo da madeira pareceu alto como um tiro. Ela sacudiu as pernas para dissipar a dor e desceu pelas tábuas laterais, afastando-se aos tropeços pela noite antes que um dos famélicos viesse investigar.

Manteve-se perto das paredes de madeira caiada da casa de boas-vindas, esgueirando-se por entre arbustos baixos que se enganchavam em suas meias e agachando-se toda vez que passava por uma janela iluminada. Parte dela estava desesperada para sair correndo, mas outra parte sabia que tinha que tomar cuidado e fazer silêncio. Havia gente demais rondando a varanda da casa de boas-vindas. A estrebaria ficava bem ao lado, mas a distância parecia infinita.

Áster não conseguia nem se lembrar da última vez que saíra da casa depois do pôr do sol. Mãe Fleur fazia as garotas mais jovens cuidarem do lado de fora, lavando janelas e varrendo a varanda, mas sempre durante o calor escaldante do dia. Em comparação, o frio da noite era revigorante, como uma compressa fria sobre uma testa febril. Ela respirou fundo, desfrutando a doçura do ar e o gosto das montanhas na língua mesmo em meio ao desespero.

Finalmente, chegou ao prédio. Parou, olhando ao redor para certificar-se de que não havia ninguém no jardim lateral entre a casa e a estrebaria, então cobriu a distância correndo e entrou abaixada no estabelecimento. O aroma espesso e terroso de estrume e feno encheu seu nariz.

Mantendo-se agachada, perscrutou a escuridão em busca de qualquer sinal de Augie, o cavalariço noturno. Todos sabiam que, em noites de menos movimento como aquela, Augie podia geralmente ser encontrado do outro lado da rua, no Clooney's, apostando seu parco salário até poder pagar pela companhia das garotas. Ele gostava de dizer que era seu trabalho cuidar delas, assim como cuidava dos cavalos. Seus hábitos foram uma benção naquele momento: ele não estava por ali.

Mesmo assim, teria deixado um garoto para cuidar dos cavalos e limpar as baias, e seria função de Violeta dar um jeito de dominá-lo discretamente. Ele seria um jovem desarmado, Áster lhe tinha garantido – mas, é claro, Violeta também era.

Áster avançou furtivamente, procurando as outras. A maioria dos cavalos dormia em pé, mas alguns relincharam suavemente quando ela investigou suas baias, seus olhos negros e reluzentes como tinta e seu aroma pesado no ar. A estrebaria era aberta dos dois lados e a entrada oposta dava para a Rua Principal, onde grupos de homens cambaleavam entre um bar e outro, meras silhuetas à luz dos lampiões. Suas risadas estalavam na escuridão, e Áster sabia que haveria ainda mais deles com o passar das horas.

Ela tinha que encontrar a irmã – imediatamente.

Áster se aproximou do final da estrebaria. Estava tomada pelo terror. *Talvez elas já tenham partido.*

Ou talvez tivessem sido encontradas.

Então ela ouviu sussurros tensos perto dali. Seguiu-os, murmurando uma prece.

E lá estavam elas: Clementina, Malva, Palminha e Violeta, encolhidas no canto escuro de uma baia vazia. Um garoto de cabelo desgrenhado jazia perto delas, apressadamente amarrado e amordaçado.

Áster soltou todo o ar dos pulmões, inundada por um alívio tão forte que ficou atordoada. Ela apoiou a mão contra a parede de madeira áspera para se equilibrar, então afundou os joelhos na terra dura.

— Você conseguiu — Palminha disse num sussurro animado.

Clementina rastejou até ela e a envolveu em um abraço apertado.

— Por que infernos demorou tanto? — Violeta quis saber.

Áster suspirou e soltou a irmã.

— Tive um probleminha — ela respondeu, seca. — Dei um jeito, mas alguém vai notar aquela carroça logo. Como você derrubou o garoto?

— Entrei fingindo ser um cliente e bati na cabeça dele com um forcado assim que ele se virou.

— *Quê?* Eu disse para ser *discreta* — Áster sibilou. — A última coisa de que precisamos é outro corpo para escond...

— Calma, eu não usei tanta força. Nem todas nós somos assassinas como a sua irmã.

O rosto de Áster esquentou.

— Escute aqui...

Clem agarrou o pulso de Áster, balançando a cabeça e apontando em direção à entrada da estrebaria. Havia dois homens em pé na abertura larga.

Augie. O cavalariço segurava a lanterna no alto e tinha uma arma pendendo do quadril.

O coração de Áster bateu violentamente enquanto se curvava ainda mais no feno. Com o máximo de silêncio, ela e Clem começaram a rastejar de volta para o canto onde as outras estavam encolhidas, o medo estampado em todos os rostos.

— Eu já menti pra você, Rich? — Augie perguntou. — Juro pelos mortos, Baxter McClennon estava nas mesas comigo e tirei vinte águias dele.

— Como se McClennon fosse plantar o traseiro mimado dele numa mesa com o seu fedor.

— Ei, um homem que não está fedendo no fim do dia não pode ser chamado de homem — Augie argumentou.

Áster se apertou contra a parede da baia, segurando o fôlego à medida que as vozes se aproximavam. Todas congelaram. A luz da lanterna varreu o chão.

Clementina apertou o braço dela, fincando as unhas em sua pele.

— Fique feliz por não ter jogado com Derrick — Rich continuou. — Todo mundo sabe que ele é o irmão *inteligente*. Foi pra uma escola toda chique no exterior...

Mais perto, mais perto... talvez quatro passos agora. Três, dois. Áster ficou tensa, fechando o punho e se preparando para atacar.

— ... ocupado demais com os estudos pra limpar você do jeito que merecia — Rich terminou, passando pela baia delas sem se deter.

As vozes se afastaram. Rich alcançou seu cavalo um momento depois, e Augie o conduziu para fora. As garotas observaram o cavalariço atravessar a rua outra vez até o Clooney's.

Áster soltou o ar.

— Essa foi por pouco — Clementina sussurrou.

— E ele pode voltar a qualquer minuto — Áster concordou. — Precisamos sair daqui e...

— O que precisamos é fazer *exatamente* o que eu disser — Violeta interrompeu. — Eu tenho um plano.

Áster se virou para ela, reprimindo a frustração.

— O que quer que seja, tenho certeza de que pode esperar até deixarmos Córrego Verde para trás.

— Você nem sabe pra que lado ir. Mal conseguiu escapar da casa. Mas venha comigo que eu sei de um jeito de nos livrarmos das insígnias de uma vez por todas.

— Que inferno você está dizendo? — Áster perguntou, perplexa. As insígnias eram impossíveis de esconder e de remover. *Todo mundo* sabia disso. Áster se virou para as outras e perguntou de novo: — Que inferno ela está dizendo?

— Ela explicou enquanto a gente esperava por você — disse Clementina. — Acho que vale a pena considerar. Pode dar certo.

— Viu? — Violeta cuspiu. — Eu disse, eu sei das coisas.

Áster tinha se esquecido completamente das promessas absurdas de Violeta sobre ter informações privilegiadas. Tinha pensado que a garota estava blefando, tentando convencê-las a deixar que ela viesse junto.

Agora estava claro que ela era apenas a maior tola do mundo. Mas Áster escutaria, ainda que só pela insistência de Clementina. Ela cerrou os dentes.

— Certo, então como nos livramos das insígnias?

Violeta fez uma pausa.

— Vamos encontrar a Dama Fantasma — ela disse. — Eu sei onde ela mora.

Por um momento, ninguém disse nada. Áster sentiu algo crescendo dentro de si – uma risada, que saiu de sua boca dura e cruel.

— A *Dama Fantasma*? — ela perguntou com um rosnado baixo. — *Essa* é a sua ideia brilhante?

As outras garotas ficaram em silêncio.

— Ela é real — Violeta disse friamente.

— Ela é uma *história de ninar*. Se eu quisesse uma merda dessas, podia ficar aqui na estrebaria mesmo.

A Dama Fantasma era só uma lenda que as Garotas de Sorte mais jovens contavam umas às outras — uma madame misteriosa capaz de apagar insígnias com magia. Algumas diziam que ela se chamava assim porque fazia as tatuagens desaparecerem. Outros diziam que era por ela própria ser tão esquiva.

Ninguém com mais de doze anos acreditava nela. Áster nunca tinha acreditado.

— Não custa tentar, custa? — Palminha perguntou. — Não temos mais aonde ir. Se tentarmos encontrar nossas famílias, só vamos colocá--las em perigo também.

Palminha. Provavelmente a garota mais inteligente dali, e lá estava ela criando falsas esperanças. Áster lançou um olhar duro para Violeta.

— Escute, entendo como você pode ter crescido acreditando na Dama Fantasma — ela disse devagar. — Você passou a vida toda nesse mundo. Mas agora estamos no mundo real, então você vai ter que acreditar em mim. Ela não existe.

Violeta retorceu o lábio.

— Estou cansada de ficar me justificando. Eu já disse: eu sei das coisas.

— Então *onde* a encontramos? — Áster perguntou.

— Eu não nasci ontem. Se contar, vocês vão me abandonar. Vocês têm que ficar comigo porque não sabem aonde vão, e eu tenho que ficar com vocês porque não posso viajar sozinha por Arketta. E não venha com aquela história de cortar minha garganta. Se você fosse me machucar, já teria feito isso.

Áster se levantou e começou a andar de um lado para o outro. Pelos mortos, como ela queria que Violeta nunca as tivesse encontrado. Mas não adiantava discutir com ela agora, e Áster não queria dar à garota motivos para trai-las mais tarde. E se houvesse a menor chance de que... não. É claro que não havia.

Mas e se?

Áster se virou para as outras.

— Sinceramente acreditam nela? Acreditam no que ela está dizendo?

— É possível, não é? — perguntou Clementina, com um tom de súplica. Áster não tinha resposta, mas sabia que as outras tinham razão sobre uma coisa: elas não tinham para onde ir. Não havia como saber onde suas famílias estariam vivendo agora; os mestres de terras trocavam sangues-sujos entre si como figurinhas. E seus pais certamente não seriam capazes de protegê-las.

De todo modo, Áster jamais voltaria rastejando para as pessoas que a haviam abandonado. Ela não podia ir para casa.

Violeta pareceu encarar seu silêncio como uma rendição e abriu um sorriso satisfeito.

— Certo, agora que está decidido, tudo que vocês precisam saber por enquanto é que vamos na direção de Ribanceira da Morte. Só façam o que eu disser.

Ribanceira da Morte era uma cidade de tamanho médio a um dia de cavalgada para o norte. Só a ideia de atravessar a Chaga fazia Áster se arrepiar. Ninguém chegava longe sem um trilheiro, não só por causa das coisas vivas que caçavam nas florestas, mas por causa das mortas também – os predadores que não podiam ser vistos ou ouvidos.

Os vingativos.

Mas não temos escolha. Temos que sair de Córrego Verde.

— A não ser que alguém tenha uma opção melhor? — Violeta perguntou, em um tom de desafio.

Malva e Palminha olharam para Áster.

— Temos que seguir em alguma direção — Malva argumentou. — Por que não essa?

Áster se virou para a irmã. *Tudo bem?*, perguntou com um olhar.

Clementina deu um aceno curto. E, enquanto estavam se encarando, ela se inclinou, roçou uma mão contra a própria insígnia e sussurrou:

— Áster, eu quero tentar.

Áster se virou para Palminha e Malva. As garotas já estavam se ajudando a levantar e verificando se não havia ninguém por perto. Como Áster, provavelmente só queriam ir embora o quanto antes.

Estava decidido.

Áster se virou de novo para Violeta.

— Certo — ela disse. — Mas lembre-se do que eu disse, Violeta. Você não vai receber uma segunda chance.

— Não vou precisar de uma — Violeta retrucou com uma expressão de certeza inabalável.

Elas não perderam mais tempo. Revistaram a estrebaria e afanaram todos os suprimentos que conseguiram encontrar – cobertores, um pouco de comida, um cantil de água e roupas de homem que encontraram nos aposentos de Augie. Rapidamente vestiram as calças e camisas, escondendo os vestidos sob os fardos de feno, então escolheram três cavalos e montaram: um baio para Áster e Clementina, um malhado para Palminha e Malva e uma égua preta para Violeta. Fazia uma vida desde que Áster havia selado um cavalo, mas suas mãos se lembravam dos movimentos, e o ritual a tranquilizou. Ela pegou as rédeas e Clementina montou atrás dela, envolvendo os braços na sua cintura. Com um estalo das rédeas, elas partiram.

☙

Áster levou-as para o norte pelas estradas de terra batida de Córrego Verde. O coração da cidade pulsava com uma energia frenética; homens saíam de bares e gritavam uns para os outros dos dois lados da rua. Mais perto dos limites da cidade, a maioria das lojas estava com as luzes apagadas no nível da rua, mas lamparinas brilhavam nos andares superiores onde os lojistas moravam. Elas passaram pela loja de vestidos aonde todas as garotas da casa de boas-vindas eram levadas, vigiadas por famélicos, para experimentar seus novos enxovais quando se tornavam garotas do crepúsculo. Áster voltou-se para as montanhas que assomavam negras contra o céu noturno. Uma garota poderia se perder facilmente naquelas montanhas – mas qualquer um no seu encalço também.

Ela só precisava chegar lá.

Ninguém falava, embora a tensão zumbisse no ar. Elas haviam enrolado lenços antipoeira no rosto para cobrir as insígnias. Áster esperava que isso não despertasse suspeitas – muitas pessoas cobriam o rosto na Chaga por conta do pó de mineração no ar –, mas levaria poucos minutos até que as insígnias começassem a brilhar e as revelassem. Para não mencionar a dor.

Mesmo assim, elas se moviam vagarosamente para não atrair atenção. Áster ficou atenta a qualquer som, próximo ou distante, que indicasse que o corpo do gabola tinha sido encontrado, que alguém soara o alarme ou que os famélicos da casa estavam atrás delas. Mas só havia o som cada vez mais baixo das farras que elas deixavam para trás. Por fim, chegaram aos arredores depredados da cidade. Era o mais longe que Áster já estivera da casa de boas-vindas desde que se tornara uma Garota de Sorte.

Mas foi só quando atravessaram o muro da cidade e entraram nos bosques que algo nela se libertou, fazendo o sangue correr em suas veias.

— Vamos! — ela gritou, surpreendendo a si mesma com uma risada. Elas removeram os lenços e Áster viu seu sorriso refletido no rosto das outras. Até a expressão de indiferença altiva de Violeta tinha se desfeito.

Áster fez o cavalo galopar, disparando para longe de Córrego Verde em direção ao sopé das montanhas. Não se sentia assim desde que tinha dez anos. O jeito como o ar batia contra suas bochechas, o jeito como seu coração disparava de alegria, e não medo – havia algo indescritivelmente *certo* no ritmo dos cascos de um cavalo, no ranger da sela de couro, no aroma terroso e animal. Outra risada escapou dela. Clementina ergueu as mãos para o céu.

Áster não sabia se Mãe Fleur já tinha encontrado o corpo. Não sabia se Violeta estava mentindo. Não sabia onde elas dormiriam naquela noite ou onde arranjariam sua próxima refeição, nem se o ferro das ferraduras seria suficiente para manter os mortos afastados.

Mas a casa de boas-vindas estava se encolhendo à distância, sua luz nada mais que a chama de uma vela e, por um momento, foi o suficiente. Ela saboreou a sensação desconhecida de liberdade. Sentiu-se transbordar. Até que...

— Obrigada, Áster — Clementina disse atrás dela. Seu alívio era quase palpável. — Obrigada por nos tirar de lá.

E sua felicidade rachou, deixando passar um fiozinho de medo do que o futuro reservava. Na casa de boas-vindas, ela sabia que tipo de perigos esperar. Lá fora, só podia imaginar. E se ela tivesse tirado Clementina de um inferno só para arrastá-la para outro?

Ela disse a si mesma que nada podia ser pior do que aquilo que elas haviam abandonado. Mesmo assim, enquanto apertava a mão da irmã para tranquilizá-la, tudo em que podia pensar era: *Não me agradeça ainda.*

6

Não demorou muito para que a escuridão da floresta as engolisse inteiramente. Áster apertou os olhos, instando o cavalo pela trilha íngreme e pedregosa e abaixando a cabeça sob os galhos emaranhados. Ela e Clementina iam na frente, com Palminha e Malva atrás delas e Violeta fechando a retaguarda. A garota ficara um pouco para trás, parecendo ter dificuldade para controlar sua égua, mas, se o motivo era o cavalo – tão teimoso quanto ela – ou o caminho traiçoeiro, Áster não sabia.

Áster considerou poupá-las dos obstáculos tomando a estrada principal e relativamente plana que atravessava a Chaga. Era chamada de Estrada dos Ossos por conta dos muitos túmulos sem lápide em suas margens. A maioria dos viajantes morria de insolação ou exposição aos elementos. Alguns eram mortos por ladrões. Outros só tinham o azar de perturbar um escorpião. No entanto, por mais mortal que fosse, a Estrada dos Ossos ainda era o caminho mais seguro através das montanhas. Era ladeada por protetores de ferro para desencorajar vingativos e patrulhada por ordeiros para desencorajar criminosos – o que agora as incluía. Então, em vez de arriscar que fossem encontradas na estrada, Áster conduziu o grupo para o interior da floresta. A lei teria dificuldade em segui-las através dos bosques, mesmo se os famélicos de Mãe Fleur não tivessem.

E os mortos, é claro, estariam esperando para recebê-las.

Havia três tipos de espíritos desse lado do Véu: serafantes, espíritos benevolentes dos ancestrais de uma pessoa que voltavam ao mundo dos vivos para guiá-la; resquícios, espíritos presos ao mundo dos vivos por não estarem prontos para seguir em frente; e vingativos, espíritos nascidos da raiva bruta de uma alma torturada e libertados no momento da morte.

Serafantes eram tão raros que Áster não estava convencida de que fossem reais – as pessoas rezavam aos mortos pedindo sabedoria e sorte, mas Áster sabia que ninguém estava vindo salvá-la.

Resquícios eram mais comuns. Podiam ser assustadores, mas eram essencialmente inofensivos, e um consagrador bem treinado conseguia ajudar a maioria a encontrar paz.

Vingativos, no entanto, estripariam qualquer infeliz que cruzasse o caminho deles – e a Chaga estava cheia deles. Seus uivos se erguiam ao redor de Áster e Clementina, gritos humanos tão distorcidos que soavam quase animalescos. Os vingativos começavam seu lamento todo dia após o pôr do sol, junto com os grilos e as rãs. Áster estava acostumada.

Mas nunca os tinha ouvido tão assustadoramente perto.

Se um dos vingativos atacasse, elas não teriam escolha, a não ser fugir. Não tinham armas com que se defender. Mas como poderiam escapar de monstros que não conseguiam ver? Vingativos só eram visíveis à luz direta da lua, e estava um breu ali sob as árvores.

À medida que cavalgavam, a preocupação de Áster foi aumentando. Talvez elas não tivessem tido muito tempo para bolar um plano, mas certamente qualquer coisa era melhor do que se lançar insensatamente no escuro. Cada batida dos cascos dos cavalos soava como um prego no seu caixão.

— Clem? Está acordada? — ela perguntou baixinho. A irmã tinha caído em silêncio atrás dela, embora ainda apertasse a cintura de Áster com força.

Clementina se remexeu.

— Acho que nunca mais vou conseguir dormir — ela murmurou. — Não consigo parar de pensar no que aconteceu.

Estava claro que a alegria radiante da fuga tinha começado a esmaecer, e Clem começava a assimilar o que havia feito. Áster engoliu em seco, desejando ter alguma ideia do que dizer. Ela sabia muito bem como era ficar presa em uma lembrança ruim, revivendo cada segundo sem parar até que suas tripas se transformassem em água e seu peito parecesse prestes a explodir. Se havia um jeito de se libertar daquelas lembranças, ela ainda não o descobrira. O melhor era esperar a tempestade passar.

— Tente não pensar nisso — ela disse por fim. — Você não fez nada de errado.

— Mas e se eu estiver condenada? — Clementina insistiu. — E se...

— Não está! Nem fale essas coisas.

— Mas está escrito no Livro Consagrado. *Aquele que tira a vida do próximo na Terra perderá o paraíso além do Véu...*

— Isso se refere a *assassinato*, Clem. Todo mundo sabe disso. Não é assassinato se você está se defendendo.

— Mas as pessoas vão *chamar* de assassinato.

Bem, isso Áster não podia negar. Mas ela também não suportava ver Clementina – especialmente Clementina – começar a perder as esperanças. Ela ficou em silêncio por um momento, observando seu hálito se condensar à sua frente. As noites na Chaga podiam ser terrivelmente frias, e a camisa fina de Augie não a mantinha muito aquecida. Sua pele já começava a ficar enregelada.

— Você conhece os mortos melhor que ninguém — Áster disse de novo. Ela pegou a mão de Clem e delicadamente puxou sua pulseira com padrão de cascavel. Desde que quase tinha morrido, Clementina se tornara sensível aos fantasmas. Podia ver vingativos mesmo sem luar, pressentir a curva dos pensamentos de um resquício e às vezes até se comunicar com eles. — Acredite que eles vão entender por que você teve que fazer o que fez, e que eles vão te julgar de forma justa no final.

— Áster olhou por cima do ombro. — Falando nos mortos, algum vingativo está se aproximando demais?

— Acho que não — Clementina respondeu, remexendo-se na sela. — Mas nunca vi tantos antes. E estou toda arrepiada como se estivéssemos no meio de uma tempestade de raios. Mas eles parecem estar nos evitando, por algum motivo...

Então, de repente, uma *coisa* veloz e escura atravessou a trilha diante delas, perto o bastante para Áster sentir o cheiro podre em seu rastro. O pânico disparou por suas veias. O uivo do vingativo atravessou o ar um instante depois, carregado de uma agonia indescritível. Clementina deu um grito e o cavalo delas empinou, quase jogando as duas no chão.

— Que inferno foi isso? — Malva gritou, com a voz tensa de medo, enquanto Palminha soltava um xingamento, coisa rara para ela.

— Um vingativo, mas já passou — Áster respondeu depressa para tranquilizá-las. Mas a verdade era que seu próprio coração ameaçava pular para fora do peito. Ela perscrutou o mato fechado, impotente. Só havia escuridão. Então viu o vingativo por um instante, quando ele atravessou um trecho de luar. Ele era prateado, esquelético e felino, e saltou na direção delas rápido como o vento. Seus olhos negros tinham um brilho avermelhado. Suas asas de morcego estavam abertas. Seu crânio era coberto por uma galhada e sua boca era cheia de presas lupinas. Então ele saiu do luar e se tornou invisível novamente, deixando um rastro de folhas farfalhantes enquanto corria até elas.

Um medo primitivo fechou a garganta de Áster. Ela esporeou o cavalo.

— Vamos, precisamos ir, ele está voltando!

— Espere, eu derrubei uma coisa! — Violeta exclamou.

— Inferno esgarçado, *deixe* aí! — Áster gritou. Mas, quando se virou, viu que Violeta já tinha descido do cavalo. A garota não tinha noção. Causaria a morte de todas elas. — Não vamos esperar por você!

— Só um segundo!

Áster a ignorou, estalando as rédeas e instando o cavalo mais rápido do que nunca. *Se ela quiser sacrificar a vida por um brinco perdido ou algo do tipo, não é problema meu*, pensou.

Mas Violeta não iria arrastar o resto delas consigo.

Elas a deixaram para trás. Palminha disse algo a Malva que Áster não conseguiu entender, embora pudesse imaginar que as garotas não gostavam da ideia de abandonar Violeta.

Mas Violeta sempre estivera disposta a dedurá-las na casa de boas-vindas quando lhe era conveniente. Até parecia gostar disso. Por que deveriam se arriscar por ela?

Ela não é mais criança, Áster disse a si mesma com veemência. *Vai ficar bem.*

A sensação era de ter engolido uma pedra. A indecisão queimava em seu peito. Ela apertou as rédeas, pronta para se virar, esperando agoniada pelo som de um grito aterrorizado. Um momento depois, no entanto, Violeta as alcançou.

Áster não disse nada, mas seu peito relaxou de alívio.

Foi só quando o céu começou a clarear que Áster percebeu, com um choque nauseante, que não soubera ao certo se veria outra aurora. Estava exausta demais para sentir qualquer alegria genuína, mas agarrou-se a uma espécie de orgulho teimoso.

Elas tinham sobrevivido à primeira noite fora da casa.

— Isso é a luz do sol? — Clementina perguntou, rouca. Ela tinha cochilado por algumas horas.

— Tudo indica que sim — Áster respondeu suavemente. As outras estavam se endireitando nas selas, parecendo tão cansadas quanto ela se sentia. Os mortos tinham começado a se aquietar com a chegada da manhã, mas elas teriam que se preocupar com os vivos ao longo do dia. Áster não tinha dúvida de que os famélicos da casa já tinham sido mandados para os bosques atrás delas.

Mesmo assim, o grupo tinha se afastado mais de Córrego Verde do que ela ousara imaginar. Estavam em plena floresta agora, passando por árvores antigas com a casca vermelha descascando e galhos emaranhados que fatiavam a luz do sol em colunas douradas. O chão ainda era pedregoso e irregular, salpicado com tufos de grama-seca, mas o espaço entre as árvores tinha se ampliado consideravelmente. Violeta parou seu cavalo à esquerda de Áster, Palminha e Malva, à direita. As camisas e calças largas de Augie pendiam dos corpos delas, o tecido puído todo rasgado depois da fuga em meio à vegetação. Violeta não estava muito melhor nas roupas que roubara do gabola – os joelhos das calças finas estavam manchados de lama devido à busca desesperada por seja lá o que tivesse derrubado na noite anterior. Todas estavam usando sapatos quando fugiram, mas as botinhas de salto não eram feitas para cavalgar, e as plantas dos pés de Áster estavam cheias de bolhas.

— Inferno, como sobrevivemos à noite passada? — Malva rosnou.

Áster só balançou a cabeça. Que elas tivessem conseguido se manter à frente dos famélicos já era uma benção, mas ter evitado os vingativos era praticamente um milagre. Havia poucas coisas que os mantinham a distância – ferro, se a pessoa tivesse o suficiente; folha-cinzenta, se fosse queimada; e...

Teomita pura.

— O anel do gabola! — Palminha exclamou, chegando à mesma conclusão. — Deve ter sido isso que manteve os vingativos afastados.

— Acho que você tem razão — Áster concordou. Ela tirou o anel dourado do bolso, virando-o de modo que a teomita refletiu a luz. — Aposto que servia justamente para isso. Um ricaço como ele não viajaria pela Chaga sem algum tipo de proteção.

— Bem, isso é óbvio. Todos os ricos fazem isso. Você podia ter me *dito* que tínhamos um estoque de teomita em mãos esse tempo todo. — Violeta, parecendo tensa e pálida, soava mais irritada do que nunca.

— Parece que devemos nosso couro a você, Clem — disse Malva, ignorando Violeta. Áster olhou para a irmã, sabendo que Clementina não se sentira nem um pouco como uma heroína na noite anterior, mas o elogio de Malva conseguiu tirar um sorriso dela.

A tensão nos ombros de Áster se soltou um pouquinho.

— Acho que ouvi um riacho adiante — ela disse. — Vamos parar um pouco, deixar os cavalos beber e recuperar o fôlego.

Um descanso seria muito bem-vindo – elas estavam acordadas fazia vinte e quatro horas, o último terço desse tempo fugindo. As coxas de Áster doíam tanto que ela mal conseguia se segurar no cavalo. Ela se perguntou quanto ainda teriam que percorrer antes de sair de vez do alcance dos famélicos. Ao contrário dos ordeiros, que eram empregados públicos, famélicos eram contratados por cidadãos particulares, e os bolsos da casa de boas-vindas não eram sem fundo. Além disso, Mãe Fleur não iria ceder tantos famélicos para a busca a ponto de não haver o suficiente para manter as outras garotas sob controle. Áster se convenceu de que eles não iriam persegui-las além de Ribanceira da Morte. E os ordeiros, pelo menos, ficavam restritos a suas cidades.

Já estamos quase livres do pior.

Elas viram o riacho um momento depois. Áster puxou as rédeas, sua breve chama de confiança apagada bruscamente.

Um jovem estava agachado na beirada, molhando o rosto e a nuca. Água reluzia em seu cabelo negro e cacheado. Sua camisa secava em um galho próximo, e os músculos de suas costas morenas se flexionavam. Ele tinha um físico esguio e cortante como um canivete.

Sem dúvida as cortaria tão bem quanto um.

— Quem é? — Clementina sussurrou.

— Ninguém que deva nos ver — Áster sibilou, virando o cavalo para trás. Mas era tarde demais. O rapaz se virou com o estalo baixo de um galho e viu o rosto delas.

Viu as insígnias.

Áster chutou os flancos do cavalo com força, sem se dar ao trabalho de fazer silêncio.

— Vamos! — gritou para as outras.

— *Parem!* — ordenou o rapaz. Ela olhou por cima do ombro e o viu correndo até o próprio cavalo. Soltou um xingamento, a cabeça girando com um influxo de sangue enquanto fugiam o mais rápido possível, exigindo um último ímpeto de velocidade dos animais. Será que ele era um famélico? Ela não tinha conseguido ver seus olhos muito bem. Mas o que mais ele estaria fazendo ali? Que outra pessoa viajaria sozinha pela Chaga?

Ele provavelmente não está sozinho.
Deve haver outros por perto.
E agora eles estão no seu rastro.

— Inferno esgarçado! — Malva xingou.

Áster só podia concordar.

☙

No final da tarde, não havia sinal de que o estranho do riacho estava atrás delas – embora isso pudesse significar que ele tinha ido denunciá-las, situação em que teriam que correr para manter a pouca vantagem. Mas, depois de um dia de cavalgada, os animais estavam exaustos – assim como elas. Exaustas, suadas, doloridas e famintas. Tinham que encontrar um lugar para pernoitar ou iriam desabar das selas.

Ribanceira da Morte devia estar a pelo menos uma hora dali, mas Áster estava determinada a alcançar a cidade.

— Áster — Violeta murmurou, tão baixo que ela quase não ouviu. A garota tinha passado o dia todo em um silêncio incomum. Áster tinha imaginado que ela, como Clementina e as outras, estava cansada ou ansiosa demais para conversar. Mas agora viu, alarmada, que Violeta estava perigosamente pálida, com os olhos azuis injetados e o cabelo negro opaco.

— O que foi? — Áster perguntou, sem a dureza de costume na voz.

A resposta de Violeta foi ininteligível.

Áster franziu o cenho e se inclinou para perto. Elas estavam cavalgando lado a lado, em um passo mais lento.

— O que disse?

— Ela perguntou se pode tomar uma dose de cardo-doce — Clementina respondeu em voz baixa.

— Foi isso que eu derrubei nos bosques ontem — Violeta contou, um pouco mais forte. — Tentei encontrar, mas estava escuro demais e fiquei com medo de ficar para trás.

— Ah. — Áster sentiu uma pontada surpreendente de compaixão. — Sinto muito, não tenho.

— Você não... — Violeta a olhou confusa. — Mas... mas você tem que ter tomado um pouco desde que partimos. Se não, estaria... — Ela umedeceu os lábios. — Por favor, só preciso de um pouco.

— Eu não tomo. Nunca tomei. Só fingia para Mãe Fleur não me punir. — Violeta pareceu arrasada. — Sinto muito — Áster disse novamente. — De verdade. Só vá com calma, certo? Estamos quase lá.

Violeta assumiu uma expressão de indiferença suave, mas seu rosto ainda tinha aquele verniz opaco e lívido. A garota se fechou.

— Talvez seja uma benção não termos cardo-doce — Clementina sussurrou. — Agora ela pode se livrar disso.

— Talvez — disse Áster, mas não tinha tanta certeza. Será que a pessoa podia simplesmente parar de tomar cardo-doce sem sofrer consequências terríveis? Na casa de boas-vindas, ninguém parava depois de começar. Ela ouvia boatos aqui e ali, entre as garotas do crepúsculo, sobre mulheres que tinham envelhecido fora da casa e não recebiam mais a droga – boatos sobre as coisas desesperadas que faziam por algumas gotas.

O silêncio entre elas ficou desconfortável conforme todas observavam Violeta com atenção, sem querer revelar como estavam preocupadas. E Violeta, claro, era orgulhosa demais para falar qualquer coisa. Ela resistiu mais meia hora antes que suas pálpebras começassem a fechar, sua cabeça pendesse para a frente e ela caísse no chão com um baque surdo.

— Violeta! — Áster gritou. Ela e Clem apearam rapidamente, e as pernas de Áster quase fraquejaram enquanto corria até Violeta. Era um lugar ruim para pararem, praticamente nos limites de Ribanceira da Morte. Podiam estar no alcance dos ordeiros de patrulha. As outras também apearam e formaram um círculo ao redor de Violeta, cujos olhos estavam abertos, mas pareciam não enxergar. — Violeta, está me ouvindo?

Palminha se ajoelhou e tocou a testa da garota.

— Ela está com uma febre perigosamente alta. Deve estar delirante. Será que ela se machucou mais cedo? Alguma coisa que pode ter infeccionado?

Violeta estremeceu violentamente. Áster olhou para Palminha, as palavras calmas da garota parecendo chegar de uma longa distância.

— Machucou? Não... ela... ela precisa de cardo-doce — Áster explicou. — Ela me pediu um pouco meia hora atrás.

— Abstinência — Palminha disse em um tom sombrio.

— Quer dizer, ela passou o dia todo com uma cara péssima, mas eu só pensei que, sabe, que ela não estava acostumada a pegar pesado como nós — Malva disse, erguendo-se e olhando ao redor com pânico crescente. — O que vamos fazer, Áster? Não podemos parar aqui.

— Temos que conseguir outra dose esta noite ou ela vai morrer — Palminha respondeu por ela. — Você não pode só cortar o cardo-doce de vez, tem que ir parando aos poucos.

Áster balançou a cabeça.

— Mas nenhuma de nós tem mais.

— Deve ter um boticário em Ribanceira da Morte — Palminha continuou do seu jeito calmo. — Podemos arranjar cardo-doce lá.

— Bem, não é como se pudéssemos só entrar e *comprar* — disse Clementina. — Além disso, achei que íamos contornar Ribanceira da Morte, não atravessar a cidade.

— E vamos — Áster afirmou. — O lugar vai estar cheio de ordeiros.

— Por favor — Violeta implorou, com a voz quebradiça. — Me ajudem. Por favor. Eu faço qualquer coisa. Eu digo onde está a Dama Fantasma.

— Definitivamente delirante — Malva resmungou.

Mas Violeta tinha perdido toda sua pose, e isso assustava Áster mais do que qualquer coisa que acontecera desde que elas tinham fugido.

— Por favor... eu não quero morrer antes de chegar lá — Violeta continuou, olhando diretamente para ela.

Áster engoliu em seco. Ainda não conseguia acreditar na Dama Fantasma – não depois de tantos anos tendo a certeza de que ela era um mito –, mas, se Violeta, de todas as pessoas, estava disposta a fugir da casa de boas-vindas e arriscar a vida para encontrá-la, então talvez houvesse uma pitada de verdade na história. Algo, ou alguém, lá fora que valesse a pena encontrar.

Ela apertou a mão de Violeta e disse o que a garota queria ouvir.

— Vamos conseguir o cardo-doce para você. Eu prometo. Não vamos deixar você morrer antes de chegar lá.

7

Elas encontraram uma mina abandonada nos arredores de Ribanceira da Morte, onde Violeta pôde descansar enquanto as outras bolavam um plano para roubar cardo-doce. Dizia a lenda que era possível percorrer a Chaga inteira através de suas minas labirínticas, mas ninguém com um pingo de bom senso ousaria tentar. Se a pessoa não se perdesse e morresse de fome, acabaria enterrada viva por um desmoronamento ou envenenada pelo ar poluído. A própria terra era encharcada com o sofrimento de gerações de mineiros sangues-sujos, e minas abandonadas como aquela frequentemente estavam infestadas de vingativos. Havia um resquício perto da entrada também, fraco e nebuloso – um garotinho descalço sentado abraçando os joelhos. Seu terror infantil pairava no ar como um aroma pungente.

No entanto, se Áster pudesse escolher entre ficar na mina ou ir até Ribanceira da Morte, arriscando um encontro com a lei, ela teria escolhido a mina.

— Tenho que admitir que o nome não inspira confiança — Malva disse casualmente, amarrando o cavalo a uma das toras podres que sustentavam o túnel. — Ribanceira da *Morte*. Se eu fosse paranoica, diria que estão tentando nos assustar.

Ela estava tentando divertir Palminha, mas a garota parecia distraída demais para responder. Ela tinha se oferecido para ir a Ribanceira da Morte com Áster, dizendo que poderia reconhecer outros suprimentos no boticário que seriam úteis para elas. Era uma oportunidade valiosa demais para desperdiçar, mas Áster podia ver que Palminha já estava ansiosa com a perspectiva de cruzar com a lei. A garota retorcia a trança, encarando a escuridão crescente com a testa franzida.

— Ei. — Malva tocou o braço dela. — Tem certeza de que não quer que eu vá com vocês?

— Não pode — Áster respondeu por ela, com um tom gentil. — Se nós três formos, Clementina vai ficar praticamente sozinha, já que Violeta não está em condições de lutar.

— E *tem* que ser eu junto com Áster — Palminha concordou, com um sorriso forçado. — Já que o resto de vocês não sabe distinguir raiz-de-cobra de óleo de serpente.

Malva resmungou algo ininteligível, mas cedeu, virando-se para Clementina, que estava agachada ao lado de Violeta. A garota tremia sob o cobertor áspero no qual se enrolara.

— E Sua Majestade? Como devemos cuidar dela enquanto vocês estiverem fora? — Malva perguntou.

O sorriso de Palminha morreu.

— Só tentem controlar a febre o máximo possível. Não há muito que possam fazer até voltarmos.

— Vamos nos apressar — Áster prometeu.

Elas estavam prontas pouco depois e montaram no cavalo de Violeta. Palminha escondeu as tranças sob o chapéu, e Áster estendeu o anel de teomita para Malva.

— É melhor ficarem com isso. Pode apostar que há vingativos neste lugar.

— Vai haver vingativos lá fora também — Clementina disse, agora de pé e com os braços cruzados.

— Sim, mas pelo menos *nós* estaremos em movimento. Não gosto da ideia de vocês presas aqui sem proteção.

Malva tomou o anel, a joia negra reluzindo na luz baixa, e ergueu os olhos para Palminha.

— Tome cuidado — disse, sem um pingo de humor agora.

Palminha assentiu.

— Eu sempre tomo.

Áster se inclinou para beijar a cabeça de Clementina e então elas partiram, virando o cavalo em direção à Estrada dos Ossos. Os últimos raios de sol atravessavam os galhos e o vento suspirava entre as árvores enquanto elas se acomodavam para a noite com seus gemidos de velho. Uma chuva de agulhas de pinheiro caiu sobre elas, e Áster as sacudiu da aba do chapéu.

Palminha ficou calada atrás dela. Áster agradecia o silêncio, repassando o plano uma última vez na cabeça. As garotas tinham chegado à conclusão de que, quando chegassem a Ribanceira da Morte, o boticário provavelmente estaria fechado – elas só teriam que quebrar uma janela e entrar. Contanto que tomassem cuidado e agissem rápido e em silêncio, não deveriam atrair atenção de ninguém.

Uma corrente sombria de empolgação atravessou Áster enquanto ela imaginava a cena, e ela sentiu um frio na barriga. Sua liberdade recém-descoberta ainda vibrava nas veias. Aquilo seria perigoso, sim – mas pelo menos era um perigo que ela tinha escolhido.

— Sabe, eu nunca estive num boticário — Palminha disse depois de um tempo. Havia uma animação nervosa em sua voz também.

Áster olhou por cima do ombro, surpresa.

— Então como sabe tanto sobre medicina? Você parece uma maldita enciclopédia.

Palminha riu baixinho, mas não respondeu imediatamente. Tarde demais, Áster se deu conta de que a pergunta podia ter sido um erro. Havia uma regra implícita entre Garotas de Sorte de nunca mencionar suas vidas antes de chegarem à casa de boas-vindas, e Palminha era ainda mais reservada do que a maioria das garotas.

— Minha mãe era enfermeira — a garota revelou por fim. — Um médico visitava nosso acampamento uma vez a cada estação para cuidar dos mineiros, mas, no resto dos dias, todos dependiam dela.

— Uma única mulher responsável pela vida de dezenas de homens?

— Bem, ela tinha ajuda — Palminha admitiu. — Tinha outras enfermeiras no acampamento, mas ela era a mais experiente. A maioria das outras garotas não eram mais velhas que a gente. Elas a admiravam. — Palminha fez uma pausa. — E eu também.

Áster esperou para ver se a garota contaria mais e, depois de um momento, Palminha retomou a história.

— Ela me deixava ir junto. Pó no pulmão era a doença mais comum que a gente encontrava. Praticamente todo mundo na Chaga tem um pouco, mas só costuma ser fatal para os muitos jovens e os muito velhos.

Também tinha os ossos quebrados, os músculos torcidos, as queimaduras, os tímpanos estourados… coisas que deixavam a pessoa infeliz, mas que se curavam com o tempo. E tinha as… as catástrofes. Um grupo de homens foi forçado a trabalhar em pé na água por tanto tempo que a pele dos pés começou a apodrecer. Outro homem sobreviveu a uma explosão que derreteu toda a pele nas costas dele. Minha mãe não me poupava. Era assim que ela tinha aprendido e era assim que eu tomaria o lugar dela um dia.

— Pelos mortos — murmurou Áster, horrorizada.

— Eu me acostumei — Palminha disse com indiferença. — Até gostava do trabalho, de saber que estava deixando minha mãe orgulhosa. Mas então um idiota esmagou a cabeça dela com um ferrete uma noite porque ela se recusou a dançar com ele. Minha família me vendeu à casa de boas-vindas uma semana depois. Não podiam mais me sustentar.

Áster engoliu em seco, sem saber o que dizer. Era uma história ao mesmo tempo excepcionalmente horripilante e comum demais, algo que poderia ter acontecido com qualquer um com quem ela crescera. A Chaga era conhecida por aquele tipo de violência inconsequente.

— Sinto muito — ela disse por fim.

— Ela ficaria feliz de ver o que estamos fazendo por Violeta. Mas tenho que avisar, Áster, não gosto de machucar as pessoas. Eu sempre quis ajudar os outros. Então, se tivermos que lutar…

— Não teremos — Áster prometeu, esperando soar mais segura do que se sentia. — Se a coisa ficar feia, vamos só fugir, tudo bem? — Ela também queria ajudar Violeta, mas não ia morrer pela garota.

Um momento depois elas alcançaram a margem da Estrada dos Ossos, que serpenteava até o vale onde Ribanceira da Morte dormia atrás de seu muro de pedra. Sentinelas de ferro estavam fincadas de quinze em quinze metros dos lados da estrada, entalhadas na forma de crianças com olhos tristes segurando lamparinas que iluminavam o caminho. Seu olhar fixo provocou um arrepio em Áster. Ela umedeceu os lábios e se virou para Palminha.

— Pronta? — perguntou. No momento em que entrassem na estrada, em plena vista, arriscariam ser descobertas.

Palminha respirou fundo.

— Tenho que estar.

Áster assentiu e puxou o lenço antipoeira preto sobre a parte inferior do rosto, cobrindo a tinta amaldiçoada que as revelaria como Garotas de Sorte.

É você que está no controle agora, ela lembrou a si mesma, tentando controlar o pânico que revirava sua barriga. *São* eles *que têm medo de* nós.

— Eu nunca aguentei mais que vinte minutos — Palminha avisou enquanto cobria o próprio rosto.

Áster abaixou a aba do chapéu. Vinte minutos era o tempo médio. Toda Garota de Sorte, quando criança, tentava ver quanto tempo aguentava com a insígnia escondida antes que a dor se tornasse insuportável. O recorde de Áster era vinte e quatro minutos. O recorde de Córrego Verde, dizia a lenda, era trinta e três.

Um formigamento desconfortável já começava sob a pele.

— Vamos terminar em quinze — ela prometeu.

Elas cavalgaram até a cidade.

Ribanceira da Morte lembrava muito Córrego Verde – um oásis vibrante para os arkettanos prósperos que moravam ou viajavam pela Chaga. Ela procurou o boticário entre as lojas ordenadas que ficavam coladas a bares barulhentos. A rua estava cheia de homens com coletes estampados e chapéus de corrida tortos, gritando uns com os outros enquanto bebiam garrafas de cerveja. Haveria poucos sangues-sujos ali, exceto as Garotas de Sorte na casa de boas-vindas, e muitos ordeiros com armas nos cintos para se certificarem de que a situação permanecesse assim. Áster prendeu o fôlego quando elas passaram por dois oficiais de vigia fora do banco, observando-as por debaixo dos chapéus de aba larga. Será que a notícia da fuga já tinha se espalhado para além de Córrego Verde?

Um dos ordeiros estreitou os olhos e estendeu a mão para a arma. Áster ficou tensa, apertando as rédeas e preparando-se para sair correndo.

Tum! O coração dela pulou para a garganta. O ordeiro tinha sacado a arma e atirado. Mas não nelas – em um rato que passou correndo na frente do cavalo em que estavam. O animal se afastou, agitado. A visão de Áster ficou preta enquanto ela lutava contra o terror que a tomara.

— *Esgarçado* — ela murmurou. — Você está bem?

— Acho que sim — Palminha sussurrou, embora estivesse tremendo.

À medida que elas se aproximaram do fim da Rua Principal, tudo ficou mais quieto; apenas uns poucos negócios menores não tinham fechado ao pôr do sol. Áster esfregou sua insígnia. Se Ribanceira da Morte não tivesse um boticário...

Mas então, finalmente, elas encontraram a fachada da farmácia com as luzes apagadas. Letras vermelhas e douradas gigantes proclamavam da vitrine: BOTICÁRIO DE LISTON. Áster apeou e rapidamente amarrou o cavalo, olhando ao redor para verificar que não havia ninguém por perto. Algumas pessoas perambulavam em frente a uma estalagem, mas, fora isso, elas estavam sozinhas.

A insígnia tinha começado a arder agora, como formigas-de-fogo sob a pele.

— É entrar e sair — Áster prometeu a Palminha, que estava com os olhos arregalados e úmidos. — Só aponte o que precisamos e eu pego. E lembre-se de que nossa prioridade é cardo-doce.

Palminha assentiu, descendo do cavalo também. Áster tentou abrir a porta da frente, mas, previsivelmente, estava trancada. A janela era grande demais para que a quebrassem sem atrair atenção. Ela xingou baixinho – teriam que bolar outro plano.

Depois de dar outra olhada para conferir se não havia ninguém por perto, ela pegou uma pedra, bateu na maçaneta até quebrá-la e abriu a porta com um chute.

Deu de cara com um velho apontando um fuzil para elas.

— Podem parar! — ele disse, rouco. — Para trás ou eu atiro, juro que atiro!

O choque a atingiu como um soco no estômago. Em meio segundo, ela examinou o homem: o cabelo fino e grisalho escapando de uma touca de dormir; a camisola puída pendendo de um corpo esquelético; os óculos pequenos e redondos cintilando à luz de uma vela na mesa atrás dele. *Liston em pessoa?* O som da invasão devia ter feito o velho vir correndo do quarto.

— Eu disse para...

Áster não se deu tempo para pensar. Pulou para a frente e empurrou o cano do fuzil para cima com o antebraço esquerdo. Com a mão direita, bateu no peito de Liston, deixando-o sem ar antes que pudesse gritar por ajuda.

O velho cambaleou para trás, ofegante, perdeu o equilíbrio e caiu no chão. Áster puxou a arma de seus dedos flácidos e apontou-a para ele. Ela não fazia ideia de como usá-la, mas Liston não sabia disso.

Ele tossiu e cuspiu, olhando para ela com ódio. Seus olhos se estreitaram quando percebeu que elas não tinham sombra.

— Malditos *sangues-sujos*. O que querem de mim?

— *Quieto* — Áster avisou em voz baixa. Ela apertou a boca da arma contra a garganta do velho e sentiu ânsia de vômito com o medo que se acendeu em seus olhos. Primeiro Violeta, agora aquele homem. Quem ela estava se tornando?

Quem eu tiver que ser para nos manter vivas, ela pensou determinada.

— Cardo-doce — ordenou. — E o que mais meu amigo aqui quiser.

Ela entregou a Palminha o alforje que elas roubaram da estrebaria. Palminha pegou a bolsa com o rosto corado e brilhante de suor – embora Áster não soubesse se era de medo ou da dor crescente da insígnia.

Quase lá, ela disse com os olhos, então se virou para Liston e inclinou a cabeça para o balcão diante das estantes de medicamentos.

— Vamos — ela disse, abaixando a arma. — Não enrole.

Liston hesitou. Áster não gostou da expressão de reconhecimento do boticário.

— Cardo-doce? — ele repetiu.

— *Agora* — Áster rosnou.

Ele se levantou devagar, ainda tremendo, e foi depressa até as estantes. Palminha o seguiu com o alforje aberto.

— Bardana... láudano... calamina... erva-fantasma... — ela murmurou, quase se desculpando. Áster observou com cautela, coçando o pescoço. A dor estava começando a fazê-la suar também, e logo a insígnia brilharia a ponto de ficar visível para Liston. Ela apertou o cano da arma com mais força, virando-se para se certificar de que ninguém mais estava se aproximando da loja. Por enquanto, nada. Mas, enquanto seus olhos vasculhavam a sala, pousaram em vários pôsteres presos na parede, todos exibindo a mesma mensagem em letras pretas garrafais.

PROCURADA

Áster engoliu em seco, a nuca arrepiada de pavor. Deu um passo adiante, rezando aos mortos para não reconhecer os rostos nos pôsteres.

Mas ela reconheceria o rosto da irmã em qualquer lugar. Havia cinco pôsteres, um para cada uma delas, seus rostos desenhados por uma mão habilidosa. As insígnias, em especial, tinham sido detalhadas de modo impressionante, e eram idênticas às que queimavam tão forte agora que Áster mal conseguia focar nas palavras à sua frente.

... Garotas de Sorte de Córrego Verde...
... o assassinato brutal de Baxter McClennon...
... propriedade roubada... anel de teomita... três cavalos...
... recompensa de 50 mil águias...
... VIVAS...

Baxter McClennon.
Clementina tinha matado Baxter McClennon.
Herdeiro do império de mineração McClennon. Filho do mestre de terras mais poderoso da Chaga. Os fatos atingiam Áster um depois do outro. A família dele poria as montanhas abaixo para encontrá-las, colocaria cada famélico em Arketta no rastro delas.

Ela sentiu bile subir pela garganta.

— Não é um retrato ruim — Liston disse de repente.

Áster não conseguiu conter um soluço desesperado quando virou com a arma empunhada. Mas o boticário mantinha as mãos levantadas. Palminha estava atrás dele, fechando o alforje depressa, e suas mãos vacilaram quando ela olhou para além de Áster e viu os pôsteres.

— Se o cardo-doce não entregou vocês, o jeito como estão olhando para esses pôsteres não deixa dúvidas — Liston continuou, com um sorriso desdenhoso curvando o lábio.

Áster olhou para Palminha. Não tinham escolha. Ela pressionou o cano da arma contra o peito do velho, forçando-o para trás até que o quadril dele atingiu o balcão, fazendo os vidros tilintarem. Ela apoiou o dedo no gatilho.

— Pegue a corda lá fora para amarrá-lo — ela disse a Palminha. — *Agora* — acrescentou quando a garota hesitou.

Palminha saiu correndo. A insígnia de Áster explodiu de dor outra vez e ela tentou manter o fuzil firme nas mãos suadas. Imobilizou Liston com um olhar de alerta, rezando aos mortos para ele não testar o blefe. O canto da boca dele se mexia, mas ele não ousou falar.

Palminha voltou com a corda.

— Amarre-o — Áster ordenou sem desviar os olhos.

Não houve hesitação dessa vez. Palminha amarrou os pulsos e tornozelos de Liston em um mesmo nó, sua insígnia começando a brilhar sob o lenço antipoeira enquanto trabalhava. Assim que ela terminou, Áster abaixou a arma, aliviada por não ter sido obrigada a usá-la.

— Vamos — ela disse. As duas correram para arrancar os pôsteres da parede a caminho da porta.

— Sortudas imundas! — Liston gritou para elas, agora não mais na mira da arma. — Não sabem como a vida era boa naquela casa! Mal posso esperar pra ver o que os McClennons vão fazer com vocês...

Tomada pela raiva, Áster se virou, alcançou-o com poucos passos e o amordaçou com a touca, enquanto uma fúria ardente a impelia a fazer coisa pior.

— Áster, rápido, *por favor* — Palminha implorou. A insígnia da garota queimava vermelho-alaranjada; em minutos estaria branca e escaldante.

Áster engoliu e assentiu.

— Terminamos aqui — ela disse. — Vamos. — Ela foi até a porta e Palminha a seguiu. As duas montaram no cavalo, e as palavras do boticário ainda ressoavam nos ouvidos de Áster enquanto elas deixavam a cidade para trás.

❧

Quando voltaram à mina, Violeta estava desmaiada. Palminha apeou rápido e foi até ela. Áster a seguiu devagar, ainda abalada pelo que tinha descoberto. Clementina veio correndo e a abraçou forte.

— Vocês conseguiram — Malva disse, o corpo inteiro relaxando de alívio. — Graças aos mortos.

— Encontramos um probleminha — Áster admitiu. *Um eufemismo.* A dor da insígnia só agora começava a se dissipar. — Vocês ficaram bem aqui?

Clementina a soltou e assentiu.

— Como pode ouvir, os vingativos estão agitados. Ainda bem que tínhamos o anel.

O anel.

O anel de Baxter McClennon.

Palminha espremeu uma gota de cardo-doce embaixo da língua de Violeta e se ergueu, suspirando.

— A boa notícia é que Violeta deve acordar em algumas horas. — Ela lançou um olhar significativo para Áster. — Quer contar a má notícia?

Não era como se a situação fosse melhorar. Áster umedeceu os lábios e se virou para Clementina.

— Vimos pôsteres com nossos retratos em Ribanceira da Morte. Um para cada uma de nós. O gabola que você matou... era Baxter McClennon.

Por um momento, Clementina não disse nada, sua expressão passando da surpresa ao medo.

— *McClennon?* — ela repetiu num sussurro. — Tem certeza?

— Veja por si mesma — Áster disse sombria, puxando os pôsteres do bolso.

— Espere, alguém me diga o que eu estou olhando — Malva interrompeu enquanto Clementina lentamente desdobrava os papéis. — Quem é Baxter McClennon e por que eu deveria me importar com a morte dele?

— McClennon, sabe, como em *Monte* McClennon? — Palminha respondeu. — O pai dele, Henry, é dono de metade da Chaga, e o tio, Jerrod, é candidato a governador. Eu cresci em um dos acampamentos de mineração deles.

— Ah. — Malva arregalou os olhos. — *Ah.*

— Exato — disse Áster. — Eu achei que só tínhamos que nos preocupar com os famélicos da casa de boas-vindas, mas os McClennons podem contratar famélicos suficientes para nos caçar até o fim do mundo.

— E eles têm a lei na palma da mão também — Palminha avisou. — Cada distintivo em Arketta vai estar atrás da gente agora, se já não estava antes.

— Então vamos seguir em frente — Clementina disse, recuperando a voz. — Não temos tempo a perder. Uma de nós pode segurar Violeta no cavalo. Quando encontrarmos a Dama Fantasma...

— Não fazemos ideia de onde a Dama Fantasma *está* — Áster lembrou. — Não podemos ir a lugar nenhum até Violeta acordar e nos dizer para onde ir.

Ela não acrescentou o que estava pensando de fato: que a Dama Fantasma provavelmente nem existia e que, se elas não conseguissem se livrar das insígnias, estavam mortas. Qualquer outro criminoso podia mudar sua aparência e fugir, se esconder e desaparecer em uma vida nova. Mas com as insígnias marcando-as não apenas como Garotas de Sorte fugitivas, mas também como as assassinas de Baxter McClennon...

— Até onde sabemos, a Dama Fantasma pode estar por perto — Palminha disse esperançosa, olhando para Violeta. — Podemos não ter que fugir para lugar nenhum.

Áster podia ver que Clementina não gostava de ter que esperar ali, mas elas não tinham escolha.

— Descanse por enquanto — ela disse à irmã, em voz baixa. — Vamos dar um jeito. Prometo.

Palminha e Malva pegaram o primeiro turno de vigia juntas. Áster se deitou no chão duro ao lado dos carrinhos de mineração enferrujados, envolvendo o cabelo no lenço antipoeira. O cobertor no qual se enrolou não a protegeu muito do frio que se infiltrava pelas pedras. Clementina se acomodou perto dela e, sem dizer nada, elas se aconchegaram uma à outra para se aquecer, como faziam quando eram pequenas. Antes de Córrego Verde. Antes de tudo aquilo.

Por um momento elas ficaram deitadas ouvindo os lamentos dos vingativos ecoando no escuro. Nunca eram palavras em uma língua viva, só vogais ininteligíveis que se mesclavam umas às outras, impotente e infinitamente. No entanto, Áster sempre sentia que estava a um passo de entender os vingativos – como se pudesse responder a eles, se quisesse – e isso era a parte mais assustadora.

Clementina parecia estalar de tensão, como se ela também estivesse contendo um grito.

— Sei o que você está pensando — Áster sussurrou após um tempo. — Não precisa.

— Precisa o quê?

— Pedir desculpas.

— Vocês vão todas morrer por minha causa. Na casa de boas-vindas, pelo menos estávamos a salvo. Mas os McClennons...

— Não estávamos a salvo. Nunca estivemos.

— Violeta quase foi esgarçada por aqueles vingativos. E você e Palminha quase foram pegas em Ribanceira da Morte. E aquele famélico no riacho...

— E nada disso foi culpa sua. Escute, se os McClennons nos matarem, então a culpa é dos McClennons. Simples assim. Em Córrego Verde, não tínhamos nenhuma chance contra as pessoas que queriam nos machucar, e agora temos. *Você* nos deu isso. Não tem que se desculpar por nada.

Clementina ficou em silêncio.

— Prometa que entendeu, Grace.

Era o nome real de Clementina – o nome pelo qual atendia antes da casa de boas-vindas, o nome que fora obrigada a esquecer. Algumas garotas achavam que era mais fácil assim, fingindo que era uma desconhecida quem estava sofrendo, não elas mesmas.

Mas talvez elas não precisassem mais ser aquelas pessoas.

— Eu prometo — Clementina sussurrou.

Então, finalmente, Áster se permitiu adormecer.

※

Violeta foi a última a acordar de manhã. Enquanto Áster e as outras selavam os cavalos, a garota ficou enrodilhada sob o cobertor com as mãos unidas delicadamente embaixo da cabeça. A palidez doentia que a tomara no dia anterior tinha sumido, e sua respiração soava lenta e regular outra vez. O cabelo ainda estava úmido da febre e o rosto estava sujo, mas Áster nunca a vira tão em paz.

Malva cutucou a garota nas costas com um graveto.

— Má… — Palminha repreendeu.

— Quê? Ela precisa levantar.

— Ela precisa *descansar.* Foi um dia difícil.

— Para todas nós. Ela parece bem.

— Dê mais quinze minutos pra ela — disse Áster, mordendo uma cenoura meio apodrecida que era o que restara da comida roubada da estrebaria. Ela compartilhava da impaciência de Malva e não queria desperdiçar sequer um minuto do dia, mas não havia por que partir se Violeta ia só desabar outra vez. Felizmente, a garota acordou sozinha logo depois. Talvez suas orelhas estivessem queimando.

Áster adivinhou pela expressão da outra que ela tinha esquecido que não estava na casa de boas-vindas. Estava prestes a ter uma baita surpresa.

— O que está acontecendo aqui? — Violeta perguntou, sentando-se e olhando ao redor com desconfiança. Então pareceu se lembrar. — Ah, *inferno*.

— Bem-vinda a Ribanceira da Morte — Áster disse, irônica. — Ou, pelo menos, bem-vinda a esta mina amaldiçoada a alguns quilômetros de Ribanceira da Morte. Paramos pra arranjar o cardo-doce, lembra?

— Um pouco — Violeta murmurou. Ela xingou de novo quando tentou se levantar e caiu no chão.

— Calma — Clementina recomendou.

— Estou bem — ela insistiu. — Só preciso de um pouco de água.

— E eu vou dar a você — disse Áster. — Mas primeiro tenho uma coisa para contar e outra para perguntar.

Violeta lhe lançou um olhar arrogante. Era o maior sinal de que estava realmente começando a se sentir melhor.

— Fala logo.

De todo modo, você vai querer estar sentada pra isso, Áster pensou. Então contou sobre os pôsteres que descobrira na noite anterior. Violeta permaneceu inexpressiva enquanto escutava.

— Você não parece tão preocupada com os McClennons — Clementina observou.

— De que adianta se preocupar? Está feito. — Ela passou a língua sobre os lábios. — Eu gostaria da água agora.

— Logo — Áster prometeu. — Ainda temos algo para perguntar. Você disse que, se arranjássemos o cardo-doce, diria onde podemos encontrar a Dama Fantasma. Então, onde ela está?

O olhar de Violeta ficou duro.

— Jura que ainda vão me levar com vocês?

— Pelo amor dos mortos, *sim,* só nos diga aonde estamos indo — Áster pediu, exasperada.

— É verdade que vocês *salvaram* a minha vida — Violeta admitiu. — Eu agradeceria, mas foi culpa sua por me abandonar quando eu derrubei o cardo-doce pra início de conversa, então acho que estamos quites.

— Olha, quer saber...

— Rochedo do Norte — Violeta disse finalmente. — É lá que eu vou... que *nós* vamos encontrar a Dama Fantasma.

Por um momento houve silêncio. Raiva dominou o peito de Áster como se ela tivesse sido traída. Rochedo do Norte estava a pelo menos um mês a cavalo, perto da fronteira de Ferron. Muito além da Chaga. Seria mais simples dizer que a Dama Fantasma morava na Lua.

— *Rochedo do Norte?* — Clementina repetiu antes que Áster conseguisse conter a raiva o suficiente para falar.

— Mas... mas você disse que tínhamos que ir para Ribanceira da Morte — Palminha balbuciou.

— Eu disse que tínhamos que ir *na direção* de Ribanceira da Morte — Violeta corrigiu. — Ainda temos um longo caminho à frente.

— O que mais você não está contando pra gente? — Malva quis saber. — Será que a "magia" dela funciona para todo mundo? Seus serviços têm um custo? Eu não vou atravessar metade do país só pra dar com a cara na porta.

Violeta hesitou.

— Dizem que custa mil águias para remover cada insígnia.

— Espere — Áster disparou, a língua finalmente solta. — Então temos que alcançar Rochedo do Norte *e ainda* dar um jeito de arranjar cinco mil águias no caminho? — A maioria dos mineiros teria sorte se visse mil águias em um ano. — E como assim, "*Dizem* que custa mil águias"? *Quem* é o esgarçado que diz isso?

— Eu disse que contaria onde ela está, não como eu sei disso — Violeta retrucou.

Áster cruzou os braços.

— Se vamos basear nossos malditos planos na sua suposta informação, acho que temos o direito de conhecer sua fonte.

— Tudo bem — Violeta bufou. — Se não acredita em mim, não se preocupe com o dinheiro. Apareça lá de mãos vazias e veja o que acontece.

Estava claro pelos olhares preocupados das outras que elas acreditavam em Violeta, tanto sobre a localização da Dama Fantasma como sobre a taxa. Apesar da raiva, Áster tinha que admitir que, de certa forma, as mil águias faziam a Dama Fantasma parecer um pouquinho mais real – não uma salvadora mítica, mas uma mulher cobrando por um serviço. Mesmo assim, ainda restava o problema de como arranjar o montante... e de como alcançar Rochedo do Norte.

— Temos o anel — Palminha começou, parecendo sentir Áster ceder. — Poderíamos vender para...

— Para quem? — interrompeu Áster. — Esse anel estava nos pôsteres com as nossas caras. Qualquer um que o reconhecer vai nos entregar.

— A Dama Fantasma talvez não — Clementina apontou. — Pode ser que aceite o anel como pagamento.

Talvez. Pode ser. Áster sentiu uma risada histérica ameaçando escapar. Elas nunca chegariam a Rochedo do Norte. Seria suicídio sequer tentar. Mas não havia esperança de sobreviver ali com os McClennons atrás delas. Perseguir as fantasias de Violeta era a única opção que elas tinham.

Sortudas imundas. Não sabem como a vida era boa naquela casa. As palavras do boticário ecoavam na cabeça de Áster.

— Preciso de um minuto — ela murmurou, se levantando com dificuldade.

— Espere, nenhuma de nós deveria sair sozinha... — Palminha alertou.

— Volto em um minuto — ela disse com firmeza. — Vou encher o cantil. Já venho. — Ela olhou para Clementina. — Prometo.

Lançando o cantil sobre o ombro, ela saiu cambaleante e piscando na luz do sol, agora mais forte. Viu-se em uma floresta completamente diferente daquela que tinham enfrentado na noite anterior. Pássaros cantavam de uma árvore a outra. Um lagartinho tomava banho de sol sobre uma pedra.

Ela começou a se sentir mais firme. Nem tudo era ruim, afinal.

Depois de uma breve caminhada, ela chegou ao riacho. Mesmo depois do encontro com o estranho, elas tinham ficado com medo de se afastar demais. Água fresca podia ser difícil de encontrar na Chaga. Ela desceu a ribanceira enlameada com cuidado e se ajoelhou para encher o cantil.

Um farfalhar súbito vindo de cima atraiu seu olhar para os galhos. O grito de um homem atravessou o ar. Áster tentou pegar a faca.

Antes que pudesse alcançá-la, foi empurrada no chão.

8

O peito de Áster explodiu de dor, e o ar lhe fugiu dos pulmões. Seus músculos se enrijeceram com o medo familiar de estar à mercê de um homem. Ela rolou, pôs-se de pé, apanhou a faca e desferiu um golpe contra o atacante com um grito desesperado. Ele desviou da lâmina e a empurrou de novo no chão.

— Não se mexa! — ele sibilou. — Não consigo lutar com vocês dois ao mesmo tempo.

Vocês dois?

Ele tinha tirado a faca da mão dela. Quando Áster vasculhou o chão e foi pegá-la, o jovem já tinha se afastado diversos passos, dando as costas para ela, e apontava a própria faca para a frente.

Contra o puma que os rodeava, rosnando.

Áster perdeu o fôlego. Nunca tinha visto um de perto, embora às vezes escutasse seus uivos ao longe. Aquele era ainda maior do que ela imaginava, o dobro do tamanho de um homem, os ombros musculosos rolando sob o pelo castanho-claro à medida que se aproximava deles com as presas expostas.

Mas seu peito sangrava de um corte longo e superficial. O rapaz já tinha conseguido acertar um golpe.

Ele me salvou, Áster percebeu. Seu coração disparou enquanto ela se erguia outra vez. O puma a devia estar seguindo, e o estranho a empurrara para longe a tempo. Ele também estava sangrando – o felino tinha arranhado seu braço.

Mas isso não o torna seu aliado, uma voz em sua cabeça avisou. Só os mortos sabiam o que *ele* queria com ela.

Mas, se não o ajudasse, o puma mataria os dois.

Áster umedeceu os lábios e apertou a faca com força. O estranho investiu contra o felino. Assim que o animal pulou na direção dele, Áster veio pela lateral e arranhou seu flanco. O bicho soltou um guincho de romper os tímpanos. Áster deu um pulo para trás quando o puma se virou para ela, e o estranho atacou de novo, rasgando sua anca. O felino se virou, atacando com uma pata pesada. O rapaz desviou de um golpe que teria esmagado suas costelas e se afastou rolando. O animal expôs os lábios negros e se abaixou numa pose predatória, preparando-se para saltar antes que o alvo se recuperasse.

Áster não pensou – o corpo se moveu antes que a mente pudesse impedi-lo. Ela correu até o puma e enfiou a faca, com força, entre as espáduas da fera. O animal soltou um ganido quase humano e se contorceu de dor. Aterrorizada, ela puxou a faca de volta e recuou aos tropeços, esperando que o animal a atacasse com fúria renovada. Mas o puma estava farto daquilo. Rosnou para eles e recuou, desaparecendo na mata tão de repente quanto aparecera.

A floresta ficou quieta. Áster estava ofegante, com as mãos trêmulas e as entranhas reviradas. Reuniu coragem. Teria que lidar com o estranho agora. Não ficara sozinha com um homem desde Córrego Verde, mas as coisas seriam diferentes dessa vez. Seria melhor morrer sob as garras do puma do que deixá-lo se aproveitar dela. Se fosse obrigada, ela retalharia o rapaz também. Ergueu a faca novamente, aproximando-se por trás enquanto ele observava o ponto onde o puma desaparecera.

— Não se deve demonstrar medo perto desses gatos selvagens — ele disse —, mas preciso admitir que quase molhei as calças agora. — Ele deu uma risada relaxada, embainhou a faca e se virou para ela. Áster se encolheu de surpresa.

Era o estranho do riacho.

Agora ela estava perto o bastante para ver que ele não era um famélico. Seus olhos castanho-claros eram os de um homem mortal, e ele não tinha aquela energia terrível que drenava as pessoas. Também não tinha sombra, o que significava que era um sangue-sujo como elas – geralmente um bom sinal. Na verdade, Áster estava quase certa de que já vira o rosto dele em algum lugar antes. Mesmo assim...

— Você está nos seguindo — ela rosnou, pressionando a ponta da faca no peito dele.

Ele ergueu as mãos, com uma expressão que espelhava o susto dela.

— Ei, calma!

— Quem é você? O que quer?

— Eu disse *calma*. É melhor abaixar essa faca. Meu nome é Zee. Eu sou um trilheiro. Posso ajudar vocês.

Um trilheiro. Um guia da Chaga. Pelo que Áster sabia deles, o jovem até que parecia um. Usava um casaco marrom comprido sobre um colete de trabalho simples; jeans escuros e secos, como mandava o figurino; botas de montaria; chapéu de aba larga; e, claro, estava aparentemente viajando sozinho pela região. Era isso que os trilheiros faziam: domavam a floresta, exploravam o desconhecido, protegiam os fracos e impotentes das coisas malévolas nas montanhas.

No entanto, qualquer cretino podia colocar um chapéu de herói e cavalgar até as colinas. Seria tudo um truque para atraí-las até os McClennons? Áster achava bem provável.

— Ficaremos bem — ela respondeu, inexpressiva.

— Até alguém como eu tem dificuldade em ficar "bem" por aqui — Zee argumentou. — Há coisas piores que pumas nesses bosques. — Ele olhou para a faca com um pedido implícito, mas Áster se recusou a abaixá-la.

— Que seja. Não temos brilho para pagar você — ela afirmou. E certamente não pagariam de qualquer outra forma, se era isso que ele esperava de um grupo de Garotas de Sorte. Ela cortaria a garganta dele antes disso.

— Não quero seu brilho, quero o anel de McClennon — Zee disse. Lentamente, puxou o pôster com o rosto de Clementina do bolso, mantendo a outra mão erguida em um gesto de paz. — Diz aqui que vocês o roubaram. Um anel como esse não tem preço para um homem na minha profissão.

O rosto de Áster queimou de raiva.

— Então você quer nos chantagear? Damos o anel de teomita ou você vai nos denunciar?

— Inferno, não!

Antes que Áster pudesse responder, os arbustos farfalharam atrás dela. Ela girou, temendo que o puma tivesse voltado, mas eram só as outras garotas. Aliviada, embainhou a faca. As cinco juntas seriam capazes de subjugar o jovem, se fosse necessário.

— Áster! — Clementina exclamou. — Achamos ter ouvido um puma...

Elas estancaram.

— Quem é esse esgarçado? — Violeta quis saber.

— O estranho que vimos ontem. Ele diz que é um trilheiro e quer nos ajudar a chegar ao nosso destino — Áster explicou com a voz transbordando de ceticismo. — Nos rastreou até aqui.

— Ele é um trilheiro e seu nome é Zee — o jovem explicou, apertando o braço que ainda sangrava. — Escutem, eu gostaria de cuidar logo deste ferimento. O que preciso fazer para convencer vocês? Estou seguindo o grupo de vocês desde Córrego Verde, tive muito tempo pra denunciá-las. Não sei o que aconteceu entre vocês e McClennon e não me importo muito com isso. Sempre vou ficar do lado de Garotas de Sorte, especialmente contra aqueles malditos mestres de terra. Sempre.

Áster cerrou a mandíbula.

— É mesmo? — Ela olhou Zee nos olhos. Seu tempo na casa de boas-vindas tinha lhe ensinado os muitos jeitos como os homens mentiam, para si mesmos e para os outros. Eles mentiam para se sentirem mais poderosos ou esconder algo vergonhoso. Ela estava acostumada com homens que prometiam ser de confiança e meio segundo depois mostravam que com certeza não eram. Eles tinham um olhar ardiloso e esquivo que ela sempre conseguia identificar. E ela tinha que admitir que não via nada disso em Zee, mas também não sabia se podia confiar em seu julgamento, estando tão exausta e desesperada. — Então tenho certeza de que vai esperar enquanto discutimos.

Ela acenou para que as outras a seguissem por uma curta distância – perto o bastante para ficar de olho nele, mas longe o suficiente para que ele não as ouvisse. Quando formaram um círculo, Áster contou tudo que elas tinham perdido. Zee a tinha salvado do puma, era verdade. Mas, ela apontou, o rapaz esperava um pagamento por sua ajuda. Queria o anel que elas deviam reservar para a Dama Fantasma.

— Talvez a gente possa arranjar o brilho pra ela ao longo do caminho — Palminha sugeriu. — Vamos precisar de ajuda para atravessar a Chaga,

Áster. Mal conseguimos escapar com os medicamentos ontem à noite, e estamos ficando sem comida.

— É, e se ele fosse nos entregar, teria feito isso ontem — Clementina apontou. — Ele sabia onde estávamos.

— E somos mais que o suficiente para lidar com ele — Malva afirmou, ecoando o pensamento anterior de Áster. — Se quiser nos trair, não vai escapar fácil.

— *E* ele salvou você do puma — Clementina continuou.

— Porque eu valho mais viva que morta — Áster retrucou, exasperada. — *Todas* valemos...

— Olha, não vou fingir que sei o que ele quer — Violeta interrompeu. — Mas Rochedo do Norte fica a centenas e centenas de quilômetros daqui. Pelos mortos, vamos precisar de ajuda para chegar lá inteiras, e no momento acho que ele é nossa melhor opção. Desculpe se não confio em *você* para nos guiar.

— Mas você não acha um pouco *conveniente* que, assim que decidimos ir a Rochedo do Norte, um trilheiro apareça para nos acompanhar? — Áster perguntou, cruzando os braços. — Sinto muito, mas a coisa toda cheira mal.

As outras ficaram em silêncio por um momento.

— É só que... meus instintos dizem que podemos confiar nele — Clementina falou por fim, evitando o olhar de Áster.

Ah, bem, se os instintos *de Clem estão dizendo, problema resolvido*, Áster pensou, frustrada. Mas sabia que os instintos da irmã acabavam se provando corretos na maioria das vezes, e as outras garotas também tinham lançado argumentos convincentes. Enquanto olhava ao redor do círculo, ela teve que se perguntar se elas não tinham razão. Reparou de repente em como todas estavam exaustas: Violeta ainda trêmula da crise de abstinência; Palminha esfregando uma queimadura de sol feia na nuca; todas elas sujas, desidratadas e esgotadas. Ela própria estaria morta se não fosse por Zee. Por mais que as palavras de Violeta a irritassem, Áster temia que a garota estivesse certa. Elas precisavam de ajuda.

— Tudo bem — ela concordou. — Vamos deixar ele vir com a gente *hoje* e ver o que acontece. Sentir o terreno. Por enquanto, vamos levá-lo ao acampamento e cuidar daquele braço.

"Mas, se Zee as traísse", Áster pensou, "ela não hesitaria em abrir seus cortes outra vez".

✷

Quaisquer que fossem as intenções de Zee, ficou claro nas horas seguintes que, pelo menos, ele era um trilheiro de verdade. Ele montava uma bela égua palomino chamada Pepita, e seus alforjes estavam cheios de suprimentos para sobreviver à vida na estrada: pederneira e fósforos, frutas e carne-seca, uma bússola e um kit de cozinha, um fuzil e uma espingarda.

— Por que você precisa de um fuzil *e* de uma espingarda? — Malva perguntou enquanto eles seguiam em fila única por uma trilha de caça. O dia estava particularmente ventoso, fazendo com que a poeira vermelha rodopiasse em uma névoa e deixasse os olhos de Áster marejados e a garganta áspera. De vez em quando uma delas era tomada por um acesso de tosse e Palminha tirava uma bala de mel de seu alforje de suprimentos médicos roubados. Áster estava chupando uma naquele momento.

— Bem, o fuzil é só para caçar — Zee explicou. — Mas a espingarda é para os vingativos.

— Você consegue matá-los? — Violeta perguntou do fim da fila.

— Claro que não — Áster respondeu por ele. O modo como Violeta ignorava coisas básicas que qualquer criança sangue-sujo aprendia antes dos cinco anos sempre a impressionava. Fantasmas eram como manchas que esvaneciam com o tempo. Alguns eram mais persistentes que outros, especialmente vingativos. O máximo que se podia fazer era enfraquecê-los.

— Perdão, Áster, eu estava falando com você? — Violeta disparou de volta.

— A espingarda os afugenta — Zee respondeu depressa da frente da fila. — Eu uso balas de ferro em vez de chumbo, o que afasta os mortos.

— Como a sentinela de ferro que tínhamos fora de casa quando eu era criança — Palminha disse. — Ou as que ladeavam a Estrada dos Ossos.

— Exato — Zee confirmou. — A maioria das pessoas leva um pedacinho de ferro no bolso para se proteger, mas uma ferradura da sorte vai assustar um vingativo tanto quanto um fósforo amedrontaria um lobo faminto. Você precisa de *muito* ferro, mais do que é prático carregar por aí. Por isso prefiro a espingarda. Um pouco de ferro ajuda muito mais se atinge um vingativo diretamente. Faz eles fugirem antes de se aproximarem demais. — Zee reduziu o passo até ficar ao lado delas e entregou a espingarda para Clementina. Era uma peça bem-feita, até Áster tinha que admitir, com uma coronha de cerejeira polida delicadamente incrustada de ouro.

— Já atirou uma dessas? — Zee perguntou, olhando por cima do ombro.

— Ah, claro, sabe, antes de ir para a casa de boas-vindas — Clementina disse. Não era bem verdade. A irmã tinha disparado um revólver, uma vez, em uma aposta. Os garotos na Chaga começavam a treinar com armas assim que aprendiam a andar, mas as garotas eram consideradas delicadas demais para isso.

— É mesmo? — Zee perguntou, parecendo impressionado. — E eu aqui achando que teria a honra de ensinar uma coisinha ou outra a você. Mas vejo que não será necessário.

— Bem, não é como se eu tivesse um trilheiro me ajudando da última vez. Tenho certeza de que você pode me ensinar uma coisinha... outra eu já não sei.

— Certo, devolva para ele, Clem, não é um brinquedo — Áster ordenou, tensa.

Zee também contou que tinha um estoque de emergência de folha-cinzenta para queimar, uma vez que os vingativos não suportavam o fedor. Era a mesma erva que consagradores usavam para abençoar espaços sagrados. Mas teomita era a melhor proteção, segundo ele. Feita dos ossos escurecidos das grandes feras que existiam quando o mundo era jovem e o Véu era fino, ela ainda pulsava com a energia antiga deles, afugentando espíritos malignos assim como ímãs repelem uns aos outros.

— Nenhum vingativo vai chegar a um passo de um anel de teomita como o de vocês — Zee concluiu. — Não é à toa que o pessoal faz de tudo pra minerar o negócio.

Ele gosta mesmo de ouvir a própria voz, pensou Áster. Mas pelo menos a conversa as mantinha distraídas.

Perto do meio-dia, Zee insistiu que o grupo parasse. Áster cerrou os dentes quando ele desmontou do cavalo.

— Temos que continuar até anoitecer — ela disse. — Cavalgamos ontem o dia inteiro sem parar.

— Não é bom exaurir os cavalos — Zee explicou, paciente. — Senão eles não vão conseguir correr quando você precisar deles. Deixe-os descansar e pastar um pouco. Prometo que estamos a salvo aqui.

Áster não tinha nenhuma intenção de aceitar ordens de um tolo que elas tinham acabado de conhecer. Aquele pedaço de terra não parecia mais seguro que qualquer outro lugar pelo qual tinham passado, mas Zee indicou os arredores com um gesto amplo.

— Estamos em terreno elevado — ele explicou. De fato, às costas delas havia um penhasco, enquanto a floresta ao redor descia em um declive suave. — E as árvores são mais esparsas aqui também, então poderemos ver alguém chegando de qualquer direção.

Zee já fizera vários ajustes para dificultar que os famélicos as seguissem, envolvendo os cascos dos cavalos em tecido para esconder seus rastros e viajando no sentido do vento para mascarar seu cheiro. Eles pegavam trilhas de caça de terra batida sempre que dava e, quando não era possível, deixavam trilhas falsas antes de dar meia-volta. Seu ritmo de avanço tinha caído para o que parecia o de uma lesma, especialmente comparado com a fuga à velocidade máxima de Córrego Verde. E agora Zee queria que elas parassem de vez? Ela não gostava da ideia, terreno elevado ou não.

Mas e se ele tiver razão? E se for o único jeito de ficar na frente dos nossos perseguidores?

Áster cerrou os dentes. Ela odiava saber tão pouco e como isso a deixava vulnerável. Zee poderia estar conduzindo-as para um massacre e elas não saberiam.

— Acha que já despistamos os famélicos? — perguntou Palminha, tirando o chapéu e enxugando o suor por baixo dele.

Zee balançou a cabeça, sombrio.

— Não se pode esperar que um rastreador perca a pista completamente, especialmente quando se trata dos famélicos. O máximo que você pode fazer é atrapalhá-los. Vi sinais de pelo menos dois grupos de busca seguindo vocês desde Córrego Verde. Fiz o possível para cobrir seus rastros, mas precisamos partir do princípio de que eles vão nos encontrar de novo.

— *Dois?* — Áster quase engasgou com sua bala de mel. Ela sabia, é claro, que alguém viria atrás delas, mas mesmo assim... — Você conseguiu ver de onde eram? — ela perguntou, tentando esconder o susto.

— Um deles era da casa de boas-vindas — respondeu Zee. — Imagino que o outro grupo trabalhe para McClennon.

E aposto que eles não vão fazer pausas, Áster pensou, observando descrente enquanto as outras apeavam e tomavam goles longos do cantil. Claramente, estavam felizes em seguir o conselho de Zee. Enquanto descansavam, ele mostrou como tirar água fresca do tronco de uma árvore com um sugador, quais plantas na área eram comestíveis e quais eram venenosas, e como identificar sinais de vida selvagem perigosa. Ele disse que não teriam que se atentar apenas a coiotes e pumas. Também havia tarântulas do tamanho da roda de uma carroça e morcegos tão grandes que podiam levar um filhote de cabra. Cascavéis. Cabeças-de-cobre. Lagartos de presas negras.

— Clementina sobreviveu a uma mordida de cascavel — Malva contou. Áster olhou feio para a garota.

— É mesmo? — Zee disse de novo. — Bem, talvez não fosse uma cascavel, sabe. A maioria das cobras na verdade é inofensi...

— Está me chamando de mentirosa? — Clementina perguntou com um leve sorriso, mexendo na pulseira que Áster fizera para ela.

— Claro que não! — ele negou depressa.

— Então de idiota.

Ele pareceu constrangido.

— Eu nunca...

— Clem — Áster rosnou, fazendo um gesto para a irmã. — Uma palavrinha.

Ela levou Clementina até a sombra das árvores. A irmã ainda estava corada e sorridente.

— Você precisa parar — Áster sussurrou.

— Parar o quê?

— De brincar com ele assim. Ele não é nosso amigo.

Uma ruga se formou entre as sobrancelhas de Clementina.

— *Ainda* não — ela disse. — A questão é justamente essa. Estou tentando *torná-lo* um amigo. Precisamos de ajuda, Áster.

— Bom, você precisa tomar mais cuidado. Tudo que contar sobre si mesma é algo que ele pode usar contra você mais tarde.

— Mas eu não contei quase nada!

Não em palavras, talvez. Mas havia coisas que um homem podia ler no seu rosto, na sua voz. No modo como você olhava – ou não olhava – para ele. Clementina ainda não aprendera a se controlar do jeito que precisaria para sobreviver.

— Só... fique na sua por enquanto, tudo bem? — Áster pediu. — Zee ainda está longe de merecer nossa confiança. Se ele parece gentil, é porque quer alguma coisa.

Clementina ficou quieta por um momento, cruzando os braços e estreitando os olhos para o sol. Depois de dois dias na estrada, sua pele marrom tinha assumido uma tonalidade mais escura que Áster não via desde que elas eram crianças, quando se deitavam de barriga para baixo na terra para observar formigas subindo por um cepo velho. De repente, foi tomada por uma vontade feroz de proteger a irmã.

— Tudo bem — Clementina concordou por fim, e Áster soltou um longo suspiro.

Eles seguiram viagem.

Só ao final da tarde o nó de ansiedade no estômago dela começou a se soltar um pouco. Eles estavam a menos de um quilômetro da próxima cidade grande, Poço Seco. Tinham percorrido uma boa distância, mesmo com as precauções de Zee, e as horas tinham passado sem grandes incidentes. Não havia como negar que o primeiro dia com o trilheiro tinha sido um sucesso.

Zee encontrou uma cavidade onde poderiam se abrigar aquela noite, um trecho de terra sob um afloramento de rocha. Enquanto as outras foram até um riacho próximo para dar de beber aos cavalos e se lavar, Áster decidiu ajudá-lo a montar o acampamento. Alguém precisava ficar de olho nele.

Eles começaram a abrir os alforjes, Zee espiando-a pelo canto do olho.

— Você se saiu bem hoje — ele disse depois de um momento. — Dá pra ver por que as outras seguem você.

Áster deu um resmungo ininteligível.

— Não estou aqui para tirar seu comando, sabe — Zee insistiu. — Passei o dia tentando descobrir como dizer isso... não quero ser seu novo líder. Vocês não precisam de um e eu também não quero isso. Só quero ajudar.

— Você mencionou algumas vezes.

— Pelos *mortos*, é como falar com uma parede de tijolos.

— Aposto que você já tentou.

Zee murmurou um xingamento e a deixou em paz. Eles trabalharam em silêncio por mais um tempo, então Áster foi limpar um espaço para todos dormirem mais tarde. Os músculos de suas pernas e costas estavam doloridos de cavalgar o dia todo, e o simples ato de se curvar para pegar gravetos e pedras parecia duplicar suas dores. Suor escorria através da sujeira no rosto. Havia um gosto de terra em sua boca. Ela se encolheu enquanto estendia a mão para pegar a última pedra...

... e ofegou quando percebeu o que era.

Seu estômago se revirou. Ela derrubou os gravetos que segurava.

— O que foi? — Zee perguntou, correndo até ela. Áster apontou para o crânio humano coberto de terra, com o topo rachado, os olhos vazios e os dentes quebrados. Pensou no emblema da casa de boas-vindas de Córrego Verde, carimbado nas costas da mão de todo gabola: um crânio com rosas.

Ela não conseguia encontrar a voz.

Zee caiu de joelhos e suspirou.

— Ah. Pobre coitado. — Ele pegou o crânio e limpou a sujeira que o cobria. — Queria dizer que estou surpreso, mas esse tipo de coisa é comum por aqui. Muita gente tenta sair da Chaga, e alguns tolos desesperados até pensam que têm chance de chegar a Ferron, onde não existem dívidas de sangues-sujos. Mas as montanhas são uma pena de morte em si. — Zee balançou a cabeça. — Mesmo assim, talvez seja melhor do que ser pego na fronteira.

Áster sabia que aquele tipo de coisa acontecia, mas ver os ossos de fato...

— Por que mais trilheiros não os ajudam? — ela perguntou.

— Bem, primeiro porque é ilegal ajudar alguém tentando escapar do Acerto Final. E segundo porque a maioria não pode pagar pelos nossos serviços. Somos contratados principalmente por sangues-limpos.

Áster olhou para Zee, que cuidadosamente apoiou o crânio no afloramento de rocha para tirá-lo do caminho.

— E *você* estaria nos ajudando se não tivéssemos aquele pedaço de teomita como pagamento?

Zee franziu o cenho.

— Áster, não estou fazendo isso só pelo brilho. Eu... — Mas antes que ele pudesse terminar, as outras voltaram. Zee ficou obviamente aliviado em escapar da conversa e foi cumprimentá-las. Áster o acompanhou com olhos de gavião.

Quando terminaram de montar o acampamento, todos se acomodaram para jantar – biscoitos e feijão. Zee ensinou a elas como acender uma fogueira em um buraco para não soltar fumaça, provendo uma pequena fonte de calor, e elas usaram os cobertores como capuzes para se proteger do vento.

Surpreendentemente, Zee ficou calado. Enquanto todas conversavam e comiam, ele só encarava o fogo em silêncio. Será que estava chateado por Áster ter questionado a integridade dele? Será que havia algum perigo pela frente que ainda não contara a elas? Ou talvez só estivesse cansado, como todas elas. Áster não tinha paciência para tentar desvendar o humor do rapaz, mas não conseguia relaxar sem saber por que ele estava tenso.

Finalmente ele se ergueu, limpando a sujeira dos jeans.

— Se estão todas bem por enquanto, eu vou dar uma passada na cidade. Vamos precisar de mais suprimentos do que geralmente carrego comigo. Mais cantis, forragem para os cavalos, roupas que sirvam em vocês direito... vai levar um tempo e eu quero voltar antes de anoitecer.

— Você tem brilho pra tudo isso? — Violeta perguntou, olhando-o dos pés à cabeça como se duvidasse.

— Meu pai era um aposteiro e me deixou um pouco de ouro quando morreu. Estive guardando para uma emergência. — Ele deu um sorriso desconfortável. — Imagino que ele concordaria que isso conta como uma.

Que sorte pra nós, Áster pensou secamente. Tudo aquilo parecia bom demais para ser verdade.

— Não podemos aceitar caridade, Zee — Clementina disse.

— Não é caridade — Zee prometeu. — O anel de teomita vai cobrir os custos e mais um pouco. Todo trabalho exige suprimentos, está embutido no preço. — Ele sorriu de novo. — Então relaxem até eu voltar, tudo bem? Vocês merecem.

Áster observou enquanto ele preparava o cavalo. Embora as palavras do trilheiro parecessem honestas, algo em seu jeito esquivo sugeria que ele estava mentindo dessa vez. A nuca dela formigava. Mas ele estaria mentindo sobre o quê?

Talvez ele esteja indo até a cidade para nos entregar, ela pensou. Olhou ao redor do círculo. Ela tinha que contar para alguém. Clementina só o defenderia. Malva poderia fazer algo imprudente. Palminha ficaria ansiosa. Mas Violeta…

Áster esperou Zee ir embora, suando apesar do ar fresco que deixava sua pele arrepiada. Assim que ele ficou fora de alcance, ela correu para o lado de Violeta, que estava penteando o cabelo com a escova de pelo de javali do trilheiro.

— Violeta.

— Pelos mortos, o que é *agora*?

— Tenho que falar com você. — Sob protestos, ela puxou a garota de lado e explicou suas suspeitas sobre Zee.

Violeta fez uma careta.

— Não sei, Áster, por que ele teria esperado até agora?

Áster queimava de frustração.

— Como infernos eu saberia? Acho que vou segui-lo. Só preciso ter certeza. Se descobrir que estou certa, eu volto e podemos fugir com alguma vantagem. E, se eu não voltar, preciso que você tire as outras daqui. Por enquanto, só diga que segui Zee porque… porque pensei em mais uma coisa para ele comprar. Não quero que elas se preocupem à toa.

— Elas vão dizer que você é idiota por sair sozinha. — Violeta suspirou. — E estarão certas.

— Talvez. — Mas, se não fizesse nada e Zee levasse a lei até elas, Áster nunca se perdoaria. — Só cuide delas.

Violeta finalmente assentiu. Enquanto ela voltava ao acampamento, Áster escapou de fininho. Desamarrou seu cavalo, montou e seguiu o rastro de Zee. Queria esperar o suficiente para que ele não soubesse que ela o estava seguindo, mas também tinha medo de ficar para trás. Cada segundo contava.

Mesmo assim, parou e amarrou o lenço antipoeira ao redor do rosto quando se aproximou da Estrada dos Ossos. Suas mãos tremiam. Todos estariam à procura dela agora. Até gente que poderia simpatizar com a sua situação saberia da recompensa de McClennon e pensaria duas vezes.

Ela foi tomada por uma dúvida repentina. Talvez devesse só voltar e dizer às garotas para fugir...

Mas não, elas iriam querer provas. Se Áster tentasse obrigá-las a abandonar a primeira pessoa que lhes ofereceu esperança, iriam exigir provas.

Ela percebeu, surpresa, que também se permitira criar esperança. Não muita, mas estava ali. Era como encontrar uma moeda de cobre no bolso.

Por favor, Zee, ela pensou. *Que eu esteja errada sobre você.*

Ela esporeou o cavalo até a Estrada dos Ossos, suor escorrendo pela coluna. Então virou uma curva e viu dois ordeiros de vigia nos limites da cidade. Ela disse a si mesma que aquilo não era incomum. Havia muitos bandidos na região. Aqueles distintivos só estavam de olho.

Então por que tinham parado os dois homens a cavalo na frente dela?

Áster ficou tensa e apertou as rédeas, mas era tarde demais – um dos ordeiros a tinha visto e estava acenando para que ela se aproximasse. Seu parceiro tinha deixado os dois homens seguirem para Poço Seco.

A insígnia formigava. Ela respirou fundo e trotou adiante. Ainda estava usando as roupas largas de cavalariço de Augie e, com o cabelo escondido no chapéu e o rosto coberto, poderia passar por um jovem na luz esvanecente. Mesmo assim, sangues-sujos muitas vezes eram proibidos de entrar em cidades muradas se não tivessem documentos do mestre de terras justificando a presença ali.

E Áster jamais passaria por uma sangue-limpo.

— Boa tarde, senhor — o primeiro ordeiro disse quando ela parou sob a sombra de uma árvore. Sua boca era uma linha dura por baixo do bigode loiro eriçado. Ele ergueu um pôster grande com o rosto de Clementina. — O senhor viu esta garota?

Áster balançou a cabeça devagar, sem ousar falar, rezando para que eles não lhe pedissem para ficar sob a luz.

— E estas?

Ele ergueu os outros pôsteres um por um. Ela balançou a cabeça de novo. Suas entranhas se reviravam. Quando o homem mostrou a ela seu próprio rosto, Áster sentiu uma pontada de terror, suando debaixo do lenço.

— Bem, fique de olho aberto, ouviu? — o outro ordeiro alertou. Seus olhos eram negros como carvão. — Elas mataram um homem. São perigosas, e temos razão para acreditar que estão na área.

Áster tocou a aba do chapéu e eles a deixaram passar pelos portões. Ela não ousou soltar o ar até que estivessem fora de vista. Se sua insígnia tivesse queimado através do lenço antipoeira... se a árvore não tivesse escondido a falta de sombra dela... se qualquer um dos dois tivesse exigido que ela explicasse o que fazia ali...

Esqueça isso. Só encontre Zee e dê o fora daqui.

Ela levou o cavalo pela Rua Principal em um trote, tentando acalmar a própria respiração. Poço Seco parecia uma cidade mais tranquila que Ribanceira da Morte. A maioria das lojas ainda estava aberta, e um grupo de sangues-limpos fofocava segurando compras em frente a uma loja de artigos gerais. Dois sangues-sujos martelavam o telhado da estalagem, sem camisa e suando sob o sol do fim de tarde.

Não havia sinal de Zee. Se ia denunciá-las, teria feito isso quando os ordeiros o pararam, não? Será que ele estava contando a verdade, no fim das contas? Ela não o vira em nenhuma das lojas – mas, é claro, não estivera procurando por ele ali.

Finalmente, ela chegou ao escritório do mestre de lei, mas a égua de Zee, Pepita, não estava amarrada ao poste do lado de fora. Ele não estava ali.

Ela hesitou. Sua insígnia tinha começado a arder a sério, o suficiente para deixá-la atordoada. Em breve começaria a brilhar através do lenço. Áster precisava voltar, mesmo sem provas de que Zee tinha más intenções.

Mas então, quando se virou para ir embora, ela a viu: a casa de boas-vindas de Poço Seco.

Encolheu-se como se tivesse levado um tapa. A mansão imponente assomava sobre os outros prédios, feita de tijolos escuros e cumeeiras elevadas. Um famélico se inclinava de modo relaxado contra o batente. Cada célula no corpo de Áster gritava para que fugisse, mas ela não conseguia controlar as próprias pernas. Ao escapar de Córrego Verde, esperava deixar todas as lembranças para trás – e agora elas voltavam de uma vez, subindo pela sua garganta e a afogando.

Ela morreria ali. Aqueles homens a matariam, cumprindo sua função.

O famélico virou seus olhos cor de ferrugem para ela. Áster engoliu em seco, sentindo que tinha uma faca na garganta.

Foi então que finalmente viu Zee – seu chapéu de trilheiro; seu rosto esguio e sagaz; seu passo relaxado e gracioso enquanto ia desamarrar o cavalo. O choque suplantou o terror – e a encheu de raiva.

Ele estava saindo da casa de boas-vindas.

9

A fúria de Áster queimou como sua insígnia escondida. Ela sabia que Zee estava escondendo algo, mas nunca imaginara aquilo. Sua mão foi até a faca. Ela iria estripá-lo como um porco.

Mas isso seria suicídio, então ela deu meia-volta antes que Zee a visse. Tinha que voltar ao acampamento e avisar as outras.

Partiu sem olhar para trás.

A dor da insígnia começou a fazê-la suar enquanto percorria a Rua Principal – era como se um ferro candente estivesse pressionado contra sua pele. Ela cerrou os dentes para conter o grito crescendo na garganta. Tinha esperado demais, jamais conseguiria passar pelo posto de controle nos portões agora. Ela ergueu o colarinho do casaco, torcendo para que aquilo lhe desse mais alguns minutos, e fez uma curva brusca em uma rua lateral, dirigindo-se para os limites da cidade. Aproximou-se do muro com a cabeça inclinada e o coração disparado, mantendo os olhos fixos nos ordeiros à frente.

Por favor, não me parem, por favor, não me parem, por favor, não...

Ela não sabia se havia alguém além do Véu cuidando dela ou se tinha sido pura sorte, mas passou sem ser abordada.

Soltou o ar. O céu estava começando a escurecer, azul-arroxeado como um hematoma, quando ela finalmente chegou aos bosques. Arrancou o lenço antipoeira, ofegando de dor, e esporeou o cavalo a um galope. Tinha que chegar ao acampamento antes que a noite trouxesse os vingativos. O vento açoitava sua pele enquanto ela corria até o afloramento rochoso.

Todas pareceram surpresas com o seu retorno súbito – menos Violeta, cujo rosto estava tenso de antecipação à luz da lamparina. Áster desceu da sela.

— Desmontem o acampamento — ela ordenou, respondendo à questão implícita nos olhos de Violeta. — Precisamos sair daqui.

— Por quê? — Clementina perguntou, alarmada. As outras se ergueram e começaram a se mexer.

— Zee. — O nome saiu como um xingamento. — Quando fui à cidade, eu o vi na casa de boas-vindas.

Os olhos de Malva se arregalaram de raiva.

— Espere, tem *certeza*?

— Sim, era ele. Estava saindo de lá. Não devia ter brilho pra muito tempo. — Áster sentia vontade de vomitar. Zee não era melhor que o tenente Carney ou qualquer um dos outros. Provavelmente se achava bom só porque não era abertamente cruel como Baxter McClennon.

Mas não existiam gabolas bons. Todos sabiam que as garotas que compravam eram prisioneiras.

E o fato de Zee ter sorrido e prometido ajudá-las a fugir, para então submeter outra garota ao mesmo mal do qual elas estavam fugindo...

— É perverso — Violeta disse, sombria.

— Inferno esgarçado, eles são todos iguais — Malva xingou.

— Mas ele é um *sangue-sujo* — disse Palminha. — É um de *nós*. Achei que...

— Isso não quer dizer nada — Áster cuspiu. Ela também já fora inocente o bastante para acreditar nisso, mas alguns dos seus clientes mais odiosos tinham sido sangues-sujos, homens amargos e quebrados que tinham sido recompensados por seu mestre de terras com uma visita à casa de boas-vindas. Era o tipo de privilégio que se ganhava por dedurar uma greve ou tentativa de fuga aos supervisores.

Não se podia confiar em ninguém.

— Vamos, vamos — ela insistiu, ajoelhando-se para enrolar um cobertor. — Precisamos sumir antes que ele volte.

— Espere. — Clementina falou pela primeira vez desde que ouvira a notícia. Ela ainda estava sentada de pernas cruzadas no chão. Esforçou-se para manter a voz firme, mas Áster podia notar sua mágoa. — Eu... eu quero esperar por ele. Merecemos a chance de confrontar aquela víbora por mentir para nós.

Por um momento, Áster viu sua própria culpa e fúria ardentes refletidas no rosto da irmã. Se Zee estivesse ali naquele momento, ela teria alegremente quebrado sua mandíbula. Conhecia bem demais a necessidade de confrontar aqueles que a haviam ferido, e sabia que a dor só aumentava quando não se tinha uma chance de fazer isso. Palavras não ditas se dissolviam como veneno nas veias.

Mas aquele veneno ainda era uma morte mais lenta do que nas mãos de homens perigosos – e Zee era perigoso. Não havia como duvidar disso agora.

Áster estava prestes a explicar isso à irmã quando Malva falou primeiro.

— Na verdade, Clem pode ter razão. Se esperarmos Zee voltar, podemos roubar tudo que ele tem — ela apontou. — Ele claramente tem brilho sobrando, se pode se dar ao luxo de ir à casa de boas-vindas.

— E então o amarramos para garantir que ele não nos siga de novo — Violeta sugeriu. — Sinceramente, seria melhor fazer isso de qualquer forma.

Todas ficaram em silêncio por um momento, parecendo considerar a ideia. Os lamentos dos vingativos se ergueram ao redor delas, misturando-se aos uivos do vento através das árvores.

— Precisamos do brilho — Áster concordou. — Vamos ter que comprar suprimentos na próxima cidade, senão nunca chegaremos a Rochedo do Norte. Zee não estava mentindo sobre isso.

— Prefiro roubar brilho de um gabola como ele a suprimentos de um comerciante inocente — Palminha acrescentou.

— E Zee? — Clementina perguntou. — O que fazemos com ele?

Áster hesitou.

— Não vamos feri-lo. Digamos que devemos isso a ele pelo menos por nos trazer até Poço Seco. Mas vamos amarrá-lo antes de partir, como Violeta disse. E os mortos que o ajudem se ele decidir vir atrás de nós de novo.

Malva assentiu, enrolando as mangas da camisa.

— É melhor emboscá-lo na estrada. Ele não vai estar esperando.

— Certo — Áster concordou —, mas não perto demais da cidade. Há ordeiros perto do muro.

Elas seguiram até a Estrada dos Ossos a pé para conseguir atravessar o emaranhado de vegetação rasteira. Agulhas de pinheiro estalavam suavemente sob seus pés; estrelas pontilhavam o céu como joias. Áster foi na frente com o anel de teomita pendendo de um cordão ao redor do pescoço. O ar tinha ficado frio, e não apenas pela chegada da noite: os mortos despertavam e estariam à caça também.

Quando chegaram à margem da estrada, logo antes da curva, as cinco se agacharam atrás da vegetação o melhor possível, posicionando-se no trecho de escuridão entre duas sentinelas de ferro cujas lamparinas iluminavam a estrada. Não demorou muito para alguém aparecer, embora não fosse Zee.

Primeiro passou um grupo de aposteiros bem-vestidos em uma carruagem grande e aberta, nenhum com mais de trinta anos. Provavelmente iam da mansão de algum mestre de terras nas colinas até a cidade. Áster não tinha dúvidas de que um ou todos eles estavam a caminho da casa de boas-vindas, e fincou as unhas na terra enquanto sua raiva crescia – mas elas não eram páreo para um grupo tão grande.

Então veio uma dupla de ordeiros a cavalo em patrulha. Áster contou as batidas do seu coração até eles passarem.

Em seguida, apareceu um homem de meia-idade viajando sozinho em uma carruagem aberta e vagarosa. Ele perscrutou a floresta escura, parecendo desconfortável, e bebeu um gole furtivo de um frasco quando um vingativo uivou em algum lugar por perto.

— Eu o conheço — Violeta sussurrou num tom sombrio. — Ele é um político que visita a casa de boas-vindas todo ano na época das eleições para fazer campanha com os outros clientes. E para se *divertir* também, é claro.

— Deve estar a caminho da casa de boas-vindas *agora mesmo* — Clementina disse. — Um homem trabalhador *merece* um descanso. Não é isso que eles dizem? Áster... — Ela cerrou os dentes até sua mandíbula estremecer. — Áster, temos que impedi-lo.

— Estamos esperando Zee — ela respondeu.

— Que se dane Zee — Malva rosnou. — Que se danem todos eles. Esta é nossa chance de estripar um desses merdinhas e eu não vou desperdiçá-la. — Ela já estava se levantando e fechando as mãos.

— *Espere* — Áster ordenou, apertando o punho de Malva. Ela entendia o que as outras estavam sentindo, porque sentia o mesmo. Pensou depressa. — Talvez Zee não seja o único gabola que a gente possa roubar... — O político estava se aproximando. — Olhem, só o chapéu dele já vale duzentas águias. Ele carrega mais brilho que qualquer trilheiro.

— Elas poderiam lidar com Zee depois, mas Malva tinha razão: não podiam desperdiçar aquela oportunidade.

— Mas como vamos fazer isso? — Palminha perguntou.

— Eu conheço homens desse tipo — Violeta murmurou. — Deixem que eu o levo até vocês discretamente. Não queremos atrair atenção.

Ela se esgueirou pelos arbustos até a estrada antes que alguém pudesse protestar. Áster xingou, tentada a segui-la. Violeta sequer estava armada. Mas era tarde demais: a carruagem estava ali, e Violeta entrou na frente dela aos tropeços. Ainda usava as roupas de Baxter McClennon, mas tinha tirado o chapéu e soltado o cabelo. Começou a agitar os braços desesperadamente.

— Oh, graças aos mortos! — exclamou em um soluço engasgado quando o condutor parou a carruagem, então correu para o lado do veículo e puxou a porta. O político a olhou alarmado.

— Calma, senhorita — ele disse. — O que está fazendo aqui fora sozinha? E vestida como um bandido? — Ele estreitou os olhos quando viu a insígnia dela. Seu tom ficou mais frio: — Você é uma fugitiva? Saiba que não vai ganhar minha ajuda. Sou um homem da lei, ouviu? Vou denunciá-la assim que entrarmos na cidade.

— Sim, por favor, me leve com o senhor — Violeta implorou. — Eu venho da casa de boas-vindas de Poço Seco. Fui sequestrada. O gabola que estava comigo e os amigos dele não queriam pagar, então atacaram o famélico na porta e fugiram comigo.

— *O quê?*

— Sim! Eles me fizeram usar essas roupas pra me tirar da cidade. Eu consegui escapar, mas eles ainda têm outra garota no acampamento. Por favor, o senhor precisa fazer alguma coisa. Só queremos ir para casa.

O gabola ficou em silêncio. Áster o observou atentamente e inclinou-se nos calcanhares, pronta para saltar. Se ele já tinha visto os pôsteres com o rosto dela, reconheceria Violeta. Elas teriam que lutar contra ele e o condutor.

Mas ele só enxugou a testa com o lenço de seda com uma expressão alarmada, mas não desconfiada.

— Sinto muito — ele disse por fim. — Estou a caminho de um evento de caridade. Mas posso deixá-la no escritório do mestre de lei para que ele resolva isso…

— Não temos tempo! Ouvi os homens dizerem que vão matar minha amiga depois de se divertirem com ela. Mas são covardes, eu sei. Vão fugir como baratas quando virem *o senhor.*

— Bem...

— A casa de boas-vindas estará em dívida eterna se o senhor nos ajudar. — Violeta chegou mais perto e apoiou uma mão no punho dele. — E eu também.

Isso pareceu convencê-lo. Ele suspirou.

— É longe?

— Nem um pouco, só me siga...

Contra a própria vontade, Áster sentiu uma pontada de respeito enquanto via a cena se desenrolar. Violeta entrava em qualquer personagem com facilidade, destacando-se do seu eu verdadeiro sem esforço. Áster sempre invejara isso nela, essa habilidade de escapar. Assim que Violeta deu as costas para o gabola, sua expressão relaxou e assumiu a indiferença de costume, seus lábios esboçando um sorriso desdenhoso.

Mas era cedo demais para comemorar. Áster puxou a faca e acenou para as outras se prepararem. Violeta conduziu o gabola pela mão até o bosque.

— Quando eu disser — Áster sussurrou, se abaixando ainda mais. Os sons da noite ficaram mais altos ao seu redor. Ela sentia cada pedregulho na terra seca sob as solas dos pés. Violeta e o gabola atravessaram os arbustos. — *Agora!* — ordenou.

Elas pularam sobre o gabola. Os olhos dele se arregalaram de pânico, mas o homem não teve tempo de soltar mais que um guincho engasgado antes que Malva lhe desse um soco no nariz. Ossos foram triturados e sangue jorrou. Ele tropeçou para trás, os joelhos bambeando, e Áster o empurrou no chão, caindo sobre ele. A sensação das mãos atingindo a pele fez a bile subir pela garganta. Ela já apanhara. Sabia quais eram os pontos mais vulneráveis do corpo – a garganta, a virilha, bem no meio do peito, onde o coração batia sob a superfície. Ela o espancou como se pudesse afugentar seus próprios pesadelos. Até seus dedos sangrarem.

As outras ajudaram. A raiva delas era uma fera irracional e faminta. Ele não era o homem que as tinha ferido, mas serviria. Clementina o chutou nas costelas. Palminha o amordaçou com seu lenço antipoeira. Quando o condutor ouviu a comoção e veio correndo até os arbustos,

Malva desferiu um soco em sua mandíbula, deixando-o zonzo e gemendo no chão. Por fim, Áster pressionou a faca contra a garganta do gabola, desafiando-o a se mexer. Ele olhou para ela com ódio.

— Não estou surpresa por não ter reconhecido minha amiga — ela disse numa voz mortalmente séria. — Sei que somos todas iguais pra você. Mas *ela* reconheceu *você*, político. Disse que visitou nossa casa muitas vezes. Só estamos aqui para coletar o que nos deve, então seguiremos viagem.

Àquela altura, Palminha tinha encontrado o pesado porta-moedas no casaco dele e sussurrou com urgência no ouvido de Áster.

— A *corda*, Áster! Não trouxemos corda pra amarrá-lo.

Áster titubeou. As palavras atravessaram a névoa de fúria em sua cabeça.

— Ele tem alguma? Vejam na carruagem.

— Nada — Violeta informou, correndo até ela. — Eu voltei pra ver se tinha mais alguma coisa de valor, mas não achei nada que possamos usar.

Uma gota de suor caiu da testa de Áster. Suas mãos tremiam como as de uma velha.

— Bem, então alguém vai ter que voltar ao acampamento e pegar uma — ela disse por fim.

— Eu vou — Clementina se ofereceu, com um olhar compreensivo para ela. — Sou a única que pode se virar sem o anel. Pelo menos consigo ver os mortos chegando.

Mas a ideia de Clementina correndo sozinha pelos bosques, no escuro, com vingativos no seu encalço, era simplesmente inaceitável.

— Leve o anel mesmo assim — Áster ordenou, tirando-o do pescoço com a mão livre. — Estamos perto da Estrada dos Ossos. Ficaremos bem.

Violeta pigarreou.

— Ouça sua irmã, Áster. Precisamos do anel aqui. Eles não chamam esse lugar de Estrada dos Ossos à toa.

Áster deu as costas para o gabola e lançou um olhar furioso para Violeta. Por que ela sempre escolhia os piores momentos para ser teimosa?

— Não me lembro de ter pedido sua opinião — Áster rosnou.

Mas, assim que se virou, o gabola se desvencilhou dela, arrancou a mordaça e correu em desespero até a estrada.

— *Inferno!*

— Peguem ele!

Malva saltou sobre as pernas do gabola bem quando ele alcançava a margem da estrada, e elas o arrastaram de volta para o escuro. Ele as xingou com a voz falha.

— Vocês estão *mortas*. Vocês *todas*. Eu estava em campanha com Jerrod McClennon em Córrego Verde e *sei* que ele mandou os melhores famélicos atrás de vocês. Eles estão vindo pegar vocês, sortudas. Vão ver só...

— Pelo Véu, *calem a boca dele* — Áster ordenou. Ela se sentia à beira de um ataque histérico, sua garganta queimando de riso ou talvez de lágrimas. Clementina conseguiu amordaçar o político de novo, e o condutor continuou assistindo a tudo em silêncio, com os olhos arregalados e sem se mexer de onde Malva o havia derrubado.

Todas estavam respirando pesado agora, com os olhos enevoados de pânico. Áster engoliu em seco.

— Vá pegar a corda, Clem — ela disse. — Leve o anel. Depressa.

Ninguém discutiu. Cada uma segurou um membro para impedir que o gabola escapasse de novo, e elas esperaram Clementina em silêncio. Outras duas carruagens passaram pela estrada, mas, por sorte, ninguém ouviu o gabola se debatendo. No entanto, seria uma questão de tempo até alguém parar para investigar sua carruagem vazia e perceber que algo estava errado.

Clementina emergiu do escuro, abalada, mas sã e salva.

— Você está bem? — Áster perguntou, com medo de dar as costas para o gabola outra vez.

Clementina assentiu.

— Aqui está — ela disse, passando a corda.

— Graças aos mortos — Violeta resmungou. Elas apoiaram o gabola contra o tronco de uma árvore e o amarraram nela, então fizeram o mesmo com o condutor. O gabola parecia resignado ao seu destino, mas ainda encarava Áster com olhinhos negros e redondos, brilhantes como os de um inseto. Seu ódio era palpável.

Bem, o sentimento era mútuo. Áster apertou a ponta da faca em seu queixo macio. Com a outra mão, tirou o broche dourado da sua lapela. Era o símbolo arkettano.

— *Glória ao Acerto Final* — Áster citou suavemente. Quantas vezes ela vira aquelas palavras? Na bandeira hasteada no acampamento de mineração, nas mangas de ordeiros, em cada moeda que já fora trocada para comprá-la. Era um lembrete de que a liberdade em Arketta tinha que ser merecida.

Como se não fosse um direito dela desde que tinha respirado pela primeira vez.

Áster cerrou os dentes e guardou o ornamento no bolso.

— Aposto que vai ficar com vergonha de contar que um bando de meninas fez isso com você, não é? Um servidor público de respeito não pode ter um boato desses correndo por aí. Você vai parecer *fraco*. — O gabola hesitou, então deu um único aceno. — É melhor que seja assim, senão voltaremos pra terminar o serviço — Áster avisou.

Ela deu um aceno para as outras e elas se retiraram, deixando-o no escuro para esperar que alguém o encontrasse. Agora não havia mais jeito de emboscar Zee. Elas tinham que se afastar de Poço Seco o quanto antes.

— Acha que ele vai nos dedurar? — Clementina perguntou enquanto elas seguiam para o acampamento.

Áster só balançou a cabeça.

— Não acho que isso importa. Os McClennons já nos querem mortas.

Elas ficaram em silêncio por alguns passos, então Palminha falou, hesitante.

— Nunca vi um homem com tanto medo de mim antes — ela disse. — Sou sempre *eu* que tenho medo *deles*.

— Foi bom — Malva concordou.

Ninguém respondeu, mas Áster conseguia sentir a concordância implícita das garotas. Apesar disso, não conseguiam olhar nos olhos umas das outras. Ela não se sentia nem um pouco culpada, mas ficou pensando se não deveria se sentir.

Não, aquele esgarçado imundo mereceu, ela pensou com ferocidade. *Que ele fique à nossa mercê, para variar.*

Mas ele quase tinha escapado, e se tivesse...

— Vamos tomar mais cuidado da próxima vez — Malva continuou, como se ouvisse os pensamentos dela. — Vai haver uma próxima vez, não vai?

Elas não tinham contado o brilho ainda, mas Áster suspeitava que era suficiente para justificar o risco.

— Vai haver uma próxima vez — ela prometeu.

E uma parte dela estava ansiosa por isso.

꧁꧂

Quando voltaram ao acampamento, Zee estava andando de um lado para o outro como o puma que tinha afugentado. Áster sabia que ele poderia chegar antes delas, mas sentiu um arrepio de choque e náusea atravessar o corpo quando o viu. Não queria entrar em outra briga naquela noite, mas faria isso se necessário. As outras pararam logo atrás dela, claramente com medo. Embora a mão de Áster estivesse dolorida e coberta de sangue seco, ela cerrou o punho, dando um passo até entrar na luz da lamparina. Um vento gélido açoitava seu casaco enquanto a canção dos grilos subia e descia.

Os ombros de Zee caíram de alívio ao vê-las.

— Graças aos mortos! Estava com medo de que tivessem sido capturadas. Em que inferno vocês se meteram?

— Em que inferno *a gente* se meteu? — Áster repetiu devagar. — Em que inferno *você* se meteu? Porque a última vez que o vi foi saindo da casa de boas-vindas.

Estava escuro demais para enxergar o rosto de Zee claramente, mas Áster podia sentir a culpa em seu silêncio, aguda como leite azedo.

— Não é o que parece — ele disse.

— Não queremos mais nada de você — Clementina interrompeu. — Se já teve um pingo de respeito por nós, vai nos deixar seguir nosso caminho e esquecer que nos conheceu.

Ele deu um passo à frente com as mãos erguidas.

— Por favor, me deixem explicar...

— É melhor não dar outro passo se não quiser que a coisa fique feia — Malva alertou.

— Eu estava procurando minhas irmãs! — Zee gritou, então soltou um xingamento e deu as costas para elas. Levou um momento para se controlar e virar-se de novo. Então falou com a voz mais suave, genuína e vulnerável: — Tenho três irmãs caçulas, Elizabeth, Elena e Emily. Cuido delas desde que nossos pais morreram, há dois anos. Foi por isso que comecei a trabalhar como trilheiro, para poder sustentá-las como meu pai. Só que oito meses atrás, quando eu estava trabalhando longe de casa, elas desapareceram. Não havia sinal delas quando voltei pra casa, nem qualquer indício de para onde teriam ido. Elas foram sequestradas, tenho certeza, vendidas para o sistema. Desde então estou vasculhando casas de boas-vindas para encontrá-las. É por isso que estava em Córrego Verde na noite em que vocês fugiram.

E é por isso que ele parece familiar, Áster percebeu enquanto um arrepio percorria seus braços. Ela vira Zee na recepção. O gabola jovem perto do balcão.

Zee pressionou um dedo acusador no próprio peito.

— Era *minha* responsabilidade cuidar das minhas irmãs — ele continuou. — É culpa *minha* isso ter acontecido com elas. Só estou tentando consertar as coisas, entenderam? *Jamais* me acusem de ser como os homens que as machucariam.

Ele soltou o ar devagar, entrelaçando os dedos sobre a cabeça e amarrotando o chapéu.

— Pronto, vocês me fizeram bufar como um consagrador. Devo ter acordado metade da maldita Chaga. Louvados sejam os mortos, que nos abençoem com sua sabedoria.

Uma nota de sarcasmo voltou à voz dele, mas não enganou Áster. Ela reconhecia a dor dele tão bem quanto a sua.

— Zee... — Clementina disse suavemente. — Por que não nos contou sobre suas irmãs antes?

Zee deu de ombros, suspirando.

— Achei que vocês já tinham o bastante com que se preocupar.

Bem, era verdade. Mas Áster deu um aceno para ele, para mostrar que entendia, e Zee retribuiu com um leve sorriso.

— Certo, expliquei onde *eu* estava — ele disse. — Agora, onde estavam vocês?

Áster olhou para Violeta e seguiu em direção aos cavalos.

— É melhor contarmos enquanto fugimos.

10

Elas não pararam de cavalgar até o meio-dia do dia seguinte, quando Zee as levou para repousar sob uma árvore atingida por um raio. Áster aproveitou para finalmente contar o brilho que tinham roubado, suas mãos desajeitadas devido às ataduras que Palminha envolvera em seus dedos ensanguentados. As moedas de prata pareciam pegajosas. O total dava pouco mais de cem águias.

Áster tinha que admitir que esperava um pouco mais pelo transtorno.

— Então, quanto conseguimos? — Clementina perguntou ansiosa, olhando sobre o ombro dela.

— Cento e duas águias e um punhado de cobres — Áster resmungou. Clementina, Palminha e Malva soltaram gritos de alegria, batendo os cantis como se fossem taças de espumante. Áster franziu o cenho. Era mais brilho do que qualquer uma delas já vira de uma vez, mas não cobriria o custo de remoção de *uma* insígnia sequer, se a informação de Violeta estivesse correta. Era cedo demais para comemorar.

Mas as outras passaram a manhã toda de bom humor. Zee tinha trazido os suprimentos que prometera e se provado leal, pelo menos aos olhos delas. Tinham conseguido sair de Poço Seco sem serem capturadas e estavam mais ricas do que jamais foram. Pareciam preparadas para tudo em seu novo equipamento de trilheiro e, por enquanto, estavam livres. O sorriso otimista de Zee estava refletido no rosto de todas.

Áster mordeu o interior da bochecha enquanto guardava o porta-moedas. Talvez *ela* tivesse algum problema, porque não conseguia olhar para Zee sem que seu estômago se revirasse de suspeita.

Ou talvez ela tivesse razão e Zee ainda escondesse alguma coisa.

Novamente, sentiu vontade de falar com Violeta, a única que não correria para defendê-lo. A garota não parecia compartilhar de suas suspeitas, mas também não queria virar amiga do trilheiro. No momento, estava sentada contra uma árvore, silenciosa e mal-humorada, como se não quisesse falar com nenhum deles.

Áster se sentou ao lado dela mesmo assim.

— Dia bonito — comentou, tentando soar simpática.

Violeta abriu os olhos e lhe deu um olhar gélido. Palminha tinha avisado que as crises de abstinência do cardo-doce deixariam Violeta sensível à luz – além de suada, enjoada e até mais irritadiça que o normal. Aquele parecia um dia particularmente ruim.

Bem, se falar comigo a distrai, melhor ainda.

— Tem certeza de que a Dama Fantasma cobra mil águias por pessoa para remover as insígnias? — Áster começou, encostando-se no tronco escurecido.

Violeta tomou um gole do cantil com as mãos trêmulas.

— Se não acredita em mim, não posso fazer nada pra convencer você — ela retrucou bruscamente.

— Não é isso, é só que... — Áster balançou a cabeça. — Vai ser difícil. Se vamos mesmo ficar com Zee, teremos que pagá-lo com o anel de teomita no final da viagem, o que significa que não vamos ter com o que pagar a Dama Fantasma. O que fizemos ontem ajudou, mas não é o bastante. — De repente, Áster percebeu que estava falando sobre a Dama Fantasma como se acreditasse na existência da mulher. Talvez fosse obrigada a pensar assim, já que estavam arriscando a vida delas pela promessa de que fosse verdade. Era mais fácil do que sempre refutar a dúvida que se escondia em seu âmago, pronta para escapar se ela permitisse.

— Então roubamos outro — Violeta disse. — Arketta não vai ficar sem gabolas para a gente roubar. Eles estão por todo canto.

— Mas não acha que devíamos tentar não chamar atenção? — Tinha parecido uma boa ideia na noite anterior, no calor do momento, mas agora, à luz do dia...

— Escute, se quer alguém para convencer você do contrário, não sou eu. Por mim, aqueles bastardos nos devem. Roubam de garotas como nós há anos.

Áster não podia discordar. Mesmo assim, era estranho ouvir *Violeta* defendendo qualquer tipo de ilegalidade. O sangue *dela* não estava poluído com o instinto criminoso, como ela adorava lembrar a qualquer um disposto a ouvir. Áster quase apontou o fato, mas deu outra olhada no rosto cansado e pálido da garota e mudou de ideia.

— Certo, mas vamos ter que parar em toda cidade daqui até Rochedo do Norte pra conseguir o brilho a tempo.

— Hum — Violeta murmurou vagamente, fechando os olhos outra vez.

Obviamente queria ser deixada em paz, mas Áster não tinha terminado. Ela olhou de novo para Zee. Ele e as outras riam enquanto começavam a preparar os cavalos para partir outra vez.

Áster umedeceu os lábios e abaixou a voz.

— Escute, Violeta, não quero incomodar...

— Tarde demais.

— ... mas estava pensando em irmos no mesmo cavalo esta tarde. Tem uma coisa que eu gostaria de discutir com você.

Violeta finalmente olhou para ela.

— E, quando você diz *discutir*, tem certeza de que não quer dizer *importunar, repreender* nem *ameaçar*? Porque não estou a fim de brigar com você hoje.

Bem, isso é um alívio, Áster pensou acidamente, dado que era sempre Violeta que começava as brigas. Mas ela engoliu essa resposta também.

— Não, eu só quero falar sobre Zee. Não sei como me sinto em relação a ele e não acho que as outras entenderiam.

— Não me diga que está gostando dele — Violeta disse, obviamente enojada.

Áster revirou os olhos.

— Não. O contrário, na verdade. Não confio nele. E não sei se é porque há algo realmente errado com ele ou se eu só... não consigo ver nada exceto crueldade em todos eles agora. A dúvida está me deixando louca. — Ela soltou o ar através dos dentes e xingou: — Inferno esgarçado. Deixe pra lá, esqueça o que eu fal...

— Espere — Violeta suspirou. — Pode vir comigo um pouco, mas não vou hesitar em devolver você pra sua irmã no *segundo* em que começar a me incomodar.

Áster revirou os olhos, mas no fundo estava aliviada. Correu até Clementina para dizer que ficaria com Violeta pelo resto do dia, então voltou para ajudar a garota a selar o cavalo. Eles partiram logo depois; Zee e Clementina lado a lado na dianteira, Palminha e Malva juntas no meio, Violeta e Áster na retaguarda.

Por algum tempo elas ficaram caladas, acostumando-se ao ritmo estabelecido por Zee. Áster não estava com pressa para preencher o silêncio. Na verdade, não confiava em Violeta muito mais do que em Zee. A garota costumava dedurar outras para Mãe Fleur por qualquer coisinha. Repreendia-as por chorar, provocava-as por cometer erros e ria das pequenas humilhações que elas sofriam. Houve situações em que Áster chegou a odiar Violeta tanto quanto a qualquer gabola.

Mas Violeta não tem poder aqui, Áster lembrou.

— Nunca conheci um homem que não fosse podre — Violeta disse, interrompendo os pensamentos dela.

Áster ergueu os olhos, surpresa.

— Nasci na casa de boas-vindas — Violeta recordou. — Os únicos homens que conheci eram gabolas e famélicos.

— O doutor Barrow era gentil — Áster comentou, pensando em Palminha. O doutor da casa a deixava segui-lo para cima e para baixo como um patinho perdido.

Violeta soltou uma risada cruel.

— Tão gentil que nos cortava por dentro pra que nunca pudéssemos ter filhos? Tão gentil que nos dava cardo-doce até ficarmos entorpecidas demais para resistir? Aquele homem recebe dinheiro das mesmas pessoas que nos mantinham prisioneiras. Por mim, ele pode pegar o próximo trem para o inferno.

Áster se encolheu – nunca tinha pensado daquela forma, mas era verdade que o doutor Barrow tinha sido o primeiro homem de Córrego Verde a feri-las. Todas as garotas tinham que ser "tratadas" antes de ir morar em uma casa de boas-vindas. Crianças como Violeta, nascidas de Garotas de Sorte, eram extremamente raras e quase sempre resultavam de um procedimento malfeito.

Áster engoliu a ânsia de vômito.

— Então Zee também deve ser podre, é isso que está dizendo? — ela perguntou.

— Se não é ainda, será um dia. Áster, esse mundo esgarçado *inteiro* é podre. Você precisa ser para sobreviver. Aprendi isso há muito tempo.

— Então essa é a sua desculpa para ter infernizado a nossa vida? — Áster resmungou. Tinha prometido se comportar, mas as palavras escaparam. Violeta não ficou ofendida.

— Acha que eu não sabia que vocês me odiavam? Acha que eu dava a mínima? Eu estava cuidando de mim mesma. Se você tivesse bom senso, teria feito o mesmo.

As palavras pairaram no ar como um desafio. A conversa ainda estava baixa demais para os outros ouvirem, e Áster mordeu a língua até ter certeza de que conseguiria falar sem erguer a voz de raiva.

— Eu não tinha o *luxo* de pensar só em mim — ela disse por fim. — Estava ocupada demais cuidando de Clem.

— E que belo trabalho você fez. Ela teria morrido se não tivesse matado McClennon. O que é exatamente o meu ponto. Se você não está disposta a jogar sujo, já perdeu.

Áster retorceu os lábios, quase pronta para estrangular Violeta, quando de repente sua fúria se extinguiu.

Porque Violeta tinha razão.

Violeta entendia.

Era tolice confiar em alguém. Esperar pelo melhor. Jogar limpo em um mundo sujo. As outras poderiam botar fé em Zee, mas Áster não estava pronta para botar fé em nada. E claramente tinha motivos para ser assim.

Ela devia se sentir justificada pela resposta de Violeta, mas só estava se sentindo mais vazia e exausta do que conseguia exprimir.

A postura de Violeta se suavizou, como se ela tivesse sentido a mudança súbita de humor. A garota olhou para trás, sobre o ombro.

— Se servir de consolo, eu *acredito* que Zee está contando a verdade sobre as irmãs — Violeta disse baixinho.

— Eu também — ela admitiu, mas só porque já o vira mentir e sabia reconhecer os sinais.

— E ele usou o brilho do pai para comprar suprimentos para a gente — Violeta continuou, prática. — Acho que isso conta a favor dele.

— Ele sabe que vai ganhar dez vezes isso quando o pagarmos.

— Mesmo assim — Violeta insistiu. — O que estou dizendo é que você não tem que confiar em Zee, ou em qualquer outra pessoa, aliás; basta reconhecer quando eles são úteis. Zee é útil pra nós porque sabe como nos levar inteiras a Rochedo do Norte. E também somos úteis ele porque o cara está obviamente se remoendo de culpa por não conseguir ajudar as irmãs, e nós somos a melhor alternativa. Nosso garoto quer dormir à noite. Funciona para mim.

A princípio, a avaliação insensível de Violeta perturbou Áster – um lembrete chocante de que a garota encarava emoções como algo a ser explorado. Mas então a lógica pragmática começou a parecer reconfortante. Honra, justiça e decência humana não eram coisas pelas quais ela arriscaria a vida, mas utilidade mútua era uma base sólida.

— Obrigada, Violeta — Áster disse, aprumando-se na sela. — Eu me sinto melhor... eu acho.

— Espere um pouco, vai passar.

Elas continuaram cavalgando. O sol escaldava a nuca de Áster, e as árvores pendiam sob o calor do ar imóvel. O céu era um mármore azul-claro manchado de branco. Elas começaram a discutir o próximo roubo – Áster sabia que deviam o sucesso do primeiro ao pensamento rápido de Violeta, mas a tentativa quase tinha terminado em desastre. O gabola seguinte poderia estar mais bem preparado, e elas também precisavam estar.

— Acertamos ao levar o gabola para o bosque — Áster disse. — Foi só na hora de prendê-lo que nos descuidamos... mas é difícil amarrar um homem se debatendo o tempo todo.

Violeta assentiu.

— Talvez se apontássemos uma arma para eles? Zee tem o fuzil de caça.

— Eu sou uma péssima atiradora — Áster resmungou, lembrando-se do roubo do boticário. Ela não fazia ideia de como se comportar com uma arma nas mãos. E isso era só parte do problema; mesmo se soubesse, não tinha certeza de que estava pronta para ultrapassar esse limite. Ameaçar um homem com uma faca já era difícil o bastante.

Eles nunca tiveram problemas em ultrapassar limites quando era você nas mãos deles, uma vozinha sussurrou em sua mente.

Áster se forçou a ignorá-la.

— Mas talvez você tenha razão sobre pedir ajuda pro Zee — ela continuou. — Podemos torná-lo... útil. Ele deve saber alguma coisa sobre capturar presas. Quem sabe a gente não possa atrair os gabolas para uma armadilha...

Mas Áster suspeitava que seria um desafio convencê-lo a ajudar. Ele já tinha parecido perturbado quando elas contaram sobre o roubo do político, dizendo que algumas águias não valiam o risco. Mas aquele ar de culpa ainda pairava ao seu redor, e ele não tinha discutido por muito tempo. Talvez se culpasse pelas ações desesperadas delas.

Não importava – contanto que as apoiasse quando fosse necessário.

As duas continuaram discutindo seus planos, mas, à medida que as horas passavam, Áster começou a se distrair com as gargalhadas de Clementina na frente do grupo. Ela estava longe demais para ouvir o que Zee estava dizendo, mas era óbvio que ele era o responsável pelo bom humor da irmã. Um momento depois, ele estendeu uma gaita que ela tentou tocar.

— E você me fez acreditar que tocava piano — Zee exclamou indignado, sua voz alta o bastante para todas ouvirem.

— Eu toco! Isto não é nem um pouco parecido.

— O princípio é o mesmo.

— E o que você poderia saber sobre isso?

— Sei que não é pra soar como um gato moribundo, pelo menos.

— Eles precisam se acalmar antes que atraiam alguém até aqui — Violeta resmungou para Áster, parecendo entediada.

Áster não respondeu, focada em reprimir sua raiva – contra Clementina por baixar a guarda e contra Zee por sequer falar com a irmã dela.

Mesmo se Zee fosse mesmo tão bom quanto todas pareciam pensar, isso não mudava o fato de que, quanto mais Clementina se aproximasse do homem, mais poder ele teria para feri-la. Metade das garotas na casa de boas-vindas fantasiava em se apaixonar por um homem que as tiraria da casa de uma vez por todas. Mas os homens só usavam as fraquezas delas para manipulá-las. Isso era verdade ali fora tanto quanto lá dentro. Se ela não estivera convencida do fato antes de conversar com Violeta, agora certamente estava.

Ela não tinha tirado a irmã de uma prisão para vê-la entrar em outra.

Acalme-se. Eles só estão se divertindo. Não significa nada.

Era melhor que não.

Eles pararam no final da tarde. Zee as guiou até uma ravina estreita atravessada por um riacho, que ajudaria a esconder seus rastros e cheiros. Áster aproximou-se dele enquanto as outras se ajoelhavam avidamente para beber e lavar o rosto.

— Tem um minuto? — ela perguntou, limpando a garganta.

Ele se virou com o sorriso ainda no rosto, seus olhos castanhos brilhando como cobre sob o sol. Áster entendia por que a irmã poderia ficar arrebatada, mas isso não mudava os fatos.

Zee esfregou as mãos.

— Claro.

Eles subiram pela parede da ravina. Zee a ajudou em alguns trechos mais pedregosos e ela se encolheu com o toque, sentindo a pele se arrepiar.

— Então, o que foi? — ele perguntou, enfiando as mãos nos bolsos e se encostando no tronco de uma árvore.

Áster hesitou. Seu tom gentil quase a convenceu a falar a verdade. *Eu não consigo deixar de ter medo de você, Zee. Não consigo deixar de ter medo pela minha irmã. Mas precisamos de você agora, e eu não sei o que fazer.*

Em vez disso, ela disse:

— Violeta e eu estávamos planejando o próximo roubo. Vamos precisar da sua ajuda.

O sorriso dele se desfez.

— Outro roubo? Por quê?

— Precisamos do brilho para a Dama Fantasma. Senão, esta viagem toda é inútil.

— Não vamos nem *alcançar* a Dama Fantasma se a lei nos pegar. Já é difícil evitá-los sem divulgar nosso paradeiro desse jeito.

Áster cruzou os braços.

— Então o que você sugere?

— Não morrermos, para começar — ele disse, cansado. — Não sei. Acho que você tem razão. Mas não é só a lei, estou mais preocupado com os famélicos. Você não sabe como eles podem ser perigosos.

— É mesmo? — Áster se enfureceu com o tom arrogante dele. — Não foi você que cresceu sendo torturado por eles, até onde eu sei.

A expressão de Zee ficou sombria e ela recuou um passo, enregelada de medo. Sabia muito bem como a raiva distorcia o rosto de um homem. O crânio dela vibrava, como se tomado por um enxame de vespas. Um nó fechou sua garganta.

— Você não sabe nada sobre *como* eu cresci — Zee disse, erguendo a voz e dando um passo para a frente. — Eu conheço os famélicos melhor do que eles conhecem a si mesmos.

Áster deu outro passo para trás, tomada pelo pânico, mas tropeçou e quase caiu. A expressão de Zee se suavizou imediatamente, e ele voltou para onde estava.

— Desculpe. Não queria assustá-la.

— Eu não tenho medo de você — ela disse, engasgada. Seu coração estava disparado. *Eu não tenho medo de nenhum de vocês. Eu mato você, se precisar. Arrebento sua cabeça.*

— Que bom, porque prometi que ajudaria como pudesse e pretendo fazer isso — ele disse, soltando o ar. — Que tipo de trilheiro eu seria se não cumprisse minhas promessas?

— Um trilheiro de merda, imagino.

— Exatamente. — Zee abaixou as mãos devagar. — Então... como posso ajudar?

Áster piscou furiosamente os olhos, que ardiam com lágrimas. Odiava quando isso acontecia.

— Áster... pelos mortos, desculpe, de verdade, vamos conversar sobre...

— Me siga — ela murmurou, começando a descer para a ravina. — As outras vão precisar ouvir o plano também.

☙❧

Montar uma armadilha não era tão fácil quanto parecia.

O tipo de armadilha que se usava para capturar um esquilo não era forte o bastante para capturar um homem adulto, Zee explicara. Mas eles podiam improvisar usando os mesmos princípios básicos: usar uma corda para fazer um laço, jogá-lo por sobre um galho firme, esperar que o gabola pisasse na armadilha, então puxar a corda e erguê-lo pelos tornozelos.

— Uma armadilha de verdade deve fazer todo o trabalho para você — ele disse enquanto estavam reunidos sob a árvore em questão, repassando o plano. — Você volta depois e coleta a caça. Mas como vocês não vão a lugar nenhum, podem fazer parte do trabalho.

— E coletar imediatamente — Malva completou.

Zee sorriu.

— Exato.

As garotas esperariam nos arredores da cidade de Chifre Branco enquanto Zee ia à casa de boas-vindas procurar suas irmãs. Se não as encontrasse, ficaria espreitando do lado de fora para abordar um homem a caminho da casa.

— Diga ao gabola que você tem garotas no seu acampamento dispostas a fazer tudo por metade do preço — Áster instruiu. — Então traga-o para cá.

Zee franziu o cenho.

— Ele não vai suspeitar?

— Se ele começar a fazer perguntas, diga que somos garotas más que foram expulsas de uma casa de boas-vindas. Eles gostam desse tipo de coisa.

— Não sei se consigo mentir de modo tão convincente, Áster.

— Por que não? Não teve dificuldade em mentir para *nós*. — Ela ainda estava irritada depois da conversa deles. Clementina olhou feio para ela, mas Zee não insistiu.

— Tudo bem. Mas e a lei? Vai haver um posto de controle nos limites da cidade, como em Poço Seco.

— Só caminhe com propósito — Violeta disse. — Não há motivo para abordarem dois homens *saindo* da cidade.

— Eu sou sangue-sujo — Zee recordou, com um olhar duro. — As pessoas concluem que sou um criminoso no segundo que veem que eu não tenho sombra. Não seria a primeira vez que a lei me aborda sem motivo.

— Coitadinho — Violeta debochou.

— Violeta. — Áster a interrompeu com um olhar, então virou-se de novo para Zee. — O gabola que você abordar será sangue-limpo. Duvido que vocês tenham problemas com a lei se estiverem juntos.

Zee tinha as mãos nos quadris e olhava para o chão, seu rosto oculto pela aba do chapéu.

— É só que... passei a vida toda fugindo da ideia de que somos um povo de criminosos — ele disse por fim. — Passei a vida inteira tentando provar que sou um homem bom.

— Você é um homem bom e está fazendo uma coisa boa nos ajudando — Áster respondeu. *Só diga o que ele precisa ouvir.*

Ele assentiu, primeiro devagar, depois com mais segurança.

— Certo. Certo, então. Que tipo de gabola estou procurando?

Áster e Violeta o ensinaram a reconhecer os mais ricos. Não era sempre óbvio, já que a maioria das casas de boas-vindas tinha regras de vestimenta, e até homens mais pobres as seguiam. Mas havia indícios sutis: era possível olhar as mãos de um homem para ver se ele fazia trabalho manual, observar o modo como caminhava para ver se esperava que as pessoas saíssem do seu caminho. Homens ricos gostavam de falar sobre os políticos que conheciam ou os negócios que tinham fechado. Tinham dentes bons também, e um cheiro sempre doce – até demais, enjoativo, como fruta estragada.

Como Violeta insistiu que era delicada demais para ajudá-las a puxar a corda, ela foi usada como substituta para o gabola enquanto testavam a armadilha. O guincho indigno que ela soltou quando o mecanismo finalmente funcionou quase compensou a má vontade dela.

Elas praticaram várias vezes até terem certeza de que conseguiam manusear a armadilha. Violeta sentou-se rigidamente em um toco de árvore – "para manter vigia" – enquanto Áster, Clementina e Malva seguravam a corda, prontas para puxar assim que o gabola passasse por ela. Palminha fez alguns ajustes finais para certificar-se de que a armadilha estava bem escondida sob as folhas e sem nenhum impedimento.

Áster tentou acalmar a respiração enquanto esperavam. Aquela empolgação corria por suas veias outra vez – a mesma que sentiu ao pular da janela da casa de boas-vindas, ao entrar em Ribanceira da Morte e ao roubar o brilho do político, escapando ilesa. Pontos coloridos dançavam nas margens de sua visão enquanto ela perscrutava o escuro. Os lamentos dos vingativos se mesclavam em seus ouvidos em um único zumbido agudo. A qualquer momento...

— Acho que ouvi alguma coisa! — Malva sussurrou.

Áster umedeceu os lábios, apertando a corda com mais força nas mãos suadas.

— Lembre-se, se algo der errado, você e as outras saem daqui enquanto Zee e eu seguramos o gabola — ela murmurou para Clementina, sentindo o coração acelerar.

— Não vou abandonar você — Clementina objetou.

Antes que ela pudesse discutir, a voz de Zee se ergueu a distância.

— Cuidado com a cabeça, tem um galho baixo aqui.

E a voz aguda de um homem que Áster não reconheceu:

— Os mortos que o carreguem, você disse que elas estavam *perto*...

— Bem, as garotas não podem ficar embaixo do nariz dos famélicos, podem? Só um pouquinho mais.

— ... arruinou meus melhores sapatos. É melhor que essas sortudas valham a pena.

— Preparem-se — Áster sussurrou às outras. Ela reconheceu o passo relaxado de Zee, mesmo no escuro. A sombra desengonçada atrás dele se movia com menos graça, xingando a cada passo. Quão pesado seria um gabola tão alto? O suficiente para arrebentar a corda? *Inferno, Zee, você tinha que ter encontrado um magrelo.*

Agora era tarde demais. Eles estavam a poucos passos de distância. Áster afastou os pés, fincando-os no chão. Zee reduziu o passo e ergueu a lamparina no alto.

— Mas é uma noite perfeita, não acha? — ele perguntou.

Era o sinal – Áster e as outras puxaram com toda a força. A corda se ergueu e se fechou ao redor dos tornozelos do gabola. Ele soltou um gritinho quando as pernas subiram bruscamente e as garotas se moveram depressa, puxando uma mão sobre a outra e erguendo-o cada vez mais alto, até que seus longos braços não atingissem o chão. Ele ficou pendurado de ponta-cabeça como uma peça de carne.

— *Mas que inferno esgarçado!* — ele berrou. — *Socorro! Alguém me ajude!*

Áster olhou para as outras e conferiu se conseguiam segurar sem ela. Clementina assentiu uma vez, então Áster desembainhou a faca e foi até o gabola, com movimentos ligeiros, mas firmes. Ela se agachou e apertou a lâmina contra o coração do gabola.

— É melhor você ficar quieto — disse calmamente.

O gabola interrompeu seus gritos de socorro. O branco dos seus olhos reluzia.

— Maldição, quem são vocês? — ele quis saber. Seu olhar foi para Zee, que estava afastado com os braços cruzados. — Você está com ela?

— Não olhe pra ele, olhe para mim — Áster ordenou.

O gabola não disse nada, mas seus olhos se iluminaram de reconhecimento quando pousaram na insígnia dela.

— Pelos mortos, você é uma das garotas que...

— Isso mesmo — Áster confirmou, sem conseguir conter um sorrisinho. — E, se pulverizamos Baxter McClennon, não vamos hesitar em fazer o mesmo com você. Então fique quieto enquanto meu parceiro limpa seus bolsos e vai ficar tudo bem.

Ela assentiu para Zee, que começou o serviço. Alguns dos pertences do gabola tinham caído no chão, mas o porta-moedas ainda estava preso na cintura. Zee também tomou o relógio de bolso e o revólver do homem. O gabola, como instruído, manteve os olhos fixos em Áster. Eles transbordavam de ódio.

— Vocês vão pagar por isso — ele prometeu. — McClennon não vai deixar barato.

— O que eu disse? — Áster rosnou.

Ele ficou quieto, franzindo os lábios sob o bigode. Ao contrário do político, Áster nunca vira aquele homem antes, mas já vira centenas como ele. Um mestre de terras menor, com uma única mina e umas dez famílias de sangues-sujos sob seu comando. Não uma mina de teomita, senão ele teria um anel como o de Baxter, mas talvez ouro ou prata. Algum tipo de dinheiro que crescia do chão. Ele era o tipo de gabola que podia se dar ao luxo de visitar a casa de boas-vindas sempre que quisesse, mas tinha que se esforçar para chamar a atenção dos homens mais poderosos lá. Depois descontava sua raiva nas mulheres, deixando-as quebradas pela manhã.

Ele teria ficado satisfeito por encontrar um jeito de burlar o sistema por uma noite. Os ricos eram sempre os mais sovinas. Zee tinha escolhido bem.

— Certo, terminei aqui — Zee anunciou, enfiando a última parte do roubo em um saco.

— Ótimo — disse Áster, ainda encarando o gabola.

— Aqui também — Clementina ecoou. Ela e as outras surgiram depois de amarrar a ponta da corda em um tronco de árvore. Ela cederia eventualmente, ou o gabola conseguiria se libertar, mas eles já estariam longe quando isso acontecesse.

Áster sentia-se inebriada de triunfo. Embainhou a faca e se endireitou.

— Se gritar por socorro, garanto que os vingativos virão correndo antes de qualquer habitante da cidade — Zee alertou, passando o saco por sobre o ombro. — Melhor esperar amanhecer. Você vai ficar bem.

O gabola virou o olhar sombrio para Zee.

— McClennon vai dar um jeito em você também! — ele prometeu. — Em *todos* vocês. Degenerados esgarçados, nascidos de assassinos e ladrões! O sangue nunca mente. *O sangue nunca men...*

Áster deu um chute ligeiro na mandíbula do homem, sentindo o coração acelerado no peito. Ele soltou um gemido fraco, mas não falou mais nada. Se ele tivesse continuado o discurso, poderia ter feito pior. Ela soltou o ar lentamente e olhou para os outros: Zee, cuidadosamente neutro; Palminha, encolhida instintivamente; mas Malva, Clementina e Violeta assentindo. Áster sorriu.

— Glória ao Acerto Final — ela disse, inclinando o chapéu para o gabola, então desapareceu com os outros na escuridão uivante.

11

Os dias passaram, mesclando-se uns aos outros como a areia fina do deserto. Condores ascendiam em límpidos céus azuis e se reuniam em árvores desfolhadas pelo vento. Lagartos corriam através da grama e tomavam banho de sol sobre pedras. Toda manhã, o sol se erguia ensanguentado acima das montanhas, e Áster acordava um pouco mais forte. Ela tinha superado as dores de cavalgar e caminhar por horas sem fim, assim como parte do medo decorrente de uma vida em fuga. De certa forma, a vida na casa de boas-vindas era igualmente perigosa e imprevisível – os gabolas podiam ficar violentos sem mais nem menos, ou os famélicos podiam decidir brincar com você porque estavam entediados. Zee pareceu espantado com a rapidez com que elas se adaptaram a viver sem confortos, mas Áster não ficou nem um pouco surpresa. Todas estavam acostumadas com coisa pior.

A exceção, é claro – como sempre –, era Violeta. As crises de abstinência obviamente a esgotavam, mas ela nunca admitia, embora nunca perdesse uma oportunidade de reclamar sobre tudo e todos. Áster ainda cavalgava com Clementina na maior parte do tempo, mas às vezes se via desejando a companhia de Violeta, por mais irritável que a garota fosse. Com todas as outras, até Clem – *especialmente* Clem –, ela sentia a necessidade de ser forte. Mas Violeta não tinha paciência para qualquer fingimento e, de toda forma, não era facilmente enganada. Áster podia deixar suas mágoas correrem soltas.

Uma tarde, as duas estavam praticando pontaria. Zee tinha sugerido que o grupo parasse cedo, quando chegassem às Cataratas de Annagold. O local ficava aproximadamente na metade da Chaga, a um quarto do caminho até Rochedo do Norte. Eles tinham viajado por duas semanas, e faltava talvez mais uma. Quando estivessem livres da Chaga, Zee dissera, poderiam pegar um trem até Rochedo do Norte.

Até lá, aquelas cataratas seriam a última fonte de água fresca por quilômetros. Clementina, Zee, Palminha e Malva estavam se banhando no enorme lago, seus gritos e risos chegando da água cintilante. Violeta e Áster tinham decidido usar o tempo livre para montar um campo de tiro improvisado na margem oposta ao acampamento, ambas armadas com revólveres tirados de gabolas no caminho. Haviam roubado mais três desde Poço Seco e, desde então, aprendido que sacar uma arma era o jeito mais seguro de garantir a cooperação de um homem. Áster não queria desperdiçar a oportunidade rara de praticar sua pontaria – o rugido das cataratas encobriria o som dos tiros.

O que era uma benção, porque ela não conseguiria acertar aquele alvo nem que fosse para salvar sua vida.

— Como é possível eu ser melhor nisso que você? — Violeta perguntou. Não que ela fosse muito boa também; seus tiros passavam longe da pilha de pedras que ambas estavam tentando acertar.

— Só estou deixando você ganhar, como fazia com Clem quando ela era pequena. Ela era uma má perdedora. *Você* ainda é.

— Até parece. Eu até acreditaria que você não está dando seu melhor, mas pode apostar que não é por minha causa.

Houve o estrondo de um tiro e, um instante depois, a pilha de pedras desmoronou. Violeta abriu um sorriso arrogante, abaixando a arma. As pétalas da sua insígnia esvoaçaram no vento.

— Agora faça o favor de ajeitá-las para mim.

Áster murmurou algo nada simpático, mas aquiesceu. Na verdade, Violeta tinha razão – ela *estava* se segurando, e não era porque se importava em deixar a garota vencer. Não, ela só odiava o choque brusco dos tiros altos, o modo como o revólver pulava em sua mão como uma coisa viva que poderia mordê-la. Depois de alguns minutos seu estômago estava embrulhado, e suor frio escorria pelo pescoço, deixando suas mãos pegajosas. A visão começou a ficar borrada e sua mente saiu dos eixos, como uma roda tombando em um sulco da estrada. Ela não podia confiar em si mesma para atirar direito quando ficava assim. Mal podia confiar em si mesma para respirar.

Por mais vezes que segurasse uma arma, ainda preferia a firmeza de uma faca na mão.

Ela empilhou as pedras, suspirou e voltou até Violeta. A garota inclinou a cabeça com curiosidade, e seu sorriso convencido esmaeceu.

— O que foi? — perguntou Áster, desconfiada.

— Você tem alergia a armas? É esse o problema?

Áster fez uma careta.

— Não tenho alergia a nada, Violeta.

— Não, quer dizer... é uma expressão que as pessoas usam pra descrever alguém muito assustado. Porque tem bons motivos para ser, porque já viu coisas feias. Não se aplica necessariamente a armas, mas pelo visto também pode ser.

— Pelos mortos, do que está falando?

— Só estou dizendo que eu também fico assim às vezes. Tiros não me incomodam muito, mas não suporto o cheiro de fumaça de charuto, porque me lembra dos gabolas. Não suporto quando Zee me toca, mesmo quando é só para me ajudar a descer do cavalo.

O coração de Áster disparou como um animal selvagem no peito. Ela fingiu estar concentrada em recarregar o revólver. Violeta estava mais aberta ultimamente, agora que a névoa de cardo-doce que sempre a envolvera se dissipava, à medida que parava de tomar a droga. Áster sabia que a clareza era uma coisa boa – mas nem sempre gostava de como isso tornava mais fácil para Violeta ver o resto delas também.

— Os famélicos sempre portavam armas — Violeta continuou. — Talvez você pense neles quando vê uma. Ou aconteceu alguma coisa com um gabola? Ele ameaçou você ou algo assim?

Não, ele tinha carregado a arma com uma única bala, colocado o barril na boca dela, girado o tambor e atirado. Era um jogo perverso que alguns gabolas aparentemente gostavam de jogar. Áster não tinha ousado protestar. Nenhuma noite se passava sem que ela se sentisse impotente, mas aquela... ela ainda se lembrava do gosto do metal na língua, do clique do tambor girando. Seu corpo todo se encolhera contra a ameaça de morte, sua mente repassando a vida curta e brutal. Palavras cruéis, mãos cruéis, raiva e medo e raiva e vergonha e raiva...

— Pelo *Véu* — ela xingou finalmente, abandonando a farsa de recarregar a arma e guardando-a no coldre com um movimento nervoso.

— Olha, eu só me dou melhor com uma faca, tudo bem? Podemos parar por aí?

— *Tudo bem*, tudo bem. Vamos voltar pro acampamento. Estou ficando com fome.

Áster engoliu em seco, aliviada, embora tentasse não demonstrar.

— O jantar vai ser biscoitos e feijão de novo. Você não se acha boa demais pra isso?

— Claro que sim, mas não tem o que fazer.

Elas caminharam em silêncio por um tempo, as botas chapinhando na lama enquanto percorriam a margem do lago. O ar tinha um cheiro limpo e terroso, e a umidade fresca na nuca de Áster era uma pequena benção. Ela encarou seu reflexo na superfície vítrea da água – poderia ser o de uma desconhecida. Seu cabelo, que ela já arrumara cuidadosamente toda semana, agora estava puxado para trás e preso em um coque desleixado, escondido sob um chapéu de bandido. Seu rosto tinha perdido toda a suavidade, deixando maçãs do rosto afiadas e um queixo duro. Mas seus olhos – seus olhos estavam tão escuros e desesperados como sempre foram. Eram os olhos de uma velha. *Olhos que já viram coisas feias demais.*

— Como você esconde tão bem? — ela perguntou suavemente.

— Do que está falando? — Violeta soava cansada enquanto sua sombra a seguia devagar.

— Você disse que existem coisas pequenas que incomodam você agora, mas deve esconder bem, porque eu nunca reparei. Mesmo em Córrego Verde, não parecia se incomodar com nada. Sei que o cardo-doce deve ter ajudado, mas... — Áster deu um olhar de relance para ela. — Tinha vezes que você parecia até estar se *divertindo*.

Violeta deu de ombros.

— Talvez estivesse. E daí? Acha que teria sido melhor ficar furiosa com o mundo inteiro e todos que o habitam? Isso deu certo pra você?

O rosto de Áster esquentou, e a raiva cresceu nela – mas, é claro, isso só comprovava o argumento de Violeta.

— Ela me assusta — Áster admitiu. — Minha raiva, quero dizer. Tenho medo de já ter queimado tudo de bom dentro de mim. Tenho medo de que queime qualquer um que se aproximar demais. E tenho medo de que... — Bem, que inferno, ela já tinha chegado até ali. — Tenho medo de que seja tudo que vá restar de mim quando eu me for.

— Como os vingativos?

Áster assentiu. Os consagradores divergiam sobre os vingativos: se eram algo em que a alma se transformava após a morte ou se eram só o que a alma deixava para trás ao atravessar o Véu. Era o primeiro destino que mais aterrorizava Áster – perder-se em sua raiva por toda a eternidade, sem memória de quem tinha sido ou do que fora feito com ela. Vingativos não eram espíritos conscientes que atacavam quem os tinha ferido. Eram uma fúria irracional, atacavam a todos.

— Bem, pelo menos você se permite sentir raiva — Violeta disse.

— Acho que não consigo sentir mais nada. — Ela chutou uma pedra no chão, desviando os olhos. — Era mais fácil na casa de boas-vindas. Como a chefe das garotas, eu sempre tinha algo pra me manter ocupada. Era *boa* no meu trabalho. Eu não sou boa... *nisso*. — Ela indicou o vale todo. — Não estou acostumada a ter tanto tempo para pensar. Todo esse... espaço vazio e silêncio. Sou inútil aqui. — Ela encarou Áster de novo. — Odeio isso.

— Sente falta de Córrego Verde?

— Um pouco, às vezes. — Ela assentiu para si mesma. — Outras vezes, muita.

O estômago de Áster ficou embrulhado. Ela tentou se lembrar de que a casa de boas-vindas era o único lar que Violeta já conhecera, e Mãe Fleur, sua única família. Talvez fugir tivesse exigido dela mais coragem do que Áster imaginara.

— Por que veio com a gente, Violeta? — ela perguntou. Então ocorreu a ela, pela primeira vez, que *Violeta* era o único nome da garota; ela não tinha um nome verdadeiro que recebera em uma vida anterior à casa de boas-vindas, nenhum eu secreto no qual podia se refugiar à noite. — Sério, o que está fazendo aqui?

Mas elas tinham chegado ao outro lado do lago e estavam se aproximando do acampamento. Violeta aprumou os ombros e vestiu sua máscara de indiferença.

— Já disse: estou procurando a Dama Fantasma.

Como suspeitado, o jantar resumia-se a biscoitos e feijão. Mas naquela noite havia uma surpresa: truta recém-pescada do lago. Zee esfolou o peixe e se agachou para cozinhá-lo sobre a fogueira. Clementina estava atrás dele, massageando seus ombros, seus dedos ágeis de pianista tocando-o como se fosse a coisa mais natural do mundo. Era o tipo de "hospitalidade" que elas aprendiam no ano anterior a suas Noites de Sorte. Áster se irritou, mas não disse nada.

— Onde estão Palminha e Malva? — Violeta perguntou. Ela estava empertigada sobre uma manta de sela, penteando o cabelo molhado. Passara a ignorar Áster completamente. — Não vi as duas quando estava me lavando. Elas se afogaram ou o quê?

Zee examinou o lago. Não havia sinal delas.

— Provavelmente só estão se secando e se vestindo.

— Pelo visto não estão com pressa.

— E pode culpá-las? — Clementina perguntou. — Esta é nossa primeira chance de nos lavar direito desde Córrego Verde. Eu estava começando a me sentir imunda.

Zee bufou.

— Fala sério! Vocês *talvez* estivessem, *no máximo*, um pouco encardidas. Leva mais que duas semanas para a imundície real se assentar.

— Inacreditável — bufou Clementina. — Você pelo menos se dá ao trabalho de tomar banho quando não está cercado de garotas bonitas?

— Às vezes nem nesse caso. Depende do que vamos fazer.

Áster lançou um olhar letal para ele. A pontaria dela estava prestes a melhorar rapidinho. Clementina deve ter lembrado que a irmã estava ali, porque afastou as mãos antes de começar a massagear a nuca de Zee e se sentou.

— Está escurecendo — Áster disse rigidamente, mudando de assunto. — Não queria aquelas duas vagando por aí sozinhas.

— Bem, elas sabem que não devem se afastar demais — Clementina comentou, embora Áster ouvisse uma pontada de preocupação em sua voz também. No dia anterior, eles tinham encontrado uma matilha de coiotes fuçando os restos de um acampamento, enquanto moscas atacavam um cadáver meio comido; algum aventureiro sangue-limpo com sonhos românticos de conquistar a Chaga que tinha dado um passo maior que a perna.

— Quer que eu vá procurá-las? — Zee ofereceu.

Mas então, antes que Áster pudesse responder, Palminha e Malva surgiram tropeçando de trás da vegetação. Elas estavam coradas e com as mãos dadas, que soltaram assim que entraram na luz da fogueira.

— Gentil da parte de vocês se juntarem a nós — Violeta comentou.

— Vocês não estavam esperando a gente, estavam? — Palminha perguntou, ficando mais corada.

Os olhos de Clementina se iluminaram com uma alegria travessa.

— Violeta estava morrendo de preocupação.

— Merda, a gente devia ter avisado — Malva murmurou. — Só... nos distraímos e perdemos a noção do tempo.

— Aposto que sim — Clem disse.

A raiva de Áster morreu. Ela já tinha reparado no modo como Palminha e Malva se olhavam em Córrego Verde: toques secretos, conversas silenciosas. Na casa de boas-vindas, as duas eram obrigadas a sufocar o que havia entre elas, mas aqui fora o sentimento podia crescer.

Áster deu um sorriso leve.

— Não tem problema. Sentem, o jantar está esfriando.

Eles se acomodaram para aproveitar a refeição, observando os últimos raios de sol cobrirem os penhascos avermelhados. Zee contou a história de Annagold, a jovem que dera nome às cataratas. Dizia a lenda que ela tinha se apaixonado por um cavalariço sangue-sujo e, quando o pai dela os pegou juntos e o vendeu para as minas, ela se jogou das cataratas em desespero. Ainda era possível ver seu resquício em noites de luar, um rosto se erguendo da névoa sobre a água.

Logo, todas começaram a contar suas histórias de fantasma preferidas. Violeta contou sobre o resquício que assombrava a suíte de Mãe Fleur, a velha amarga que fora a madame da casa antes dela. Palminha contou sobre as vítimas dos vingativos que ela ajudava a mãe a tratar – algumas só precisavam de pontos, outras tinham perdido membros, mas todas eram consideradas privilegiadas por terem sobrevivido. E Áster e Clementina contaram sobre a avó, que tinha assombrado a casa delas por duas semanas depois de falecer. A presença do resquício devia ter suavizado o luto, mas só tinha deixado mais claro o quanto elas haviam perdido, e no fim elas ficaram aliviadas quando a avó ficou em paz e seguiu em frente.

Os contos foram ficando cada vez mais exagerados até se esgotarem. Quando acabaram, a lua pendia alta acima deles, e os mortos uivavam para as estrelas. Todos se retiraram para seus cantos para dormir, Malva e Palminha com os mindinhos entrelaçados.

Clementina as observou com uma expressão que era metade felicidade, metade desejo. Áster observou a irmã com cuidado. Clementina claramente queria o que elas tinham – e queria isso com Zee.

Clem prendeu o cabelo para dormir e se deitou ao lado de Áster.

— Sabe, esta vida não é tão ruim, Aurora — ela disse. Áster congelou ao ouvir seu nome verdadeiro. — Talvez a gente nem precise procurar a Dama Fantasma. Podemos só encontrar algum vale sossegado e viver da terra.

Áster não podia julgá-la por suas fantasias, mas a verdade era que, no minuto em que parassem de correr, os famélicos as encontrariam.

— Nunca estaremos a salvo enquanto tivermos essas marcas. Precisamos nos livrar das insígnias — ela murmurou, sabendo que talvez isso também fosse uma fantasia. Às vezes, ela não conseguia se livrar do medo de que a solução parecia boa demais para ser verdade. Mesmo assim, até nos momentos de dúvida, tinha parado de questionar a meta da viagem. Ali fora, estavam finalmente vivendo de acordo com suas próprias regras. Faziam o que queriam, iam aonde desejavam. Isso já era muito, não importava o que as esperasse no final.

Clementina tocou o próprio rosto.

— Zee acha que são bonitas. Eu estava falando para ele como odeio não poder cobrir a minha, mas ele disse que eu não devia ter vergonha dela.

— É fácil dizer, não é ele que tem que viver com ela — Áster disparou, seca.

— Não foi isso que ele quis dizer! Ele só queria... só queria que eu soubesse que não pensa mal de mim, de nenhuma de nós, como a maioria das pessoas.

— E você se importa muito com o que Zee acha?

Clementina hesitou.

— Já que temos que viajar juntos, é melhor nos darmos bem, não acha?

— Acho que não o conhecemos o suficiente e devíamos tomar cuidado.

— Talvez *você* não o conheça o suficiente, mas eu tive muito tempo para conversar com Zee, agora que você e Violeta estão mancomunadas — Clementina retrucou.

— Não estamos *mancomunadas*, Clem. Estamos só... ajudando uma à outra. Mas você está claramente procurando algo a mais com Zee.

— E o que tem de tão errado nisso? — Clementina se virou para encará-la. — Posso ver que você está feliz por Palminha e Má. Por que não pode ficar feliz por mim?

— Porque, ao contrário de Zee, eu conheço Palminha e Má há anos. Gosto delas e confio nelas.

— Você não confia em *ninguém*. Não confia nem que eu seja capaz de pensar por mim mesma. Quer que eu seja exatamente como você, com tanto medo do mundo que desista de viver nele.

As palavras atingiram Áster como um tapa na cara. Ela teve a sensação de algo afiado descendo pela garganta.

— Isso não é verdade — ela disse em voz baixa.

Clementina pareceu prestes a voltar atrás, mas tomou coragem e continuou.

— É, sim. Eu estava morrendo de vontade de falar com você sobre Zee, mas não falei porque sabia que você reagiria assim. É assim que você reage a tudo.

— Eu só não quero que você se machuque.

— Todo mundo se machuca. E eu *já* me machuquei.

Não, ainda não. Não como eu fui machucada.

Áster inspirou fundo.

— Bem, cabe a mim tentar evitar que você se machuque de novo. Eu não tinha ninguém pra cuidar de mim, e todo dia desejo ter tido. É por isso que me esforço tanto para cuidar de *você*. Eu te amo demais para deixá-la sozinha. — Mas Áster pensou sobre o que tinha confessado a Violeta mais cedo, sobre seu medo de que a raiva queimasse qualquer um que tentasse se aproximar dela. E se sua raiva de Zee estivesse afastando a própria irmã? — Mesmo assim — continuou —, sinto muito se fiz você sentir que não podia falar comigo. Nunca foi minha intenção. Quero que você possa falar comigo sobre qualquer coisa.

— Tudo bem, eu sei — Clementina disse baixinho, remexendo na grama em vez de olhar Áster nos olhos.

— Juro que não queria ser tão teimosa. É que às vezes não consigo evitar. Mas vou tentar, ouviu?

Clementina suspirou.

— Deve ser cansativo só conseguir ver o pior desse jeito.

— É mesmo. — A voz falhou e ela disfarçou com uma tosse. Clementina estendeu a mão no espaço entre elas e Áster a tomou na sua. Não era certo que a irmã tivesse que consolá-la. Devia ser o contrário.

Mas Áster precisava daquilo. Violeta podia ser a única que entendia o que ela tinha passado, mas Clementina era a única que se importava.

— Bem, você não tem mais que aguentar tudo sozinha — Clem continuou. — *Eu* estou aqui pra cuidar de você. E Malva e Palminha e talvez até Violeta. E Zee. Ele é um cara legal, Aurora. — Clem apertou a mão dela. — Prometo. Tenha fé.

Áster assentiu, puxando a mão de volta para enxugar os olhos antes que as lágrimas escorressem.

— Você só está dizendo isso porque acha que ele é bonito — Áster disse, rindo baixinho.

Clementina abriu um sorriso travesso.

— Ele é bonito. Você não acha?

— Ele é razoável.

— Ele é meio cachorrinho e meio lobo.

— Ele é um vira-lata magrelo que não para de nos seguir.

Clementina parecia vibrar de felicidade. Áster soltou o ar devagar, sentindo-se mais limpa e leve.

— Venha aqui — ela disse. Clementina se aproximou e Áster envolveu os braços ao redor dela. Elas ficaram deitadas em silêncio, ouvindo a canção de ninar das rãs no lago. Alguns momentos depois, estavam dormindo.

෴

Áster acordou bruscamente com uma mão sacudindo seu ombro. Sentou-se como se tivesse sido espetada com um aguilhão e empurrou seu atacante. Levou um momento na escuridão para perceber que era Zee. Mas não sentiu alívio – só raiva, e uma sensação remanescente de medo que a deixou atordoada.

— Não me toque — ela rosnou. — Que inferno está fazendo?

Foi só então que ela notou os olhos de Zee arregalados com um terror que ela nunca vira neles.

— Temos que ir, *agora*. Tem um grupo de caça famélico a menos de dois quilômetros daqui. — Ele se virou para alertar as outras antes que ela pudesse perguntar qualquer coisa.

— Vamos, Clem, temos que correr. — Áster começou a enrolar o cobertor, em movimentos automáticos. O lamento dos vingativos ressoava em seus ouvidos.

— Que horas são? O que está acontecendo? — Clementina perguntou sonolenta.

— Famélicos no vale.

A irmã despertou de repente, erguendo-se num pulo e ajudando Áster a guardar seus pertences.

— Eu estava vigiando do topo da colina quando os vi — Zee explicou enquanto selava o cavalo. — Podemos despistá-los, mas só se formos depressa.

— Como esses esgarçados nos encontraram? — Violeta quis saber. — Não é o *trabalho* deles...

— Não sei! Talvez o buraco da fogueira estivesse raso demais. Talvez não tenhamos dado uma volta suficiente ontem pra cobrir nossos traços. Um único erro basta.

— Vamos só agradecer que você os viu a tempo — Áster interrompeu enquanto selava o cavalo. Era um péssimo momento para Zee perder a compostura. Ela nunca o vira daquele jeito e não queria que seu pânico se espalhasse para as outras.

Foi então que ela ouviu: o trovejar de cascos e o guincho sobrenatural dos corcéis dos famélicos.

— *Rápido* — Zee implorou. Não havia tempo para esconder os rastros do acampamento nem planejar uma retirada estratégica. A única opção era correr.

Assim que todos estavam montados, partiram a galope, guiados pela lua, redonda como a gema de um ovo. Zee contornou o lago. Lama espirrava de baixo dos cascos dos cavalos e a névoa estava espessa ao redor deles. Áster esfregou os olhos, forçando-os para enxergar no escuro. Eles estavam se aproximando dos penhascos.

— Há uma ponte no topo! — Zee falou por cima do rugido das cataratas. — Se a atravessarmos e cortarmos a outra ponta, eles não vão poder seguir sobre o desfiladeiro. Mas temos que correr.

Áster xingou baixinho. Havia muitos jeitos de aquele plano dar errado. Se a ponte não estivesse no lugar... se os famélicos os alcançassem antes de chegarem lá... se eles caíssem do penhasco tentando alcançar o topo...

Eles seguiram em fila única pela trilha íngreme e estreita entalhada na parede do penhasco. Havia só rocha de um lado e uma longa queda do outro. Logo eles tiveram que reduzir o passo para não escorregar pela beirada. Áster lançou um olhar por cima do ombro, a ansiedade abrindo um buraco em seu interior à medida que reduziam o ritmo. Já podia ver a silhueta dos quatro famélicos a cavalo, rodeando o acampamento. E, embora estivessem longe demais para que ela sentisse sua influência, seus braços se arrepiaram.

Se tivéssemos esperado mais um minuto...

A cabeça formigou enquanto ela se lembrava da última vez que estivera à mercê de um famélico. O sangue virando gelo nas veias. Os ossos vibrando de agonia...

Não. Foco.

Áster se virou para a frente outra vez, concentrando-se no som dos cascos batendo sobre o xisto. Fixou o olhar nas costas de Violeta à sua frente enquanto Zee as guiava por uma curva fechada, a primeira de muitas ziguezagueando pelo penhasco. Eles estavam quase tão alto quanto a copa das árvores agora. O ar ficava mais fresco e rarefeito a cada passo, e o vento açoitava os membros de Áster. Eles viraram a próxima curva, reduzindo o ritmo ainda mais.

— Não podemos ir mais rápido? — Malva perguntou.

— Só se você quiser levar um tombo — Zee retrucou bruscamente. — Mas os famélicos vão ter que reduzir o passo também. Vamos conseguir, prometo.

O guincho súbito dos corcéis infernais cortou o ar noturno.

Os famélicos começaram a subir o penhasco.

— ESTOU VENDO! — uma voz rouca gritou. — ELES ESTÃO INDO PARA O TOPO DAS CATARATAS!

— *Zee!* — Áster exclamou.

— Só me sigam!

Eles viraram outra curva. O barulho dos cascos se misturava ao da água, que explodia como trovão abaixo deles.

Áster olhou sobre a beirada, a cabeça girando com a queda vertiginosa.

Os famélicos estavam cada vez mais perto.

— Pelo Véu, eles são rápidos demais pra nós — Clementina exclamou.

Isso era porque os corcéis infernais tinham quase o dobro do tamanho de um cavalo comum, sendo distorcidos pela magia dos famélicos para perseguir sua presa incansavelmente. Eram tão perversos quanto seus donos.

E não estavam reduzindo o passo.

As feras soltaram um guincho de romper os tímpanos, tão agudo que sobrepujou os uivos dos vingativos. Áster teve dificuldade em manter o cavalo sob controle quando o animal se assustou com o som. Quando eles fizeram a curva final, os famélicos estavam a algumas centenas de metros atrás deles.

— Certo, rápido agora, estamos quase lá! — Zee gritou, disparando a galope quando atingiram o topo dos penhascos. Um vento forte e gélido assoviava sobre a extensão plana de terra e grama seca. O terreno descia em direção a uma fenda na terra forjada pelo rio que alimentava as cataratas. Áster sentiu um frio na barriga quando o cavalo dela disparou a uma velocidade inconsequente em direção ao desfiladeiro.

— Está vendo a ponte? — Clementina perguntou atrás dela, suas palavras quase engolidas pelo vento.

Áster abriu a boca para responder quando um tiro ecoou, estilhaçando a noite.

Ela girou a cabeça. Os famélicos também tinham chegado ao topo dos penhascos, erguendo-se da escuridão. Ainda estavam longe demais para atingi-los, mas não demorariam para alcançá-los.

Que os mortos nos protejam, Áster rezou desesperadamente, virando-se de novo. A ponte finalmente apareceu, suspensa no ar por duas cordas. Será que aguentaria o peso deles?

Não havia tempo para se preocupar com isso.

Zee diminui o ritmo novamente quando foi atravessar, as tábuas de madeira ecoando ocas sob os cascos do cavalo. Malva e Palminha o seguiram, depois Violeta, então Áster e Clementina. A ponte balançava e gemia de um modo nauseante. Áster cometeu o erro de olhar sobre a beirada. Não tinham que atravessar mais que uns quinze metros de extensão, mas havia pelo menos três vezes essa distância até o rio reluzindo lá embaixo.

— Merda, merda, merda, merda — Violeta entoava para si mesma.

— Não olhe pra baixo — Áster recomendou. Ela podia sentir seu cavalo ficando cada vez mais inquieto à medida que atravessavam, e murmurou palavras tranquilizadoras, esperando que o animal não sentisse o medo na voz dela.

Elas tinham atravessado pouco mais da metade quando um dos cascos traseiros do animal atravessou uma tábua de madeira.

Áster agarrou a crina enquanto a traseira do animal caía pelo vão. A vertigem subiu por sua cabeça e o terror atravessou sua barriga. Clementina deu um berro e agarrou a cintura da irmã com tanta força que ela ficou sem ar.

— *Clem!* — Zee gritou.

Cerrando os dentes, Áster se inclinou para a frente para ajudar o animal a recuperar o equilíbrio. Ele se endireitou e conseguiu voltar para a ponte, alcançando então os outros.

— O que aconteceu? — Palminha perguntou numa voz estridente.

— Estamos bem, *vamos* — Áster ofegou. Os famélicos chegariam à ponte a qualquer momento.

Mais tiros soaram atrás deles. Áster esporeou o cavalo o mais rápido possível pelo resto da ponte e atingiu terreno sólido.

— Áster... — Zee começou.

— Eu sei. — Ela pulou da sela, pegou a faca e começou a serrar uma corda. Seus membros ainda tremiam do susto. Suor escorria por seu pescoço.

— PAREM AÍ MESMO — um dos famélicos rugiu.

Áster ergueu os olhos. Eles estavam a poucos passos da ponte.

A lâmina cortou a primeira corda. Ela começou a serrar a segunda.

— Zee, tire-as daqui — ela disse.

— Não vamos a lugar algum — Clementina disparou.

Outro tiro ressoou e uma dor repentina rasgou a bochecha de Áster. Ela soltou um grito e quase derrubou a faca.

— *Zee...*

Então a segunda corda se rompeu com um estalo e a ponte caiu. Os famélicos estancaram às pressas na beirada do outro lado do desfiladeiro, empunhando as armas. Áster se ergueu, arquejando e segurando o rosto ensanguentado. Tinha medo de se mover. Zee girou o cavalo e parou ao lado dela, sacando sua arma. Malva e Violeta fizeram o mesmo.

Por um momento, os dois grupos mantiveram um silêncio tenso. Então um dos famélicos ergueu uma lamparina – o que significava, Áster percebeu, que ele não era um famélico. Famélicos enxergavam perfeitamente no escuro. O homem que os olhava do outro lado do vão tinha um físico robusto, pele branca como papel, um nariz longo e reto e um bigode ruivo espesso.

Algo nele... era familiar.

Ela sentiu bile subir pela garganta.

— Me ajude a subir — murmurou para Clementina.

Devagar, sem dar as costas para o homem e os famélicos, Áster montou na sela atrás da irmã. Sua cabeça girava de dor e seu estômago se revirava.

O homem deu um sorriso forçado e gesticulou para os famélicos atrás de si, que abaixaram as armas.

— Não se preocupem, sortudas. Não é aqui que vocês morrem — ele gritou através do vão, suas palavras ecoando desfiladeiro abaixo. — Ainda temos muito o que discutir, vocês e eu. Minha família precisa de respostas. O *povo* precisa de respostas. Vamos nos encontrar de novo, eu garanto. E, quando chegar a hora de vocês, vão saber.

A verdade atingiu Áster como outra bala.

McClennon.

Esse é Jerrod McClennon.

O político disse que ele estava atrás de nós, e aqui está ele.

— V-vamos — ela balbuciou para Clementina, dando um olhar aterrorizado para os outros. — *Vamos.*

Eles se viraram e cavalgaram até que o trovejar das cataratas sumisse atrás deles.

❦

— Tem *certeza* de que era Jerrod McClennon? — Zee perguntou na manhã seguinte. Eles cavalgaram a noite inteira para ter certeza de que tinham despistado seus perseguidores, mas finalmente tinham parado e apeado sob algumas árvores para recuperar o fôlego.

Áster tentou não estremecer enquanto Palminha limpava com álcool e costurava sua bochecha rasgada. O repuxar da linha dava pontadas de dor pelo seu rosto.

— Era ele — ela respondeu entre dentes cerrados. A lembrança do rosto sem vida de Baxter era tão nítida em sua mente que fora impossível não reconhecer a semelhança entre os dois. Para não mencionar que... — Ele disse que sua família queria respostas. Só pode ser um McClennon. E aquele homem disse que Jerrod está nos seguindo desde Córrego Verde.

Malva esfregou os olhos.

— Quem é ele mesmo? O canalha dono de todos os acampamentos de mineração ou o canalha candidato a governador?

— O candidato a governador. O tio de Baxter.

— Inferno esgarçado.

— Se ele quisesse nos matar, poderia ter feito isso — Violeta disse, sombria. Ela apertava e abria as mãos sem parar, suando como em suas crises de abstinência. — Eles vão nos levar vivas.

— Eles não vão nos levar para lugar nenhum — Áster rosnou.

— Vamos desejar estar mortas.

— *Chega.*

Todas ficaram em silêncio. Áster olhou para Clementina, que estava sentada com os joelhos apertados contra o peito. Seu sorriso teimoso tinha morrido. Ela não dizia nada fazia horas.

— Clem — Áster disse baixinho —, isso não é culpa sua.

— Como não?

— É culpa *minha* — Zee disse, balançando a cabeça. — Eu nunca devia ter permitido que eles se aproximassem tanto.

— Escute, isso é culpa de McClennon e de mais ninguém — Áster disse com um suspiro. O dia anterior tinha sido tão bonito, em um lugar tão bonito, e *todos* tinham abaixado a guarda: nadado em um lago cristalino, roubado beijos na floresta, trocado histórias ao redor do fogo... como o paraíso além do Véu, o paraíso que elas mereciam.

E aí McClennon e seus famélicos tinham tentado arrastá-las de volta para o inferno.

É melhor pra ele não cruzar nosso caminho de novo, Áster pensou.

Da próxima vez, seria ele que teria de ser costurado. Ela se certificaria disso.

12

Três dias depois, eles chegaram à cidade de Despenhadeiro.

Àquela altura, já tinham aperfeiçoado a coreografia do roubo. Cinco armas apontadas para o rosto de qualquer homem era, em geral, mais que o suficiente para deixá-lo obediente, e o gabola que tinham surpreendido na noite anterior havia se rendido assim que se viu cercado. Mesmo assim, enquanto estavam sentadas no acampamento na manhã seguinte contando o brilho roubado, Áster não conseguiu evitar uma fisgada de frustração.

Já dava para ver que não seria suficiente.

— Você não disse que ele era um gerente de banco? — ela perguntou a Zee. Fazia um calor escaldante e sua camisa se agarrava à pele suada de modo sufocante. A sombra dos pinheiros era um parco alívio.

Zee assentiu.

— Ele disse que começou na filial de Despenhadeiro algumas semanas atrás — ele contou. — Conversei com todos os homens no salão. Era pra ele ser o mais rico lá.

Antes desse último roubo, elas só tinham setecentas e cinquenta águias como resultado de seus esforços. Já tinham cruzado metade da Chaga e não estavam nem perto de alcançar a meta. Naquele ritmo, nunca iam conseguir as cinco mil águias antes de chegar a Rochedo do Norte.

Por isso, quando se aproximaram de Despenhadeiro, Áster dissera a Zee para abordar o homem mais rico na casa de boas-vindas em vez de simplesmente vir com o primeiro que conseguisse convencer. Ela sabia que era um risco pedir que ele ficasse tanto tempo na casa, sendo visto por todos, mas a situação estava ficando desesperadora. Ela não conseguia fechar os olhos sem ver o sorriso forçado de McClennon.

E, enquanto tivessem aquelas insígnias, jamais escapariam dele.

— Trinta e duas águias no total — Malva anunciou, erguendo os olhos da pilha de moedas com asco.

Áster xingou, coçando a bochecha onde Palminha tinha costurado o ferimento de bala. Onde estavam todos os gabolas que se vangloriavam de estar sempre portando centenas de águias? Será que era só bravata?

— Certo, mas e o relógio? — Clementina sugeriu esperançosa. — Não podemos vendê-lo?

— É uma porcaria — Violeta declarou, jogando o objeto na pilha. — Ouro falso. Malfeito. Não sei por que o homem era tão afeiçoado a ele.

Além do porta-moedas, a única outra coisa de valor que tinham encontrado com o gabola era o relógio. Ele tinha implorado que não o levassem, alegando ser uma herança de família. Na verdade, tinha suplicado mais pelo relógio que pela própria vida.

Áster tinha pegado o objeto só por princípio.

— Escutem, obviamente não vai ser suficiente continuar roubando gabolas, mesmo que sejam gerentes de banco — Malva disse, impaciente, enquanto devolvia as moedas ao porta-moedas. — Da próxima vez, devíamos só roubar o banco esgarçado de uma vez.

Palminha soltou uma risada descrente.

— Deixe de bobagem, pelo amor dos mortos — Violeta bufou.

— Não, esperem, talvez não seja má ideia — disse Clementina, com os olhos brilhando. — Pensem, podíamos conseguir todo o brilho necessário e mais um pouco.

— Bancos são vigiados por ordeiros, e o brilho fica trancado em um cofre — Zee disse com cuidado.

Mas a mente de Áster estava girando com as possibilidades. Se elas conseguissem passar pelos ordeiros de alguma forma, se conseguissem arrombar o cofre... nunca mais teriam que roubar outro gabola. Poderiam seguir direto até a Dama Fantasma, levando metade do tempo.

E um bando de mestres de terras perderia seu brilho.

Isso certamente apagaria o sorrisinho do esgarçado do McClennon.

— Deveríamos pelo menos conversar sobre isso — Áster disse. — Estamos ficando sem tempo e sem opções. Você deu uma boa olhada no banco de Despenhadeiro, Zee?

— Ei, calma aí. Não acho que seja uma boa ideia. É melhor a gente...

Talvez fosse o sol açoitando a nuca de Áster, talvez fosse a dor agonizante atravessando seu rosto ou talvez fosse a frustração se transformando em um medo animal em sua barriga, mas ela não estava com saco para receber ordens de Zee. Não era a vida *dele* que dependia daquele brilho.

— Eu não perguntei o que você acha, perguntei sobre o banco em Despenhadeiro — Áster disparou.

Ele ficou vermelho sob as bochechas morenas. Violeta deu uma risadinha, mas Clem olhou feio para Áster.

— Continue, o que você ia dizer? — Clem perguntou a ele.

— Só acho que precisamos tomar mais cuidado que nunca — Zee murmurou. — Sim, eu dei uma boa olhada no banco de Despenhadeiro, mas tentar roubá-lo... há variáveis demais que não podemos controlar, muita coisa que pode dar errado.

— Bem, a não ser que você tenha um jeito melhor de arranjarmos mais de quatro mil águias na semana que vem, não temos escolha — Áster argumentou.

— Aposto que o banco não é tão vigiado à noite — Palminha interveio, tentando acalmar os ânimos. — Invadir depois do fechamento deve ser um risco menor do que tentar entrar durante o dia, né?

— Sim, mas o brilho ainda vai estar trancado num cofre — Zee retrucou. — E não temos as ferramentas para arrombá-lo nem para levá-lo conosco. Isso é um beco sem saída.

— Não precisa ser — Áster insistiu. — Olha, é verdade que, se assumirmos esse risco, *podemos* ser pegas. Mas, se não fizermos *alguma coisa*, aí, sim, *definitivamente* vamos ser pegas. Precisamos desse brilho pra sumir.

Zee cerrou a mandíbula.

— É perigoso demais.

Uma nuvem de raiva subiu pela garganta de Áster, que se pôs de pé.

— Preciso falar com você — ela disse com os dentes cerrados.

— Deixe-o em paz, Áster — Clementina disparou. — Ele não tem que participar se não quiser.

— *Agora.*

Zee e Clementina se entreolharam em uma conversa silenciosa. A raiva de Áster queimou ainda mais forte, mas então Zee se ergueu e deixou que ela o levasse para longe do acampamento. Grilos marrons pularam para fora do caminho enquanto eles pisavam sobre a vegetação rasteira. Uma serpente preta esguia deslizou para longe deles.

Quando as outras não podiam mais ouvi-los, Áster parou e encarou Zee, cruzando os braços.

— Sei que suas intenções são boas — ela começou, se esforçando para manter a voz calma —, mas você só piora as coisas quando me desafia. Eu não tenho tempo pra convencer você a nos ajudar. Simplesmente tem que ser feito.

Ele suspirou e tirou o chapéu, enxugando a testa com a manga. Sua pele estava reluzente de suor.

— Eu sei, e sinto muito. Mas não posso deixar você meter a gente numa cilada sem saída.

— Não existe *a gente*, Zee — ela rosnou, dando um passo para a frente. — *Você* não tem uma recompensa pela sua cabeça. *Você* não tem uma insígnia no pescoço. *Você* pode se afastar de tudo isso. *Nós* não podemos. Isso é só um trabalho pra você, mas para a gente é vida ou morte. Então você não tem direito a opinião, entendido?

— Você fala como se eu não tivesse nada a perder — ele retrucou, exasperado. Sua energia parecera infinita desde que o conheceram, mas agora, finalmente, ele estava começando a demonstrar sinais de exaustão. — Eu também tenho que cuidar de pessoas. Como vou encontrar minhas irmãs se for pego roubando um banco? Como vou sustentá-las se for um homem procurado? Você diz que isso é só um trabalho pra mim e que eu posso ir embora, mas não é, e eu não posso. Este trabalho é a melhor chance que eu tenho de salvar minha família.

Áster hesitou, observando-o andar de um lado para o outro.

— Se é assim que se sente, por que nos ajudou a roubar os gabolas? — ela perguntou, na defensiva.

— Bem, eu não fiquei muito feliz com isso, não é? Mas senti que era a coisa certa a fazer no final. Só que roubar um banco... aí já é demais. Você não faz ideia de como me esforcei pra evitar uma vida de crime. Meu pai sacrificou *tudo* para limpar a dívida de sangue-sujo da nossa família. Não posso nos lançar de volta nela.

— Isso só aconteceria se fôssemos pegos, Zee. Mas não seremos, porque não podemos ser.

Ele parou de andar e ergueu uma sobrancelha para ela. Áster suspirou, cedendo.

— Nós vamos voltar para Despenhadeiro e roubar aquele banco — ela declarou. — Mas, se isso deixa você desconfortável, não precisa vir com a gente. Pode esperar aqui e preparar os cavalos para fugirmos depressa. De todo modo, você nem devia voltar para a cidade. As pessoas podem se lembrar do seu rosto da noite passada.

Ele hesitou.

— Você realmente acredita nisso ou só está sendo gentil porque Clementina mandou?

Áster sentiu uma pontada de irritação à menção da irmã.

— Realmente acredito. Mas, já que estamos falando disso, saiba que não gosto quando você usa Clem para ficar contra mim.

— Eu não estou *usando* Clem, eu nunca... — Uma compreensão súbita iluminou o rosto dele e se transformou em pena. — É por isso que está tão aborrecida, Áster? Ainda... tem medo de mim? Medo por sua irmã? Porque eu prometo que nunca machucaria Clementina. Você é a única que pode entender o quanto eu gosto dela.

Áster cerrou a mandíbula. *Não ouse nos comparar. Você conhece Clementina há duas semanas. Eu a amo desde o dia em que ela nasceu.*

Mas esse não era o ponto que ela precisava provar, então engoliu o resto da raiva.

— Eu só quero o melhor para ela, assim como você quer o melhor para suas irmãs — ela disse suavemente. — Escute, Zee... sei que você está arriscando tudo para nos ajudar e sinto muito se às vezes parece que não sou grata por isso. Eu sou, mais do que consigo expressar. Nunca teríamos chegado tão longe sem você. Mas preciso que confie em mim nessa, tudo bem?

Ele ficou calado por um momento e botou o chapéu outra vez.

— Esperar com os cavalos — ele disse, esboçando seu velho sorriso. — Acho que posso fazer isso.

Os ombros dela caíram de alívio.

— Obrigada, Zee. De verdade. Vamos voltar e começar a planejar como vamos...

Então Malva surgiu do meio da vegetação com um sorriso largo no rosto.

— Desculpe interromper, mas vocês têm que ver isso — ela disse, empolgada. — Descobrimos por que aquele gabola queria tanto ficar com o relógio. Tem um pedaço de papel dentro dele com uma sequência numérica.

Áster franziu o cenho em confusão.

— E?

— E *por que* você acha que um gerente de banco recém-contratado precisaria se lembrar de um monte de números? E por que ele teria tanto medo de que outra pessoa os encontrasse?

Áster e Zee trocaram um olhar. Ele pareceu entender no mesmo instante que ela, e seu sorriso cresceu.

— Exato — Malva disse. — Achamos que é o código do cofre.

ॐ

Elas passaram o resto do dia planejando e partiram para Despenhadeiro um pouco depois da meia-noite. Agora estavam diante do muro da cidade, uma corrente de empolgação nervosa passando entre elas. Em vez de arriscar passar pelo controle dos portões, decidiram escalar o muro. Do outro lado da pedra riscada, os sons da vida noturna se erguiam como bolhas em uma taça de espumante. Do lado delas, vingativos uivavam em busca de sangue, repelidos apenas pela poeira de teomita cintilante na argamassa. Zee se agachou sobre seu gancho de ferro, verificando novamente o nó que o amarrava à corda. Malva mexia ansiosamente no tambor do revólver, abrindo e fechando, abrindo e fechando. Violeta estava encostada no muro, observando as estrelas. Tinha acabado de tomar sua dose de cardo-doce e era a mais calma do grupo.

— Pronto, deve servir — Zee murmurou, levantando e girando o gancho algumas vezes para testar.

— Cuidado, vai arrancar o olho de alguém! — Palminha sussurrou.

— Desculpe.

Zee se afastou um pouco e balançou o gancho até adquirir impulso suficiente, então o soltou. A peça se prendeu ao topo do muro com o som de uma picareta atingindo pedra. Ele deu alguns puxões na corda.

— Certo, quem quer ir primeiro? — perguntou, erguendo uma sobrancelha. O muro tinha cerca de cinco metros de altura.

— Violeta, vá você — disse Áster.

— Por que eu?

— Porque eu *mandei*. E não se esqueça de aterrissar rolando. — Na verdade, era porque Violeta conseguiria manter a insígnia escondida por mais tempo, graças ao cardo-doce, e cada segundo contava.

Violeta xingou e envolveu o rosto num lenço antipoeira, subindo o muro sem jeito. Ela passou as pernas por sobre o topo e pulou do outro lado, caindo com um *tum* abafado. Palminha e Malva foram em seguida, depois Clementina. Por fim, era a vez de Áster.

— Você vai estar aqui com os cavalos? — ela perguntou a Zee, entregando o anel de teomita para ele.

Ele deu um aceno.

— Estarei.

Áster agarrou a corda. Era áspera em suas palmas, assim como a pedra sob suas botas. O estômago se revirou com a sensação de estar paralela ao chão, e ela não conseguiu evitar um instante de hesitação antes de pular para o outro lado. Seria uma queda menor que a da janela da casa de boas-vindas até a carroça de feno, mas com um pouso mais brusco. Primeiro enrolou a corda e jogou o gancho para que pudessem escapar na volta, então inspirou fundo e se lançou da beirada.

Inferno esgarçado, pensou ao aterrissar. Tinha se agachado e rolado quando atingiu o chão, mas ainda sentiu cada osso no corpo chacoalhar.

— Machucou? — Palminha perguntou.

— Estou bem. — Ela se levantou e sacudiu a cabeça para se livrar da tontura. Não havia prédios perto do muro, e o grupo estava bem oculto na escuridão, mas elas tinham no máximo vinte minutos antes que as insígnias queimassem através dos lenços e as revelassem.

— Lembrem-se, quando entrarem na cidade, ajam naturalmente — Áster lembrou a todas. — Se tentarem ser discretas demais vão acabar chamando mais atenção para si mesmas.

— Ninguém vai olhar pra gente — Violeta retrucou com um gesto despreocupado. — Vão imaginar que um estranho andando por Despenhadeiro já tenha sido liberado no posto de controle.

— Esperamos que sim — Palminha murmurou.

Elas partiram para encontrar o banco.

— Onde foi mesmo que Zee disse que ficava? — Clementina perguntou num sussurro enquanto elas corriam abaixadas pela periferia de Despenhadeiro. O ferreiro, a loja de reparos de carruagens, a casa sagrada e seu cemitério já estavam todos fechados.

— No lado norte da Rua Principal, ao lado do escritório do mestre de lei — Áster respondeu. A proximidade devia ser intencional; a lei poderia responder a uma invasão dentro de minutos.

Mesmo assim, seu humor começou a melhorar, como sempre acontecia quando elas atacavam um gabola. Os ouvidos estavam alertas a cada som baixo no escuro, a pele formigava de antecipação e o coração batia como um tambor de guerra. Nesses momentos, ela não conseguia evocar os rostos daqueles que a haviam ferido, não conseguia sentir nada, exceto um foco intenso na missão. Era a oposição mais completa do entorpecimento mortal que a tomava quando ela estava presa na casa de boas-vindas.

Que eles venham, pensou.

Ela estava pronta.

Finalmente, chegaram à Rua Principal, com seus prédios espremidos uns contra os outros, e diminuíram o ritmo para uma caminhada veloz. Duas fileiras de lojas se encaravam em uma rua de terra, lotada de homens bem-vestidos entrando e saindo de tabernas, casas de aposta e da casa de boas-vindas.

Áster abaixou a aba do chapéu e começou a percorrer a rua.

Malva coçou a insígnia embaixo do lenço.

— Qual é o lado norte? — perguntou com urgência, olhando de um lado para o outro.

— À direita — Áster murmurou, perdendo o fôlego quando avistou a bandeira arkettana esvoaçando sobre o escritório do mestre de lei. — Ali.

Elas abriram caminho entre as pessoas. Áster sentia vontade de vomitar toda vez que um homem roçava nela, mas se obrigou a ignorar o ímpeto de fugir. *Foco.*

Sua insígnia começou a formigar sob o lenço antipoeira.

Elas passaram pelo escritório do mestre de lei. Áster as guiava sem reduzir o passo, com o rosto voltado para a frente, embora espiasse o prédio pelo canto do olho. Havia um único ordeiro de vigia, espantando as mariposas que rodeavam sua lamparina. Mas haveria outros lá dentro, de olho nos bêbados ou ladrões que tivessem sido presos naquela noite, e mais alguns fazendo patrulha. Cidades na Chaga eram sempre muito vigiadas – tinham que ser, diziam as pessoas, num lugar onde viviam os filhos dos piores criminosos do mundo.

Bem, esta noite eles têm razão para se preocupar.

Áster também não reduziu o passo quando passaram pelo banco – elas tinham que fazer outra parada primeiro –, mas examinou o prédio. Era uma construção despretensiosa com uma placa de pedra simples na frente: BANCO ROCHA VERMELHA – FILIAL DESPENHADEIRO.

Uma janela grande dava para uma área de espera, e além dela ficava a gaiola do caixa. A silhueta do cofre era visível no canto. Como elas não podiam passar pela gaiola, o plano era invadir pelos fundos. O barulho certamente atrairia a lei.

E era por isso que, antes, elas iam achar alguns gabolas para fazer de reféns: precisavam de poder de barganha.

Mais duas portas e elas chegaram a uma taberna. Áster parou e assentiu imperceptivelmente para as outras. Elas entraram pelas portas duplas.

O interior era abafado, o piso de madeira de cerejeira arranhado pelas solas de centenas de sapatos e lampiões a gás meio acesos pendendo de um teto de estanho. O aroma de álcool, fumaça e suor atingiu Áster em cheio. As vozes dos homens ao redor soaram dez vezes mais altas – falando, rindo, brincando, xingando. Mãos batiam em mesas. Copos batiam uns nos outros. Ela não estivera em um salão como aquele, totalmente cercada, desde Córrego Verde, e ficou junto à porta enquanto o pânico tomava sua barriga e enchia seus pulmões até o peito ameaçar explodir. Começou a ver tudo duplicado, e o salão inteiro se transformou no borrão suave de luz amarela dos lampiões e sombras marrons. Seus pensamentos se misturavam como tinta na chuva.

— Áster. — A voz parecia estar a milhares de quilômetros. Ela nem a reconheceu. — Áster.

Sua visão retomou o foco. Violeta, na sua frente, dava tapinhas gentis em sua bochecha.

— Controle-se, sua sortuda esgarçada — Violeta sibilou.

As palavras duras atravessaram a névoa em sua mente e ela retorceu os lábios.

— Estou *bem* — ela rosnou, empurrando as mãos de Violeta e agarrando-se ao breve momento de raiva. Um olhar para Violeta lhe mostrou que a garota sabia exatamente o que estava fazendo ao provocá-la, trazendo-a de volta à realidade. Áster engoliu em seco. — Vê algum gabola aqui ou não? — ela perguntou com a voz trêmula.

Violeta inclinou a cabeça.

— Tem uma mesa de homens ali que parecem ser o tipo — ela disse, soltando o cabelo e desabotoando o topo da camisa. — Vou flertar um pouco com eles, descobrir se são gabolas e atraí-los para fora. Saiam pelos fundos e me esperem.

Áster assentiu, agradecida, e conduziu as outras pelo labirinto de mesas em direção à porta dos fundos. Violeta era a única capaz de fazer aquilo – não só porque sabia interpretar o papel de modo convincente, mas também porque era a única sangue-limpo entre elas. Era mais provável que os gabolas acreditassem em suas mentiras.

E pensar que quase não a trouxemos de Córrego Verde, Áster pensou. O formigamento da insígnia tinha aumentado para uma ardência constante, e logo ela começaria a brilhar vermelha.

Elas saíram em fila pela porta dos fundos, os passos soando pesados na madeira da varanda. Só havia uma pessoa ali: um homem encostado na parede fumando um charuto. Ele deu uma longa tragada e soprou uma nuvem de fumaça. Não prestou atenção nelas – por enquanto.

Áster puxou o ar fresco e revitalizante para os pulmões.

— Certo, todo mundo com as armas prontas — murmurou. Malva, Palminha e Clementina sacaram os revólveres. Malva era a única que tinha aprendido a atirar na infância, mas as outras vinham praticando nas últimas semanas sempre que possível.

Áster pegou a faca – de jeito nenhum ia paralisar de novo essa noite.

Dois minutos depois, a porta dos fundos rangeu e se abriu. Violeta saiu, seguida por três jovens elegantes usando coletes xadrez sobre camisas com ligas prateadas ao redor dos braços. Tinham chapéus-coco inclinados sobre suas cabeças e correntes de relógios de bolso brilhando nos quadris. O mais alto tinha uma cara redonda infantil e um sorrisinho petulante. Áster conhecia o tipo; já vira muitos homens assim. Sua raiva queimou mais forte.

Foco, repetiu a si mesma.

— Eu *disse* às minhas amigas que haveria uns homens decentes nesta cidade — Violeta dizia a eles com uma voz aguda. — Mal posso esperar para apresentá-los a elas.

Clique, clique, clique.

Malva, Palminha e Clementina apertaram as armas contra a cabeça dos gabolas e liberaram as travas. Os homens recuaram cambaleando e xingaram baixo.

— Que *inferno*...?

— Isso é uma piada...?

— Calem a boca — Áster ordenou. — Todos vocês.

O homem que estava fumando derrubou o charuto e abriu a boca para gritar por socorro.

— Não tão rápido — Violeta disse calmamente, apontando o revólver para ele. — Diga uma palavra a alguém sobre isso e...

Ele fechou a boca e correu de volta ao bar antes que ela pudesse terminar a ameaça.

Se elas não estavam com pressa antes, agora estavam.

Enquanto Áster e Violeta ficavam de guarda, Clementina, Malva e Palminha amarraram as mãos dos gabolas atrás das costas, então os empurraram com o cano das armas. Áster as levou para longe da taberna, andando o mais rápido possível sem começar a correr.

— Você é uma maldita sangue-sujo — um dos gabolas notou quando passaram por uma poça de luz, que revelou sua própria sombra. Sua voz era carregada de desdém. — Meu pai é advogado. Quando ouvir falar disso, vai...

Áster girou e esmurrou o punho na mandíbula dele. Por um momento aterrador e empolgante, ela imaginou seguir o gesto com uma estocada da lâmina.

— Não quero ouvir mais uma palavra de *nenhum* de vocês — ela ordenou. — Ou juro pelos mortos que vou castrá-los com esta faca imunda.

Isso calou os três, e eles seguiram em silêncio. A cabeça de Áster girava de adrenalina e poder, mas ela notou vislumbres de dúvida nos olhos das outras enquanto se entreolhavam. Subitamente teve a certeza de que elas não seriam capazes de apertar o gatilho, se fosse preciso.

Mas Áster estava mais segura de si a cada segundo. Que *aqueles* homens sentissem como era estar totalmente impotente. Que *eles* se encolhessem de vergonha e implorassem por misericórdia. Se tivesse que escolher entre a vida das amigas ou dos gabolas, Áster não hesitaria por um segundo.

Quando chegaram à porta dos fundos do banco, sua insígnia parecia estar queimando um buraco na pele.

— Agora — Áster disse a Violeta.

Violeta foi até a porta, apontou a arma para a fechadura e atirou. O estrondo foi tremendo, mas a porta não abriu quando ela a empurrou com o ombro.

— Maldição! — ela xingou.

Gritos se ergueram da Rua Principal. Violeta atirou na porta sem parar, até esvaziar o tambor.

— Saia da frente — Áster rosnou, então chutou a porta, que finalmente se abriu. Ela umedeceu os lábios enquanto mandava todos para dentro com um gesto. A dor da insígnia estava começando a deixá-la atordoada.

— Vocês estão mortas como merda de cachorro — o gabola de Malva disse alegremente. — A lei vai pegar vocês agora.

— Que inferno ela disse sobre ficar quieto? — Malva disparou, batendo com o revólver na cabeça dele. Mas Áster podia ouvir o medo em sua voz. Suas mãos, sempre firmes, estavam tremendo.

O interior do banco estava escuro e abafado e cheirava a poeira. Elas tinham entrado do lado da gaiola do caixa, atrás da grade que dava para a sala de espera. Uma fileira organizada de mesas com caixas registradoras cobria metade da parede. Áster virou à esquerda e avistou o cofre. Era mais alto que ela e três vezes mais largo.

Ela correu até ele e se ajoelhou para abrir a tranca. Podia ouvir vários ordeiros do lado de fora do banco agora tentando arrombar a porta.

34, 8, 27, 46, 52.

A engrenagem clicou quando ela a girou, mas ela provavelmente girou rápido demais, porque o cofre não abriu.

Áster repetiu a sequência mais devagar.

— Estamos ficando sem tempo — Clementina disse, ansiosa. — Temos que sair daqui antes que eles deem a volta e nos cerquem.

— Vai dar certo — Áster disse, ríspida.

— Clem tem razão, vamos abandonar esses imbecis e fugir — Malva concordou.

— Deixem eu me *concentrar* — Áster ordenou.

34, 8, 27, 46, 52.

34, 8, 27, 46, 52.

O cofre não estava abrindo.

Os ordeiros entraram pela frente do banco.

— Mãos ao alto! — um deles rugiu.

— Temos reféns! — Áster gritou de volta. — Não cheguem mais perto!

34, 8, 27, 46, 52.

Nada.

Julgando pelo barulho, havia ordeiros nos fundos agora esperando ordens. Violeta olhou para ela e deu um aceno curto. Um nó cresceu na garganta de Áster.

— Por que esse *esgarçado* não está funcionando? — Áster se perguntou, chutando o cofre de metal. Não era *justo*. Nunca fora *justo*. Aquele brilho era *dela*. *Deviam* isso a ela, *todo mundo* naquelas montanhas malditas devia isso a ela.

Mas e se esse não for o código do cofre? E se essa sequência de números for para outra coisa? Elas estavam tão desesperadas para acreditar que fosse o código porque *precisavam* que fosse... A cabeça dela latejava, sua insígnia ardia.

— Espere, veja esse sete — Palminha disse em voz baixa, olhando sobre o ombro de Áster. — Acho que na verdade é um!

A mente de Áster se deteve. Ela estudou os números com mais cuidado.

Inferno esgarçado.

Ela tentou outra vez: *34, 8, 21, 46, 52.*

O cofre abriu com um clique.

Os joelhos de Áster fraquejaram de alívio. Rapidamente, ela abriu o saco que trazia na cintura e começou a jogar barras de ouro e prata pela abertura.

— Ordens! — um dos ordeiros gritou. Havia pelo menos meia dúzia em cada lado da gaiola do caixa, com as armas empunhadas, e mais três de guarda na porta dos fundos.

— Esperem! — o mestre de lei respondeu. Ele estava na frente do banco, e suas próximas palavras foram dirigidas a Áster. — Roubo a banco é um crime capital! — ele gritou. — Mas, se soltarem esses rapazes, podemos dar um jeito.

— Áster, se eles conseguirem uma linha de visão, vão nos matar — Violeta murmurou.

— Não se preocupe, eles não vão...

Antes que ela pudesse terminar, uma onda de dor vinda da insígnia a fez cair de joelhos, derrubando moedas no chão. Ela desmaiaria em breve se a mantivesse coberta. Apertando o saco com mais força, deu as costas para o cofre. A dor estava evidente no rosto das outras enquanto lutavam para se manter de pé, com a pele brilhando através dos lenços...

— Pelo Véu, elas são sortudas! — gritou o gabola de Clementina.

Áster virou e lhe deu um soco, mas era tarde demais. O segredo tinha sido revelado.

— São as garotas de Córrego Verde! — um dos ordeiros confirmou.

— *Não* deixem elas escaparem! Entenderam? Precisamos delas vivas!

Áster xingou e arrancou o lenço antipoeira. O alívio foi imediato, embora a dor e o brilho fossem demorar um tempo para se dissipar completamente.

— Não queremos ferir esses cavalheiros! — Áster gritou para o mestre de lei. — Só nos deixem passar e soltaremos eles.

— Você sabe que não podemos fazer isso.

— Então a morte desses homens estará nas suas mãos.

— Bem, então temos um impasse — o mestre de lei respondeu com calma. — Mas não se preocupe. Eu chamei os famélicos da casa de boas-vindas. Eles vão dar um jeito em vocês.

O sangue de Áster ficou tão gelado quanto sua insígnia ardia quente. Ordeiros eram uma coisa, mas, se famélicos chegassem, elas estavam perdidas. Eles quebrariam suas mentes e as arrastariam dali.

Ela olhou para Palminha, Malva, Violeta... e Clementina. Não precisavam dizer nada. Com um olhar, todas sabiam o que fazer.

Bam! Malva atirou por cima da cabeça dos três ordeiros na porta dos fundos. Os homens se agacharam. *Bam!* Outro tiro de alerta e o ar se encheu de fumaça e pânico.

— Saiam da frente! — Áster berrou para os ordeiros.

Uma de cada vez, elas saíram em disparada pela porta sem os reféns, Áster por último com o saco de brilho apertado na mão. As botas batiam no chão, erguendo poeira ao redor delas. Malva atirou mais duas vezes atrás de si.

Os ordeiros partiram em perseguição e começaram a atirar de volta.

Um tiro passou rente à perna de Áster. Outro atingiu o chão entre seus pés. A lei estava tentando incapacitar, não matar. A única vantagem delas era que eles tinham ordens de capturá-las vivas.

— Malva... dê... um jeito... neles... — Áster ofegou.

— Quer dizer...?

— Não! Só os faça parar!

Malva fez uma careta, mas parou bruscamente, virou e atirou suas últimas três balas enquanto o resto delas continuou correndo. Áster olhou por cima do ombro. Dois ordeiros caíram, apertando as pernas, mas ela errou o terceiro tiro e o último ainda estava atrás delas.

— Merda — Malva resmungou, alcançando as outras. Ela parecia prestes a vomitar.

— Dê sua arma pra ela, Palminha — Áster ordenou. Elas já estavam na periferia da cidade.

— Áster, não acho que... — Palminha começou.

— *Agora!* A não ser que queira atirar nele pessoalmente.

— Dê aqui — Malva pediu em voz baixa. Ela pegou a arma de Palminha, se virou e derrubou o último ordeiro. Mas Áster podia ouvir o clamor de cascos não muito longe; o mestre de lei e os outros oficiais tinham montado para persegui-las.

E os famélicos viriam com eles.

Elas estavam quase no muro agora, ziguezagueando pelo cemitério. Cada respiração era como engolir fogo. Os músculos de Áster estavam se transformando em geleia, e o saco de brilho batia contra sua perna a cada passo. Ela tinha certeza de que podia sentir o cérebro balançando no crânio. A dor da insígnia não só a enfraquecera, como também a todas elas. Não aguentariam muito mais. Se não alcançassem os cavalos, seriam capturadas.

— Estou vendo as garotas! Estão no cemitério! — um dos ordeiros gritou.

Lá estava o gancho. Zee esperava por elas do outro lado.

Graças aos mortos.

Áster correu, balançou e soltou o gancho. Ele bateu no muro e caiu de volta no chão com um barulho metálico.

— Áster...

Ela engoliu e tentou de novo. Dessa vez, o gancho se prendeu.

— Certo, subam — ela ordenou. Palminha foi primeiro, e Áster viu que as bochechas da garota estavam úmidas com lágrimas. Violeta foi em seguida, xingando enquanto escalava; depois Clementina, implorando a Áster que tomasse cuidado. Por fim, Malva subiu, deixando Áster sozinha.

Ela jogou o saco de brilho sobre as costas. *Você vai ter que deixá-lo*, disse uma vozinha. *Nunca vai conseguir escalar o muro com esse negócio sem que eles peguem você.*

Tiros soaram. Os ordeiros a cavalo estavam quase lá.

Mas ela jamais deixaria que tudo fosse em vão.

Prendeu o saco entre os dentes e começou a subir. Quando atingiu o topo, jogou o gancho no chão para que os ordeiros não conseguissem segui-las, então soltou o saco e caiu atrás dele, aterrissando de qualquer jeito. As outras a ajudaram a se levantar, com as expressões tomadas por um pânico novo.

— O que foi? — Áster perguntou, engolindo bile. — O que houve agora?

Ninguém respondeu. Não precisavam, ela podia ver por si só.

Zee e os cavalos não estavam ali.

13

— Onde esse esgarçado foi parar? — Áster perguntou, correndo até a borda da floresta. A lua estava alta no céu, pintando as árvores com uma luz prateada. Elas não podiam ficar ali esperando Zee; os famélicos de Despenhadeiro as alcançariam a qualquer minuto.

— Não sei — Clementina disse, sua voz falhando. — Ele não teria nos abandonado se não fosse uma emergência, você sabe que não.

Áster e Violeta se entreolharam. E se ele as *tivesse* abandonado? E se tivesse finalmente decidido que elas não valiam os problemas que causavam e as tivesse deixado ali para morrer?

Mas e se Clementina tiver razão e ele estiver encrencado?

Do outro lado do muro, o barulho dos cascos dos cavalos ficou mais alto. Os ordeiros tinham chegado.

— Vamos voltar ao acampamento e ver se ele está lá — Áster decidiu.

— Mas já desmontamos tudo — Palminha disse.

— Bem, então pra onde você quer ir? — Áster perguntou rispidamente. — Os ordeiros estão no muro e seus amigos famélicos não vão ter dificuldade para ultrapassá-lo. *Não podemos* ficar aqui. O acampamento é o único outro lugar onde Zee conseguiria nos encontrar. Vamos ver se ele está lá e então pensamos no que fazer.

— Certo — concordou Violeta —, mas não temos o anel de teomita.

Merda.

Isso acabou de vez com a coragem de Áster. De repente, ela ficou horrivelmente ciente dos gritos dos vingativos se erguendo e caindo logo além das árvores. A pessoa se acostumava com eles, ao crescer na

Chaga – aprendia a ignorá-los, assim como o próprio sangue correndo nos ouvidos –, mas fingir que os vingativos não existiam não os faria desaparecer.

Se Áster as levasse para aquela floresta sem proteção, elas seriam destroçadas.

— Eles todos podem ir pro inferno! — Malva xingou, correndo para as árvores antes que Áster pudesse impedi-la. — Prefiro que os mortos me levem que aqueles malditos lá atrás. O acampamento fica a menos de um quilômetro, a gente consegue.

— Espere! — Palminha exclamou, correndo atrás dela.

Clementina olhou para Áster em choque.

— Áster, eu... eu preciso ir com elas — a irmã gaguejou. — Elas não vão conseguir ver os vingativos. E Zee...

Áster assentiu, em seguida fez um gesto para Violeta segui-las.

— Vamos!

Violeta hesitou, como se considerasse as opções, mas claramente percebeu que não havia nenhuma.

Elas mergulharam entre os dentes negros da floresta.

Era muito mais difícil correr pelos bosques do que por Despenhadeiro. O terreno pedregoso e irregular ameaçava fazê-las tropeçar a cada passo, e os galhos espinhosos dos arbustos arranhavam seus braços e pernas. O luar só iluminava o suficiente para que vissem o caminho. Áster tentou ao máximo acompanhar as outras, embora seu pouso duro a tivesse abalado. Elas ainda estavam perto o bastante do muro para não serem cercadas pelos vingativos, mas a qualquer momento...

E, então, lá estavam eles. Áster foi envolvida por sua atenção fria e ávida, que rastejava sobre sua pele como uma corrente vôltrica. A temperatura baixou.

Palminha soltou um grito agudo de algum lugar à frente.

— Sophia! — Malva gritou o nome real da garota. Clementina saiu em disparada e desapareceu na escuridão.

— Inferno, Áster, você não podia só nos deixar fazer um roubo normal! — Violeta rosnou com os dentes cerrados.

— *Cale a boca!*

Áster e Violeta alcançaram as outras: Palminha estava encolhida no chão, apertando as mãos ao redor da cabeça. Malva estava agachada ao lado dela, implorando para que se levantasse. Clementina olhava ao redor com os olhos selvagens de um coelho preso em uma armadilha.

— Ela foi ferida? — Áster perguntou.

— Não, ela só... só entrou em pânico — Malva disse. — Eu nunca a vi assim. — A garota nunca tinha soado tão jovem. Um vento incomumente forte começara ao redor delas e repuxava a bainha de suas roupas.

— Você tem que acalmar ela! — Clementina exclamou em uma voz estridente. — Eles são atraídos por medo e estão vindo!

— Quantos? — Áster quis saber.

— Estou vendo sete. Estão nos cercando como urubus. E vão vir mais. Eles... *Violeta, se abaixe!*

Violeta gritou e se jogou no chão. Um instante depois, garras invisíveis arranharam o tronco da árvore sob a qual ela estivera. A madeira estalou e rachou com um estouro alto. O vingativo soltou um guincho estridente como uma criança perdida da mãe, então partiu com batidas de asas pesadas que agitaram o ar.

— *Misericórdia, misericórdia, misericórdia* — Violeta rezou. Áster correu até ela, agarrou sua mão e a pôs de pé.

— Vamos, temos que continuar! É nossa única chance!

— Nunca vamos conseguir — disse Violeta, sem esperanças.

O ar ficou ainda mais frio e o suor se enregelou nas costas de Áster. Palminha gritava. Malva suplicava. Violeta estava perdendo a fé e Áster, a sanidade. Clementina recuou às pressas à medida que os vingativos circulavam cada vez mais rápido, revolvendo uma tempestade que despia as folhas das árvores. Eles gritavam tão alto agora, tão perto, que Áster mal conseguia se ouvir pensar.

Violeta tem razão, ela percebeu, soltando uma risada fraca. *Não vamos conseguir.*

Malva agarrou a mão de Palminha e a ajudou a se levantar, trêmula. As garotas se puseram de costas umas para as outras, formando um círculo. Áster sacou a faca pela última vez, embora isso não fosse ajudá-la.

Então Clementina saiu correndo de repente, desviando das garras dos vingativos.

— Clem, o que está fazendo? *Clem!* — Áster berrou.

— Folha-cinzenta! Ela cresce na base dos pinheiros!

Áster demorou para entender. Estava se desconectando da realidade e precisava de toda a sua força de vontade só para fazer a boca se mexer.

— Folha-cinzenta? — repetiu.

— É verdade, podemos queimar para afastar os vingativos! — Malva exclamou. Ela olhou para Palminha e pareceu tomar uma decisão, reunindo coragem antes de sair correndo atrás de Clementina. — Vamos fazer esses malditos se arrependerem de terem vindo atrás da gente!

Finalmente, Áster entendeu o que estavam fazendo, sentindo uma fagulha de esperança se acender no peito.

— Eu vou ajudar as duas — Violeta disse. — Você fica com Palminha e acende uma fogueira.

Áster assentiu e se virou para Palminha.

— Sinto muito, Áster — a garota choramingou, caindo de joelhos para procurar gravetos. — Sinto muito. Eu já vi o que os vingativos fazem com as pessoas e eu... eu só congelei.

Áster procurou fósforos no bolso do casaco.

— Não tem problema — ela disse delicadamente. — Eu congelei na taberna, e quase congelei de novo agora. Já aconteceu com todas nós.

Palminha empilhou os gravetos que encontrou enquanto Áster acendia um fósforo com as mãos trêmulas, repassando os conselhos de Zee sobre acender fogueiras: qual madeira queimaria mais brilhante, qual ficaria mais quente, qual duraria mais tempo ou produziria mais fumaça... Mas nada disso importava agora. Tudo que interessava era queimar folha-cinzenta o suficiente para repelir os vingativos.

— Os famélicos sabiam que esse era o meu maior medo — Palminha continuou. — Eles me faziam ver...

— Não se preocupe com eles. Não se preocupe com nada. Só pense numa canção, está ouvindo? Prometo que vamos sair dessa.

Clementina correu e jogou o primeiro punhado de folha-cinzenta no fogo. O cheiro da fumaça ficou imediatamente adocicado.

— Tem mais de onde isso veio — ela disse, disparando de volta para a escuridão.

Violeta voltou em seguida, então Malva. Áster ficou agachada alimentando o fogo, garantindo que queimasse o máximo possível. Os vingativos pareciam estar recuando. Seus gritos infernais ecoavam de frustração.

Pelo Véu, talvez a gente consiga se safar dessa...

— *Cuidado!* — Clementina gritou.

Um clarão de movimento ao luar. Um sibilar de folhas no rastro de um sopro de vento. Malva soltou um grito quase tão angustiado quanto o dos vingativos, e a pele de Áster se arrepiou. Nunca, em todos os seus anos na casa de boas-vindas, tinha ouvido um som tão desesperado. Ela se ergueu num pulo.

— Má! — Palminha gritou.

Ela e Áster correram na direção do grito de Malva. Um vingativo a tinha agarrado pelos ombros com suas garras invisíveis e a estava levantando como uma águia com sua presa. Palminha puxava os tornozelos da garota desesperadamente, enquanto Malva se debatia no aperto cruel do vingativo. Ela gritou de novo. Marcas de mordida apareceram na lateral do seu corpo quando um segundo vingativo atacou. O sangue reluziu negro na luz do fogo.

— Socorro! — Malva implorou. — Me ajudem!

Palminha foi empurrada com um sacudir de asas impaciente e lançada dois metros para trás. O vingativo puxava Malva cada vez mais alto.

Áster saiu correndo atrás delas, ignorando a própria dor. Por um breve instante, o vingativo passou por um trecho de luar e ela o viu em toda a sua beleza terrível: o crânio fendido num esgar encimado por uma galhada, as asas feitas de fumaça e os dedos compridos que terminavam em garras longas. O rosto de Malva era uma máscara de terror.

Então um tiro cortou a noite. Áster tropeçou de susto e caiu no chão com força. Quando se levantou, era tarde demais. Malva não estava mais ali.

Houve um segundo tiro, então um terceiro.

Que inferno está acontecendo?

Clementina, Palminha e Violeta a alcançaram. Por que elas tinham saído da segurança da fogueira? Agora todas iam morrer.

— Aurora... — Era a voz de Clementina, abafada e distante como se Áster estivesse embaixo d'água. A irmã sacudiu seu ombro. — Aurora, vamos, temos o anel...

Um quarto tiro. Zee apareceu um segundo depois, abrindo caminho pelo grupo. Tinha a espingarda apoiada no ombro e os olhos frios e focados. Ele abaixou a arma e ajudou Áster a se levantar.

— Todas estão bem? — ele perguntou.

— Não, Malva ainda está lá fora — Clementina disse. Palminha estava tremendo, com o rosto molhado de lágrimas.

Zee se virou para Áster.

— Pra que lado a levaram?

Os lábios de Áster tremiam e ela não conseguia falar.

— Áster. — A voz de Zee era gentil, mas firme. Ele a olhou nos olhos. — Pra que lado?

Ela apontou. Zee correu sem hesitar, erguendo a espingarda outra vez e desaparecendo na escuridão.

Áster piscou, lentamente recuperando o foco. Sentiu uma vontade esmagadora de chorar e a engoliu com dificuldade.

— O que aconteceu? — ela perguntou às outras.

Ela nunca vira Violeta tão assustada.

— A fumaça da fogueira — a garota explicou. — Zee nos encontrou por ela. Temos o anel agora, estamos a salvo.

— Que bom que ele finalmente decidiu se juntar a nós — Áster rosnou, mas sabia que a raiva era só para disfarçar seu terror.

Mais dois tiros soaram.

— E Malva? — Palminha perguntou.

Áster balançou a cabeça, querendo vomitar.

— Não sei.

— Zee vai conseguir alcançá-la — Clementina murmurou. — Tem que conseguir.

— Em que inferno ele se meteu?

— Ele não teve tempo de se explicar — Violeta respondeu. — Mas disse pra pegarmos os cavalos. Não podemos ficar aqui, os famélicos devem ter visto a fumaça também.

A respiração de Áster começou a se regularizar.

— Tudo bem, então é melhor irmos. Todo mundo consegue montar?

Violeta e Clementina não estavam feridas, mas Palminha mancava depois de ter sido lançada pelo vingativo e se apoiou em Clementina para ficar de pé. Áster tinha rasgado o joelho e arranhado as palmas. Ela ignorou os ferimentos latejantes e se concentrou no presente. Elas voltaram à fogueira, onde os cavalos esperavam.

Depois do que pareceu uma eternidade, provavelmente foram poucos momentos, Zee se juntou a elas, carregando Malva sobre o ombro. Palminha foi até eles com passos vacilantes.

— Ela está viva? — perguntou, engasgando com as próprias lágrimas.

— Por enquanto — Zee disse, sombrio, e a colocou no chão. Seu rosto estava tenso. — Mas está perdendo muito sangue.

Eles se moveram juntos para colocar Malva na sela enquanto os lamentos dos mortos aumentavam e diminuíam a distância.

❧

— Tinha uma patrulha vigiando o perímetro externo do muro — Zee explicou. — Eu tive que correr pra não ser pego.

Ele estava inclinado contra a parede da caverna rasa onde tinham se escondido, seu rosto cheio de remorso. Áster, Clementina e Violeta estavam em círculo ao redor dele enquanto Palminha cuidava dos ferimentos de Malva à luz de uma lamparina. Ela tinha pedido espaço para trabalhar, mas elas não conseguiam evitar olhares preocupados enquanto Zee contava a história. Malva ainda não tinha acordado.

— A patrulha viu você? — Clementina perguntou, mordendo o lábio.

Zee confirmou com a cabeça.

— É difícil não ser notado quando você está puxando quatro cavalos assustados pelo bosque. Por sorte, os dois ordeiros não me seguiram por muito tempo. Não estavam equipados para lidar com vingativos. Mas me mantiveram em fuga tempo o suficiente para eu perder o retorno de vocês. — Ele engoliu, inclinando-se para apertar a mão de Clementina. — Sinto muito, Clem. Sinto muito por não estar lá...

— Só estou feliz que você está bem — ela disse, colocando a mão sobre a dele. Ela parecia perturbada pela história, mas Áster ficou aliviada ao ver que era só isso. — Pensamos que você podia estar ferido. — *Ou ter nos abandonado.*

— Podia ter sido bem pior, é verdade — Zee admitiu. — Vamos ter que tomar mais cuidado agora. — Ele se sentou e ergueu os joelhos, se encolhendo. — Na verdade, é perigoso ficar aqui por muito tempo. Os famélicos vão conseguir nos rastrear por causa da fogueira.

Áster ficou na defensiva.

— Não sabíamos o que fazer. A folha-cinzenta era tudo que tínhamos.

— Não, não, vocês fizeram certo — Zee garantiu. — Eu não teria me saído melhor. Mas temos que seguir em frente. — Ele olhou para Palminha. — Malva vai conseguir viajar?

Palminha se virou para elas com os olhos vermelhos e inchados. Malva jazia imóvel ao seu lado. Sua pele marrom tinha assumido uma tonalidade esverdeada, e seu peito se erguia e caía com uma lentidão dolorosa. Cada centímetro do corpo dela estava coberto por arranhões e hematomas depois de ela ter sido arrastada pela floresta e derrubada do ar. Cortes mais profundos das garras do vingativo tinham sido entalhados profundamente nos músculos de seus ombros, agora costurados com pontos negros e grossos e envolvidos em um tecido branco limpo.

Mas o pior de tudo era a mordida na lateral do corpo. Palminha tinha removido a camisa e feito o melhor que podia, mas o curativo já estava encharcado de sangue. O estômago de Áster se retorceu em agonia solidária. Seus ferimentos pareciam insignificantes em comparação aos de Malva.

— Eu... eu não sei — Palminha balbuciou. — Já foi perigoso trazê-la até aqui. Eu consegui limpar e atar seus ombros, mas essa ferida do lado... — A voz dela falhou. — Só temos suprimentos básicos, ela precisa de um hospital.

— Ei, calma — Clementina disse, engatinhando até Palminha para consolá-la.

— É tudo culpa minha. Perdi a coragem quando estávamos tentando fugir.

Não, Áster pensou. *É culpa minha por nos enfiar nesta confusão.*

Fui imprudente. Quase causei a morte de todas. De Violeta. Da minha irmã.

E Malva... Eu fiz isso com ela...

— Os vingativos teriam nos alcançado de todo jeito. — Clementina deu um olhar significativo para Áster. — Não é?

— Com certeza — Áster concordou, afastando os pensamentos que a assombravam. — Não é culpa sua que Má se machucou. Pelo contrário, se ela sobreviver vai ser graças a você.

— *Se?*

— Não, não foi isso que eu...

— Ah, não, eu não posso perdê-la — Palminha continuou, apertando a mão de Malva e balançando a cabeça. — Não posso viver sem ela. Má esteve comigo desde o começo. Na minha primeira noite na casa de boas-vindas, eu não conseguia parar de chorar e ela ficou comigo até eu adormecer.

— Eu me lembro disso — Violeta murmurou. Se tinha quaisquer pensamentos críticos, dessa vez guardou-os para si.

— Então eu tenho que ficar com ela até que acorde — Palminha concluiu, com a voz mais firme. — Não espero que vocês fiquem também, especialmente se os famélicos estão vindo. Mas, pelo menos, se eles nos pegarem, estaremos juntas.

— Não vamos deixar ninguém para trás — Áster disse com firmeza, então virou-se para Zee. — Quanto tempo até os famélicos chegarem aqui?

Ele suspirou devagar.

— Eles não têm dificuldade para se mover no escuro, e não tivemos tempo de cobrir nossos rastros. Eu diria meia hora, no máximo.

Palminha começou a misturar ingredientes em seu almofariz.

— Então vou me apressar.

— O que está fazendo? — Zee perguntou.

— Um estimulante. Quanto mais cedo ela acordar, mais cedo poderemos avaliar a extensão dos ferimentos. Pode não funcionar, mas... preciso tentar.

Palminha verteu a mistura em uma xícara de estanho e misturou-a com água do cantil. Então segurou a xícara com cuidado contra os lábios de Malva e a ajudou a beber. A garota tossiu, mas não acordou.

— Dê um minuto pra ela — Clementina disse no silêncio tenso.

Palminha balançou a cabeça, parecendo doente também.

— Vocês vão ter que nos deixar pra trás.

Então Malva abriu os olhos, e suas palavras saíram claras apesar da voz enfraquecida:

— Quando quiser tirar minha camisa, não precisa esperar eu passar pelo inferno primeiro.

— Má? — Palminha a olhou em choque, então abriu um sorriso frágil.

— Má! — Ela se inclinou e encheu a testa de Malva de beijinhos. Clementina e Áster se entreolharam com alívio, Zee sorriu cansado e Violeta também relaxou.

— Cuidado, ainda estou sensível — Malva disse, rindo. Então a risada se tornou uma tosse que deixou seus lábios salpicados de sangue.

— Calma! Beba um pouco d'água. Como se sente? — Palminha perguntou, gentilmente ajudando Malva a beber do cantil.

— Como se... tivesse sido atropelada por um maldito trem. — Ela tentou se apoiar nos cotovelos e encolheu-se de dor. Clementina a ajudou a se sentar. — *Inferno*. Alguma coisa... está quebrada.

— Suas costelas — Palminha disse. — Você tem sorte por não ter perfurado um pulmão. Ainda não tenho certeza de que isso não aconteceu. Você não está em condições de cavalgar.

— Contanto que seja seguro movê-la, posso amarrar as pernas dela à sela para ajudá-la a ficar reta, mas alguém vai ter que ajudá-la — disse Zee, já de pé.

— Deixe eu ir com ela — Áster disse a Palminha. A culpa ainda afligia seu coração. — Você já fez muito e precisa descansar. Prometo que a mantenho acordada.

Palminha assentiu com gratidão, sem afastar os olhos de Malva. Ela umedeceu um pano e o pressionou na testa da garota, enxugando o suor.

— Aonde... estamos... indo? — perguntou Malva.

Áster sentiu a admiração brotar no peito. Reconhecia a exaustão no rosto de Malva, assim como a determinação dela em escondê-la. Assim como Áster fazia, Malva se agarrava à sua coragem, o que para ela sempre significara a força literal e física. Quando acordava com pesadelos na casa de boas-vindas, fazia exercícios de barra nas vigas do teto até que o cansaço a tomasse outra vez. Quando ficava dominada pela raiva e não conseguia rir de uma situação, fazia um treino de luta até que o suor escorresse pelo rosto. Sua vulnerabilidade claramente a assustava, mesmo que ela não demonstrasse.

Mas Palminha tinha razão. *Ela precisa de um hospital.*

— Eu conheço algumas pessoas que podem nos ajudar — Zee disse. — Será um desvio do nosso caminho, e é melhor avisar que eles não são... médicos *de verdade*, mas confio neles com a minha vida. E não vão nos entregar.

— Como você sabe? — Áster perguntou.

— Porque a lei também está atrás deles. — Zee saiu para aprontar a partida.

Violeta retorceu o lábio.

— Ele vai nos levar até um bando de *criminosos*?

Mas era a melhor coisa que Zee podia ter dito para convencer Áster, e ela deu de ombros.

— Não se preocupe, Violeta. Você vai se adaptar rapidinho.

※

As estrelas rodopiavam acima delas conforme se afastavam de Despenhadeiro e entravam no bolsão de escuridão vale abaixo. Áster cavalgava com Malva, segurando-a com cuidado pela cintura. Eles tinham que ir devagar, mas pelo menos estavam em movimento. Malva começava a cochilar de vez em quando, e Áster a sacudia. Palminha tinha dito que poderia ser perigoso ela adormecer nessa condição.

— Pelo amor dos mortos, pare de me cutucar como um maldito sapo — Malva xingou com a voz arrastada.

— Desculpe, mas a doutora que mandou.

— A doutora podia ser menos mandona.

Áster deu um sorriso fraco.

— Você caçava sapos na infância? — ela perguntou. Qualquer coisa para mantê-la falando.

— Insetos, sim; lagartos, com certeza. Mas nunca sapos. O lado do meu pai da família descende das Nove. Uma das crenças da nossa nação é que sapos dão sorte, porque são um indício de chuva no deserto.

As Nove: era assim que as pessoas chamavam a confederação de nove nações que ocupavam aquela terra antes que o Império a conquistasse e a renomeasse como Arketta. Aqueles que tinham resistido foram presos e enviados à Chaga para trabalhar – os primeiros sangues-sujos. Mesmo depois da queda do Império, não tinham sido libertados de suas dívidas.

— Meu irmão até coaxava às vezes quando éramos pequenos — Malva continuou. — Como se pudesse convencer o céu de que era hora de uma tempestade. — Ela riu baixinho com a lembrança.

Como a maioria das Garotas de Sorte, Malva não falava muito sobre sua família. Mesmo assim, Áster ficou surpresa por não saber que ela tinha um irmão. Seu coração doeu ao pensar em como devia sentir falta dele.

— Um irmão — ela repetiu. — Mais velho ou mais novo?

— Gêmeo.

Pelo Véu.

— A gente costumava brincar que nossas almas tinham sido trocadas no nascimento, que eu devia ter sido o garoto e ele a garota. Ele sempre foi tão delicado. Uma vez me contou que queria ser um pássaro quando crescesse, porque o único trabalho deles era tornar o mundo mais belo. As outras crianças o atormentavam e eu sempre o defendia. — Ela deu uma tosse úmida. — Seu nome era Koda. Provavelmente está morto a essa altura. As minas não são gentis com garotos como ele.

As palavras atingiram Áster como um soco no estômago.

— Malva... sinto muito. Eu não sabia.

Ela deu de ombros.

— Todas nós perdemos alguém. — Mas Áster podia ouvir que ela estava tentando disfarçar sua dor novamente. Era melhor evitar um buraco tão profundo.

— Mas então fico pensando que, se Koda tivesse *realmente* morrido, eu teria sentido algo na hora, sabe? — Malva continuou. — Assim como ele deve conseguir sentir que estou ferida agora. Talvez esteja se perguntando em que encrenca infernal eu me meti dessa vez.

Sua voz foi ficando arrastada e sua cabeça pendeu para a frente. Áster a cutucou com gentileza.

— Acho que ele estaria orgulhoso de você — ela disse.

— É, gosto de pensar que sim. — Malva suspirou. — Você tem sorte de ter Clem.

Áster pensou no que a irmã tinha lhe dito à margem do lago, que elas tinham que cuidar umas das outras agora.

— Você também é parte da nossa família, Má.

Malva não respondeu e, por um momento, Áster temeu que tivesse adormecido de novo. Mas então a garota falou, parecendo mais desperta.

— Kaya — ela disse. — Só pra você saber, meu nome é Kaya.

Áster sorriu.

— Aurora — ela se apresentou.

As árvores tinham começado a ficar mais esparsas, e Zee avisou lá da frente que estavam quase chegando.

Graças aos mortos, pensou Áster. Logo amanheceria, e Malva não era a única que precisava de descanso. Um momento depois, ela avisou a silhueta inconfundível de uma cidade de tamanho considerável, mas nenhuma luz, estranhamente. E nenhum sinal de vida.

— Cidade-fantasma — Malva disse, respondendo à pergunta silenciosa.

— Do que adianta virmos para uma cidade-fantasma? — Áster perguntou, impaciente. Algumas cidades morriam assim que as minas se esgotavam, não restando nada, exceto prédios abandonados e os resquícios que ainda viviam neles. Certamente não haveria um consultório médico ali.

— Talvez os conhecidos de Zee estejam escondidos aqui? — Malva sugeriu.

Nesse caso, seriam tolos. Cidades-fantasma tinham reputações malévolas: as pessoas desapareciam, enlouqueciam ou morriam de jeitos misteriosos e se tornavam fantasmas também.

— Não gosto nada disso — Áster murmurou.

Eles cavalgaram até a cidade, passando por um muro desmoronado, com as batidas dos cascos ecoando pelas ruas de tijolo vazias. Tufos de grama seca cresciam em meio à argamassa esmigalhada. O cordão de um mastro de bandeira estalava suavemente no vento. Tempestades de pó tinham deixado uma camada de sujeira grossa como neve sobre cada superfície, e todo prédio pelo qual passavam tinha janelas quebradas, um teto caído ou uma porta derrubada como um dente esmagado.

Ninguém falava, como se estivessem todos com medo de romper o silêncio. Eles deixaram a parte sangue-limpo da cidade para trás e chegaram ao acampamento de mineração nos arredores, onde os sangues-sujos tinham morado em cabanas praticamente empilhadas umas sobre as outras. Uma espécie de névoa se revolvia ao redor delas.

Eram resquícios – Áster podia ver suas silhuetas humanas borradas pelo canto do olho. Uma velha varrendo a varanda. Uma criança correndo sem parar atrás de uma bola. Ela se arrepiou; muita gente tinha morrido insatisfeita ali. Provavelmente a mesma quantidade havia perdido a vida furiosa.

O que significava que haveria vingativos ali também.

Como se elas precisassem de outra rodada com eles.

Chega, ela pensou. Esporeou o cavalo e parou ao lado de Zee, que tinha se detido para examinar algo entalhado no tronco de uma árvore: um símbolo que parecia um escorpião.

Ele sorriu, mas não disse nada.

— Zee — Áster disparou —, que inferno estamos fazendo aqui?

— Ainda falta muito? — Palminha cortou. — Malva precisa descansar.

— Bem, é melhor seguirmos um pouco mais — disse Violeta —, porque vocês estão loucos se acham que vou passar a noite *aqui*.

— Aqui não — disse Zee, virando o sorriso para elas e apontando para a frente, onde uma trilha sinuosa de terra batida levava até a boca negra de uma mina abandonada. — Ali.

14

— Você perdeu o juízo? — Violeta rosnou para Zee.

— Que foi? Vocês não passaram a primeira noite em fuga em uma antiga mina?

— Na *entrada*, não descemos pro fundo! — Áster respondeu. A única coisa pior que passar a noite na cidade-fantasma seria pernoitar no subterrâneo.

— Confiem em mim — ele disse, então instou seu cavalo pela trilha que levava à mina, e elas não tiveram escolha, exceto segui-lo.

— Eu vou matar o Zee — Áster resmungou.

— Eu seguro e você bate — Malva sugeriu, soando cansada.

Zee parou na boca da mina, onde havia aquele símbolo outra vez entalhado na madeira. Ele desmontou do cavalo.

— Certo, a partir daqui vamos a pé — ele disse. — Deixem os cavalos. Nossos anfitriões vão mandar alguém para buscá-los. — Ele acendeu uma lamparina e a ergueu no alto. As garotas apearam depressa, e Palminha e Clementina seguraram Malva de pé o melhor possível.

Zee enveredou pelo túnel, a descida íngreme tornando seu passo desajeitado e irregular. Pedras do tamanho do crânio de um urso estavam espalhadas pelo chão. Uma passarela improvisada de tábuas atravessava os destroços, mas anos de abandono haviam deixado a madeira empenada e apodrecida. Em algum lugar à frente, Áster ouviu água e terra caindo, o que lhe causou um arrepio na nuca. O ar ali embaixo era frio e grudava na pele, como a respiração suave e úmida de algo morto.

— Como está se sentindo? — Palminha sussurrou para Malva.

A garota umedeceu os lábios.

— A um passo de desabar.

— Bem, devo avisar que este túnel tem cerca de oitocentos metros — disse Zee.

— Oitocentos o quê?

— *Maldito seja, Zee.*

— Inferno esgarçado.

— *Babaca.*

Ele escolheu não responder. As garotas também pararam de falar, cada uma se recolhendo a uma concentração silenciosa. Áster procurou manter a respiração lenta e regular e torceu o nariz para o cheiro de túmulo. Estava extremamente ciente do peso esmagador da terra acima deles. Àquela altura, a entrada da mina era só um pontinho de luar que ficava mais fraco a cada passo. Seu único consolo era que não parecia haver mortos ali, o que era praticamente impossível para uma mina tão velha.

Por fim, eles atingiram o final do túnel e o terreno se nivelou, terminando em uma câmara central com entradas para múltiplos canais subterrâneos. Zee ergueu a lamparina.

— VIREM-SE, ESTRANHOS — a voz de um homem ressoou do escuro. Uma constelação de lamparinas pairava na escuridão, mas Áster não conseguia distinguir os rostos que as seguravam. — VOCÊS ESTÃO EM CIMA DE SEIS BARRIS DE PÓLVORA. MAIS UM PASSO E VAMOS ENVIÁ-LOS DIRETO PRO INFERNO.

Áster olhou para baixo assustada. Era verdade – a terra estava revirada, como se algo tivesse sido enterrado ali. Um fio de detonação emergia do solo e se afastava espiralado no escuro. Ela estava prestes a dar um passo para trás instintivamente, mas então parou, sentindo o pânico crescer na barriga, e olhou com raiva para Zee.

Em que inferno você nos meteu?

Zee ergueu as mãos em um gesto de rendição.

— Calma — ele disse, com a voz nítida e tranquila. — Meu nome é Ezekiel Greene. Zee. Sou amigo de Sam Daniels. Eu estava ajudando este grupo a escapar para Rochedo do Norte quando fomos emboscados por vingativos. Um de nós está gravemente ferido e precisa de ajuda médica urgente.

— Qual é a senha?

Zee franziu o cenho.

— Desde quando vocês usam uma senha?

— DESDE QUE CADA BASTARDO ACOMPANHADO DE SEU CACHORRO COMEÇOU A VIR ATRÁS DE NÓS PROCURANDO UMA RECOMPENSA. VOCÊS TÊM CINCO SEGUNDOS PRA SAIR...

— Espere! — Zee exclamou. — Esta é ou não é uma base dos Escorpiões? E vocês são ou não são um refúgio para gente fugindo do Acerto Final? Eu conheço o código de vocês. Estava lá no dia em que Sam jurou defendê-lo. E vocês não vão encontrar ninguém mais merecedor de sua hospitalidade que essas mulheres.

Os Escorpiões? Áster nunca escutara o nome, nem ouvira falar de *ninguém* que tivesse resistido à lei dos mestres de terras e vivido para contar a história. Quem eram aquelas pessoas? Onde estavam quando ela e Clem foram raptadas? Ela mudou o peso de um pé para o outro, espremendo os olhos para tentar ver o rosto dos estranhos.

Houve um breve silêncio, então:

— SINTO MUITO, MAS NÃO PODEMOS ACEITAR NINGUÉM QUE NÃO TENHA SIDO TRAZIDO PELOS NOSSOS.

— Se nos recusar, estará condenando uma inocente à morte.

— INOCENTES MORREM TODOS OS DIAS.

— Hoje não! — Áster exclamou. Malva estava perdendo a consciência, caindo contra Clementina, e seus pontos tinham estourado. Ela estava perdendo sangue de novo, e rápido. — Parem de se esconder na escuridão! Mostrem seus rostos! Olhem minha amiga nos olhos quando se recusarem a ajudá-la.

Mais silêncio. Então uma das lamparinas começou a se mover, e as outras seguiram. Passos ecoaram com precisão militar. Áster engoliu em seco, olhando para Clementina, que a encarou de volta com os olhos arregalados de medo. A boca de Zee era uma linha fina.

Os estranhos entraram no círculo da luz das lamparinas.

Eram meia dúzia de homens broncos, todos da idade de Áster ou mais velhos. Como as garotas na casa de boas-vindas, eram sangues-sujos cujas famílias tinham sido trazidas a Arketta de todo canto do mundo, embora compartilhassem certa fadiga que corria mais profundamente que suas roupas puídas. Empunhavam picaretas e pistolas, espingardas e facas. Os garotos no fundo tinham engraxado os rostos para se mesclar melhor ao escuro, mas o rosto do líder estava limpo: pele marrom com uma cicatriz vermelha grossa de uma queimadura.

Ele segurava um fuzil de cano longo.

— Não quero ter que usar isto — disse o líder.

Então um dos seus parceiros lhe deu uma cotovelada.

— São as Garotas de Sorte dos pôsteres, Cutter — ele sussurrou. — As que mataram McClennon. Veja as insígnias.

O rosto de Cutter se iluminou de reconhecimento, e Áster ficou tensa, preparando-se para uma luta. Um momento longo e angustiante se passou. Até que Cutter lentamente abriu um sorriso e baixou a arma, gesticulando para os outros fazerem o mesmo.

— Senhoritas, cavalheiro, mil perdões — ele disse, inclinando o queixo em uma mesura. — Em nome dos Escorpiões, sejam bem-vindos ao Acampamento Garra Vermelha. Estamos honrados em recebê-los.

✦

Uma vagoneta de mina, que tinha sido modificada para levar passageiros, percorria toda a extensão do túnel principal. Não cabiam todos de uma vez, então Palminha e Malva foram primeiro, para serem levadas rapidamente até a ala médica, e Cutter voltou para acompanhar o resto do grupo. Ele segurava a alavanca que impelia a vagoneta e a mexia para cima e para baixo repetidamente, transportando-os pelos trilhos devagar. Lufadas de ar entravam sob as mangas de Áster conforme eles ganhavam velocidade. Seu estômago saltava com cada tranco e declive. E, por mais trabalho que tivessem tido para chegar ali, ela tinha que admitir que era um alívio enorme deixar outra pessoa assumir a responsabilidade pelo bem-estar do grupo por uma noite.

— Perdão novamente pelo mal-entendido — Cutter gritou sobre o *clique-claque* das rodas. O cabelo negro encaracolado caía em seus ombros e, agora que ele abaixara a guarda, seus olhos castanhos brilhavam como se ele estivesse sempre à beira de uma risada simpática. — Nunca usamos aquele poço... então, quando ouvimos alguém descendo por ali, sabemos que é algum invasor. Costumavam ser só curiosos, do tipo que fica fuçando cidades-fantasma em vez de manter distância como suas mães recomendam. Mas ultimamente temos visto famélicos também, e no norte tivemos espiões tentando se passar por pés-ardentes. Duas semanas atrás, o Acampamento Truta Azul foi atacado por dentro.

— Pés-ardentes? — Violeta perguntou. Ela parecia consideravelmente abalada pelos eventos da noite.

Cutter virou a cabeça. Não era o tipo de pergunta que uma sangue-sujo faria, mas Violeta não era sangue-sujo.

— É, sabe, fugitivos. Gente tentando escapar do Acerto Final e viver em esconderijos. Eles se reúnem em acampamentos como esse por toda a Chaga. Nem sempre *ficam* escondidos, é claro. No mês passado, um acampamento a oeste de Vau da Urze foi descoberto, e todas as almas foram mortas. Mas é o melhor que podemos fazer até... — Os olhos dele reluziram.

— Até o quê? — Violeta quis saber.

Zee e Cutter se entreolharam e Zee deu um aceno.

— Pode confiar nelas.

— Até terminarmos de conectar as minas subterrâneas pra tirar pessoas de Arketta e levá-las a Ferron, onde não existem dúvidas de sangue-sujo — Cutter concluiu. — Não tem como atravessar a fronteira, vigiada do jeito que é, então vamos passar por baixo dela.

Áster o encarou, tentando ver se não era uma brincadeira. Ela ouvira lendas na infância sobre como era possível atravessar toda a Chaga pelas minas se a pessoa soubesse o caminho...

Talvez não fossem só lendas, afinal.

Assim como a Dama Fantasma?, ela se perguntou.

Mas não, isso era diferente. A construção daqueles acampamentos subterrâneos não exigia nenhum poder sobrenatural. Desfazer uma maldição como as insígnias, por outro lado...

Não. Era diferente.

— Então os pés-quentes são fugitivos e os Escorpiões os protegem? — Violeta perguntou, balançando a cabeça. — E sua meta é um dia ajudar a tirá-los do país para que jamais tenham que responder à lei?

Cutter não ouviu a desaprovação na voz dela ou não se importou.

— Pode apostar! — confirmou com um sorriso afiado. — O que significa que também somos procurados pela lei, é claro. É por isso que nos chamamos de Escorpiões. Vivemos no subterrâneo e só podemos sair à noite. Mas somos bem perigosos pra qualquer tolo que ouse nos desafiar.

A vagoneta reduziu o ritmo ao se aproximar do final do túnel, que brilhava adiante com uma luz amarela e quente. Cutter freou suavemente e saltou pelo lado, oferecendo uma mão para ajudar Áster e os outros a descer. Ela se encolheu com o toque, embora soubesse que ele não tinha más intenções.

— Mandei uma pessoa na frente avisar ao capitão Daniels que a situação está sob controle — Cutter continuou. — Ele vai querer falar com vocês amanhã, mas, por enquanto, vou levá-las até suas camas. Sei que tiveram uma noite longa.

Graças aos mortos. Elas estavam exaustas, e Áster só queria deixar aquela noite infinita para trás.

Mas então eles saíram do túnel e o choque espantou seu cansaço.

Ela tinha imaginado que o acampamento seria pouco mais que uma coleção de rolos de dormir enfiados em um ou dois depósitos abandonados. Pelo que sabia das minas, elas eram terrivelmente apertadas e abarrotadas. A jornada até então só tinha confirmado essa suspeita.

Agora, no entanto, eles tinham entrado em uma cidade subterrânea.

Uma caverna gigantesca se escancarava à frente deles, com uns trezentos metros de largura por trinta de altura. Embora do teto pendessem estalactites, algumas grandes o bastante para perfurar um corcel infernal, o chão tinha sido raspado e alisado até ficar regular. Barracos de madeira improvisados ocupavam o perímetro, enquanto uma construção maior se erguia no centro: o salão de reuniões, Cutter explicou, onde todos faziam as refeições e recebiam suas tarefas. Ele também apontou a estrebaria, para onde os cavalos delas estavam sendo levados, a ala médica, onde estavam cuidando de Malva, e o lago subterrâneo, de onde todos tiravam água. Lampiões de mina pendurados nas fachadas e entre as construções expulsavam as sombras. E no meio da praça da cidade, esculpido por mãos habilidosas, se erguia um escorpião de garra vermelha feito de pedra rajada de teomita.

É isso que mantém os vingativos *afastados*.

Como as sentinelas de ferro toscas que as pessoas colocavam em frente às casas, mas muito mais bonito e poderoso.

— Pelo *Véu*, vocês seriam ricos como reis se levassem isso ao mercado — Clementina murmurou, arregalando os olhos.

— Ah, mas seríamos reis mortos, porque é a única coisa que nos mantém a salvo dos espíritos aqui embaixo — Cutter explicou com uma gargalhada enquanto os conduzia por passarelas estreitas. — Muitos de nós já fomos mineiros, então sabemos encontrar traços de teomita, mesmo em minas abandonadas. Mas nunca é suficiente.

— Todos os acampamentos dos Escorpiões são grandes assim? — Áster perguntou.

Ele balançou a cabeça.

— Este é um dos maiores, na verdade. Quase cinquenta almas aqui. Tivemos sorte de encontrar este sistema de cavernas tão perto dos túneis abandonados. A maior parte dos outros acampamentos é muito menor, suporta só uma ou duas famílias.

Cutter parou diante de uma casa com um buraco no teto, girou a maçaneta e os guiou para dentro. O lugar era esparsamente mobiliado: seis beliches e uma mesa com uma lamparina. Os alforjes e suprimentos delas já estavam ali.

— A família que estava morando aqui se mudou para o Acampamento Olho Branco na semana passada. Peço desculpas pelo teto, ainda não tive tempo de consertar.

Depois de duas semanas dormindo no chão, o aposento parecia luxuoso.

— É perfeito — Áster disse, sentindo o cansaço retornar.

— Obrigado, irmão — Zee concordou.

Cutter abriu um sorriso largo.

— Se precisarem de alguma coisa, estou aqui do lado. — Ele apontou para uma casa com uma bandeira hasteada na frente, um círculo preto com nove raios sobre um fundo azul, o estandarte das Nove. Só essa bandeira já seria motivo suficiente para ele ser executado na superfície.

As coisas eram mesmo diferentes ali embaixo.

— Vejo vocês amanhã — Cutter disse antes de deixá-los.

Áster soltou o ar e Clementina a envolveu num abraço, aparentemente aliviada demais para palavras. A irmã se afastou depois de um momento.

— Acha que eles vão conseguir ajudar Malva? — ela perguntou.

— Tenho certeza de que vão fazer mais por ela que qualquer outra pessoa faria — Áster respondeu com cuidado. Ela compartilhava da ansiedade de Clem, mas não queria demonstrar.

— Malva é durona, ela vai sobreviver — Zee prometeu, tirando o chapéu para dormir. — E eles já viram coisa pior por aqui, acredite.

Áster cruzou os braços.

— Bom, vamos lá, diga logo. Desembucha.

— O quê? — ele perguntou com uma cara inocente.

— Que você tinha razão em nos trazer para cá. Obviamente eu tive minhas dúvidas.

— *Eu* ainda tenho — Violeta interrompeu. Ela já tinha subido para um dos leitos mais altos e estava sentada no canto, apertando os joelhos. Sua sombra pairava de modo protetor acima do ombro dela. — Nós fomos obrigadas a quebrar a lei. Essas pessoas… construíram uma vida inteira em cima disso.

— "Essas pessoas" acabaram de nos receber no lar delas — Áster lembrou.

— E quase nos explodiram também.

— Bem, e quem não quer matar a gente a essa altura? Achei que eles demonstraram um autocontrole impressionante.

Violeta bufou e deitou-se com as costas para elas. Áster e Zee trocaram sorrisos.

— Enfim, estou falando sério — ela disse. — Obrigada, Zee. Você salvou nossas vidas. De novo.

Elas escolheram seus beliches e se acomodaram. Fazia tanto tempo que Áster não dormia numa cama que a maciez a chocou, mesmo que o colchão fosse encaroçado e o feno pinicasse a pele. Em comparação com os bosques, a quietude ali era profunda. Não havia grilos nem rãs, nada de vento entre as árvores. Os lamentos dos vingativos resumiam-se a um murmúrio distante. A escuridão também era completamente desprovida de estrelas, e olhar através do buraco no teto era como observar o Véu.

Talvez morrer e ser enterrada seja assim, ela pensou.

A ideia devia tê-la enchido de terror, mas tudo que ela sentiu foi uma paz súbita e esmagadora: estava além do alcance dos vivos, ninguém podia feri-la ali. Dormiu seu sono mais pesado em anos.

15

A MANHÃ CHEGOU RÁPIDO DEMAIS. Não havia sol para acordá-los, mas o som de um sino anunciando o café da manhã ressoou pelo acampamento e assustou Áster. Ela se sentou com um pulo, apertando os olhos à luz da lamparina. As camas de Malva e Palminha ainda estavam vazias – elas deviam ter passado a noite na ala médica. Seu estômago se apertou de pânico.

Zee já estava de pé, calçando as botas.

— Cutter passou aqui e disse que Sam está nos aguardando no salão, com Palminha e Malva. Não vamos deixá-los esperando.

Oh, graças aos mortos. Malva tinha sobrevivido. Sua morte teria sido culpa de Áster; ela sabia disso agora com uma certeza nauseante. As outras esperavam que ela as liderasse, e ela tinha colocado suas vidas em perigo ao forçá-las a participar do roubo do banco. Mesmo que não fosse o motivo de Zee ter sido descoberto, a verdade terrível ainda era que ela tinha agido de modo inconsequente. Tinha esquecido o que mais importava: manter sua irmã e as outras a salvo.

Ela engoliu em seco.

— Certo, então é melhor nos apressarmos.

O acampamento estava bem mais animado agora do que quando tinham chegado de madrugada. A maioria dos pés-ardentes parecia ser de homens jovens como Cutter, mas havia algumas famílias perambulando também, crianças correndo sobre as passarelas estreitas ou puxando a manga das mães. Um velho estava sentado em um banquinho diante de sua casa, costurando um buraco no chapéu. Três garotinhas pulavam uma corda velha e apodrecida. O lugar lembrou Áster do acampamento de mineração decrépito onde ela tinha crescido, mas havia algo ligeiramente diferente naquele lugar, como se uma nuvem tivesse sido soprada para deixar o sol à mostra. Todos andavam com a cabeça erguida e olhavam nos olhos uns dos outros.

Eles não têm medo, ela pensou a princípio, mas então percebeu que não era isso. Eles ainda tinham muito o que temer, como Cutter deixara claro na noite anterior, mas não tinham *vergonha*. Não havia ninguém para os desprezar e não tinham que provar nada a ninguém. Áster teve uma certeza súbita de que era assim que os sangues-sujos deviam ser antes que suas sombras fossem tiradas – antes que fossem chamados de sangues-sujos.

Zee remexia as mangas da camisa enquanto se aproximavam do salão de reuniões, enrolando-as para cima e para baixo.

— O que foi? — perguntou Clem.

— Só estou nervoso. Não vejo Sam há milênios. E se ele mal se lembrar de mim?

— Como vocês se conheceram? — Áster perguntou.

— Foi cinco anos atrás, no Vale Preto. Ele estava voltando para um dos acampamentos depois de uma viagem de caça, mas escorregou ao escalar um penhasco e quebrou a perna. Ainda não faço ideia de como sobreviveu a uma queda tão alta. E talvez não tivesse sobrevivido se não o tivéssemos ajudado, vai saber. Mas ele ganhou uma reputação e tanto desde então: teimoso demais para morrer.

Áster não dava a mínima para como Sam tinha sobrevivido à queda – estava mais preocupada com a cronologia da história.

Cinco anos atrás?

Zee tinha dito que era trilheiro fazia dois anos. Que começara a trabalhar quando seus pais morreram, para sustentar as irmãs.

— O que você estava fazendo no Vale Preto? — ela perguntou, tentando manter a voz casual, apesar da suspeita se revirando dentro de si.

Ele teria doze ou treze anos na época. Será que estava sozinho? Será que o pai estava com ele? Mas o que um aposteiro estaria fazendo no meio da floresta com o filho?

Antes que ele pudesse responder, Sam Daniels emergiu das portas do salão de reuniões.

Áster soube quem era ele de imediato, mesmo que não tivessem sido apresentados. Ele caminhava com a confiança de quem estava acostumado com a autoridade. Era alto, de pele escura e, ao contrário dos outros Escorpiões, usava roupas elegantes: um colete preto sobre uma camisa preta com um chapéu de aposteiro preto – o único ponto de cor era a gravata vermelha. Tinha um nariz que parecia ter sido quebrado mais de uma vez e um sorriso igualmente torto. Uma pistola banhada a ouro pendia de seu quadril. Ele não devia ter mais que dezenove ou vinte anos, mas tinha os olhos de alguém com três vezes essa idade.

Então sorriu ao ver Zee e tornou-se um garoto de novo.

— Inferno esgarçado, estou feliz de ver essa sua cara feiosa — disse Sam. Zee retribuiu o sorriso e eles se puxaram para um abraço e bateram nas costas um do outro.

— Faz tempo demais, irmão — respondeu Zee.

— Você tem que me contar tudo — Sam concordou. — Mas, primeiro, vamos comer. Venham comigo. — Ele se virou e gesticulou para que elas o seguissem.

O interior do salão de reuniões era ocupado por mesas longas e jovens inclinados sobre pratos de biscoitos e feijão. Por um momento, Áster foi tomada pelo mesmo pânico de parar o coração que sentiu na taberna de Despenhadeiro – boca seca e palmas úmidas, cabeça zonza e estômago pesado. Eles eram muitos, e ela estava cercada e exposta. Mas ali, ao contrário de Despenhadeiro, ela estava preparada para manter a calma: aqueles homens não eram gabolas, famélicos nem ordeiros. Eram aliados e as haviam acolhido.

Ela se controlou à medida que seguiram para uma mesa montada nos fundos do salão. Atrás dela havia um rapaz robusto com uma mandíbula quadrada que parecia ser irmão de Sam. O cabelo de Sam era curto, mas esse rapaz era careca como uma maçaneta, e a luz das lamparinas reluzia do seu couro cabeludo marrom e liso. Era o primeiro Escorpião que ela via que parecia genuinamente infeliz – talvez até furioso. *Qual é o problema dele?*, ela se perguntou. O rapaz olhava feio para a fila curta de pessoas que esperavam que ele empilhasse a comida nos pratos.

E no final da fila...

— Má! — Clementina gritou. Ela correu para abraçar Malva, que deu um sorriso cansado e a envolveu nos braços. Seus movimentos eram rígidos e a faziam se encolher de dor, mas fora isso ela parecia estar bem melhor. Palminha também. Seus olhos nunca deixavam Malva, como se quisesse garantir que ela não desaparecesse, e a todo momento ela abria um sorriso sem motivo.

— Obrigada por isso — Áster disse a Sam, sentindo o peito relaxar.

Sam deu de ombros.

— O trabalho é a própria recompensa — ele disse. — Eu reservei uma mesa pra nós. Peguem um prato e se juntem a mim quando estiverem prontos.

Áster, Violeta e Zee entraram na fila. A fome arranhava a barriga de Áster e ela estendeu o prato para o rapaz emburrado, que lhe serviu uma colherada de feijão sem dizer nada. Mas seus olhos se iluminaram quando ele viu Zee.

— Bom ver você de novo, Greene — ele disse, com uma voz surpreendentemente suave. — Pensamos que você tinha morrido.

— É, bem, não é tão fácil se livrar de mim — Zee disse com um leve rubor. Áster imaginou que ele não estava acostumado a receber tanta atenção.

— O que o traz aqui?

— Só estou ajudando essas garotas a chegarem a Rochedo do Norte — Zee respondeu, indicando-as. — Senhoritas, este é o irmão de Sam, Elijah.

— Eli — ele corrigiu. O rosto dele se fechou de novo, mas a voz ainda era gentil. — Vocês podem me chamar de Eli.

O grupo foi se sentar com Sam. Ele estava concentrado escrevendo em um caderno, que fechou antes de abrir os braços em boas-vindas. Faltavam os dois últimos dedos de sua mão esquerda.

— Você não vai pegar um prato? — Zee perguntou.

— Não acredito em café da manhã. Uma xícara de água fria é o suficiente pra mim. Mantém a mente limpa.

— Tinha esquecido como você é chato pra comer.

Sam soltou uma risada chocada.

— Vai me insultar sob meu próprio teto? Não esqueça que eu sei várias histórias comprometedoras sobre você também, Greene.

Embora Sam estivesse claramente brincando, um medo genuíno atravessou o rosto de Zee. Clementina ergueu uma sobrancelha, sorrindo.

— Que *tipo* de histórias?

Mas Sam já havia mudado de assunto. Ele era agitado como um lagarto correndo pela areia quente.

— Então, irmão, o caçador se tornou a caça? Me conte como você acabou trabalhando para as criminosas de Arketta mais procuradas em meio século.

Zee, o caçador? Áster franziu o cenho.

De quê?

Zee não respondeu, dando início à história de como as conheceu. Áster ficou quieta, deixando as outras falarem. Estava com dificuldade para conter o pânico que novamente começara a corroê-la por dentro, como uma nuvem de gafanhotos. Tentou se concentrar na própria respiração, que tinha ficado rasa e ofegante. Zee podia sentir-se a salvo ao redor de todos aqueles jovens, mas não queria dizer que ela também estava confortável. Violeta também permanecia em completo silêncio, remexendo a comida no prato. O mau humor dela só aumentara desde a noite anterior.

— Bem, fico feliz por você ter encontrado tempo para nos visitar — Sam disse quando eles finalmente terminaram. — Só gostaria que as circunstâncias fossem melhores.

— Ah, você sabe que eu teria dado uma passada de qualquer jeito — Zee respondeu, aparentemente mais à vontade.

Áster abriu a boca para falar, esperando que Sam lhes contasse sua própria história, mas ele se levantou e pegou o caderno.

— Precisamos limpar um desabamento em um dos túneis ao sul, então tenho que ir. Mas insisto em dar um banquete de comemoração esta noite. Vou pedir ao meu irmão que pegue a bebida boa. Até lá, descansem, limpem-se e considerem este lugar a casa de vocês.

Ele saiu.

Clementina empurrou Zee com o ombro assim que Sam saiu de vista.

— Não sei por que estava tão preocupado. Eles claramente amam você por aqui.

— É, você nunca contou que tinha *amigos*... Sinceramente, pensei que éramos suas primeiras — Malva bufou, então começou a tossir, e Palminha pegou sua mão depressa.

— Vá com calma, Má. Você precisa voltar para a cama.

— Só se você for comigo.

Violeta revirou os olhos.

— Não fique animada demais, são beliches. Mas eu vou voltar pra casa também, se quiserem me seguir.

Áster não ficou surpresa por Violeta querer se isolar até o jantar, mas, no fim, todos decidiram voltar, exceto a própria Áster. Ela não os culpava – só os mortos sabiam quando eles teriam outra chance de descansar assim –, mas também não estava pronta para se juntar a eles. As palavras de Violeta nas cataratas ecoavam em sua mente. *Não estou acostumada a ter tanto tempo para pensar.*

O truque era continuar correndo. Se parasse, seus problemas a alcançariam.

Talvez pudesse aproveitar a folga para contar o brilho. Ela estava se coçando para descobrir quanto o roubo do banco tinha rendido. Mas parte dela não queria arriscar que os Escorpiões descobrissem que elas tinham dinheiro. Sam *parecia* honesto, mas ela não conhecia aquelas pessoas ainda. Não de verdade.

Vou encontrar alguém por aqui que me conte mais sobre este lugar, ela decidiu.

E, se pudessem lhe contar mais sobre Zee, melhor ainda.

Enquanto o resto do grupo saía do salão, o olhar dela vagou até o irmão de Sam, Eli, que estava limpando a mesa em que o café da manhã havia acabado de ser servido. Ele tinha um pano sujo jogado sobre o ombro musculoso, e esfregava a madeira riscada toda vez que encontrava uma mancha. Não tinha parecido muito falador quando eles foram apresentados, mas quem poderia saber mais sobre os Escorpiões que o irmão do capitão?

Áster foi na direção dele.

— Precisa de ajuda? — ela perguntou, pigarreando sem jeito.

Ele estreitou os olhos negros para ela.

— Não.

— Sam diz que você vai preparar um banquete, então acho difícil de acreditar.

— Acredite no inferno que quiser. — Ele empilhou os pratos em um carrinho e começou a empurrá-lo na direção da cozinha. As palavras a machucaram, e a mágoa dela logo se transformou em raiva. Bem quando ela estava começando a acreditar que aquele lugar era realmente um refúgio, aquele cuzão a tratava como cocô de cavalo.

Ela entrou na frente dele e cruzou os braços.

— Você tem um problema comigo?

— Não... eu... — Ele parecia realmente surpreso.

— Eu não cheguei até aqui para ser julgada por alguém como você.

Ele ergueu as mãos em paz. As linhas em suas palmas eram profundas.

— Não estou julgando ninguém. Sinto muito se... eu não sou como meu irmão. Não sou bom de conversa. É por isso que ele recebe os recém-chegados e eu só faço a comida.

Áster se acalmou, saindo do caminho dele. Ela o seguiu para dentro da cozinha e ele não protestou.

— Bem, eu não sou boa de papo também — ela resmungou, sentindo o rosto esquentar. — Estava só... curiosa, acho. Sempre ouvia falar de esconderijos de pés-ardentes quando era criança, mas nunca achei que veria um. Mas se você não quiser falar...

— Quando eu disse isso? Escute, se quiser ficar por aqui, não vou impedir. Quer lavar os pratos? Porque eu com certeza não quero. Aqui.

Ele jogou nela o pano de prato e apontou para uma bacia. Áster quase se arrependeu de sua teimosia, mas, considerando o que os Escorpiões estavam fazendo por eles, ela bem que podia lavar alguns pratos.

Por alguns minutos, os dois trabalharam juntos em silêncio, ela lavando e ele secando, mas era um silêncio confortável, e a tarefa era tranquilizante. Eli não olhou para ela, nem a tocou. Não parecia esperar nada dela. Era um alívio inexprimível.

— Há quanto tempo você e Sam moram aqui? — Áster perguntou. Ela estava acostumada a jogar conversa fora com homens, mas Eli não era como os gabolas na casa de boas-vindas. Aqueles homens amavam o som da própria voz, mas esse teria que ser cutucado.

Ele franziu o cenho ainda mais.

— Em Garra Vermelha, há mais ou menos um ano — ele disse —, mas estamos com os Escorpiões há muito mais tempo. Eles nos acolheram quando éramos só duas crianças pés-ardentes. Sam se apaixonou pelo grupo e decidiu se juntar a eles. Não demorou muito pra virar capitão.

— E quem fica acima dele?

— Não é assim que funciona. Os Escorpiões não têm um único líder. Cada acampamento tem seu próprio capitão, suas próprias regras e seu jeito de fazer as coisas. Trabalhamos juntos o melhor possível.

— Parece... bagunçado.

— E é — ele confirmou, seco.

Áster não ficou desencorajada.

— Então, se Sam é o capitão deste acampamento, você seria o segundo em comando?

— Cutter é o segundo em comando. Eu só trabalho aqui.

Eles tinham terminado de lavar os pratos, e Eli inclinou a cabeça para Áster segui-lo até a despensa. As paredes estavam cobertas com prateleiras de comida, desde frutas secas e carne salgada até sacos de feijão e barris de vinho.

— É como morar numa adega gigante — Eli explicou. — Frio e úmido o tempo todo, mas mantém tudo fresco. Acho que podemos fazer ensopado de pimenta para esta noite. Vamos ter que fatiar muitos vegetais.

— Por mim, ótimo.

Na verdade, Áster já estava salivando. Elas não faziam uma refeição decente desde que fugiram da casa de boas-vindas. Eli lhe entregou uma touca de renda para envolver o cabelo, e Áster a vestiu o melhor possível, sentindo-se boba. Ele deu um leve sorriso.

— Devia raspar logo tudo como eu.

— Nem todos podemos sair por aí como uma bola de bilhar.

Ele passou um saco para ela e os dois começaram a escolher vegetais: pimentas, cebolas, tomates, alho e batatas-doces roxas.

— Onde vocês arranjam toda essa comida? Plantam aqui? — Áster perguntou, torcendo o nariz para o aroma pungente das cebolas.

Ele balançou a cabeça.

— Temos que fazer excursões regulares até a superfície para comprar de vendedores confiáveis, e trocamos com os outros acampamentos também. É impossível plantar muita coisa além de cogumelos e bolor nestas cavernas.

— Você gosta de viver assim? De viver... aqui embaixo?

Eli ficou calado por tanto tempo que Áster pensou que ele não tinha escutado. O rapaz jogou uma pesada sacola de feijões sobre o ombro com uma facilidade enganadora e finalmente disse:

— Sinto que devia responder sim a uma pergunta como essa. Tem pessoas que dariam tudo para serem aceitas pelos Escorpiões. Mas eu não fui feito para viver no subterrâneo. Nenhum de nós foi. Sinto falta do sol, de vento e de chuva. Do cheiro das árvores. De tudo.

— É como já estar morto e enterrado — Áster disse, pensando na sensação inquietante que a tomara na noite anterior.

Eli a olhou nos olhos pela primeira vez.

— Exato. Eu odeio que eles tenham nos afugentado para cá. Que isso seja o melhor que qualquer um de nós possa esperar.

Como Córrego Verde, Áster pensou de repente. As pessoas esperavam que as mulheres ficassem gratas por serem levadas a uma casa de boas-vindas; que os homens se alegrassem por escapar para um buraco no chão.

— Você vai fugir para Ferron quando chegar a hora? — Áster perguntou. — Quando os túneis estiverem prontos?

Eli balançou a cabeça.

— Acho que não. Meu irmão diz que devemos aos nossos ficar e lutar contra os mestres de terras. Que somos abençoados por poder fazer isso, já que nem todos conseguem. — Ele suspirou. — E sei que ele tem razão. É só que às vezes gostaria de não ter que lutar. Parece que estou guerreando desde o dia em que nasci. Preferiria ter crescido devagar, como se espera das crianças.

Era como se ele tivesse tirado o pensamento da cabeça de Áster, algo que ela nem percebera estar ali. Mas, se ela reconhecesse o peso do que tinha perdido, seria esmagada.

— Você gostaria de recomeçar do zero — ela disse, quase para si mesma.

Eli assentiu.

— Com um corpo novo em folha que eles nunca quebraram e uma mente sem nenhuma lembrança ruim. É... — Ele riu suavemente. — Eu penso muito nisso.

Perturbada, Áster o seguiu de volta à cozinha, e eles começaram a fatiar as cebolas e deixar os feijões de molho. Por um momento ela se sentiu novamente como uma garota da aurora, lavando e descascando até esfolar a pele. Mas, é claro, não havia famélicos ali para obrigá-la a trabalhar mais rápido e enchê-la de pavor. E mais tarde ela poderia aproveitar a comida que preparou.

— E você? Qual é o seu plano? — Eli perguntou por fim.

Áster hesitou.

— Tentar encontrar a Dama Fantasma — ela respondeu depois de um momento, começando a cortar as pimentas. — É uma mulher capaz de apagar as insígnias. — Parecia absurdo dizer as palavras em voz alta, e ela se pôs na defensiva antes que Eli pudesse rir dela. — Uma das garotas que veio comigo, Violeta, disse que a conhece.

Eli ergueu uma sobrancelha.

— É mesmo?

Bem, era um leve exagero, mas não chegava a ser uma mentira completa. Pelo menos, ela esperava que não.

— Você sabe alguma coisa sobre a Dama Fantasma? — ela perguntou.

Eli negou com a cabeça.

— Só a história básica. Quando era criança, conheci mulheres que tinham ficado velhas demais para as casas de boas-vindas e tentavam queimar ou cortar as insígnias para removê-las, mas nenhuma teve sorte. Só ficaram com os rostos deformados e as insígnias doendo mais que nunca. Não que isso vá acontecer com vocês — ele acrescentou depressa, olhando para Áster. — Tenho certeza de que a Dama Fantasma sabe o que está fazendo.

— Certo — Áster murmurou, embora agora desejasse não ter perguntado, nem ter depositado tantas esperanças em uma mulher sobre a qual sabiam tão pouco. Uma mulher que talvez nem existisse.

Eli começou a temperar o feijão.

— Enfim, Zee está sendo legal de ajudar vocês até Rochedo do Norte — ele disse, como se quisesse aliviar o clima.

— É... e você conhece Zee bem? — ela perguntou, tentando soar casual. Talvez não fosse bom deixá-lo perceber que ela estava curiosa sobre o passado de Zee... nem que tinha certeza de que Zee estava mentindo sobre sua história.

Eli balançou a cabeça.

— Não como o meu irmão. Eu fico mais na minha.

Inferno.

— Mas tenho muito respeito por ele — Eli continuou. — Levar vocês para a Dama Fantasma é mais ou menos o que esperamos fazer pelas pessoas um dia, ajudando os pés-ardentes a atravessar a fronteira.

Isso fez uma ideia atravessar a breve decepção de Áster.

— Eli... e se trabalhássemos juntos? — ela perguntou devagar.

— Como assim?

— Os Escorpiões querem ajudar os sangues-sujos, certo? Isso inclui a maior parte das Garotas de Sorte. Vocês deviam ajudá-las também. E *nós* podemos ajudar *vocês*. Os mestres de terras visitam as casas de boas-vindas e nós os conhecemos melhor do que ninguém. Sabemos que locais eles frequentam, quais são seus planos. Imagine se...

Mas Eli estava balançando a cabeça.

— Que foi? — Áster perguntou.

— Nada, desculpe, é só que... bem, você e suas amigas são diferentes, dado que se livraram do garoto McClennon e estão infernizando a vida da lei. Vocês são lendas por aqui. Mas teriam dificuldade em fazer alguns dos caras trabalharem com outras Garotas de Sorte.

Áster se irritou.

— E o que isso quer dizer?

Ele notou sua expressão e deu para trás depressa.

— Esqueça o que eu disse.

— Qualquer coisa que eu pensar será pior que a verdade.

Ele não disse nada, franzindo o cenho enquanto fatiava o alho. Um arrepio subiu pela nuca de Áster.

— Eli... eu estou segura aqui? — ela perguntou com cuidado. — Minhas amigas, minha irmã... estamos a salvo?

Eli levou um momento para entender o que ela queria dizer, então se apressou em tranquilizá-la.

— É claro — ele disse, abaixando a faca e virando-se para ela. — *Sempre*, Áster. Meu irmão jamais permitiria que alguém machucasse vocês. Nem eu, por sinal. Não é assim que este lugar funciona. Vocês sempre estarão seguras aqui.

Ela suspirou, metade aliviada e metade exasperada.

— Então de que inferno você está falando? Por que os Escorpiões não ajudariam garotas como nós?

Eli suspirou, apanhando a faca outra vez.

— É só que... alguns homens se ressentem das Garotas de Sorte. Um dos que moram comigo, por exemplo, Ian... quando ouviu que vocês estavam aqui ele começou a falar sobre garotas com quem tinha crescido e que acabaram em uma casa de boas-vindas. E as palavras dele... não foram muito gentis.

— É mesmo? E o que ele disse?

— Prefiro não repetir.

— Eli, eu já ouvi coisas que deixariam você de cabelo em pé. Não me trate como criança. Diga o que seu amigo falou.

Eli olhou para as grandes mãos de urso, com os nós dos dedos com cicatrizes brancas, e respondeu depois de um longo silêncio.

— Ele não é meu amigo — corrigiu, com os lábios apertados. — E o que ele disse foi: "A gente se quebrava nas cavernas, mas pelo menos era um trabalho honrado. As Garotas de Sorte vendem a alma, dormem com o mestre de terras pra morar na mansão e beber o vinho dele. São traidoras que merecem o destino que têm".

Áster cerrou a mandíbula e puxou o ar devagar pelos dentes.

— E o que você disse?

Eli deu de ombros.

— Que, se ele ia agir como um asno, podia passar a noite na estrebaria. Até onde sei, ele ainda está lá.

Áster soltou o ar.

— Quantos dos homens pensam como ele? — ela perguntou em voz baixa.

— Nem todos — ele respondeu depressa. — Não é nem a maioria. Mas... o suficiente. É isso que eu mais odeio sobre o Acerto Final, sabe. Como ele faz as pessoas se virarem umas contra as outras. Você tem razão, precisamos nos *ajudar*. É o único jeito.

Que pena, porque não sinto mais vontade de ajudar esses imbecis.

— O problema — Eli continuou — não são só os homens como Ian. Existem... razões práticas para não podermos ajudar Garotas de Sorte também. — Ele fez uma pausa. — Já é difícil ajudar mineiros a fugir dos acampamentos de arrendatários, mas tirar garotas das casas de boas-vindas... aqueles lugares são vigiados como fortalezas militares. É quase impossível entrar, quem dirá sair.

— É. Eu sei.

Eles ficaram em silêncio por um tempo, descascando batatas e ouvindo a água ferver na panela. Era assim que Áster se sentia: fervilhando de raiva. Sua insígnia ardia. Como qualquer um deles ousava pensar nela como traidora? Ela nunca quisera viver assim. Eles não tinham ideia do que estavam falando. *Eles* eram os traidores por abandonar as pessoas que mais precisavam de ajuda. Por desistir sem nem tentar.

— Você está certa em ter raiva — Eli disse por fim, fatiando os tomates.

Áster olhou de esguelho para ele.

— Não sabia que precisava da sua permissão.

— Não é isso. É só que eu... eu admiro você por isso. Como eu falei, todo mundo diz que devemos ser gratos. É difícil se permitir ter raiva, sabe?

Áster jogou as cascas de batata em uma lixeira e ficou se perguntando se devia responder com sinceridade. Mas, como ele fora sincero com ela, não faria mal retribuir o favor.

— Isso me assusta, Eli... ter raiva o tempo inteiro — ela admitiu. — Dois dias atrás, a gente roubou o banco de Despenhadeiro. E eu fiquei tão... consumida pela minha raiva, contra os gabolas que estavam nos xingando, os mestres de terras que estávamos roubando e os ordeiros que estavam tentando nos capturar, que não estava pensando direito. Eu estava tão desesperada para machucar um deles que não me importava se *eu* me machucasse também, entende? E minha amiga quase morreu pela minha imprudência. Foi assim que acabamos aqui. — Ela balançou a cabeça, com o estômago embrulhado. — Não acho que elas me culpem, mas *eu* me culpo. Às vezes penso que seria melhor se eu não me importasse com nada. — Ela pensou em Violeta e sua indiferença. — Talvez fosse mais feliz assim.

Eli passou a língua nos dentes.

— Não sei. Não dá pra deixar de se importar com algumas coisas, e fingir que você não se importa nunca resolve o problema — ele disse, pensativo. — Mas a raiva... a raiva impulsiona. Às vezes, pelo menos. Só tem que se certificar de que *você* está fazendo uso *dela*, nunca o contrário. É aí que a pessoa se torna imprudente e acaba machucando a si e as pessoas que ama. Mas só sentir raiva não torna uma pessoa ruim, eu acho. Só a torna humana. — Então ele olhou para Áster com um brilho travesso nos olhos. — Então quer dizer que vocês roubaram um banco? Você vai ter que me contar mais sobre isso.

Áster deu um sorrisinho, relaxando um pouco.

— Vou começar pelo começo...

A noite caiu no acampamento, e Áster tocou o sino para avisar a todos que o jantar estava pronto. No fim, eles prepararam três tonéis de ensopado de pimenta, com pão de milho e uma bebida gelada. As pessoas foram entrando no salão de reuniões em grupos de dois ou três – os Escorpiões, os pés-dormentes e, finalmente, o próprio grupo de Áster. Todos pareciam bem descansados, até Malva.

Áster correu até eles.

— Áster! — Palminha exclamou, os olhos brilhando com a oferta de comida na mesa. — Ficou preparando esse banquete o dia inteiro? Como não está caindo de cansaço?

Áster olhou para Eli, que já tinha assumido seu posto atrás da mesa como um pianista prestes a tocar sua peça preferida. Ela sorriu.

— Eu tive ajuda.

De manhã, o ânimo no salão estivera contido, com todos ainda sonolentos ou focados no dia à frente, mas agora conversas e risadas ecoavam pelo salão. A uma mesa, alguém dedilhava uma melodia grudenta em um violão, enquanto outro grupo entoava uma canção de bebedeira:

"Um trago para casar, um para ficar rico, um trago para os mortos e outro para os vivos!".

Sam Daniels chegou depois que a maioria tinha se sentado, cumprimentando pelo nome todos por quem passava. Sentou-se com Áster e os outros à mesa, com Cutter e vários dos Escorpiões mais jovens. Quando todos estavam servidos, Eli sentou-se com eles também. Depois de passar o dia todo na cozinha, Áster achou que não teria apetite para a refeição, mas a fome retornou com a primeira colherada. O saboroso ensopado vermelho e o pão de milho recém-saído do forno fizeram seu estômago se retorcer de fome.

Depois que terminaram de comer, um garoto chamado Lewis puxou um baralho. Ele tinha a pele dourada e lisa, e o cabelo preto comprido preso num rabo de cavalo. Começou a distribuir as cartas com o canto da boca erguido em um sorriso.

— Vamos, Lewis, não podemos jogar, temos damas à mesa — Cutter repreendeu.

— Parece que alguém está com medo de perder para uma garota — Clementina provocou.

Cutter cruzou os braços.

— Sam, diga para ele que eu tenho razão.

Sam já estava organizando a mão.

— O perdedor lava os pratos hoje.

— O que vamos jogar? — Palminha perguntou, animada. Todas já tinham visto os homens jogando na sala dos aposteiros da casa de boas-vindas, mas claro que não podiam participar.

Lewis começou a explicar as regras. Áster estava cansada demais para acompanhar – o longo dia finalmente começava a pesar –, mas concordou em ficar acordada mais um pouco e assistir ao jogo por cima do ombro de Clementina.

— Não entendi — Zee reclamou quando Lewis tinha terminado de apresentar as regras. — Comece de novo e explique como se eu tivesse cinco anos.

— Espere, seu pai não era um grande aposteiro? — Clem o provocou. — Como você é tão ruim nisso?

Zee abriu e fechou a boca, aparentemente pego de surpresa. Sam ergueu uma sobrancelha para ele, mas não disse nada.

— Ele... eu nunca... — Zee balbuciou.

— Você vai aprendendo no jogo, *Ezekiel* — Malva disse, impaciente.

— Eu só quero saber o que estamos apostando. Porque não vamos arriscar nosso brilho, já vou avisando.

— Não, claro que não — Lewis concordou. — Vamos apostar... segredos. O vencedor de cada rodada pode fazer uma pergunta a um dos outros.

Áster e Violeta se entreolharam. Ela não gostava nada disso – podia imaginar o tipo de perguntas que um bando de homens teria para Garotas de Sorte.

Mas ela não objetou e, à medida que o jogo prosseguiu, ficou aliviada ao ver que *aqueles* jovens pareciam principalmente curiosos sobre a jornada delas. Aparentemente, já tinham ouvido relatos de viajantes e lido sobre elas nos jornais, embora a história tivesse se distorcido a cada recontagem.

— Então, como vocês roubaram a diligência? — um dos garotos perguntou a Violeta.

— Bem, estritamente falando, era só uma carruagem particular...

— Vocês realmente enforcaram um gabola? — outro perguntou a Malva.

— Nós só o penduramos pelos *pés*!

— É verdade que as pessoas chamam você de Faca? — um terceiro garoto perguntou a Áster.

Ela se permitiu um sorriso fraco.

— Se chamam, é novidade para mim.

Ela devia ter botado mais fé no gosto de Eli para amigos.

Os garotos também foram receptivos às perguntas delas sobre a vida dos Escorpiões no subterrâneo e os perigos que enfrentavam ali. Áster já tinha descoberto a maior parte do que eles disseram por Eli, mas foi interessante ouvir os outros falando sobre o assunto. Nem todos compartilhavam do mesmo desejo por uma vida na superfície – muitos eram felizes ali.

Finalmente, à medida que as horas passavam e eles ficavam mais confortáveis uns com os outros, as perguntas se voltaram para a casa de boas-vindas.

— Certo, esta pergunta é para... Palminha. Você está muito calada. Como acabou em Córrego Verde?

Sam e Áster lhe deram um olhar de alerta, mas Palminha respondeu em voz baixa.

— Não, não tem problema. É uma pergunta que eu mesma já me fiz. Mas não tivemos muita escolha. Minha mãe morreu de repente e precisávamos do dinheiro.

Malva assentiu, cobrindo a mão de Palminha.

— Meus pais disseram que era minha responsabilidade fazer a minha parte. Não tive como dizer não quando os olheiros bateram na nossa porta. Achamos que tinha sido uma sorte eu ter sido escolhida.

Áster e Clementina se entreolharam. Áster sabia que nenhuma delas tinha contado sua história às outras. Elas mal conversavam sobre isso entre si – Áster não se sentia como a irmã em relação à família que elas haviam deixado, e nenhuma das duas parecia querer reabrir antigas feridas para mudar a opinião da outra.

— Nossa família realmente acreditava que seria melhor para a gente — Clementina disse com cuidado. — Os olheiros das casas de boas--vindas... eles são bons vendedores. Prometeram que nunca passaríamos fome, que receberíamos o melhor atendimento médico no país. E prometeram que Áster e eu não seríamos separadas. Parecia bom demais para ser verdade.

— Porque era — Áster resmungou. Clementina morria de saudades da família e culpava os mestres de terras pelo sofrimento, mas Áster acusava a família. Eles deviam ter sabido, deviam tê-las amado demais para vendê-las. Ela mesma jamais venderia as próprias filhas a uma casa de boas-vindas, por mais desesperadora que fosse a situação. Áster preferiria ter passado fome em casa a enfrentar a vida a que ela e Clem foram abandonadas.

Você é dura demais com eles, Clem sempre argumentava. *Não é culpa deles que não havia boas opções.*

Não havia boas opções... era como Eli tinha dito. Talvez os pais delas estivessem enfrentando dificuldades que ela ignorava. Talvez a casa de boas-vindas realmente *parecesse* o menor de dois males. A ideia desconfortável sempre pesara sobre ela.

Mas ainda era um mal. Eles deviam pelo menos ter reconhecido isso.

O grupo jogou outra rodada, e dessa vez Eli venceu. Ele olhou para Áster e pareceu enxergar a pergunta em seu coração.

— Já pensou em tentar encontrar sua família agora que saiu da casa? — ele disse em sua voz suave.

Sobre isso, pelo menos, ela e a irmã concordavam.

— Pra quê? — Áster respondeu. — Somos procuradas no país inteiro. Só atrairíamos problemas para eles. — Apesar dos sentimentos conflitantes, ela não queria que morressem por sua causa.

— Talvez depois que removermos nossas insígnias e ficarmos escondidas um tempo, mas por enquanto... — Clementina só balançou a cabeça.

Lewis cruzou os braços.

— E você, princesa?

Violeta ergueu os olhos das cartas, surpresa.

— Quem, eu?

— Quem mais? Os mestres de terras se esforçam para garantir que só sangues-sujos sejam levadas para as casas de boas-vindas. Então como você acabou lá?

— Ignore esse idiota, Violeta, nem é a vez dele — Sam disse, dispensando-o com um gesto. Áster o agradeceu no íntimo; suspeitava que Violeta ficava tão desconfortável falando sobre o passado quanto ela mesma. Mas, para sua surpresa, Violeta respondeu, recuperando um pouco de sua antiga confiança.

— Você acha que eu não sofri? — ela perguntou a Lewis, brusca como o estalo de um chicote.

— Eu nunca disse isso — Lewis respondeu calmamente.

— Meus pais não eram sangues-sujos, você tem razão. Mas às vezes uma família sangue-limpo passa por dificuldades e tem que vender uma filha. Foi assim que minha mãe acabou na casa de boas-vindas.

— Espere, sua mãe era uma Garota de Sorte também? — Cutter perguntou. — Mas os médicos não…?

— Algo deu errado quando a operaram — Violeta disse antes que ele pudesse terminar.

— Ou talvez eles não quisessem cortar uma sangue-limpo — Lewis sugeriu.

Violeta retorceu o lábio, parecendo prestes a discutir, mas então hesitou.

— Eu… sempre me perguntei se foi um acidente. Se *eu* fui um acidente. Talvez eles achassem que estavam lhe fazendo um favor, mas duvido que ela concordaria.

— Então… seu pai era um gabola? — Sam perguntou, juntando as peças.

Violeta assentiu.

— Um magnata do aço, Tom Wells. Quando descobriu que tinha engravidado minha mãe, prometeu comprá-la da casa de boas-vindas, e não só sustentá-la, como outros gabolas faziam, mas se casar com ela e levá-la para sua mansão dourada na colina mais alta de Rochedo do Norte. É o tipo de coisa com que as Garotas de Sorte sonham. Parecia bom demais pra ser verdade. — Ela olhou para Áster e repetiu suas palavras de antes. — Porque era.

Áster franziu o cenho. Ela sabia que o pai de Violeta era um gabola, mas nunca ouvira os detalhes da história.

— Minha mãe esperou seis anos por ele — Violeta continuou. — Seis anos. Ela estava apaixonada. Mas ele nunca veio e, quando percebeu que nunca viria, ela se matou. Não deixou nada de recordação, exceto uma história de ninar que me contava e sua carta de suicídio. — Violeta deu de ombros e tomou um gole de sua bebida, mas Áster viu como ela tensionava a mandíbula.

— Deve ter sido difícil para ela — Cutter disse em voz baixa. — Pensar que sairia da casa e teria uma vida real, liberdade…

— Liberdade? — Áster cortou, virando-se para ele. — Ela ainda estaria marcada por uma insígnia. Teria sido propriedade de um homem pelo resto da vida, precisaria mostrar documentos de identificação para todo ordeiro que a visse na rua. Jamais pense que uma Garota de Sorte pode ter *liberdade* em Arketta.

Cutter abaixou os olhos, e Áster se virou para Violeta, que se remexia, desconfortável.

— E seu pai também nunca voltou por você? — Lewis cortou o silêncio. — Você nunca o conheceu?

— Ainda não. — Uma expressão sombria que Áster nunca vira atravessou o rosto de Violeta. — Mas um dia vou.

A expressão de Sam suavizou-se.

— Sinto muito por sua perda — ele disse.

Houve murmúrios de concordância ao redor da mesa. Todos tinham perdido algo. Era por isso que estavam ali.

Tanto sofrimento na Chaga, pensou Áster, tomando um gole e saboreando a doçura da bebida.

Era hora de deixarem aquelas montanhas para trás de uma vez por todas.

16

Eles partiram do Acampamento Garra Vermelha no dia seguinte.

Por mais que quisesse deixar a Chaga para trás, Áster estava relutante em voltar à superfície. Viajar pelas minas podia ser perigoso, mas os bosques eram ainda piores. Mesmo assim, eles não tinham escolha – os Escorpiões ainda não haviam terminado sua rede pela Chaga e não poderiam levá-las muito mais para o norte.

— Não é tão diferente o que você e os Escorpiões fazem — Clementina disse a Zee enquanto eles subiam por um novo túnel, puxando os cavalos pelas rédeas. A boca da mina não era mais que uma fagulha distante de sol, e Eli os acompanhava com o rosto escondido sob um chapéu de aba macia.

— Como assim? — Zee perguntou.

— Bem, você e eles ajudam as pessoas a atravessar a Chaga — ela explicou. — A única diferença é que as pessoas que os Escorpiões ajudam estão fugindo da lei.

Áster e Eli se entreolharam – talvez ele também estivesse se lembrando da conversa que tiveram.

— É por isso que trabalhamos juntos, sabe — Eli disse em voz baixa. — Trilheiros e Escorpiões. A maioria dos trilheiros é sangue-sujo, então tentam ajudar sempre que possível. Mas Zee é um dos melhores que já conheci.

— Não *o* melhor? — Zee perguntou, indignado.

Eli sorriu.

— Suas habilidades nas cartas deixam um pouco a desejar.

Zee e Eli lideravam o grupo, Clem, Palminha e Malva seguiam, Áster e Violeta compunham a retaguarda. Todos pareciam mais descansados que nunca – até Malva não estava mancando muito –, mas os olhos de Violeta estavam mortos e seu rosto parecia emaciado. Era como ter contado a verdade na noite anterior tivesse drenado sua energia.

— Você está bem? — Áster murmurou.

Violeta não olhou para ela.

— Estarei melhor assim que sairmos desta mina esgarçada. Rastejar na lama não é o que eu chamaria de diversão.

Bem, era melhor que ser destroçada por vingativos. Ela podia ao menos demonstrar um pouco de gratidão pela hospitalidade que tinham recebido, Áster pensou irritada. Ao mesmo tempo, ela já conhecia Violeta o suficiente para entender que ela frequentemente se escondia por trás de sua amargura.

— Sua mãe... — Áster começou. — Como ela era?

— Como você acha? — Violeta disparou. — Uma tola por amar um gabola e ainda pior por deixar a filha sem nada, exceto uma insígnia amaldiçoada na pele.

Apesar das palavras duras, Áster podia ouvir o amor em sua voz.

— A história que ela contava... a carta que deixou... — Áster encorajou gentilmente.

— Não quero falar sobre isso — Violeta cortou.

Áster não insistiu. Não era como se também quisesse discutir o assunto, só que, depois de passar o dia com Eli, entendera que isso podia fazer bem. Falar sobre as coisas ajudava.

A subida ficou mais íngreme, e as conversas foram morrendo. Embora o ar estivesse fresco, o suor já escorria entre os ombros de Áster. Assim que saíssem no calor, seu corpo inteiro ficaria grudento.

De volta à realidade, ela pensou mal-humorada.

Finalmente, eles alcançaram a boca da mina. Aquele túnel dava para os bosques do lado oposto da colina por onde tinham entrado. Eli foi na frente, procurando famélicos antes de gesticular para que o seguissem. Os cavalos relincharam animados ao sair da escuridão.

— Certo, eu fico por aqui — Eli disse quando todos tinham saído.

— Não posso agradecer o suficiente — Zee disse. — Diga pro seu irmão que sou muito grato pela ajuda, tudo bem?

— Nós que devíamos agradecer. Vocês trouxeram muita alegria e nos deixaram ficar com um pouco dela.

Zee sorriu, tocou a aba do chapéu e montou em seu cavalo, seguido por Malva e Palminha. Violeta estreitou os olhos sob o sol, sua sombra esticada atrás de si como um estandarte de batalha. Então, depois de um gole do cantil para aguentar o dia, ela também montou na sela.

Áster e Clementina eram as últimas. Áster hesitou – também queria agradecer a Eli, mas, para variar, as palavras não vinham com facilidade. Ele não parecia estar com pressa de voltar ao acampamento: tirou o chapéu e fechou os olhos, deixando o sol pintar seu rosto. Pela primeira vez desde que Áster o conhecera, parecia em paz.

— Eli — ela disse finalmente, não querendo interromper o momento. Ele abriu os olhos e ela pigarreou. — Agradeça ao seu irmão por mim também, certo? Não é com frequência que conhecemos homens honestos como vocês dois. Vamos sentir sua falta.

— E nós a sua. Bom vagar, Áster.

Ele abaixou o queixo, e Áster montou atrás de Clementina, mantendo o olhar fixo à frente enquanto partiam em meio às árvores.

☙

Áster empilhava as moedas de prata em grupos de dez enquanto contava, mexendo os lábios suavemente. *Noventa e um, noventa e dois, noventa e três, noventa e quatro...*

Clementina também estava contando, conferindo o cálculo. Era o fim da tarde e eles tinham parado para descansar sob os galhos baixos de uma árvore antiga. Áster tanto temia como ansiava por aquele momento – a hora em que descobririam se tinham roubado brilho suficiente para a Dama Fantasma.

— Não devíamos ter gastado tanto comprando suprimentos dos Escorpiões — Palminha disse, observando ansiosa.

— Precisávamos daquelas coisas, e Sam nos fez um bom preço — Zee apontou.

— Quietos, preciso me concentrar — Áster murmurou. Estavam quase no fim, e ela não tinha paciência para recomeçar.

Cento e onze, cento e doze, cento e treze...
Ela colocou a última moeda na última coluna.
Cinco mil cento e catorze águias.
— Cinco mil cento e catorze? — Clementina perguntou, hesitante.
Áster abriu um sorriso aliviado e confirmou com a cabeça.
Considerando que a informação de Violeta estivesse correta, era oficial: elas tinham brilho bastante para remover suas insígnias.
— Então não temos que roubar mais ninguém? — Violeta perguntou. Apesar da boa notícia, ela parecia desinteressada, mexendo num fóssil de concha.
— Não se gastarmos o brilho com moderação — Áster respondeu, devolvendo as moedas à bolsa.
— Mas *poderíamos* roubar outro gabola... sabe, só por diversão — Malva sugeriu com um sorriso ávido.
— Má, não, você quase morreu da última vez! — Palminha retrucou.
— Quase. Ainda estou aqui, não estou?
Áster balançou a cabeça.
— O banco foi um erro. Eu não devia ter insistido. Não vamos mais assumir riscos como esse.
— Um erro? — Malva repetiu. — Como assim? Foi o que nos garantiu o brilho.
— Também quase nos fez ser capturadas — Violeta retrucou, seca.
Dessa vez, Áster não tinha como discutir. Ela fechou a bolsinha de moedas e olhou para as outras, deixando o calor de sua empolgação aquecê-la e lhe dar coragem.
— Escutem, eu estava pensando... estava querendo... eu devo desculpas a todos vocês — ela finalmente conseguiu. *Pronto. Está feito.* — Eu fui descuidada em Despenhadeiro e vocês pagaram o preço.
Palminha franziu as sobrancelhas.
— Acha que culpamos *você*? Foi você que nos tirou de lá.
— É, estávamos prontas para desistir, mas você se manteve firme — Malva apoiou.
— Bem, há uma diferença entre força e teimosia — Áster disse.
— Áster... — Clementina balançou a cabeça. — Eu estaria morta se não fosse por você. Todas estaríamos, uma dúzia de vezes.
Áster olhou para a irmã.

— Todos cometemos erros aqui fora — Clem continuou. — Mas também sabemos que queremos o melhor para todas nós. É isso que importa. Não é como na casa de boas-vindas, onde Mãe Fleur sempre tentava colocar as garotas umas contra as outras. Aqui, existe confiança.

— É, e *você* pode confiar em *nós* para não deixar você passar muita vergonha — Malva disse. — Então tente não se preocupar demais.

Até Violeta estava assentindo, e o calor no peito de Áster ficou um pouco mais forte.

— Obrigada — ela murmurou, encabulada.

A noite caiu. Embora ela já sentisse falta da segurança relativa do acampamento dos Escorpiões, a familiaridade da rotina era reconfortante. Biscoitos molhados em gordura de bacon. Cobertores ásperos, mas quentes. Os mortos uivando, porém mantendo distância. As estrelas brilhando como lágrimas.

No dia seguinte, eles partiram para Águas Claras, a última cidade de tamanho decente na Chaga. Fazia três semanas que elas tinham fugido de Córrego Verde – três semanas correndo pela Chaga, de onde elas nunca tinham saído na vida, e agora estavam quase no final da jornada. À frente se estendia o vale verde do norte de Arketta, e as florestas já estavam mudando à medida que eles se aproximavam da borda das montanhas, com carvalhos e freixos frondosos tomando o lugar de pinheiros de casca amarga, e a poeira vermelha seca lentamente se transformando em solo marrom e fértil.

Águas Claras também era a última cidade até Rochedo do Norte que teria uma casa de boas-vindas – fora da Chaga havia poucos sangues-sujos e, consequentemente, poucas Garotas de Sorte.

Seria a última chance de Zee encontrar suas irmãs.

— Têm certeza de que querem arriscar? — Zee perguntou enquanto cavalgavam em direção à cidade. Estavam a um quilômetro e meio de distância, e o sol começava a baixar no céu. — Já temos seu brilho e estamos quase fora da Chaga. Posso voltar sozinho depois de levar vocês até a Dama Fantasma.

— Você vai agora — Áster decidiu. Depois de terem escapado por um triz em Despenhadeiro, era tentador seguir direto até Rochedo do Norte. Mas ela sabia o que Zee tinha sacrificado para ajudá-las e, se havia qualquer chance de que poderiam ajudá-lo a encontrar sua família, Áster ia aproveitá-la.

Zee ficou obviamente aliviado, mesmo que não dissesse.

— Certo — ele concordou. — Então me esperem aqui e fiquem de olho aberto. Se houver problemas, vão na frente e eu alcanço vocês.

Ele esporeou o cavalo enquanto elas apeavam e se abrigavam sob um trecho de galhos baixos. A Estrada dos Ossos era visível através das árvores, serpenteando em direção a Águas Claras.

Violeta amarrou seu cavalo.

— Espero que ele encontre as irmãs, mas não acho que vai — ela disse a ninguém em particular.

Não era um dos seus típicos comentários mordazes, só uma afirmação.

— Onde acha que elas estão, se não numa casa de boas-vindas? — Clementina perguntou, preocupada.

— Vai saber — Malva resmungou. — Garotas sangues-sujos desaparecem na Chaga o tempo todo. A lei nunca perde muito tempo procurando por elas.

— Mas provavelmente é um bom sinal se elas não estiverem lá, não é? — Palminha perguntou a Clementina. — Significa que foram abrigadas por gente decente em algum lugar... consagradores, talvez, ou os Escorpiões...

— Ou significa que já estão mortas — Violeta cortou, seca.

— Pelo Véu, Violeta, você não consegue ficar *dez minutos* sem estragar o dia de alguém? — Malva retrucou.

— *Quietas!* — Áster sussurrou de repente. Ela tinha visto movimento pelo canto do olho. Um famélico vinha pela Estrada dos Ossos em um corcel infernal, e elas correram para se esconder atrás de alguns arbustos, sacando as armas.

— Os mortos nos protejam — Palminha murmurou.

Uma carroça vinha atrás dele, com barras de ferro formando uma jaula sobre uma base de madeira. Só havia uma prisioneira dentro: uma garota que não devia ter mais que dez anos.

Uma recruta de uma casa de boas-vindas.

Áster ouviu Violeta xingar enquanto se virava para Clementina.

— Mesmo nós cinco juntas não seremos o bastante — Palminha murmurou. Famélicos não sentiam dor nem medo, o que os tornava muito mais perigosos em uma luta que um homem normal. Era por isso que Áster sempre escolhera fugir deles.

— Então vamos só ficar sentadas e deixar ele levar a menina? — Malva perguntou. — Não, vamos armar uma emboscada. Um tiro certeiro na cabeça e pronto.

— Você não vai conseguir um tiro certeiro — Violeta disse, sombria. — E não há muito mais que vá impedi-lo.

Elas olharam para Áster, que engoliu em seco. Uma coisa era assumir um risco relativamente pequeno por Zee e suas irmãs – porque ela sentia que devia isso a ele –, mas se arriscar ainda mais para salvar uma estranha?

E havia outros fatores a considerar também. Aonde levariam a garota depois? Como Zee as encontraria? O que elas fariam quando os ordeiros viessem correndo? Elas não podiam se dar ao luxo de outra luta com a lei.

Levamos a garota com a gente até descobrirmos onde deixá-la.

Zee disse que nos alcançaria se tivéssemos problemas.

E a lei não vai nos seguir para os bosques depois que os vingativos estiverem à solta.

Mas o famélico...

Ele balançava sobre o dorso do corcel infernal, com o cano de um fuzil espiando sobre o ombro. Áster podia sentir a influência dele pressionando sua mente. Ele estava irradiando desespero para manter a garota submissa.

O estômago de Áster se revirou de raiva, quente e ácida. Se elas não fizessem nada, no dia seguinte aquela garota seria mutilada por um médico, marcada com uma insígnia e torturada até perder toda a vontade de resistir; para não falar do trabalho que seria forçada a fazer pelos meses e anos seguintes.

— Então, Áster? O que vamos fazer? — Clementina perguntou.

Áster cerrou a mandíbula.

— O que for preciso para salvá-la — ela disse. Seu coração estava acelerado, não com raiva, mas com a certeza súbita de que era a coisa certa a fazer. — Rápido, não podemos deixá-los entrar na cidade.

Rapidamente, elas envolveram o rosto com lenços antipoeira e carregaram os revólveres. Enquanto isso, Áster explicou o plano em um sussurro urgente:

— Malva, pare o cavalo infernal com a boleadeira. Violeta e eu vamos correr por trás e soltar a garota. Quando ela estiver livre, Clem e Palminha podem abrir fogo, e todas escapamos para os bosques.

As outras a encararam com expressões determinadas. Iam mesmo fazer aquilo.

— Ainda estou ferida, então não posso garantir a mira — Malva avisou enquanto vasculhava os alforjes em busca da boleadeira. A arma consistia em três cordões de couro trançado com pesos cobertos de espetos nas extremidades. Quando jogada, se enrolava nas pernas de um animal. Zee a usava para caçar os pequenos e evitar que um tiro revelasse a posição deles.

Se a arma seria suficiente para derrubar um corcel infernal, Áster não fazia ideia.

O famélico estava a poucos metros de distância agora.

— Para trás — Malva sussurrou, começando a girar os pesos em um círculo sobre a cabeça. Eles pegaram impulso no ar com um *vup-vup-vup* baixo. Ela só teria uma chance.

O famélico passou na frente delas – olhos vermelho-ferrugem e um início de barba loira cobrindo a mandíbula. Nenhuma misericórdia no rosto.

Então o corpo dele se retesou. Ele se *virou*...

Malva soltou a boleadeira, que voou baixa e veloz, enrolando-se nas pernas dianteiras do corcel infernal e cravando-se profundamente na carne.

Sim!

A fera empinou, soltando um guincho sobrenatural e pousando desajeitada, embora sem perder o equilíbrio. Ainda assim, estava momentaneamente imobilizada e se debatia para se libertar. Não havia tempo a perder. Áster correu para a estrada com Violeta seguindo a cavalo. Elas foram até a carroça – a garota parecia acabada, e suas reações eram lentas, os ganchos do famélico ainda fincados em sua mente.

Não se preocupe, pequenina, pensou Áster, sentindo bile subir pela garganta, tamanha a sua indignação. *Vou salvar você como não pude salvar Clementina. Vou salvar você como não pude salvar a mim mesma.*

O famélico desceu da sela, acalmou o cavalo e ajoelhou-se para inspecionar e libertar as pernas do animal. Ele não ergueu a cabeça enquanto Áster sacava a pistola. Um filete de suor escorreu pela têmpora, e ela se obrigou a não congelar, mirando no cadeado da jaula.

— Está tudo bem — ela sussurrou à garota, que a encarava sem dizer nada. Áster deu uma última olhada para o famélico. Ele se movia devagar, aparentemente despreocupado. Algo em seus movimentos tranquilos a deixou arrepiada.

— Vamos — Violeta murmurou da sela.

Áster voltou os olhos para o cadeado e apertou o gatilho.

O ar explodiu, e ela recuou assustada quando o metal voou e a fumaça encheu o ar. Tossindo, abriu a jaula e pulou para dentro da carroça.

— Quem… quem é você? — a garota perguntou com a voz arrastada. Seus olhos estavam em choque, mas não gritara quando a arma disparou bem ao seu lado.

— Meu nome é Aurora — ela respondeu, sem saber por que dera seu nome real à garota. — Vamos tirar você daqui.

Ela pegou a menina pela mão e a puxou depressa para a estrada. O famélico agora estava em pé e a encarava.

— Você feriu meu cavalo — ele disse com calma, enxugando o sangue na calça. — Vai morrer por isso.

Ele enviou uma pontada de dor contra o peito dela, e foi como ter o coração esmagado sob o punho de um gigante. Áster gritou e desabou, encolhendo-se. A arma escapou da mão dela, e o medo rugiu em sua cabeça.

— *Leve a menina! Saia daqui!* — ela berrou para Violeta enquanto tentava se levantar. Mas Violeta também desabou, caindo da sela como um saco de grãos.

Os primeiros tiros soaram enquanto o famélico vinha em direção à menina, que o observava imóvel e aterrorizada. Balas atingiram as costelas e a coxa dele, mas o famélico nem se encolheu, puxando o fuzil das costas devagar. Áster lutou contra o pavor que a dominou enquanto rastejava em direção à garota.

— Não! — Clementina gritou.

Ela veio correndo de seu esconderijo na floresta, um clarão de movimento no canto da visão de Áster.

Não, Clem, ela pensou desesperada. *Pegue as outras e fuja!*

Clementina ergueu a arma. O famélico rosnou e a empurrou com a coronha do fuzil. Sangue espirrou do nariz da irmã, e Áster se ergueu com um pulo, sentindo uma fúria que nunca experimentara antes e que a livrou do controle do famélico. Um rosnado animal escapou dos lábios dela. Áster tirou a faca da bainha e pulou…

O famélico girou com velocidade assustadora e bateu a palma aberta contra o peito dela antes que a lâmina atingisse seu alvo. As pernas da garota se ergueram e o ar abandonou seus pulmões. O famélico dominou a mente dela outra vez, enchendo-a com uma desesperança esmagadora que fez um nó crescer na garganta.

Naquele momento, ela teve certeza: iam todas morrer ali.

Ela tinha dado o seu melhor, mas elas iam morrer mesmo assim.

Pelo borrão das lágrimas, ela viu Malva e Palminha saírem da floresta com as armas erguidas e atirarem na cabeça do famélico. As pistolas clicaram vazias quando as balas se esgotaram antes de atingir o alvo.

A distância, ela ouviu gritos.

A lei estava vindo.

— Vamos ver seu rosto, sangue-sujo. — O famélico se ajoelhou sobre ela e puxou o lenço. Os dedos frios e pegajosos roçaram a bochecha dela. Ela teve vontade de vomitar.

Os olhos do famélico brilharam ao reconhecê-la.

Ela se moveu antes que pudesse pensar. Ele estava hesitando, pensando no que fazer com ela, mas Áster não tinha dúvidas. Sabia desde o instante em que vira aquele famélico que o mataria se tivesse a chance. Sabia desde sua primeira noite na casa de boas-vindas, quando os famélicos a haviam torturado até que se submetesse, que eles jamais teriam clemência e jamais mereceriam a dela.

— *Glória ao Acerto Final* — ela sussurrou as palavras como uma maldição e desferiu um golpe. Dessa vez a faca encontrou o alvo, se enterrando na garganta dele, e o famélico teve um espasmo. Os olhos laranja se acenderam de pânico e as mãos voaram até o ferimento. Áster o empurrou para longe e vomitou na poeira. Ele ofegava, respirando um ruído úmido e medonho, que ficou cada vez mais silencioso até que, finalmente, ele parou de respirar.

— Áster! — Clementina correu até ela, apertando o nariz que vertia sangue entre os dedos.

Maldito seja, Áster pensou.

Ele tinha tocado, tinha ferido Clementina. Áster queria matá-lo de novo.

— Você está bem? — Clem perguntou, pegando a mão dela e puxando-a para que ficasse de pé.

— Estou — ela respondeu, tossindo. — Cadê a garota?

Clementina apontou. Violeta já ajudava a menina a montar na sela.

Graças aos mortos, pensou Áster.

Como que em resposta, os uivos começaram.

— Certo, vamos embora antes que a lei chegue aqui — ela disse. Juntas, voltaram aos bosques e montaram nos cavalos, deixando o famélico para trás em uma poça de seu próprio sangue amaldiçoado.

17

Zee levou mais de uma hora para se juntar a elas no ponto de encontro emergencial, uma fissura estreita nos penhascos. Ele chegou ao abrigo cavalgando a uma velocidade que Áster nunca o vira usar antes, e parou o cavalo com um puxão abrupto para apear. O cano de sua espingarda de vingativos ainda fumegava.

— Você foi seguido? — Áster perguntou calmamente. Ela não estava ali de verdade, naquele momento e lugar. Estava flutuando fora do próprio corpo, alguns centímetros à esquerda, desde que assistira à vida abandonando os olhos do famélico.

Zee balançou a cabeça.

— Só pelos mortos. — Sua respiração estava ofegante, e ele entrou no abrigo mancando. Três longos sulcos das garras de um vingativo marcavam sua coxa, e sua calça estava ensopada de sangue.

Violeta fez uma careta.

— Inferno esgarçado. Entre na fila.

Elas estavam reunidas mais no fundo, esperando a vez de serem atendidas por Palminha. O nariz de Clementina ainda estava sangrando. Malva tinha estourado os pontos de novo. E a menina... a menina estava em choque, sua pele queimada de sol, cheia de mordidas de insetos e arranhões.

Zee estancou quando a viu.

— Pelos mortos, quem é...?

— Você disse para virmos pra cá se tivéssemos problemas — Áster disse. — Bem, ela está com problemas. Explicamos depois, vá se limpar.

Violeta lançou um olhar estranho para ela.

— Você está tão relaxada. Se não conhecesse você, diria que tomou um golinho de cardo-doce — ela disse numa voz baixa.

As palavras pareciam vir de muito longe. Áster se virou para ela.

— Que bom que me conhece, então — ela retrucou, fria.

Tentou passar por Violeta, mas a garota agarrou seu braço. Áster se desvencilhou.

— Não toque em mim.

— Não vamos discutir o que aconteceu esta noite? — Violeta insistiu.

— O que tem pra ser discutido?

— Você *matou* um homem.

O estômago de Áster se revirou.

— Eu fiz o que foi preciso — ela murmurou. — E aquele "homem" vendeu a própria alma muito tempo atrás para se tornar um famélico. Eu só matei uma casca vazia.

— Bem, ainda é uma coisa e tanto. E você está agindo como se não fosse nada.

Áster girou nos calcanhares para encará-la.

— *Você* vai me dar um sermão sobre falta de sensibilidade? Sério, Violeta? Onde estava toda essa compaixão quando você dedurava as garotas para Mãe Fleur? Por que esperou até agora pra desenvolver um inferno de consciência?

Áster sentia que não estava mais no controle do próprio corpo – as palavras saíam antes que pensasse nelas. Um tremor se assentou sobre ela, como se suas articulações estivessem se soltando, e arrepios subiram pelos braços.

Pelos mortos, talvez eu esteja perdendo mesmo a razão.

A boca de Violeta era uma linha dura.

— Eu não estava culpando você, Áster. Queria só... só ver se você estava bem — ela disse rigidamente, então se afastou antes que Áster pudesse responder, inclinou-se contra uma árvore e pegou seu cardo-doce.

Esqueça ela, Áster pensou teimosamente, embora seu estômago ainda estivesse embrulhado. Havia questões mais importantes a resolver.

Ela foi até onde os outros estavam reunidos. Palminha cuidava da perna de Zee, Malva estava refazendo as próprias ataduras e a menina se agarrava a Clementina, com rastros de lágrimas secas nas bochechas.

Clem lavou o rosto dela com um tecido úmido. Elas tinham conseguido descobrir seu nome, Adeline, mas não muito mais.

— Está com fome, querida? — Clementina perguntou.

Adeline murmurou algo ininteligível.

— O quê?

— Um pouco — ela repetiu mais alto.

Áster sentou-se ao lado dela e lhe entregou um biscoito seco sem dizer nada. Adeline o mordiscou como um rato mastigando tábuas do chão.

— De onde você vem, Adeline? — Áster perguntou em voz baixa.

A menina engoliu.

— Bosque Amarelo... mas o homem com os olhos bonitos estava me levando pra morar em outro lugar. Meu pai disse que eu não ia mais passar fome lá.

— Uma casa de boas-vindas? — Áster perguntou.

Adeline assentiu.

— Bem, nós viemos de uma casa dessas — Áster continuou, apontando para as outras garotas. — E a verdade é que não é um lugar tão bom de se viver quanto aquele homem disse para você e seu pai. — Ela parou, olhando para Clementina e se perguntando como explicar para a menina. Ela nunca fora boa com palavras, e não se sentia capaz de consolar ninguém no momento.

— A fome fica na sua alma, não na sua barriga — Clementina disse, parecendo captar a súplica silenciosa de Áster. — E isso é muito pior.

A garota virou os olhos negros como dois botões para Clem. Não tinha motivo para confiar nelas. Já era ruim ter sido levada de casa – agora tinha sido sequestrada por estranhas. Mas algo na suavidade da voz de Clementina pareceu tranquilizá-la. Ela começou a chorar de novo, lágrimas silenciosas que não paravam de cair – e pareciam ser mais de cansaço que de qualquer outra coisa.

— Eu quero ir pra casa — ela pediu.

— Se voltar para o seu pai, ele vai ter problemas — Clementina disse com cuidado. Acordos com casas de boas-vindas não podiam ser desfeitos. Em teoria, a família podia comprar a filha de volta – era um dos jeitos pelos quais os sangues-limpos justificavam a prática –, mas o preço era mais dinheiro que um sangue-sujo podia juntar em toda a vida.

— E daí a lei vai levar você para a casa de boas-vindas de qualquer jeito. Você não tem outros familiares? Alguém que possa esconder você?

A menina pensou por um tempo.

— Minha tia — ela disse por fim. — Ela mora em Dois Pinheiros.

Áster olhou para Zee para ver se ele reconhecia o nome. Ele assentiu.

— É uma cidadezinha a meio dia de cavalgada daqui. Sua tia trabalha na fazenda de arrendatários de lá, Adeline?

A menina assentiu.

— Bem, será que tentamos levá-la para lá? — Clementina perguntou a Áster num sussurro. — Não podemos ir com ela até Rochedo do Norte. É perigoso demais.

— Mas vai ser perigoso levá-la a Dois Pinheiros também — Áster respondeu em voz baixa. — Vamos sair da nossa rota e arriscar nos expor. E se a tia dela quiser mandá-la para a casa de boas-vindas?

— Então vamos explicar a ela por que *não pode* fazer isso — Clem argumentou.

Áster hesitou, mas não tinha salvado a menina apenas para lhe causar mais problemas levando-a até Rochedo do Norte.

— Certo, Adeline, levamos você para a casa da sua tia amanhã de manhã — Áster disse. — Por enquanto, vamos descansar, tudo bem? Foi um longo dia. Não se preocupe, vamos tomar conta de você.

Áster a deixou sob os cuidados de Clementina, soltando um longo suspiro, e deitou em seu rolo de dormir. Ainda se sentia trêmula. Ela olhou para Violeta, sentada na entrada da fissura, com o rosto virado em direção ao vento para refrescar a pele do suor febril da crise de abstinência. Violeta, a única que notara a calma mortal de Áster e reconhecera o que era: uma exaustão mortal, o mesmo tipo que a dominava depois de uma noite particularmente ruim na casa de boas-vindas. Violeta provavelmente sentira a mesma coisa uma centena de vezes.

Eu não estava culpando você, Áster. Queria só... só ver se você estava bem.

Não estou, pensou Áster. *Não estou bem.*

Era um pensamento simples, mas havia algo enorme e aterrorizante nele. Ela não podia se dar o luxo de pensar assim, tinha que ser forte. A fraqueza não era, nem jamais fora, uma opção. Clementina contava com ela, Malva e Palminha contavam com ela, e agora essa menina também.

Mas o pensamento se repetiu, mais alto. Tinha escapado e ela não conseguia guardá-lo de volta.

Eu não estou bem.

As palavras a carregaram em uma corrente escura para um sono inquieto.

☙

Na manhã seguinte, eles acordaram cedo e se dirigiram a Dois Pinheiros, seguindo para o norte através da mata cada vez mais fechada. O verde das árvores se aprofundou e o solo escureceu, ficando mais macio sob os cascos dos cavalos. Estavam muito perto da fronteira da Chaga – havia menos ordeiros no restante de Arketta, mas também menos sangues-sujos. Mesmo com as insígnias cobertas, elas atrairiam atenção indesejada.

Áster tentou não se preocupar com isso por enquanto; já era suficiente ter que levar Adeline para casa a salvo. A menina agora cavalgava com Palminha, a quem tinha se afeiçoado, enquanto Malva ia com Zee.

— Está animada para ver sua tia, Adeline? Qual é o nome dela? — Palminha perguntou.

— Ruth — Adeline respondeu. Uma noite de sono parecia ter lhe feito bem, e ela olhava para a floresta ao redor com alegria, apontando cada pássaro ou inseto. Áster supôs que, como a maioria das pessoas, a menina nunca tinha saído de sua cidade natal antes. — Eu nunca vi minha tia — Adeline continuou, confirmando as suspeitas de Áster —, pelo menos não desde que era bebê. Mas a mamãe falava dela o tempo todo. Dizia que elas eram unha e carne. Ela morreu no ano passado, minha mãe. Um vingativo a pegou.

— Sinto muito — Palminha disse. — Perdi minha mãe também.

Áster e Clementina seguiam atrás delas em um silêncio confortável. Áster se sentia um pouco mais lúcida à luz do dia, depois de se livrar do mal-estar que a tomara na noite anterior. Ela decidiu que eram só os efeitos remanescentes do ataque do famélico, e ficou feliz por ter pulverizado o desgraçado.

— É estranho pensar que vamos sair da Chaga — disse Clementina, puxando uma folha cerosa em formato de estrela de uma das árvores.

Clem pressionou a folha contra o nariz e absorveu seu aroma. Nenhuma delas jamais vira tanto verde na vida. — Você achou que chegaríamos tão longe?

— Estou vivendo um dia de cada vez — Áster confessou. No começo, a ideia de encontrar a Dama Fantasma parecia tão provável quanto fugir para a lua. Mas agora...

— Acha que vamos voltar para casa algum dia? — Clem perguntou.
— Eu não. Mas é tão difícil pensar em nunca mais voltar.

— Você não quer encontrar a mamãe e o papai? — Áster perguntou com cuidado.

Clementina ficou calada por um tempo.

— Acho que eles gostariam que fôssemos felizes — ela disse, por fim. — Acho que gostariam que estivéssemos *vivas*, mesmo que isso signifique nunca mais vê-los. Quer dizer, foi por isso que nos mandaram para Córrego Verde, pra começo de conversa.

Mas Áster ouvia a saudade na voz da irmã. Não havia como saber se os pais delas ainda moravam no mesmo acampamento, nem sequer se estavam vivos. Áster tinha aceitado a perda no dia em que eles as abandonaram. Mas Clementina, como sempre, ainda esperava o melhor. Talvez imaginasse a família toda vivendo junta e feliz um dia.

Áster não tinha essa ilusão.

☙❧

Era quase meio-dia quando elas chegaram a Dois Pinheiros. Depois de uma longa discussão, Violeta e Áster decidiram ir sozinhas encontrar a tia de Adeline – não havia por que arriscar a segurança de todas, e um grupo grande só atrairia atenção. Zee e as outras esperariam por elas na floresta em um ponto de encontro predeterminado enquanto as duas seguiam até a fazenda dos arrendatários.

— Deixe que eu falo — Violeta murmurou enquanto elas percorriam a estrada. — Ninguém vai acreditar que você é um trilheiro honesto... nem qualquer pessoa honesta, na verdade.

Áster se irritou.

— É mais provável *eu* ter que falar para defender *você*. A mulher vai ver sua sombra e fechar a porta na sua cara. E quem pode culpá-la?

Violeta bufou baixinho. O plano era convencer a tia de Adeline de que elas eram trilheiros, e que tinham encontrado a menina abandonada. Malva tinha lhes mostrado como atar o peito, um hábito adotado por ela desde que saíra de Córrego Verde, para se passar por homem mais facilmente. E Zee tinha lhes dado o distintivo de trilheiro, que poderiam mostrar às autoridades para provar que não eram vagabundos. Contanto que saíssem antes que as insígnias brilhassem embaixo dos lenços, o disfarce permaneceria intacto.

Mesmo assim, Áster sentia um nó de apreensão na garganta. Esperava que a tia de Adeline ficasse emocionada demais ao ver a sobrinha para questionar as pessoas que a haviam trazido.

Ela seguiu as placas até uma estrada lateral que levava à fazenda do sr. Cottenham, onde Adeline dissera que a tia trabalhava em campos de tabaco. A fazenda ficava a cerca de dois quilômetros e meio a leste da cidade de Dois Pinheiros, onde os sangues-limpos viviam, protegidos pelo muro. As choupanas que ladeavam o mar de folhas de tabaco lembravam Áster da casa onde crescera – construídas com pressa e materiais baratos, a madeira desgastada e rachada, os tetos começando a se encurvar para dentro como que pedindo desculpas. Não havia muro para proteger essas casas dos vingativos, só sentinelas de ferro toscas e tufos de folha-cinzenta pendurados nas janelas. Várias famílias estavam sentadas em bancos do lado de fora, comendo a refeição do meio-dia e bebendo conchas de água fresca extraída do poço.

Áster e Violeta desmontaram do cavalo antes de ajudar Adeline a descer.

— Boa tarde, cavalheiros. Não costumamos ver estranhos por aqui — afirmou um senhor mais velho, que olhou para elas desconfiado sob o chapéu de sol. Ele remexia um pedaço de tabaco mascado na boca. Seus olhos pousaram na sombra de Violeta, mas ele não disse nada.

— Estamos procurando uma mulher chamada Ruth — Violeta disse rispidamente, usando seu tom mais autoritário e erguendo o distintivo de trilheiro. — A garota é da família. — Ela indicou Adeline.

A expressão do homem se suavizou.

— Ruth Sheppard?

Adeline assentiu e o homem sorriu.

— Eu levo os senhores até lá.

Ele as guiou através do campo. A exaustão parecia pesar nos ombros dos trabalhadores como um casaco pesado, e dois famélicos patrulhavam as fileiras de tabaco, certificando-se de que ninguém relaxasse nem começasse brigas.

Inferno esgarçado, Áster pensou quando os viu. Era a última coisa de que precisavam.

O homem as levou até uma casa com um jardinzinho bem cuidado e uma sentinela de ferro na forma de duas garotas pulando corda. Adeline observou a peça com curiosidade, imitando a pose.

— Fique quieta, Addy — Áster murmurou, umedecendo os lábios enquanto o homem batia na porta.

— Ruth geralmente está em casa a esta hora, mas ela pode ter ido à casa ao lado — ele declarou. — Ela e a sra. Crane jogam cartas durante a refeição do meio-dia com mais algumas senhoras. O sr. Cottenham não pode saber disso, claro. Ele não gostaria que qualquer um de nós apostasse com seu dinheiro, muito menos um grupo de mulheres...

Mas então a porta se abriu. Uma mulher com mechas grisalhas e pele marrom desgastada apareceu diante deles, magra como um ancinho e com os mesmos olhos escuros de Adeline.

— Walter? Quem são esses?

— Eu esperava que você me dissesse. Eles dizem que a garota é parente sua.

— Tia Ruth? — Adeline perguntou, dando um passo hesitante à frente.

A mão da mulher foi até a garganta. Seus olhos se arregalaram de choque.

— *Adeline?*

Walter sorriu.

— Vou deixar vocês, então. Sabem onde me encontrar se precisarem de algo.

Ruth as chamou para dentro e fechou a porta. Áster foi tomada por uma nostalgia quase física quando olhou ao redor – se os cobertores de lã de Ruth fossem substituídos pelos de sua mãe, aquela poderia ser sua casa de infância.

A mulher envolveu Adeline em um abraço apertado, beijando o topo da cabeça da menina. Lágrimas escorriam pelas bochechas das duas.

— Jamais achei que veria você de novo — ela disse, libertando Adeline para dar uma olhada melhor nela. O corpo de Áster foi inundado de alívio. Ruth gostava da menina, isso era claro. — Não entendo como isso é possível. Recebi uma carta do meu cunhado dizendo que estava planejando vender Addy para uma casa de boas-vindas. Fiz tudo que pude para fazê-lo mudar de ideia, até me ofereci para cuidar de Addy, mas ele disse que precisava do brilho, e ponto-final.

Ruth alisou o cabelo da garota. O rosto de Adeline estava aberto num sorriso. Em nenhum momento, apesar dos esforços de todas para alegrá-la nos últimos dois dias, Áster vira a menina sorrir. Seu coração se encheu de uma alegria que ela mesma não sentia desde...

Bem, desde que ela tinha a idade de Addy.

— Ela se parece tanto com minha irmã quando era pequena — Ruth continuou, se afastando com relutância. — Somos nós duas lá fora, sabe, as duas garotas da sentinela pulando corda. Vocês a conheciam ou...? — Uma nuvem encobriu sua felicidade. — *Como* exatamente vocês encontraram Adeline?

— Somos trilheiros — Violeta mentiu com habilidade. — Trabalhamos juntos, e encontramos Adeline a caminho de um trabalho no norte. Parece que ela foi abandonada pelo famélico que devia levá-la à casa de boas-vindas.

— Mas por quê?

Violeta deu de ombros.

— Quem sabe por que um homem sem alma faz qualquer coisa? Talvez um trabalho mais lucrativo tenha aparecido. De toda forma, não parecia certo deixar Adeline sozinha.

— Sim, claro — Ruth disse, distraída. Mas a sombra estava escurecendo. — Então vocês... a roubaram do sistema de casas de boas-vindas? Ela está aqui fora da lei?

Áster hesitou, seu próprio sorriso morrendo.

— Prefere que a levemos de volta?

— Não, é claro que não. Minha irmã iria querer que eu cuidasse dela, tenho certeza. Mas... — Ela hesitou e abaixou a voz. — Alguém vai vir atrás dela, não? A casa ou a lei? Ambos? E, se vocês me encontraram tão fácil, é só uma questão de tempo até eles nos descobrirem também.

Adeline tinha começado a olhar ao redor da nova casa, abrindo gavetas e armários, aparentemente sem perceber o perigo em que se encontrava.

— Vocês não podem ir a outro lugar? — Violeta perguntou, trocando um olhar ansioso com Áster.

Áster não sabia em que estava pensando quando atacaram o famélico, atirando primeiro e fazendo perguntas depois. Na hora parecera a coisa certa a fazer, mas ela não tinha um plano. E então, mais tarde, tinha esperado que a tia de Adeline soubesse o que fazer. Mas tudo que a mulher dissera era verdade. E se Áster e Violeta só estivessem lhe entregando uma sentença de morte?

E Addy...

Áster encarou a mulher com a boca seca.

— Você precisa ir embora. Mudar-se para outro lugar.

Ruth piscou.

— Eu... eu acho que poderíamos ir para longe e começar a vida em outra cidade — ela começou. — Poderíamos trocar de nome, de aparência... mas eu não tenho o brilho para algo assim. Nenhum brilho, na verdade. — Ela olhou ao redor da casinha, e Áster percebeu que quase nada ali era de Ruth... a própria casa, os móveis, louças e roupas deviam ter sido emprestados a ela pelo mestre de terras, o sr. Cottenham, com o custo total sendo adicionado à dívida de sua família. — Posso prometer amá-la como minha própria filha, mas não posso garantir que a manterei a salvo — Ruth continuou. — Talvez... talvez fosse melhor para ela ir para a casa de boas-vindas. Pelo menos lá vão poder cuidar dela...

Áster sentiu uma pontada de medo na barriga. Uma lembrança se ergueu de onde havia sido enterrada na memória, subindo à superfície como um monstro que se recusa a morrer. O momento em que os pais lhe contaram que iam vender Clementina e ela à casa de boas-vindas, a traição que a quebrara tão completamente e da qual ela nunca conseguira se refazer.

Vocês vão ficar melhor lá, Aurora. A voz da mãe, enganadoramente doce e tranquilizadora. *Prometo que vão cuidar de você.*

— Espere — Áster interrompeu, tão rápido que esqueceu de disfarçar a voz e teve que encobri-la com uma tosse. — Deixe meu parceiro e eu discutirmos o assunto.

Ela inclinou a cabeça para Violeta segui-la para fora da casa, tentando esconder como estava abalada, e fechou a porta atrás delas. Violeta apoiou as mãos nos quadris, estreitando os olhos sob o sol.

— O que tem para discutir? — perguntou. — Não podemos fazer mais nada por essas pessoas.

— Podemos... e precisamos. — Áster foi até a égua preta e enfiou a mão no alforje, tirando a bolsinha de moedas, pesada com todo o brilho que elas tinham coletado desde Córrego Verde.

Os olhos de Violeta se arregalaram.

— Não...

— Não temos escolha. Eles vão vir aqui e matar a tia, você sabe que vão. E então vão levar Adeline de volta para a casa de boas-vindas. Elas precisam ir para outro lugar, e não para um maldito buraco no chão para ficar esperando a morte. Precisam começar uma vida nova longe o bastante para que os famélicos desistam de procurá-las. E pra isso precisam de brilho. Muito brilho. Ou tudo isso terá sido em vão.

— Se você... se nós não guardarmos esse brilho, essa maldita viagem *inteira* terá sido em vão — Violeta sibilou. — A Dama Fantasma...

— Não podemos abandoná-las à morte! — Áster manteve a voz baixa, mas sua raiva transpareceu. — E não podemos deixar o que aconteceu conosco ocorrer com aquela menina.

Violeta suspirou e entrelaçou os dedos sobre a cabeça.

— Não é que eu não me importe. Eu me importo. Prometo que não sou a vadia sem coração que você parece achar que sou. — Áster se encolheu; Violeta claramente não esquecera suas palavras duras da noite anterior. — É só que às vezes você tem que ser prática. Tem que tomar decisões difíceis. E, se você não remover sua insígnia, também vai morrer, Áster. Todas vocês vão.

Os ombros de Áster caíram. Ela olhou pela janela. Ruth tinha feito Adeline se sentar à mesa da cozinha e estava lhe servindo chá, totalmente calma diante daquela súbita reviravolta no seu mundo.

Elas têm uma chance de ter a vida que foi roubada de Clementina e de mim.

— Então pelo menos vamos dar a minha parte — Áster ofereceu.

— Não seja idiota. Essa quantia não vai nem fazer diferença. A não ser que você queira dar a parte de Clem também?

Áster não disse nada, mas apertou os lábios.

— Foi o que pensei.

A brisa soprou entre elas, carregando o aroma doce das plantas de tabaco. Os trabalhadores da fazenda estavam guardando suas coisas depois da refeição, preparando-se para voltar aos campos. A insígnia de Áster queimava intensamente sob o lenço. Elas não tinham muito tempo.

— Olha, é o seguinte — ela disse finalmente. — *Nós* podemos dar um jeito, sempre damos. Mas para elas é isso. É a única chance que têm.

Violeta esfregou os olhos.

— Vá pro inferno, Áster — murmurou.

— As outras vão entender. Se estivessem aqui, fariam a mesma escolha. — Ela sabia em seu coração que era verdade.

— É claro que fariam. São moles como você, e vão fazer o que quer que você diga, porque é a líder delas. É por isso que você tem que ser prática, como eu disse. Se tivesse sido chefe das garotas na casa de boas- -vindas, saberia disso.

— Não me venha com essa história de novo. Você só estava cuidando dos seus próprios interesses em Córrego Verde, você mesma disse.

— Tinha que cuidar. Ninguém mais faria isso. — Mas então Violeta pareceu chegar a alguma conclusão e assumiu uma expressão quase entediada. — Enfim, faça o que quiser. Dê o brilho a ela, se for se sentir melhor com isso. Eu só quero sair daqui.

Áster engoliu e assentiu, tomada por uma onda de alívio. Mesmo assim, sua mente girava com dúvidas quando bateu na porta e esperou Ruth abrir. Por mais brusca que Violeta tivesse sido, ela tinha poupado Áster de uma verdade óbvia e implícita: elas jamais arranjariam tanto brilho no pouco tempo que tinham.

Mas também era verdade o fato de que, por mais honrosos que fossem seus motivos, era culpa delas que Adeline estivesse fugindo da lei.

Elas a tinham colocado naquela situação e iriam tirá-la dela.

Ruth entreabriu a porta, olhando com expectativa para elas.

— Obrigado pela paciência, sra. Sheppard — disse Áster. — Conversamos sobre a sua situação, e temos um pouco de brilho que gostaríamos de dar a vocês, para ajudá-las a começar uma vida nova em algum lugar, o mais longe possível. — Áster ergueu a bolsinha de moedas. — Tem pouco mais de cinco mil águias aqui, deve ser o bastante.

Ruth arregalou os olhos.

— Não posso aceitar isso de jeito nenhum.

— Por favor — Violeta insistiu, e Áster ficou surpresa ao ouvir gentileza genuína em sua voz. — É por Adeline.

— Eu gostaria que alguém tivesse feito o mesmo pela minha irmã — Áster acrescentou.

Ruth pegou a bolsinha pesada. Seus olhos ficaram marejados outra vez, e ela enxugou as lágrimas rapidamente.

— Pelo Véu, não tenho como agradecer...

Áster ergueu as mãos.

— Estamos honrados por ajudar.

Ruth lhes agradeceu outra vez, puxando-as para um abraço. Áster foi inundada de saudades de casa, em seguida, de um orgulho e um contentamento que nunca sentira antes. Roubar dos gabolas sempre a deixava satisfeita, mas isso – isso era como uma refeição sólida que preenchia o estômago e deixava a pessoa saciada por dias. Por um breve momento, toda dor e vergonha sumiram.

Isso, ela pensou, soltando o ar trêmula. *É por isso que estou aqui.*

Foi então que ouviu vozes atrás delas. Áster se virou, sentindo um frio na barriga. Walter vinha na frente de meia dúzia de trabalhadores da fazenda, todos armados com foices e outras ferramentas, marchando em direção à casa com propósito.

— Eu *sabia* que tinha algo errado com vocês — ele gritou, com a voz dura e acusatória. — Elas não são quem dizem ser, Ruth! São as garotas de Córrego Verde. Aquele é um dos cavalos roubados! — Ele ergueu um pôster de PROCURADA como prova. — Peguem elas, rapazes — ele ordenou, quando o grupo estava a poucos metros da casa. — E lembrem-se de que McClennon quer elas vivas!

☙❧

Áster não teve tempo para processar o que aconteceu, nem para montar no cavalo antes que Walter brandisse a foice. Em vez disso, agarrou a mão de Violeta e saiu correndo.

— Vamos! — ela gritou.

Elas saíram em disparada sobre a terra batida até desaparecerem na sombra fresca dos campos de tabaco. O coração de Áster pulava no ritmo de seus passos, o impacto de cada um deles chacoalhando seus ossos.

— Eles não vão machucar Ruth e Adeline, vão? — Violeta perguntou, já sem fôlego.

— Não tem por que fazerem isso — Áster respondeu, também ofegante, embora estivesse tentando convencer mais a si mesma. O bando vinha no encalço delas, com os passos batendo pesados nos campos.

Elas não conseguiriam manter a vantagem por muito tempo.

Áster arrancou o lenço antipoeira. Afinal, já tinham sido descobertas, e a dor só a deixava mais lenta. Elas tinham que voltar para a floresta, até o ponto de encontro onde Zee e as outras as aguardavam.

E lá vamos nós levar uma multidão furiosa até eles...

— Por aqui — ela sussurrou para Violeta, afastando o pensamento. Ela se abaixou e atravessou as fileiras de plantas em vez de percorrer os corredores entre elas. A única esperança delas era despistar os homens no labirinto verde.

Galhos batiam contra o rosto delas. O aroma de tabaco fazia a cabeça de Áster girar. Um tiro distante soou. Um dos homens devia ter uma arma.

E havia os famélicos...

— Estou... vendo... o fim! — Violeta disse entre uma respiração e outra.

Um instante depois, elas saíram do campo. Áster atravessou um curto trecho de grama que margeava os bosques e se enfiou nas árvores. O ponto de encontro ainda estava a cerca de quatrocentos metros.

Elas cobriram a distância em pouco menos de um minuto.

— Áster? Ouvimos tiros — disse Zee quando elas irromperam entre as árvores.

— Não temos tempo de explicar — ela disse —, estão atrás de nós. Temos que ir. — Violeta puxou o ar profundamente quando elas pararam, e Áster começou a desamarrar os cavalos. — Tivemos que deixar a égua — ela continuou. — Clem, você vai com Zee; Violeta, comigo.

Os sons da perseguição rolavam sobre eles como uma onda. Mais tiros soaram, com gritos e maldições. Eles deviam estar a menos de trinta metros.

— Pelo *Véu* — Malva xingou quando os homens apareceram por entre as árvores.

— Tem famélicos vindo também, e a lei não vai estar muito atrás — Áster completou, sombria.

Eles partiram a galope e se embrenharam no bosque. Os homens do bando não conseguiriam alcançá-los, mas a lei estaria a cavalo e não teria dificuldade. Provavelmente já estavam em alerta máximo, dada a confusão que Áster causara em Águas Claras.

Ela olhou para Zee, cujo rosto estava sombrio sob a aba do chapéu. Ele parecia estar pensando a mesma coisa.

— Como os despistamos agora? — Áster perguntou, o vento quase roubando suas palavras.

Ele balançou a cabeça, focado no chão que passava veloz.

— Vai ser difícil. Sempre há mais ordeiros nas fronteiras da Chaga.

Os braços de Clementina estavam apertados ao redor dele.

— Então o que fazemos?

— Eu tenho uma ideia, mas é perigoso. — Ele olhou de relance para Áster. — Está quase anoitecendo, os vingativos logo vão aparecer. Se eu os atrair até os ordeiros, vocês podem escapar com o anel de teomita...

— Zee, *não*! — Clementina interrompeu.

Áster agarrou a crina do cavalo enquanto o animal contornava uma árvore.

— ... e seguir até a próxima cidade, Portão de Pedra — ele continuou, inexorável. — Há uma estação ferroviária lá. É a primeira parada de uma linha que vai até Rochedo do Norte.

— Zee, você vem com a gente — Malva disse atrás deles.

— Não — Áster disse, sentindo o respeito crescer no peito. — *Eu vou com Zee.*

— Não! — Clementina gritou. — Nenhum de vocês vai!

Zee deu um aceno curto para Áster e puxou as rédeas do cavalo. Áster e Malva fizeram o mesmo.

— Ela tem razão, Clem — ele disse suavemente. — Nenhum cavalo vai aguentar três pessoas. Alguém tem que ir comigo.

— Eu vou, então. Sou eu que eles realmente querem.

— *Não* — Áster disparou, já apeando. — Eu fiz tudo isso pra salvar você, Grace, está ouvindo? Não vou desistir agora.

— Áster, tem certeza? — Palminha perguntou. — Talvez a gente possa...

— Já tomei minha decisão. — Ela tinha que acabar com aquela discussão; a vantagem sobre os ordeiros não duraria muito. Clementina desceu da sela com lágrimas escorrendo pelo rosto.

— Prometa que vão nos alcançar — Clem sussurrou, envolvendo a irmã num abraço.

O coração de Áster batia forte e rápido.

— Não quero que vocês nos esperem. É perigoso demais.

— *Prometa*.

Áster nunca mentira para a irmã e não pretendia começar agora, mas então ergueu os olhos e viu Violeta balançar a cabeça muito de leve.

Às vezes você tem que ser prática.

— Prometo — Áster sussurrou, dizendo à irmã o que ela precisava ouvir. Clem exalou, agradeceu e subiu atrás de Violeta. — Bom vagar, minhas amigas.

Clementina hesitou, como se as palavras estivessem presas na garganta, mas no instante seguinte Violeta instou o cavalo para a frente.

O céu começara a ficar rubro conforme o sol afundava no horizonte. As sombras ao redor deles tinham se estendido e escurecido. Do sul vinha o som suave, mas cada vez mais forte, de centenas de cascos de cavalo em perseguição.

— Boa sorte! — Clementina gritou sobre o ombro.

Todos partiram. Áster e Zee observaram até que elas desaparecessem na floresta. Quando tinham sumido, ele tirou a espingarda das costas e a entregou para Áster.

— Espero que esteja praticando tanto quanto prometeu — ele disse sem qualquer indício de seu bom humor costumeiro. — Vai precisar disso.

18

ÁSTER OLHOU PARA A ARMA em sua mão como se fosse uma serpente viva.

— Não seria melhor *você* levar isto? — ela perguntou. Atirar no cadeado já fora ruim o bastante, mesmo sendo só uma pistola pequena contra um maldito objeto.

Zee balançou a cabeça enquanto procurava a faca.

— A última vez que tentei cavalgar e atirar, aconteceu isto — ele disse, apontando para a coxa ferida. — Eu deixaria você pegar as rédeas, mas Pepita me conhece melhor. Você consegue, Áster.

Então ele fez um corte na palma da mão.

— Zee... que *inferno*...?

— Temos que atrair os vingativos.

— Eles não são seres vivos, não conseguem farejar sangue. — Ele tinha enlouquecido.

— Não, mas são atraídos por dor e medo, e não precisamos de muito pra atiçar o apetite deles. Já estamos com bastante medo. — Ele estremeceu e estendeu a faca para ela. — Sua vez.

— Zee... não sei se...

Enquanto ela falava, o sol mergulhou atrás do horizonte, e a floresta foi coberta pela escuridão. Os vingativos começaram o lamento, primeiro baixo, então cada vez mais alto. A pulsação de Áster rugia nos ouvidos.

Ela cortou a palma.

Áster viu o sangue antes de sentir a dor – e como havia sangue. Logo a mão inteira estava pintada de vermelho, filetes escorrendo pelo pulso até o cotovelo. A ferida latejava no ritmo do seu coração, sua palma ardendo como se estivesse pegando fogo. Zee lhe deu uma atadura para envolvê-la, mas ela já começava a se sentir zonza.

— Fique alerta — ele recomendou. — Quando os vingativos estiverem quase em cima de nós, vamos atrai-los até a lei. Vamos sair dessa, prometo.

Ela se perguntou se ele estava mentindo também.

Os ordeiros estavam chegando, e não faziam nenhum esforço para disfarçar a aproximação. De tempos em tempos, repetiam o mesmo aviso:

— ATENÇÃO, VOCÊS ESTÃO PRESOS. SOLTEM AS ARMAS! MÃOS AO ALTO!

E se a lei os alcançasse antes dos vingativos? E se não houvesse vingativos o suficiente para impedi-los? E se...

Zee montou e ajudou Áster a subir, de modo que estivessem prontos para correr quando os ordeiros chegassem perto o bastante. Ela quase deixou a espingarda cair enquanto se acomodava atrás dele. Era mais difícil segurá-la com a mão ferida.

— Quantas balas esta coisa tem? — ela perguntou, trêmula. Os vingativos também estavam vindo atrás deles. Ela já podia sentir suas asas batendo no ar, revolvendo rajadas de vento entrecortadas.

— Seis — Zee respondeu, acariciando o pescoço de Pepita para acalmá-la. — Demora muito pra recarregar, então só atire se necessário.

O hálito embaçava diante deles. A temperatura estava caindo depressa. Mesmo assim, uma gota de suor escorreu pela testa de Áster, e ela a enxugou com as costas da mão. Encarou a escuridão, estremecendo a cada movimento. Não se sentia mais segura com a arma. Seria o mesmo que tentar atirar em uma tempestade.

Então ela viu um borrão prateado atravessando o luar, cobrindo a distância veloz como um coiote. Ela ergueu a arma...

— *Espere* — Zee disse. Girou o cavalo, e o vingativo errou o alvo, suas garras passando com um sussurro rente ao rosto de Áster. — Não queremos afugentá-los ainda. Precisamos de mais.

Quantos?

Porque a floresta parecia estar fervilhando agora, gravetos quebrando enquanto os vingativos disparavam até eles. Os uivos altos e incompreensíveis passavam sobre Áster como uma onda. Sua cabeça doía. Seu coração estava acelerado. Ela sentiu, mais do que viu, outro mergulhando em direção a eles de cima...

— AGORA! — Zee ordenou.

Ela girou a espingarda para cima e atirou cegamente na escuridão. O tiro cortou a noite produzindo um estrondo e um clarão de fogo, e o recuo da arma quase a arremessou da sela. O vingativo soltou um guincho e recuou, mas havia outro logo atrás. Zee finalmente cravou as esporas no cavalo, e o animal saiu em disparada, atraindo os vingativos.

O vento açoitava o rosto de Áster enquanto eles galopavam em direção aos ordeiros. Ela conteve a onda de pânico que sempre a tomava quando usava uma arma, segurando o vômito subia pela garganta. Não podia perder o controle – não agora, não ali.

— Segure firme! — Zee exclamou, aumentando a velocidade até um galope. Galhos arranhavam seus braços e pernas, e os ossos de Áster chacoalhavam a cada pisada dos cascos do cavalo. Ela sentia que pelo menos dois vingativos os acompanhavam, um de cada lado. Hesitou, sem saber onde mirar, então o da direita saltou, fincou as presas na sua perna e *puxou...*

Áster gritou. Atirou duas vezes no seu atacante, então mais uma para afastar o outro à esquerda.

Mais da metade dos tiros já foi.

— Você está bem? — Zee gritou.

— Vou ficar — ela rosnou em resposta, mas sua perna latejava e sua visão escurecia.

Gritos humanos soaram à frente. Os homens tinham ouvido os tiros.

— Certo, quase lá — disse Zee. De fato, Áster conseguiu distinguir as formas escuras de ordeiros cavalgando em sua direção a cerca de trinta metros. Duas dezenas de homens, pelo menos. Alguns deles carregavam tochas de folha-cinzenta; o suficiente para afastar um vingativo ou dois cada um, mas certamente não a horda que Zee e Áster estavam trazendo até eles.

— PAREM! — o mestre de lei na frente do grupo gritou.

Zee seguiu em frente.

Os primeiros tiros esparsos pipocaram no ar.

— Achei que eles não podiam nos matar — Zee rosnou, abaixando a cabeça.

— Acho que eles preferem levar nossos corpos a nos deixar escapar de novo — Áster disse, sombria. Sua perna já estava encharcada de sangue da mordida do vingativo, e outro já os alcançava, com suas batidas de asas potentes.

Os ordeiros estavam a quinze metros agora.

— *Maldição!* — Zee xingou, reclinando-se contra Áster e apertando o ombro. Tinha levado um tiro. O cavalo vacilou sem sua orientação, e eles perderam velocidade.

Merda!

Áster girou para trás e atirou em um vingativo iluminado pelo luar no segundo em que ele mergulhou para o ataque, com as garras esticadas e a bocarra escancarada. Ele guinchou, e seu corpo tremeluziu enquanto ele se virava e fugia.

Cinco metros. Zee tinha pegado as rédeas de novo, respirando pesadamente. Eles ganharam velocidade e seguiram a toda até o bando de ordeiros.

— PAREM IMEDIATAMEN...

Zee soltou um grito selvagem e desesperado. Áster mirou por cima do ombro dele e atirou sua última bala, forçando o mestre de lei a sair do caminho. Eles atravessaram a patrulha, trazendo uma horda de vingativos em seu encalço.

Então, a loucura.

Uma salva de tiros soou atrás deles. Ambos se abaixaram, cobrindo as cabeças. Homens gritaram enquanto eram atacados por vingativos, arrancados dos cavalos ou levantados em direção às árvores. Os gritos dos vivos e dos mortos se ergueram em um refrão que enregelou o sangue de Áster.

Não demorou muito para os ordeiros darem meia-volta e correrem – não atrás de Áster e Zee, mas para longe da horda fervilhante. Pessoas se dispersaram em todas as direções. O cheiro de sangue e pólvora empesteava o ar. Zee aproveitou a confusão, deixando os vingativos e suas novas presas para trás. Áster sentiu uma fagulha de esperança quando eles se viraram para o norte, em direção a Portão de Pedra e a suas amigas.

Conseguimos.

Ela foi inundada por uma alegria tão intensa que expulsou o medo. Por um momento, os dois ficaram em silêncio, ouvindo o ritmo dos cascos e os sons remanescentes do caos que tinham criado. Então a exaustão de Áster a atingiu como um martelo e ela precisou de todas as forças só para continuar sentada. Zee abriu o cantil com a mão que não estava ferida e tomou um gole.

— Sabe o que Clem vai dizer quando nos vir, não é? — ele perguntou finalmente, enxugando a boca e passando o cantil para Áster. Ela ouviu o sorriso em sua voz.

E sorriu de volta, apesar de tudo.

— *"Bem que eu falei."*

☙

Assim que o perigo passou, eles pararam para limpar e atar seus ferimentos o melhor possível. Zee rasgou um pedaço da camisa para fazer uma tipoia para o braço, enquanto Áster fazia o mesmo para enrolar a perna. Depois recarregaram a espingarda, montaram e continuaram pelo resto da noite, seguindo o rastro das outras. Quanto antes as alcançassem, antes todos poderiam deixar a Chaga para trás.

Áster cavalgava em uma névoa de sono, com a cabeça pendendo a cada passo. Estava começando a se sentir como na noite em que matara o famélico. Desconectada, irreal. *Nada bem.* O ataque dos vingativos, o tiroteio dos ordeiros, o rugido da espingarda em suas mãos... era demais para ela.

Mas, para sua surpresa, a presença de Zee a estava ajudando a ficar centrada no presente. Ela ainda não ficava inteiramente confortável perto dele, e suspeitou que jamais ficaria. E sabia que ele estava escondendo algo sobre seu passado, algo de que tinha vergonha, ou medo, ou ambos. Mas ela também tinha sua parcela de segredos e sabia como era silenciar-se pelo seu próprio medo e vergonha. Percebeu que confiava em Zee, mais do que jamais esperara quando o conhecera.

Ela não acreditava ser possível ter uma amizade sincera com um garoto.

— Zee — ela disse, exausta e tentando manter-se acordada. — Com tudo que aconteceu, não tive a chance de dizer... mas sinto muito por você não ter encontrado suas irmãs.

Não houve resposta, e Áster se perguntou se ele tinha ouvido – se ela tinha sequer falado ou só sonhado as palavras. Mas então ele falou, com a voz suave como a luz da aurora que se infiltrava na floresta.

— Eu também.

— O que você vai fazer depois de nos deixar?

— Não desisti delas ainda — ele suspirou. — E nunca vou desistir. Mas o rastro esfriou. Eu visitei todas as casas de boas-vindas na Chaga e não havia sinal delas. É como se... tivessem desaparecido.

Áster sentiu um arrepio na coluna. Não saber o que aconteceu com sua família era quase pior do que perdê-la de vez. Não era possível lidar com a perda nem seguir em frente.

Clementina provavelmente diria: "Eu sei que você vai pensar em algo ou Tenho certeza de que elas estão juntas, onde quer que estejam". E talvez até acreditasse nisso. Mas Áster não conseguia. Falsa esperança era um presente cruel demais para dar a um amigo.

— Bem, se pudermos ajudar de algum jeito, me diga, tudo bem? — ela ofereceu em vez disso. As irmãs de Zee mereciam a liberdade tanto quanto ela e Clem, Malva e Palminha, Violeta e Adeline e todas as outras centenas de Garotas de Sorte na Chaga.

— Obrigado, Áster — ele disse, parecendo surpreso. — Farei isso.

Eles chegaram a Portão de Pedra assim que o sol tinha se erguido inteiramente sobre o vale, e pararam no topo de uma colina, olhando para a cidade abaixo. Era, de longe, a maior que eles viam até então, e em vez de um muro havia um arco de pedra gigante em seu centro. Zee explicou que o arco representava o portão de entrada e saída da Chaga, embora, na verdade, as pessoas chegassem e partissem da estação de trem do lado leste da cidade. Os trilhos serpenteavam para o norte, reluzindo como uma fita de aço. O trem esperava na estação.

Mas onde estavam Clementina e as outras?

Zee apeou e se ajoelhou para conferir o rastro que estava seguindo. À luz do dia, Áster podia ver como ele estava exausto, seu rosto abatido e os movimentos lentos e doloridos. Ela sabia que devia estar igual ou pior.

— O rastro acaba aqui, elas não entraram na cidade — ele disse, hesitante.

— Então estão esperando por nós, como disseram. Mas onde?

— Devem estar por perto.

Áster desmontou do cavalo e foi ajudar Zee a procurar, a preocupação clareando sua mente enevoada. E se outra pessoa tivesse encontrado o rastro? Será que elas tinham sido capturadas? Ou talvez tivessem sofrido algum acidente...

De repente, a voz de Clementina atravessou o silêncio.

— Eles estão aqui! Conseguiram! Eu disse que iam conseguir!

Áster girou nos calcanhares. Clementina tinha emergido das árvores e corria até ela, com Malva, Palminha e Violeta logo atrás. Áster mal teve tempo de suspirar de alívio antes que a irmã a envolvesse num abraço esmagador.

— É bom ver você também — ela disse com uma risada cansada, e só então percebeu como chegara perto de jamais ver Clementina de novo. Um nó fechou sua garganta e ela engoliu as lágrimas.

Clementina soltou a irmã e se virou para abraçar Zee, parando quando viu o braço dele numa tipoia.

— Que inferno aconteceu com vocês? — Malva perguntou, arregalando os olhos.

— Contamos depois — Zee disse. — Primeiro, temos que pegar aquele trem — ele disse, apontando para a plataforma.

Violeta fez uma careta.

— Tem que ser *aquele*? Tivemos uma longa noite, Zee. Chegamos aqui só uma hora antes de vocês.

— Infelizmente, sim — Zee respondeu. — Esse é o último trem de carga que parte até a noite. Durante o dia, só saem trens de passageiros, e não temos chance de viajar clandestinamente em um desses.

— E nenhuma chance de ficar aqui até a noite sem sermos descobertos — Palminha completou.

— Exato. Mas, uma vez dentro do trem, podemos descansar até Rochedo do Norte. É uma viagem de um dia inteiro. Onde estão os cavalos?

Palminha e Malva correram de volta à floresta e trouxeram os animais. Áster e Clementina trocaram de lugar de novo, de modo que Áster foi com Violeta e Clementina, com Zee. Eles percorreram a colina até os limites da cidade, então andaram paralelamente aos trilhos, mantendo-se escondidos na vegetação. Não iam pegar o trem na estação, Zee explicou – muita gente olhando. Em vez disso, pulariam nele quando fizesse a primeira curva. O trem teria que reduzir a velocidade para isso.

Mesmo assim... estaria se movendo. Áster não gostou nada da ideia. Era um plano feito às pressas, como o assalto ao banco. Algo daria errado.

O trem soltou o primeiro apito. Estava saindo da estação.

— Vamos, não podemos ficar para trás — Zee exclamou. Mas os cavalos estavam cansados e se recusavam a ir mais rápido. Não demorou muito até o trem os alcançar, impulsionado nos trilhos por seu motor, uns seis metros à esquerda. Alguns vagões eram de madeira pintada, com a tinta desbotada. Outros eram abertos no topo e levavam montanhas de carvão. Uma fumaça negra era expelida pela chaminé. As rodas ganhavam velocidade com um som de trovoada. Áster sentia que estava perseguindo um demônio do inferno.

A curva nos trilhos ficava logo adiante.

— Certo, se preparem para desmontar! — Zee gritou, aproximando-se dos trilhos até que eles estivessem correndo rentes ao trem. Os vagões passavam com um estrondo, e o vento agitava seus cabelos e roupas.

Está indo rápido demais, nunca vamos conseguir, pensou Áster. Imagens indesejadas passaram por sua mente: Palminha arrastada sob as rodas do trem, Malva esmagada contra a lateral. Ela cerrou os dentes e balançou a cabeça.

Zee puxou as rédeas quando eles chegaram à curva e desceu.

— Só peguem o que puderem levar nas costas — ele gritou mais alto que o barulho. — Onde está o brilho?

Áster e Violeta se entreolharam. O brilho estava com Adeline e a tia.

— Está aqui — Violeta disse às outras, captando a expressão de Áster.

Todos já tinham apeado e estavam enchendo suas sacolas o mais rápido possível. O fim do trem estava à vista.

— Aqui, 24-67 — Zee berrou, umedecendo os lábios e apontando para o próximo vagão, pintado com tinta vermelho-sangue descascando da madeira. Alguém teria que subir pela escada na lateral, ele explicou depressa, em gritos e gestos, destrancar a porta e abri-la para os outros.

Obviamente, com o braço ferido, não seria ele.

Áster olhou para Má, mas a garota ainda estava ferida também. Assim como Áster, com aquela perna...

— Eu vou — Clementina disse, sua voz abafada pelo rugido do trem.

— Clem, não — começou Áster, com um sobressalto.

Mas a irmã já estava dando um passo à frente e subindo pela grama alta até o trecho de cascalho que margeava os trilhos, esmagando pedrinhas sob as botas. Ela fechou os olhos e murmurou uma prece. O vagão estava cada vez mais próximo, fazendo a curva na velocidade de um cavalo a meio galope.

Ou uma pessoa correndo o mais rápido possível.

— Se preparem pra correr! — Malva gritou.

O vagão passou chacoalhando por elas. Clem correu ao lado dele, saltou e agarrou a escada, a ferrugem se soltando sob os dedos. Rapidamente subiu ao topo enquanto os outros mantinham o ritmo com o vagão, Áster mancando o mais rápido possível com a perna ferida. Assim que fizesse a curva, o trem aumentaria de velocidade.

E Áster jamais o alcançaria.

Agora em cima do vagão, Clem se deitou de barriga, destravou a porta e tentou abri-la.

— Está... presa! — ela gritou, gaguejando.

— Então desprenda! — Violeta rosnou.

O trem estava começando a acelerar.

Clem finalmente conseguiu puxar a porta, que deslizou com um estrondo. Ela desceu do topo do vagão e pulou para dentro, aterrissando no feno que cobria o chão.

— Palminha, venha! Eu seguro você! — ela gritou, estendendo a mão.

Palminha ia na frente do grupo. Ela deu um pique, agarrou a mão de Clementina e pulou. Clem a puxou para o vagão em segurança.

Violeta foi em seguida.

— *Merda, merda, merda* — ela gritava a cada pisada, apressando o passo. Estendeu a mão, e Clem e Palminha a puxaram também. Malva foi em seguida, depois Zee. Ele deu um grito alto quando elas o agarraram pelo braço ferido.

Agora só faltava Áster.

O trem tinha feito a curva e estava ganhando velocidade. Ela se obrigou a manter o ritmo mesmo que a perna gritasse de dor.

— Vamos, Áster, quase lá! — Clementina disse, mas Áster via o pavor em seus olhos.

Ela se amaldiçoou, amaldiçoou a ardência nos pulmões e na garganta, amaldiçoou a dor latejante na perna e estendeu a mão para Clementina. Agarrou a irmã.

E tropeçou.

As pernas cederam.

Ela gritou.

Clem segurou firme enquanto Áster tentava desesperadamente se endireitar. Suas pernas queimavam, arrastando-se atrás dela enquanto o cascalho rasgava suas roupas e sua pele.

As rodas estavam terrivelmente próximas, e faíscas voavam em seu rosto. O rugido abafou todos os pensamentos, deixando apenas um pavor mudo e absoluto. Áster tentou recuperar o equilíbrio, mas o trem se movia rápido demais. Ela ia ser arrastada até morrer ou ser cortada ao meio nos trilhos.

E, se não soltasse, levaria Clementina junto.

Sinto muito, Grace, ela pensou, relaxando o aperto. *Sinto muito.*

Então, de repente, sentiu uma mão agarrar seu pulso com força. Zee. A mão de Violeta cobriu a dele. E a de Malva e a de Palminha.

— PUXEM! — Clementina bradou.

Áster sentiu seu corpo ser erguido. Eles a arrastaram para dentro do vagão.

Ela soltou um soluço quando caiu de barriga no chão, a madeira arranhando sua pele. Engatinhou para a frente e Clementina fechou a porta, selando-os no escuro. Áster foi tomada por uma sensação de alívio, uma euforia inebriante que, por um instante, sobrepujou toda a dor.

Quantas vezes, de quantos jeitos, a Chaga tentara derrotá-la ao longo dos anos? Derrotar todas elas?

Agora, pelo menos, elas estavam abandonando aquele lugar para sempre.

— Isso foi perigoso — Áster disse, tossindo, quando se recuperou o suficiente para se sentar. A cabeça ainda girava, e ela mal podia acreditar, mas tentou recobrar o controle. — Vocês deviam ter me deixado pra trás.

Violeta revirou os olhos. Áster não podia vê-la, mas sentia que era o caso.

— De nada — a garota bufou, como se confirmasse.

Áster sorriu. *Obrigada,* pensou. *A todos vocês.*

19

Viajar no vagão fechado não era exatamente confortável. O lugar era escuro e empoeirado, a carga chacoalhava nos caixotes e o chão tremia a cada sulco nos trilhos. Também havia um resquício ali dentro, a figura enevoada de um empregado da ferrovia que ficava sentado em um canto, fumando um cigarro e projetando uma sensação vaga, embora potente, de nostalgia. Mas Áster estava cansada demais para se importar e adormeceu em minutos.

Quando acordou, sem saber quantas horas tinham se passado, Clementina era a única acordada, mantendo vigia. Ela estava sentada abraçando os joelhos e encarava o resquício — não com medo, e sim curiosidade. Áster se endireitou contra o caixote no qual se encostava, estremecendo com a rigidez na perna.

— Falando com fantasmas de novo, Clem? — perguntou baixinho.

A irmã abriu um sorriso fraco, mal visível na luz que se insinuava pelas frestas da madeira.

— Ouvindo, na verdade — ela disse. — O nome dele é Calvin. Ele está aqui há muito tempo.

— Bem, se vocês não tivessem me salvado, eu poderia ter acabado como um fantasma neste trem também — Áster disse. — Obrigada por... você sabe...

— Ah, por favor. Como se eu fosse abandonar você. Dá pra acreditar que estamos quase lá?

— Não vá azarar antes de chegarmos — disse Áster. Ainda havia a pequena questão de todo o brilho que elas tinham de conseguir, mas

Áster não estava pronta para falar sobre isso. Não estava pronta nem para *pensar* nisso. — Você acredita mesmo que vamos encontrar a Dama Fantasma no fim desta viagem?

— Sei que vamos.

— O que você vai fazer quando remover sua insígnia?

Clementina tocou o pescoço de leve.

— Acho que a primeira coisa vai ser entrar numa loja de bolos e comprar uma fatia com cobertura de creme.

Áster bufou.

— Para quê? Pra comemorar?

Clementina não estava rindo.

— Não, só... só pra fazer alguma coisa normal. Uma coisa que as outras garotas podem fazer. Fazer compras na cidade, pedir algo numa padaria, andar livremente. Sem que todo mundo fique encarando e... odiando você.

Ainda vai sobrar bastante ódio para duas sangues-sujos, Áster pensou, mas não disse nada. Clementina tinha razão.

O que quer que acontecesse, pelo menos elas seriam livres.

— E você? — a irmã perguntou. — O que vai fazer quando remover sua insígnia?

Áster se lembrou da conversa com Eli. *Às vezes você quer recomeçar do zero.*

— É difícil até imaginar — ela respondeu, a voz quase engolida pelo barulho das rodas. O ar estava empesteado com o cheiro de feno, que fazia a garganta coçar. — Sei que não podemos ter filhos, mas talvez... não sei... gosto da ideia de dar a uma menina a vida que não tivemos.

— Bem, não é tarde demais para você ter essa vida — Clementina comentou, olhando-a de um jeito estranho. — Ainda somos jovens.

Mas parecia tarde demais, Áster percebeu, e a ideia a encheu de uma tristeza insuportável. Ela a afastou com força. Não tinha tempo para isso.

— Áster... Aurora... — Clementina começou, mas então o trem sofreu um solavanco e todos acordaram.

Graças aos mortos, pensou Áster, aliviada pelo desvio do rumo pesado que a conversa estava tomando. Palminha e Malva, que dormiam abraçadas, sentaram-se com o susto. Violeta xingou quando saiu rolando pelo chão. Zee resfolegou como um touro assustado.

— Saímos dos malditos trilhos? — Violeta perguntou.

— Não, mas estamos voando — Zee admitiu, esfregando os olhos. — Já devemos estar atravessando o Mar de Ouro.

O Mar de Ouro era um trecho de pradaria perto da fronteira norte de Arketta, onde as florestas dominavam o terreno novamente.

Significava que estavam quase chegando.

— O que perdemos enquanto estávamos apagadas? — Palminha perguntou.

— Nada de muito interessante — Clementina respondeu. — Áster e eu estávamos falando sobre a Dama Fantasma e o que faremos quando removermos nossas insígnias.

— Áster mencionou mais *alguma coisa* sobre a Dama Fantasma? — Violeta perguntou.

Áster olhou feio para ela. Clementina torceu o nariz.

— Tipo o quê?

— Tipo como vamos pagar a ela agora que estamos sem brilho.

As palavras pairaram no ar, a verdade subitamente pesando no peito de Áster.

— Mas achei que você tinha dito que... não está na...? — Palminha gaguejou antes que Áster pudesse responder.

— Que inferno você está dizendo, Violeta? — Malva perguntou, mais impaciente.

Áster suspirou.

— Eu ia falar pra vocês...

E então ela contou tudo. Como a alegria de Ruth ao ver Adeline se transformou em medo quando a mulher entendeu o que aconteceria se elas não pudessem fugir. Como, sem o brilho, Adeline sofreria um destino ainda pior por ter sido salva por elas.

— Eu nunca teria tomado uma decisão tão grande sem vocês, mas era uma questão de vida ou morte pra elas — Áster concluiu.

Mas será vida ou morte pra nós também se não conseguirmos recuperar o brilho, ela pensou. Quando tomou a decisão, tinha certeza de que as outras teriam feito a mesma coisa, ou pelo menos foi isso que disse a si mesma. Mas agora, forçando os olhos no escuro para avaliar a reação das amigas, ela foi tomada pela dúvida. Palminha parecia chocada. Malva estava torcendo os lábios. Clementina encarava as próprias mãos.

— Você estava lá, Violeta — Áster disse, desesperada. — Conte pra elas como foi.

— Ah, foi a coisa certa a se fazer, não tenho dúvida — Violeta respondeu. — Mesmo que não tenha sido a coisa *inteligente*. Mas agora temos que decidir o que fazer.

Todas ficaram em silêncio por um momento, enquanto o coração de Áster pulava na garganta. Então Malva assentiu, devagar mas com confiança.

— Fico feliz por terem feito isso — ela disse. — Eu teria feito o mesmo. Mas sem aquele brilho...

— Sem aquele brilho, viemos até aqui à toa — Palminha disse, com a voz embargada.

Clementina balançou a cabeça.

— Não, a gente vai conseguir aquelas águias de novo. Vamos dar um jeito. Sempre damos um jeito. Podemos roubar outro banco...

— Em *Rochedo do Norte*? — Malva perguntou. — Não estamos mais na Chaga. Todos os bancos por aqui têm segurança máxima...

— Bem, o que mais podemos fazer?

— ... e olhe só pra nós. Eu fui jogada de um lado para o outro como uma boneca de pano, Áster está com metade da perna mastigada, Zee levou um tiro...

Então Zee falou pela primeira vez, como se ouvir seu nome o tivesse tirado do estupor.

— Usem o anel — declarou. Todas o encararam em silêncio, e ele repetiu, com mais firmeza: — Usem o anel de teomita para pagar à Dama Fantasma. Vale pelo menos cinco mil águias. Talvez até mais. Ela vai aceitar.

— Zee, não! — Clementina objetou imediatamente. — O anel é o *seu* pagamento.

— Você já se sacrificou demais — Palminha concordou. — Gastou o brilho do seu pai com a gente, se meteu em problemas com a lei, abandonou seu cavalo...

— Devemos isso a você — Malva concluiu.

— Se eu estivesse nessa só pelo dinheiro, teria desistido há muito tempo — ele respondeu, encostando a cabeça na parede. — Vocês são como família pra mim agora... talvez a única que eu ainda tenha. Então, até eu encontrar minhas irmãs... — Ele olhou para Clementina e entrelaçou os dedos com os dela. — Deixa eu fazer isso por você, Clem. — Seu olhar passeou pelo círculo todo. — Por todas vocês.

Áster sentiu o velho instinto protetor se reerguer. Não por Clementina, dessa vez, mas por Zee.

— Não vamos deixar você de mãos abanando — ela disse, surpreendendo a si mesma. — Tem que haver outro jeito.

— Não há — ele retrucou, igualmente insistente, e estendeu o anel. — Por favor, deixem eu ajudar vocês. Deixem-me pôr um fim nisso. Acreditem, é o mínimo que posso fazer depois de... — Ele hesitou. — É o mínimo que posso fazer.

Áster aceitou o anel com relutância, tentando interpretar a expressão de Zee nas sombras. O que ele estivera prestes a dizer?

Algo relacionado ao segredo que ele esconde de nós.

Algo tão feio que ele estava disposto a entregar o anel de teomita para se redimir.

Áster se ajeitou no lugar, endireitando a coluna.

— Zee — ela disse, lenta e cuidadosamente, como se pisasse em ovos. — Olha, todos temos segredos, e você tem o direito de guardar os seus. Eu... eu já estou em paz quanto a isso. Mas se está tentando compensar alguma coisa nos ajudando... se esse é o motivo real de não querer o anel... acho que temos o direito de saber. Porque eu também penso em você como família agora, e preciso ter certeza de que é real.

Ela engoliu em seco, sentindo o rosto queimar. Não esperava falar com tanta honestidade. Zee abriu a boca para responder, mas Clementina se adiantou.

— Pelo amor dos mortos, Áster! — ela exclamou. — O que mais ele tem que fazer pra provar que é um homem bom...

Zee soltou a mão dela.

— Não, Clem, ela tem razão — ele disse, pronunciando cada palavra como se o machucasse. — Eu... eu não fui completamente honesto com vocês.

Áster entreabriu os lábios e soltou um suspiro longo e doloroso. As outras ficaram congeladas, o ar no vagão parecendo mais pesado do que antes.

— Como assim, não foi honesto com a gente? — Clementina perguntou no silêncio aterrorizador. Áster não podia ver o rosto da irmã no escuro, mas escutava o tremor de mágoa em sua voz. — Zee...

— Vocês *são* família pra mim — ele disse, tirando o chapéu e virando-se para ela. — Cada palavra disso é verdade, Clem. É sobre a minha primeira família que eu não fui honesto. Meus pais. Meu pai. — Ele olhou ao redor, o branco dos olhos brilhando no escuro. — Ele não era um aposteiro. Era um famélico.

Por um instante infinito, ninguém disse nada.

— Seu pai... o quê...? — Áster murmurou.

— Ele caçava fugitivas de casas de boas-vindas e costumava me levar junto. Foi assim que aprendi a seguir rastros. Foi assim que arranjamos todo aquele brilho.

— E é por isso que estava tão ansioso para ajudar um bando de fugitivas — Violeta disse entre os dentes cerrados. — Para aliviar sua consciência.

— Não foi o único motivo — ele disse depressa.

Mas Áster não estava mais ouvindo. Um zumbido tinha aumentado de volume em sua cabeça. Era como se o Véu tivesse caído da frente de seus olhos e ela visse Zee claramente pela primeira vez.

A nuvem de culpa que se agarrava a ele, por mais altruísta que fosse.

O desconforto sempre que alguém fazia perguntas sobre a vida dele antes de se tornar um trilheiro e as inconsistências nas respostas.

O pânico que o tomava sempre que os famélicos estavam por perto – a única vez que ele mostrara um medo puro.

O estômago de Áster se revirou, e não era só pelo balançar do vagão.

O tom dele ficou suplicante.

— Eu quis contar pra vocês mil vezes, mas não queria que pensassem... Eu era só um garoto, ele me obrigava a ir. Eu nunca quis ajudar. Odiei cada minuto daquil...

— Você já matou alguém? — Malva perguntou, tensa.

— Não! Claro que não.

— Mas seu pai matou — Clementina pressionou. — Garotas como nós.

Zee hesitou, então assentiu.

— Garotas como vocês e como minhas irmãs — ele admitiu desolado, a voz ficando embargada. — Eu só queria ajudá-las. O brilho ia pagar nossas dívidas...

— Chega — Áster disse antes que ele pudesse continuar. Ela não tinha energia para apaziguar a culpa de Zee, nem vontade de fazer isso.

Não sentia nenhum alívio por estar certa sobre ele, só uma exaustão esmagadora que a envolveu como uma doença.

— Sinto muito *mesmo* — ele disse por fim. O chapéu ainda estava no colo, e ele o recolocou como se quisesse esconder o rosto. — Sinto muito pelo que fiz e por ter mentido sobre isso por tanto tempo.

Ah, ele sente muito, pensou Áster amargamente. *Já é alguma coisa.*

— Você disse que seu pai morreu. Como? — sussurrou Palminha.

Zee soltou o ar com força.

— Meu pai se matou — ele disse. — Ser um famélico… tem um preço. Os mortais não são feitos para suportar o poder além do Véu. Ele devora a alma das pessoas. Vocês não podem entender até que aconteça com alguém que amam. Meu pai entrou no ramo pra pagar nossas dívidas de uma vez por todas, mas começou a perder suas lembranças, emoções, desejos… tudo o que o tornava *ele*. Costumava construir barcos em miniatura e nos levava até o córrego para apostarmos corrida. Cantava para minhas irmãs dormirem. Tudo isso sumiu. Era como se ele estivesse se transformando em pedra. Minha mãe morreu num inverno, e ele não chorou uma única lágrima. Se matou com um tiro um tempo depois. Não pelo luto, acho, mas por causa do vazio. Já estava morto havia muito tempo.

Ninguém falou. Todas tinham vivido tragédias, e todas conheciam a indiferença gélida de um famélico. Mas a ideia de observar um ente querido lentamente se perder para a maldição era um horror que Áster nunca considerara.

Não foi você que cresceu sendo torturado por eles, ela lhe dissera uma vez. Mas talvez estivesse errada.

— Sinto muito, Zee — ela disse por fim, sentindo um pouco da raiva se dissipar. — Você devia ter nos contado, mas sinto muito mesmo assim.

— Entendo por que não gosta de falar sobre isso — Malva resmungou. — É uma situação esgarçada.

Mas a atenção de Zee estava focada em Clementina.

— Você está quieta — ele disse, engolindo em seco. — O que está pensando?

— Que… que talvez você fosse prisioneiro do seu pai tanto quanto qualquer outra pessoa — Clementina disse devagar, sem olhar para ele. — Mas queria que não tivesse escondido isso de mim. Eu teria entendido. Eu *entendo*. Você tem que confiar em mim.

— Ela tem razão — Áster disse com um suspiro. — Acha que não sabemos como é querer deixar o passado para trás?

As outras murmuraram em concordância.

— Sinceramente, pensei que vocês iam me odiar — ele admitiu.

— Odeio o fato de você ter *mentido* pra nós — Áster disse. Os piores homens eram sempre mentirosos. Diziam que A era B e puniam você por discordar. A casa de boas-vindas era uma mentira também. A Chaga esgarçada inteira era baseada na mentira de que os sangues-sujos mereciam as coisas ruins que aconteciam a eles.

Áster estava farta de mentiras.

— Bem, dou minha palavra. Nada além da verdade daqui em diante — ele prometeu. — Então acreditem quando digo que vou levá-las à Dama Fantasma. Não porque quero o brilho, tampouco o perdão de vocês. Eu quero é ver vocês ganharem.

༄

Eles pularam para fora quando o trem reduziu a velocidade na periferia de Rochedo do Norte. Não seria bom serem pegos viajando clandestinamente. Mas isso significava que teriam que fazer os últimos quilômetros até a cidade a pé, atravessando campos de pastagem. Os ferimentos de Áster doíam depois de ela ter ficado sentada por tanto tempo. Cada passo enviava uma dor lancinante pelo corpo dela. O terreno era irregular e cheio de poças, e a grama chegava à cintura deles em alguns lugares. Era um percurso lento e perigoso, e tão diferente das montanhas das quais haviam saído que ela sentia ter entrado em um mundo completamente novo.

— Água pra todo lado — Malva resmungou. — Até o ar parece molhado.

— E, mesmo assim, não vou conseguir lavar o cheiro de esterco das botas por *semanas* — disse Palminha, enojada.

— Fique feliz por serem vacas, e não vingativos — Áster comentou.

O sol havia se posto fazia várias horas, mas eles não tinham ouvido um único vingativo. Áster sempre soubera que, fora da Chaga, os vingativos eram raros como serpentes de duas cabeças. Mas ainda era bizarro, depois de ouvir seus lamentos toda noite, se deparar com o silêncio de agora. Os sangues-limpos realmente viviam assim, sem medo e livres para perambular de noite sem se preocupar com os mortos?

Em Rochedo do Norte, nem ficaria escuro, não completamente. Aquela era uma cidade de verdade, uma cidade moderna, a única em Arketta que usava voltricidade como fonte de energia. Até ali, a uns dois quilômetros de distância, eles podiam ver seu halo de luz azul esbranquiçada obscurecendo as estrelas. A silhueta dos prédios se destacava nitidamente como os dentes de uma chave.

Outro mundo.

Pelo menos Áster sabia o que esperar na Chaga. Que perigos os aguardavam ali?

Ela se virou para Violeta, que caminhava um pouco afastada do grupo. No começo da viagem, não teria sido surpreendente, mas agora parecia estranho. Era uma oportunidade perfeita para a garota reclamar sobre o terreno ou lembrá-los de que seu pai era um figurão na cidade, e ela estava deixando o momento passar sem nenhum comentário. A última vez que ficara reservada desse jeito tinha sido na noite em que passaram com os Escorpiões, o que era compreensível – eles eram desconhecidos, e Violeta era a única sangue-limpo entre eles.

Mas ela está acostumada com a gente, então qual é o problema?

Talvez estivesse com desejo de cardo-doce – seria sua primeira noite sem uma gota depois de semanas diminuindo a dose.

Ou talvez estivesse ansiosa em relação à Dama Fantasma. E, se havia algum motivo para preocupação, Áster precisava saber.

Ela chapinhou pela grama até chegar ao lado da garota.

— Pronta para amanhã? — Áster perguntou.

Violeta a olhou desconfiada.

— O que você quer dizer com isso?

— Nada, é só que...

— Eu sei aonde vamos.

— Eu não disse que não sabia. — Mas ela não desistiu. — Tem alguma coisa sobre ela incomodando você? Está com medo de que ela não esteja lá?

Violeta deu um sorriso torto. As botas delas sussurravam enquanto vadeavam uma trilha rasa pela lama.

— É um pouco tarde pra perguntar, não acha?

— Você sabe como eu odeio quando alguém responde a uma pergunta com outra pergunta.

— Tudo bem, então. Não, não estou preocupada com a Dama Fantasma.

— Mas está preocupada com alguma coisa. Posso ver nos seus olhinhos esquivos.

— Desde quando você se importa?

Áster dispensou o humor e apoiou uma mão no braço de Violeta.

— Ei. Quero só ver se você está bem.

Mas Violeta bufou.

— É um pouco tarde pra perguntar isso também.

O que ela quer dizer?

— Violeta...

— Áster! — Zee chamou da frente da fila. — Tem um celeiro abandonado aqui. Podemos passar a noite escondidos nele.

— Vamos fazer isso — Áster concordou. Eles já tinham caminhado demais durante a noite para tentar encontrar a Dama Fantasma antes do nascer do sol. Ela lançou um último olhar para Violeta antes de se juntar aos outros.

Dentro do celeiro dilapidado, eles subiram ao palheiro para evitar os ratos que dominavam o piso inferior. Tiveram que abandonar a maioria dos suprimentos quando pegaram o trem, então tinham voltado a dormir sob cobertores finos e a comer comida desidratada. O cheiro de umidade e podridão empesteava o ar, e Áster sentia que estava respirando sob um pano de prato sujo.

Mas o momento tinha chegado – aquela era a última noite na estrada.

Àquela hora, no dia seguinte, elas estariam com a Dama Fantasma.

Àquela hora, no dia seguinte, se tudo desse certo, se as promessas fossem reais, elas teriam removido suas insígnias.

— Eu pego o primeiro turno — Violeta ofereceu enquanto todos escolhiam um espaço para dormir.

Áster franziu o cenho.

— Tem certeza? Me acorde se precisar de alguma coisa.

— A não ser que você tenha uma suíte de luxo para me oferecer, não acho que será necessário — Violeta respondeu, seca.

Bem, se ela tinha voltado a ser babaca, devia ser um bom sinal. Áster puxou o cobertor sobre os ombros e se acomodou para o que certamente seria uma noite inquieta. Ela estava nervosa sobre o dia seguinte, é claro, mas por baixo havia outra coisa, frágil como uma bolha de sabão – empolgação.

Não é tarde demais para você ter essa vida, Clementina dissera.

Talvez ela tivesse razão, talvez não. Mas quando as insígnias tivessem sido removidas...

Áster adormeceu, permitindo-se, pela primeira vez, sonhar com as possibilidades. Mas, bem quando caía no sono mais profundo, acordou com uma sacudida.

Era Clementina. A irmã estava agachada sobre ela com os olhos arregalados de pânico.

— Áster, levanta! — ela sussurrou com urgência. — Violeta sumiu.

20

Áster jogou o cobertor de lado e se ergueu num pulo. Violeta deveria estar de vigia. Em que inferno tinha se metido?

— Violeta? — ela chamou na escuridão, mas não houve resposta.

Áster tentou pegar a faca presa no quadril, o medo já se revirando em seu interior. A faca também não estava lá. Ela examinou as tábuas de madeira, sabendo que não a encontraria.

— O que está acontecendo? — Palminha murmurou quando Clementina a sacudiu.

— Violeta sumiu — Clem disse.

— Sumiu? — Palminha se sentou. — Ela provavelmente foi se aliviar.

— Não levando a minha faca — Áster respondeu. — Violeta? — ela chamou de novo, em vão.

Malva e Zee se sentaram também.

— Talvez ela tenha levado a faca porque estava com medo do escuro — propôs Malva. — Você sabe como ela é.

Mas então Áster notou algo amarrado à bainha vazia da faca – um envelope cuidadosamente dobrado e selado com cera.

Que inferno? Quem quer que tivesse escrito aquela carta, não tinha sido Violeta. Eles não tinham envelopes nem cera ali, e aquele lacre estava frio e duro como um botão – tinha secado havia muito tempo.

Áster puxou o envelope e abriu a cera com a unha, as possibilidades passando pela mente: alguém tinha sequestrado Violeta, aquele era o pedido de resgate. O papel era tão antigo que nem amassou quando ela o desdobrou. Estava escuro demais para enxergar as palavras.

— Alguém acenda um fósforo — ela pediu, sentindo o pavor subir pela garganta.

Depois do que pareceram segundos infinitos, Zee encontrou e riscou um fósforo, que se inflamou com um silvo baixo. Áster se inclinou em direção à luz. A tinta estava esvanecida, mas ela podia enxergar as palavras em uma letra fina e apertada.

— *"Minha querida Violeta* — ela começou a ler com a voz baixa —, *não sei quando lerá estas palavras, mas, quando o fizer, saiba que eu a amo mais que tudo e não suporto ficar longe de você. Mas tenho uma chance de escapar para nos garantir uma vida melhor e tenho que aproveitá-la. Se o pior acontecer e eu não voltar para buscá-la (só o pior poderia me impedir!), continue contando nossa história de ninar para si mesma. Conte-a toda noite. Porque a serafante está esperando, e as palavras guiarão você até ela. Eu a amo para sempre. Mamãe".*

— Espere... — Clementina murmurou quando Áster terminou de ler.
— Violeta disse que a mãe lhe deixou uma carta antes de morrer. Antes de... se matar. Talvez seja isso.

Palminha balançou a cabeça devagar.

— Não sei. Não parecem as palavras de uma mulher que vai tirar a própria vida.

— Certo, mas por que Violeta nos deixou essa carta? — Malva perguntou. — E cadê ela *agora*?

— Será que deixou a gente e foi encontrar a Dama Fantasma sozinha? — Palminha murmurou.

Áster sentiu um frio na barriga com a ideia. Tateou pelo anel de teomita ao redor do pescoço e suspirou de alívio quando o encontrou ali.

— Não, senão teria levado o anel como pagamento — ela disse. — Deve ter ido a outro lugar.

Malva bufou.

— E como infernos vamos encontrar a Dama sem ela?

O fósforo se apagou e Zee acendeu outro. Áster releu a carta, sentindo a pele formigar com uma frustração crescente.

"Nossa história de ninar... as palavras vão guiar você até ela..."

— Vocês se lembram de Violeta ter falado alguma coisa sobre uma história de ninar? — ela perguntou. Estava começando a pensar que "a serafante" podia se referir à Dama Fantasma, e que aquela carta as guiaria até ela.

Mas isso não explicava por que Violeta tinha ido embora, ou onde estava agora.

— Lembro que Violeta mencionou a história na noite que nos contou sobre a carta — disse Clementina. — Estávamos com os Escorpiões falando sobre como fomos parar em Córrego Verde.

— Mas Violeta não *contou* a história, então de que adianta a carta? — Malva quis saber.

— Pensem, o que ela nos contou naquela noite? — Palminha perguntou.

Todos ficaram em silêncio, tentando recordar. O segundo fósforo apagou, e a fumaça espiralou no escuro.

A mãe de Violeta nasceu em uma família sangue-limpo pobre e foi mandada para Córrego Verde, Áster lembrou.

E, como era sangue-limpo, o doutor não tinha feito a operação. Ela engravidou de Violeta e se apaixonou pelo pai da menina, um gabola rico. Ele prometera tirá-la da casa de boas-vindas para que pudessem viver como uma família. Mas, em vez disso, ele as abandonou, e a mãe de Violeta se matou de desgosto.

— O pai de Violeta era um magnata do aço, não era? — perguntou Zee, parecendo repassar os mesmos fatos na mente. — Como ela disse que ele se chamava?

— Tom Wells — respondeu Palminha.

— E ela disse que ele morava em Rochedo do Norte, lembram? Em uma mansão dourada na colina mais alta — Clementina acrescentou.

— Bem, estamos em Rochedo do Norte. Talvez ela... — Áster parou, lembrando-se de Violeta no Acampamento Garra Vermelha enquanto trocavam histórias com os Escorpiões.

E seu pai também nunca voltou por você? Você nunca o conheceu?
Ainda não. Mas um dia vou.

Havia algo estranho nos olhos dela quando dissera aquilo – uma escuridão. Um segredo. E, talvez, uma intenção.

— Talvez o objetivo dela nunca fosse chegar à Dama Fantasma — Áster disse devagar. — Talvez ela tenha vindo a Rochedo do Norte para encontrar o pai.

— Então será que a Dama *está* em Rochedo do Norte? — Malva perguntou. — Ou Violeta inventou essa história só para nos trazer até aqui?

Áster balançou a cabeça, com a sensação de engolir um carvão ardente. Depois de tudo que haviam passado juntas, tudo que tinham compartilhado – e se Violeta as estivesse usando esse tempo todo?

De toda forma, aquela carta era inútil sem ela.

Áster fechou os olhos, contendo lágrimas de fúria. Violeta já traíra garotas antes; tinha fama de fazer isso. Mas, mesmo para ela, aquilo era inacreditável.

Algo não estava certo.

— Fiquem aqui — ela disse calmamente, guardando a carta no bolso. — Eu vou encontrá-la.

༺༻

Áster vestiu o casaco e o chapéu de feltro e se esgueirou na noite. Ela só tinha algumas horas até o amanhecer, e teria que voltar a se esconder quando o sol nascesse.

Portanto, precisava correr.

Ela pulou a cerca baixa que circundava o pasto e desceu correndo um declive suave até o rio Misericórdia, que marcava a fronteira de Rochedo do Norte. Parecia ter cerca de oitocentos metros de largura, com uma corrente suave e sinuosa. Ela estancou na margem, chapinhando na lama. O fedor da água embrulhou seu estômago. Tinha certeza de que seria levada se tentasse atravessar a nado – e qualquer ponte poderia ter um posto de controle da lei, como os muros na Chaga. Como infernos Violeta teria chegado ao outro lado?

Áster cerrou os dentes. Dali podia ver a colina mais alta de Rochedo do Norte, com as silhuetas das mansões empoleiradas que assomavam sobre a cidade, mas elas não poderiam parecer mais distantes.

Ela teria que arriscar uma ponte.

Correu pela margem até chegar a uma pedra que atravessava o Misericórdia em um ponto mais estreito e se escondeu atrás dos arbustos com a cabeça girando. Teria que esperar uma carroça de entregas passar e pular na parte de trás, e rezou para que isso não demorasse muito. Zee tinha dito que a maior parte das entregas na cidade era feita de noite, mas estava falando de trens de carga. Ela não fazia ideia se isso também valia para aquelas feitas pelas estradas.

Não tenho tempo para isso, ela pensou, a impaciência a arranhando por dentro. Quanto mais esperasse ali, mais provável era que Clementina e as outras fossem descobertas, ou que Violeta fosse embora de onde quer que estivesse, ou que o sol nascesse, ou...

Alguém estava se aproximando pela estrada. Áster tensionou os músculos e ficou a postos – mas era uma carruagem particular, como as que elas tinham roubado. Ela jamais conseguiria pegar carona sem ser notada. Soltou um suspiro frustrado e se abaixou de novo, esperando-a passar.

Os minutos passaram devagar. A estrada permaneceu deserta. A água preta abaixo dela corria com um rugido incessante. Seus músculos começavam a doer depois de passar tanto tempo agachada, e a mordida do vingativo em sua perna latejava horrivelmente, no ritmo de sua pulsação. A fadiga pesava em sua mente, fazendo as pálpebras caírem e os pensamentos divagarem.

Então, quando ela estava prestes a desistir e tentar a sorte cruzando a ponte a pé – que se danassem os postos de controle –, ouviu outra carruagem vindo pela estrada.

E essa era de entrega – uma carroça de leite, ela viu um momento depois, carregada de tonéis de metal com leite e creme. O topo estava aberto.

Ela amarrou o lenço antipoeira ao redor do rosto e se apoiou nos calcanhares. Assim que a carroça entrou chacoalhando na ponte de pedra, ela saiu correndo e subiu na parte de trás. Quando teve certeza de que o sacolejar das rodas tinha abafado seu impacto, ela soltou um dos cobertores ásperos enfiados por baixo das garrafas de leite e o usou para se cobrir.

O tempo que levaram para atravessar a ponte pareceu infinito. Suor escorria pelo seu pescoço, apesar de ser uma noite fria. Ela ficou paralisada quando a carruagem parou. Podia ouvir a voz de ordeiros pedindo o nome e as permissões do condutor. A luz de uma lanterna varreu os fundos da carroça, atravessando as fibras do cobertor que a escondia. Uma vez, depois outra. Depois de um silêncio interminável, os ordeiros permitiram a passagem.

Áster soltou o ar, contou até mil para certificar-se de que estivessem bem longe dos ordeiros, então pulou da carroça.

— *Ei!* — alguém gritou. Mas Áster abriu caminho entre as pessoas e se enfiou no primeiro beco que viu, correndo o mais rápido possível. A umidade e a escuridão a lembraram do túnel da mina, mas, em vez de pedras e madeira podre, ela precisava desviar de latas de lixo e garrafas quebradas. Deu uma olhada para trás e viu que não estava sendo seguida, depois reduziu o passo, alisou a camisa e retornou às ruas principais.

Então esta é Rochedo do Norte, pensou, tirando um momento para examinar o lugar. Os prédios ali eram tão altos quanto as árvores na Chaga e deixavam as ruas de tijolo cobertas por sombras. Mesmo naquela hora, muito depois do pôr do sol, as ruas estavam lotadas – havia ônibus de dois andares puxados por cavalos, vendedores fazendo propaganda de suas mercadorias, ordeiros a pé e montados, homens em ternos feitos sob encomenda saindo aos tropeços de um salão de apostas e outros vestindo trapos implorando do lado de fora. O brilho azul-arroxeado dos lampiões vôltricos banhava a cidade inteira com uma luz sobrenatural, seu zumbido fraco perpassando tudo.

Ela tentou não ficar atordoada – com a luz, o barulho, os cheiros pungentes, tanto doces como fétidos. Por mais que tentasse se misturar na multidão, notou que se destacava em sua roupa de trilheiro. Abaixou a aba do chapéu, deixando-se ser levada pela maré de pessoas. Não fazia ideia de como chegar aonde queria, mas, se não se apressasse, sua insígnia a revelaria a todas aquelas pessoas.

O pânico começou a pressioná-la de todos os lados. Havia corpos demais roçando contra o dela, olhos demais examinando seu rosto. Ela ficou zonza. O suor cobria suas palmas. Empurrou as pessoas que a cercavam e lutou para manter o foco. Não tinha tempo para se perder, não naquela noite. Tinha que encontrar a mansão dourada na colina mais alta...

Alguém a agarrou pelo pulso e ela engoliu um grito.

— A lei está de olho em você, venha comigo — o desconhecido sussurrou em seu ouvido, então soltou seu pulso e passou por ela. A voz pertencia a alguém que usava um casaco preto remendado e puído nos cotovelos, com o colarinho erguido contra o ar frio da noite. Áster só teve tempo de reparar que não havia sombra sob os pés do estranho antes que ele desaparecesse na multidão.

O coração saltou pela boca. Ela o engoliu de volta. Não tinha motivo para confiar naquela pessoa, mas só precisou de uma olhada para trás para confirmar que dois ordeiros estavam *mesmo* de olho nela, um deles já abaixando a mão para o bastão no cinto. Ela xingou e correu para alcançar o estranho.

— Quem é você? — ela rosnou. Podia ver agora que sua companheira era uma sangue-sujo da mesma idade que ela, com olhos negros como a noite e um nariz curto e fino.

— Parabéns pelo esforço, você pelo menos *tentou* ser discreta. Mas vai descobrir que andar escondida em uma cidade é bem diferente de andar escondida na Chaga.

— Como você sabe que…?

— O lenço antipoeira é o sinal mais óbvio; não temos pó por aqui. Além disso, você parece ter saído da capa de um romance barato que se passa nas montanhas. Mas a coisa mais reveladora é esse olhar de surpresa no seu rosto. Todo mundo fica assim na primeira vez na cidade — a garota explicou, ainda as conduzindo habilmente entre a multidão. — Estou seguindo você desde que pulou da carroça. Alguns de nós dormem no antigo engenho no final da rua, e a lei procura qualquer motivo pra nos prender e mandar para Chaga. Então não posso deixar que você crie problemas aqui.

Áster se irritou.

— Não estou aqui para criar problemas. Estou procurando uma pessoa e não tenho tempo para…

— Você sequer sabe aonde está indo?

Áster hesitou.

— Me deixe ajudar, de uma sangue-sujo para outra.

— Não tenho como pagar.

— Claro que tem. — A garota ergueu o relógio de Áster, que estivera no seu bolso de trás alguns momentos antes. Áster xingou e tentou recuperá-lo, mas a garota o puxou fora de alcance e ofereceu a mão livre. — Meu nome é Cora.

Áster supôs que não podia reclamar muito quando ela mesma tinha roubado o relógio de um gabola. Mas mesmo assim…

— Prazer — ela murmurou, relutante, e apertou a mão de Cora, embora não pretendesse revelar seu nome. — Preciso chegar à mansão de Tom Wells ainda esta noite. Ele é um magnata do aço. Você o conhece?

Cora ergueu uma sobrancelha.

— Claro, ele mora na cidade alta com os outros malditos bem-nascidos. Tem vigias no lugar dia e noite. Posso levar você perto, mas o resto é por sua conta.

Áster assentiu, tentando ignorar o frio na barriga e a dor na insígnia. Ela seguiu Cora por um beco parecido com o que tinha atravessado mais cedo, mantendo o punho fechado do lado do corpo, desconfiada. Até onde sabia, aquela garota a podia estar atraindo para alguma armadilha. Mas Áster estava desesperada. Não tinha escolha.

— O que você quer com Wells, afinal? — Cora perguntou enquanto elas se moviam pelas entranhas de Rochedo do Norte.

— Não é da sua conta.

— Não precisa se ofender.

Mas Áster não estava no clima para conversas e esfregou o pescoço, tentando ignorar a dor na insígnia.

— Precisamos nos apressar.

Cora assentiu e apertou o passo. Quanto mais elas subiam, mais limpas e quietas eram as ruas. Não havia ratos naqueles becos, nenhum bêbado desmaiado nas sarjetas – definitivamente estavam seguindo na direção certa. Áster sentiu um breve momento de alívio por sua confiança ter sido recompensada.

— Enfim, se está planejando ficar em Rochedo do Norte, vai precisar aprender como as coisas funcionam — Cora disse. — É perigoso ser sangue-sujo por aqui.

Não pode ser pior que a Chaga, pensou Áster.

— Eu não vou ficar em Rochedo do Norte — ela murmurou. Mas acabou cedendo, grata por encontrar alguém naquele lugar estranho disposto a ajudá-la. — Obrigada, de toda forma. Agradeço a preocupação.

Cora deu de ombros.

— Você deve ser esperta se conseguiu fugir da Chaga e chegar até aqui... Seria útil ter alguém com suas habilidades. Se mudar de ideia, meus amigos e eu ficaríamos contentes em abrigar você.

A garota parou. Elas tinham chegado ao final de um beco que se abria para um pátio vazio. Havia mansões dos dois lados, prédios de pedra grandes com luz amarela brilhando dentro de janelas gradeadas. Pelo menos meia dúzia de guardas patrulhava a área.

— Tom Wells mora naquela — Cora disse, apontando a mansão bem na frente delas. — E eu deixo você por aqui. Boa sorte.

Áster engoliu.

— Certo. Obrigada. — Ela se virou para se despedir, mas Cora já tinha desaparecido na escuridão.

Áster estava sozinha. E se Violeta não estivesse ali...

Não, ela não podia pensar assim.

Ela saiu do beco sem pensar duas vezes, mantendo-se escondida nas sombras. Aquelas guardas eram homens mortais, não famélicos, mas ainda seria difícil evitá-los.

Andar escondida em uma cidade é bem diferente de andar escondida na Chaga.

Áster pegou um tijolo quebrado do chão e o jogou o mais longe possível, do outro lado do pátio. O objeto aterrissou com um *crack*, e o guarda mais próximo foi investigar. Ela correu pelo perímetro até chegar ao outro lado, então se espremeu por entre as barras do portão de ferro de Tom Wells. Uma trilha curta levava à porta da frente, dividindo-se ao redor de uma pequena fonte decorativa. Ela se esgueirou para a frente, concentrando-se no som da água, e não nas batidas do seu coração.

Quase lá.

Ela vislumbrou um movimento à frente e congelou. Levou a mão à faca e xingou quando lembrou que ela não estava ali. Havia alguém sentado na varanda, quase inteiramente oculto por um arbusto grande.

Áster hesitou. Não era um ordeiro nem um guarda, isso ela podia ver. Mas quem quer que fosse provavelmente gritaria por ajuda assim que a visse.

Ou talvez a pessoa soubesse algo sobre Violeta. Áster tinha chegado até ali – não ia embora sem respostas.

Foi só quando chegou mais perto que percebeu que a pessoa na varanda era a própria Violeta, curvada sobre si mesma e chorando baixinho. Ela segurava a faca de Áster contra a própria garganta. A garota tinha removido o lenço antipoeira e pressionava a lâmina na insígnia.

— Violeta? — Áster sussurrou, chocada. Ela puxou o próprio lenço para que Violeta a reconhecesse, mas não chegou mais perto. Tinha medo de assustar a garota e levá-la a se ferir.

Em nome dos mortos, o que está acontecendo aqui?

— Eu... eu não consegui — Violeta gaguejou. — Se ainda estivesse tomando cardo-doce, teria conseguido, acho. Mas agora eu sinto tudo demais. Não consegui me obrigar a fazer.

— Violeta, eu não tenho ideia... Do que você está falando? — Áster perguntou, se aproximando devagar. Violeta tinha abaixado a faca, mas os nós dos dedos ainda estavam brancos de apertá-la.

— Eu vi meu pai, Áster. Ele estava com as filhas de verdade. São duas, com metade da minha idade. Elas eram iguais a mim, iguais a *ele*, com o mesmo cabelo e os mesmos olhos. Ele as abraçou e beijou e as colocou na carruagem dele. Elas estão vivendo a vida que *eu* devia ter. Eu vi tudo dali. — Ela usou a faca para apontar os arbustos que emolduravam a casa como a cobertura em um bolo, a lâmina tremendo na mão.

Era como se Violeta estivesse falando outra língua. Áster repassou as palavras e tentou dar sentido à cena diante de si: Violeta com a faca apontada para si mesma. Toda a raiva que tinha levado Áster até ali e o medo nauseante de uma traição foram sumindo lentamente, substituídos por uma sensação de irrealidade. Ela não sabia o que esperava encontrar, mas certamente não era aquilo.

— Não entendo — Áster disse finalmente.

Violeta ergueu os olhos para ela. Estavam injetados e vermelhos, o azul brilhando com lágrimas.

— Eu vim aqui para matá-lo — ela declarou, cada palavra dura e clara como um diamante. — Vim para Rochedo do Norte para matar Tom Wells pelo que ele fez com a minha mãe, e depois me matar para pôr fim a todo o sofrimento que ele me causou. Mas não consegui. Não fui forte o bastante. Mesmo depois de tudo que passamos desde Córrego Verde, não fui forte o bastante.

A voz dela falhou, e um novo soluço sacudiu seu corpo. Ela enterrou o rosto nas mãos, e Áster finalmente cobriu a distância entre elas, sentando-se ao seu lado na varanda e mantendo-se ao máximo atrás dos arbustos. Depois de um breve momento de incerteza, Áster envolveu o ombro de Violeta com o braço e deixou a garota se encostar nela.

— Você é uma das pessoas mais fortes que eu conheço — Áster disse. E estava sendo sincera. Violeta tinha sido muitas coisas, mas jamais fraca. Nunca deixara ninguém ver seu medo na casa de boas-vindas e, desde que escaparam, jamais permitira que ele a impedisse de agir. — O fato de que não seguiu com o plano só prova isso.

Violeta balançou a cabeça.

— Eu fracassei. Faz anos que quero fazer isso. Minha vida toda. A maioria das noites, era a única coisa que me mantinha viva. Eu sabia que tinha que aguentar o bastante para ver aquele homem morrer. Nunca odiei nenhum gabola tanto quanto ele. E, quando vi que você e Clementina iam fugir, percebi que era minha única chance de chegar a Rochedo do Norte e fazê-lo pagar. — Ela soltou a faca, frustrada. — E eu fracassei. Então de que adiantou tudo isso? Diz pra mim. Por que ainda estou respirando?

— Porque você *merece* estar aqui — Áster respondeu com urgência. — Violeta, escuta: você não precisa de *nada* de Tom Wells. Não precisa da mansão, da carruagem e *com certeza* não precisa da aceitação dele. Nem do remorso dele, está ouvindo? Você pode ir embora sem nada disso e ainda estará inteira.

— É fácil falar — Violeta murmurou.

— Não, na verdade, não é. — Áster apertou os lábios. — Você me conhece, Violeta. Quando eu já fugi de uma briga? Eu vim até aqui só pra brigar com *você*. — Violeta ergueu uma sobrancelha e soltou uma risada engasgada. — Achei que você tinha abandonado a gente à morte.

— Não, eu nunca faria isso! Eu... eu deixei a carta, a carta da minha mãe — Violeta disse depressa. — Não estava mentindo sobre a Dama Fantasma. Ela é real, minha mãe sempre disse. A carta não explicou tudo?

Áster franziu a testa.

— Não exatamente. — Ela tirou a carta do bolso. — É *disso* que você está falando, certo? As últimas palavras da sua mãe antes de tirar a própria vida? Tenho que admitir que não parece uma carta de suicídio. Será que não nos deixou a errada?

— Não, só havia uma... — Violeta encarou o papel frágil como se ele pudesse mordê-la. — O que... o que ela diz?

Áster hesitou.

— O que você *acha* que diz?

— Ela... ela disse que a carta me levaria à Dama Fantasma quando eu fosse mais velha, se não pudéssemos ir juntas, como planejávamos. — Violeta hesitou. — Ela sempre falava que, quando fôssemos morar com meu pai, ele pagaria para remover nossas insígnias, porque era rico. Disse que a carta era só uma garantia e que eu não devia me preocupar. — Ela enxugou os olhos antes de continuar. — Mas um dia depois de me dar a carta... foi quando ela morreu. Quando me deixou sozinha. E... e eu... eu não sei. Demorei um ano até aprender a ler, e àquela altura tinha medo de ver o que mais minha mãe tinha escrito. De saber por que... ela tinha se matado.

Violeta hesitou.

— Pode ler a carta para mim, Áster? Eu ainda... eu não consigo.

Ela tinha um medo quase infantil na voz, que Áster nunca ouvira. Mas não havia nada para temer naquela carta, havia? Hesitante, Áster ergueu o papel contra o luar e começou a ler as palavras, observando Violeta pelo canto do olho.

Violeta soltou um soluço antes que ela terminasse.

— Ela estava tentando me *salvar*? — perguntou com a voz embargada, arrancando a carta das mãos de Áster para examiná-la pessoalmente. — Sempre achei que ela tinha me abandonado, mas ela diz que queria... que nunca...

Ao ouvir a dor na voz dela, tudo que restava da raiva de Áster evaporou.

— Violeta — ela começou, tentando desfazer a própria confusão —, tem *certeza* de que sua mãe se matou? Se essa carta é a única prova que tem... é só que... está claro que ela tinha outros planos.

Violeta puxou o ar, trêmula.

— Foi Mãe Fleur que me contou como minha mãe morreu. Nunca tive motivo para duvidar dela. — Mas a dúvida se insinuava em suas palavras agora. — Mãe Fleur mente, eu sei disso. Às vezes eu mesma a ajudava a mentir. Mas ela nunca mentiu pra *mim*, Áster. Era diferente comigo. Dizia que me amava como minha mãe nunca amou. Que minha mãe se arrependia por eu ter nascido e que, em parte, foi por isso que se matou. Porque nunca poderia ficar com ele e nunca poderia me amar, pois eu só a lembrava do homem que tinha partido seu coração. Que era minha culpa ela ter se matado.

Inferno. Áster sentia vontade de vomitar.

— Violeta, preste atenção — ela disse. — O que quer que sua mãe tenha feito ou deixado de fazer, nunca foi culpa sua. *Nunca*. Você precisa saber disso.

Violeta piscou e só balançou a cabeça.

— Mãe Fleur devia falar essas coisas só pra controlar você — Áster continuou. — Para manter sua lealdade.

— Então funcionou — Violeta disse, inexpressiva. — No começo, eu não queria acreditar, claro que não. Mas então ela disse, e me lembro das palavras exatamente: "*Se parecia que sua mãe amava você, era só porque ela fingia muito bem. Como todas as Garotas de Sorte devem fazer*". Como *eu* tenho feito desde então.

A compreensão atingiu Áster como um soco no estômago.

— Então... esse tempo todo, você achou que a carta...

— Não sei, Áster! — Violeta exclamou, soando frustrada agora. — Eu tentei *não pensar* sobre isso. Mas sim, no fundo, achei que a carta seria uma confissão de que ela não me amava, de que se arrependia de eu ter nascido. Achei que ela queria confessar isso antes de atravessar o Véu. — Ela dobrou e guardou o papel cuidadosamente. — Você tem que entender que eu nunca a teria deixado com vocês se não acreditasse piamente no que ela me disse: que a carta mostrava o jeito de encontrar a Dama Fantasma. Eu queria tanto que isso, pelo menos *isso*, fosse verdade. Só não percebi que a orientação estava escondida na nossa história de ninar.

Violeta apanhou a faca de novo e a entregou para Áster, cuja mente estava a mil.

Será que Violeta *realmente* tivera tanta certeza de que a carta as levaria até a Dama Fantasma, dadas as mentiras em que acreditava sobre a mãe? Áster examinou o rosto dela. Violeta parecia completamente exaurida, incapaz até de encontrar alívio naquele momento depois de toda a dor que enfrentara antes dele. E vendo seus olhos injetados e o rosto manchado de lágrimas, Áster não conseguiu duvidar mais dela – talvez realmente tivesse acreditado na Dama Fantasma, ou talvez só tivesse se convencido a acreditar porque era o único jeito de sobreviver à perda da mãe. Áster jamais saberia, e de repente percebeu que não importava. Não mais.

— Enfim — Violeta disse com um suspiro pesado —, se quiser esquecer essa história toda e me deixar aqui para a lei, não vou culpar você. Sou tão ruim quanto a Mãe Fleur mentindo desse jeito. E não é como se eu tivesse motivo para viver. Minha mãe de verdade ainda está morta, afinal.

— Não, você vem com a gente! Mãe Fleur é... perversa pelo que fez com você. E os gabolas também, pela dor que causaram. Mas eu me recuso a aceitar que é preciso ser perverso para sobreviver a essa vida. Só chegamos até aqui porque confiamos e cuidamos umas das outras. Então é isso que vamos continuar fazendo, entendeu? — Áster engoliu em seco, percebendo que as palavras eram destinadas tanto a si mesma quanto à outra. — Por mais que eles tenham tirado de nós, ainda não tiraram isso. Temos a nossa humanidade, e é mais do que eles podem dizer.

Violeta ficou em silêncio por um longo tempo.

— Não sei. Você tinha razão em Águas Claras, sabe. Eu era cruel com você e as outras garotas. Estava disposta a fazer o que fosse preciso para melhorar minha vida. Porque eu... eu sempre me ressenti do fato de que essa vida aconteceu *comigo*, sabe? Não era para acontecer *comigo*, a garota sangue-limpo com o pai rico. — Ela balançou a cabeça e franziu os lábios, enojada. — Mas essa vida não devia ter acontecido a *nenhuma* de nós, e eu a tornei ainda mais difícil pra vocês. Eu teria sido tão ruim quanto Mãe Fleur um dia. Até pior. — Ela encarou Áster. — Sei que não é suficiente e é tarde demais, mas sinto muito, Áster. Por tudo.

Áster engoliu as lágrimas, surpresa com a emoção repentina. Nunca tinha percebido como precisava disso, há quanto tempo esperava por isso: uma desculpa sincera e uma promessa de melhora da parte de Violeta.

— Bem, se quer nos compensar, não consigo pensar num jeito melhor do que nos levando até a Dama Fantasma, como prometeu — ela disse com uma risada forçada. Olhou para Violeta com um sorriso fraco. — Então, vai voltar comigo para o acampamento ou vou ter que arrastar você?

Violeta riu, agradecida. Áster a ajudou a se levantar da varanda, e elas se esgueiraram até o portão.

Então ele se abriu, despejando uma horda de ordeiros com fuzis.

21

Áster estava sentada na parte de trás da carroça dos ordeiros com as mãos algemadas, mas a cabeça erguida. Violeta estava à sua frente, com o rosto pálido como cinzas no escuro. Cada uma tinha um ordeiro ao seu lado com um fuzil a postos. O coração de Áster se debatia no peito, mas a mente permanecia lúcida. Agora que o pior tinha acontecido, ela se sentia estranhamente calma. Pelo menos Clementina e as outras estavam a salvo.

Você vai sair dessa, vai vê-los de novo, ela tentava se convencer.

A alternativa era terrível demais para considerar. Ela tinha que afastá-la e pensar apenas em como iriam escapar. Tentou comunicar isso a Violeta apenas com os olhos, mas a garota ainda estava infeliz demais para responder, com o olhar vidrado e o cabelo caindo sobre o rosto. A apatia dela assustava Áster mais que qualquer outra coisa – era como se já tivesse desistido.

A carroça deu um solavanco e Áster ajeitou as pernas para se equilibrar, sendo imediatamente cutucada pelo ordeiro à sua esquerda. Ela cerrou o maxilar. Não havia janelas na carroça, mas eles estavam viajando havia um bom tempo – mais do que o necessário para chegar à prisão local, mesmo em uma cidade grande como Rochedo do Norte.

Então para que inferno estavam indo?

Ela engoliu o medo até que, finalmente, a carroça parou. Um dos ordeiros se levantou e abriu as portas dos fundos, pulando para o chão. Os outros conduziram Áster e Violeta para fora.

Rochedo do Norte ainda estava visível à distância, um brilho quente na escuridão, mas eles estavam nos arredores da cidade, no que parecia ser uma propriedade luxuosa. A grama era espessa e o ar tinha o cheiro adocicado de um jardim. Áster estremeceu quando o vento se infiltrou por debaixo das mangas.

— Por aqui — um ordeiro disse, virando-a bruscamente. Agora ela encarava a mansão que se erguia em três andares, feita de pedra branca e imponente. Áster olhou para Violeta de novo, para ver se ela tinha alguma ideia de onde estavam, mas os olhos da outra ainda estavam voltados para baixo. Ela parecia estar murmurando algo para si mesma. Uma prece?

Os ordeiros as empurraram para a frente.

As botas de Áster esmagaram o cascalho no caminho. Ela não conseguiria lutar com as mãos amarradas e, se corresse, certamente levaria um tiro. Mas tinha cada vez mais certeza, a cada passo que dava, de que se entrasse naquele prédio jamais sairia dele.

Por fim, eles chegaram às portas da frente. Um homem esperava por elas do lado de fora. Usava um colete listrado feito sob medida, mas as mangas brancas imaculadas estavam enroladas até os cotovelos, como se ele tivesse estado trabalhando com as mãos. Olhos azuis como o céu espiavam por debaixo da aba de um chapéu-coco.

Áster mal conseguiu segurar o vômito. Da última vez que encontrara aqueles olhos, eles a encaravam do outro lado de um desfiladeiro.

— Sr. McClennon — disse o ordeiro atrás de Áster. — Pegamos as garotas. Aonde quer que as levemos?

☙

Jerrod McClennon.

A coragem de Áster vacilou. Não podia ser um bom sinal que ele as tivesse trazido para sua propriedade privada em vez de levá-las à prisão. E era certamente ilegal, mas quem iria impedi-lo? Ela observou impotente enquanto brilho era trocado de mãos entre McClennon e o ordeiro. Violeta finalmente olhou para ela, como se também estivesse começando a perceber quão desesperadora a situação havia se tornado.

McClennon guiou o grupo por uma trilha de pedra que contornava a mansão, até chegarem a uma entrada para o subterrâneo vigiada por dois famélicos que emanavam pavor. Eles se inclinaram e abriram um alçapão, revelando escadas que descem para um cômodo escuro.

Vamos nos encontrar de novo, eu garanto.
E, quando chegar a sua hora, vocês vão saber.
Áster sabia.

Ela começou a se debater, tentando livrar os braços do aperto do ordeiro, o coração saltitante como um coelho. Não importava que fosse inútil – ela preferiria morrer ali, lutando, do que presa naquele porão.

— Pare com isso — McClennon repreendeu. Imediatamente, um dos famélicos virou os olhos para ela e cravou uma adaga de pavor em seu peito, que se espalhou como uma geada, deixando-a entorpecida e trêmula. — Vocês vão se comportar como damas durante a sua estada aqui.

Áster cerrou os dentes contra a dor perfurando seu crânio e a onda de pânico invadindo seu sangue. Ela mal sentiu quando o ordeiro removeu as algemas. Ele a empurrou para a frente, e um dos famélicos agarrou seu ombro, conduzindo-a escada abaixo atrás de McClennon. O outro seguiu com Violeta, que tropeçou no escuro. Os famélicos enxergavam perfeitamente, é claro, mas McClennon usava uma lamparina. Sob a luz dela, Áster podia ver difusamente os cômodos adiante.

Celas de prisão.

McClennon apoiou a lamparina numa mesa e pegou um molho de chaves de um gancho na parede. Áster umedeceu os lábios, procurando desesperadamente qualquer rota de fuga. Começou a se debater de novo nas mãos do famélico, mas ele lhe deu um chute duro atrás da perna, fazendo seu joelho dobrar.

— Aposto que vocês estão se perguntando por que eu as trouxe para cá — McClennon disse casualmente enquanto procurava a chave certa. Os famélicos aumentaram a pressão contra a mente dela. — É porque vocês são especiais. Não as primeiras garotas a escapar de uma casa de boas-vindas, é claro, mas certamente as primeiras a matar um parente meu no processo. Então pareceu adequado lidar com o caso de vocês pessoalmente. O sr. Mason, no escritório do mestre de lei, ficou feliz em me fazer esse favor.

— Que lugar é este? — Violeta perguntou, inexpressiva. Era a primeira vez que ela falava desde a captura.

McClennon encontrou a chave que estava procurando e lentamente abriu o cadeado da cela mais próxima.

— Tenho diversos famélicos a meu serviço vigiando a propriedade. Eu permito que venham aqui praticar a arte deles como voluntários. Esse trabalho é fascinante.

O estômago de Áster se revirou.

— Voluntários?

— Sangues-sujos fazem praticamente qualquer coisa se você se oferecer para pagar as dívidas deles. Todo mundo tem um preço... mas vocês sabem disso, é claro. — Ele inclinou a cabeça para a cela. — Agora, entrem. Amanhã vai ser um longo dia.

Áster e Violeta entraram, enfraquecidas demais para resistir, e McClennon fechou o cadeado com um clique. Ele se afastou sem olhar para trás, levando a lamparina consigo, mas os famélicos ficaram, e Áster podia sentir o olhar deles. As portas do porão se fecharam com um baque.

Ela e Violeta se encontraram no escuro e se sentaram no chão de terra batida. A princípio, nenhuma das duas arriscou falar com os famélicos ouvindo, mas já era um conforto escutar a respiração regular de Violeta.

— Como está se sentindo? — Áster sussurrou finalmente.

Violeta soltou um longo suspiro.

— Foi uma noite dos infernos, sem dúvida. — Áster sentiu a outra se virando para ela. — Mas obrigada por... por mais cedo... — Se ela estava sendo vaga por causa dos famélicos ou de si mesma, Áster não sabia dizer.

— É claro — Áster respondeu, estendendo a mão para apertar a dela. Era uma promessa: *Vamos sair dessa.*

Violeta apertou de volta como se dissesse: *Isso é uma mentira deslavada, mas obrigada mesmo assim.*

Elas caíram em silêncio de novo.

Graças aos mortos Clementina e os outros não estão aqui, Áster pensou de novo. Era seu único consolo, e ela se agarrou a ele. Zee tinha prometido ficar com elas. Mesmo se não conseguissem encontrar a Dama Fantasma, talvez pudesse levá-las de volta aos Escorpiões.

Mesmo agora, depois de tudo, ainda não era tarde demais para elas.

Áster tentou ficar acordada, mas a exaustão começava a pesar sobre ela. Logo amanheceria. Ela mordeu o polegar, esperando que a dor fosse o bastante para mantê-la consciente. O pavor estava tomando conta da sua barriga, e não era só pelos famélicos – mas pela ideia de ser deixada sozinha, no escuro, à mercê dos outros. Dormir só a deixaria mais vulnerável.

Mas não demorou muito para que o frio se insinuasse em sua pele, a escuridão corroesse sua mente e ela se rendesse ao cansaço que pesava sobre ela.

Quando acordou, não fazia ideia de quanto tempo se passara, mas McClennon estava de volta, lançando a luz da lamparina sobre o rosto delas.

E não estava sozinho.

— Achei que gostariam de companhia — ele disse, virando-se para revelar quem estava atrás dele.

Palminha, Malva e... Clem.

O resto da coragem de Áster a abandonou. Ela teria suportado qualquer coisa se Clementina tivesse escapado. Mas agora...

McClennon abriu a cela e forçou as garotas a entrarem, então a trancou de novo.

— Eu disse que nos encontraríamos de novo. Agora juntei o buquê todo, não foi? — ele disse, rindo sozinho. — Sabem qual é a melhor coisa sobre Arketta? As pessoas ganham o tanto ou o pouco que merecem neste país. Os dias do Império e seus reis tiranos ficaram no passado. Em vez disso, o homem trabalhador se governa e, se pagar o que deve, pode viver como um rei também. Glória ao Acerto Final, pode apostar. — McClennon andava de um lado para o outro enquanto falava, gesticulando como se estivesse diante de uma plateia. — Vocês são jovens e não levam a sério uma oportunidade dessas. Ressentiam-se da casa de boas-vindas quando outras teriam dado tudo para estar no seu lugar. Queriam liberdade sem primeiro trabalhar por ela. E, pior de tudo, desrespeitaram as leis que sustentam nossa sociedade. *Mataram* um homem honesto. Eu entendo que o crime está no sangue de vocês, a própria ciência diz que é inevitável, mas mesmo assim...

Ninguém se mexeu ou falou enquanto McClennon deixava a frase no ar. Os dois famélicos estavam um de cada lado dele, transmitindo uma corrente baixa de medo pelo sangue de Áster, que não era nada comparada à sua raiva. Ela curvou os lábios, revoltando-se com as palavras – com as mentiras – de McClennon. Ele estava demorando para chegar ao ponto, e ela não queria nem imaginar que tipo de punição ele acharia apropriado dar a elas ao final do seu discursinho.

Ele cruzou os braços carnudos.

— Para a sorte de vocês, eu sou um homem misericordioso. Acredito em segunda chance, em redenção. Nosso país foi fundado sobre esses ideais, e são eles que eu irei resguardar como seu governador. Entendo que a garota que assassinou meu sobrinho é a única criminosa de verdade aqui. As demais são apenas seguidoras, de mente fraca e sem fibra, como seu povo tende a ser.

Ele deu outro passo. Mais um. Então continuou:

— Claramente, as circunstâncias apontam para Clementina, a garota felizarda o bastante para ter sido selecionada por Baxter. Mas eu odiaria aplicar uma punição sem ter certeza. Que tipo de governador seria tão desrespeitoso com os direitos dos seus cidadãos? Então, assim que contarem quem matou Baxter, prometo que as outras serão devolvidas a salvo para Córrego Verde para continuar seu trabalho.

— Você devia soltar todas nós — Áster disse, antes que alguém falasse ou que Clementina se entregasse. Ela não acreditava nem por um segundo que a promessa de McClennon pudesse ser genuína, mas, se havia uma chance de saírem disso vivas, ela tinha que tentar.

Mas McClennon só lhe deu um olhar contrariado.

— Foi assassinato, como determinado pela lei, que é clara sobre como lidar com assassinos. Acredito que a execução será um grande espetáculo, o público vai exigir isso. Mas não há motivo para todas se sacrificarem por ela. Então, quem foi? — Ele olhou para todas, uma por vez. Elas congelaram e se entreolharam. Áster viu medo nos olhos das outras, mas determinação também. Nenhuma delas ia contar.

Então Clementina se remexeu de leve. Áster agarrou a mão dela.

— Tudo bem — McClennon disse finalmente. — Perguntarei de novo amanhã. — Áster suspirou de alívio quando ele se afastou, mas então ele parou e se virou para elas.

— Ah, e como eu disse, as pessoas ganham o que merecem aqui. Então, se quiserem comer, vão ter que trabalhar por isso. Tenho certeza de que esses dois ficarão felizes em ajudá-las com isso. — Ele inclinou a cabeça para os famélicos, curvando os lábios para cima de novo, e subiu as escadas.

෴

Assim que a porta do porão se fechou atrás de McClennon, Áster puxou Clementina para um abraço.

— Como infernos ele encontrou vocês? — ela perguntou, tremendo de raiva e medo na mesma proporção. Os famélicos ainda estavam com elas, observando-as em silêncio. McClennon tinha deixado a lamparina dessa vez: não por gentileza, claro, mas para que pudessem enxergar o suficiente para fazer seu "trabalho". Áster se encolheu sob o olhar lento e avaliativo deles.

— Ficamos preocupadas — Malva respondeu, apertando o lado do corpo e se encolhendo. — Fomos até a cidade tentar encontrar vocês, mas o lugar estava lotado de ordeiros.

— E Zee? — Violeta perguntou, antecipando a pergunta seguinte de Áster.

Clementina deu um olhar para os famélicos.

— Ele... ele saiu sozinho. Pedimos que fizesse isso. Havia lugares em que ele podia procurar e nós não, sendo um homem.

— Tenho certeza de que McClennon teria trazido Zee pra cá se tivesse conseguido capturá-lo — Palminha murmurou. — Então acho que temos bom motivo para acreditar que ele não foi pego.

— E bom motivo para acreditar que ele não faz ideia de onde estamos — Malva acrescentou, sombria.

O coração de Áster ficou ainda mais pesado. Elas não podiam contar com ele para tirá-las dali – não que ela achasse que ele teria conseguido. McClennon dissera que tinha vários famélicos vigiando a propriedade, provavelmente nem incluindo os dois que postara ali embaixo com elas.

— Eu estava pensando e... quero me voluntariar para assumir a culpa — Clementina disse com cuidado. Ela não podia admitir nada abertamente com os famélicos ouvindo suas palavras e lendo suas emoções, mas, se a casa de boas-vindas tinha ensinado algo a elas, era como falar perto dos famélicos.

— Não — Áster disparou.

— Nenhuma de nós pode assumir toda a culpa — Palminha concordou.

— Eu posso — Violeta murmurou, mas Áster a silenciou com um olhar.

— *Não* — ela repetiu. — Você é uma de nós agora, Violeta. Para o que der e vier. — Ela olhou para as outras. — *Nenhuma* de nós vai assumir a culpa. Vamos dar outro jeito.

Mas as próprias palavras soaram ocas para Áster, e provavelmente para as outras também. Se fosse preciso, ela mesma assumiria a culpa. Sabia disso desde o momento em que vira o corpo de Baxter na cama de Clementina.

Não vai ser preciso, ela se reassegurou. Elas sempre tinham dado um jeito. O abajur de vidro. O cardo-doce. O banco. O trem.

Mas agora estavam sem opções.

— Talvez Zee *consiga* nos encontrar — Clementina disse baixinho.

Áster e Violeta se entreolharam. Não podiam falar livremente, mas não precisavam disso para comunicar seu entendimento da verdade desoladora.

Elas estavam por conta própria.

22

A MANHÃ CHEGOU, EMBORA ELAS NÃO PUDESSEM VÊ-LA da cela subterrânea. O único sinal de que o sol tinha nascido foi a chegada de um garoto que trabalhava na casa trazendo uma panela de cereal quente. Ele manteve os olhos escuros fixos no chão.

— Vocês se lembram do que o sr. McClennon disse — o mais jovem dos famélicos falou. — Ninguém come de graça aqui. Se quiserem essa comida, terão que pagar por ela.

— Vá se pulverizar — Malva cuspiu. Áster deu um sorriso fraco.

Os olhos dele reluziram com malevolência.

— Como quiserem — ele retrucou, lançando uma onda de infelicidade sobre elas. O peito de Áster se apertou, e um nó cresceu em sua garganta. — Voltaremos de noite — ele anunciou. — Até lá, espero que tenham pensado melhor.

Ele passou um jarro de água pelas barras, mas deixou a comida fora de alcance, e o cheiro fez o estômago de Áster doer. Os famélicos e o garoto saíram sem falar mais nada. Áster enfiou a base da mão que não estava ferida nos olhos, enxugando as lágrimas. Mal conseguia sentir alívio por terem sido deixadas a sós.

— Parece que só seremos vigiadas de noite — Palminha disse baixinho. — Talvez os famélicos tenham coisa mais importante para fazer.

— Graças aos mortos — Malva murmurou, pálida.

Áster não mencionou o que lhe ocorreu: McClennon provavelmente tinha enviado os famélicos atrás de Zee, e não as teria deixado ali sozinhas se não tivesse certeza de que não poderiam escapar.

Mas pelo menos podiam falar abertamente agora.

— Todo mundo bem? — Áster perguntou.

Todas murmuraram em concordância, embora parecessem tão vivazes quanto o saco com gatinhos que Clementina tinha salvado de se afogar uma vez quando eram crianças.

— Então — Clem disse, olhando entre Áster e Violeta. — Não ouvimos a história inteira. Para onde você foi ontem, Violeta?

Áster se remexeu no chão duro, mantendo silêncio. A história não era sua para contar. Depois de um momento, Violeta engoliu em seco e contou o que tinha acontecido, a voz ficando mais forte conforme falava. Ela não deixou nada de fora – nem o plano de matar o pai e depois a si mesma, nem as mentiras em que acreditara sobre a mãe, nem o arrependimento que sentia pelo modo como seu ressentimento a levara a tratar as outras garotas. Clementina, Palminha e Malva ouviram sem dizer nada, a expressão delas passando do choque para a solidariedade e a incerteza. Talvez não estivessem prontas para aceitar as desculpas de Violeta pelo tratamento no passado – mas talvez, dadas as circunstâncias, sentissem que deviam fazê-lo mesmo assim.

Então, finalmente, Palminha rompeu o silêncio.

— Obrigada por nos contar, Violeta — ela disse. — Eu... sinto muito por tudo que aconteceu com você e sua mãe. O que Mãe Fleur fez com você...

— Ela machucou todas nós — Violeta disse, seca. — Eu fui a única que a ajudou.

— Mas você não é mais aquela pessoa — Clementina retrucou.

— É, nunca teríamos chegado tão longe sem você — Malva disse. — Fico feliz que esteja aqui. Quer dizer, não *aqui*, nesta cela, mas você entendeu...

Áster e as outras assentiram também.

— E outra coisa — Áster acrescentou. — Talvez agora você possa nos contar a história de ninar da sua mãe, que supostamente diz como encontrar a Dama Fantasma.

— Pra quê? — Violeta perguntou desanimada.

— Para descobrirmos onde ela está — Áster respondeu, como se fosse óbvio.

Ela não fazia ideia de como teriam chance de procurar a Dama Fantasma de novo, mas não importava. Elas precisavam continuar acreditando que sim.

Violeta lhe deu um aceno de cabeça quase imperceptível, como se entendesse o que Áster queria dela.

— Bem, a história sempre começava do mesmo jeito — ela contou. — *Era uma vez uma serafante que morava num castelo feito de teomita, construído entre Dez Garras.* Depois disso, sempre mudava. Cada vez era uma órfã diferente com problemas, que caía num poço, se perdia nas florestas, tinha sido raptada por um bandido ou algo assim. Ela chamava o nome da serafante, que aparecia, a salvava e oferecia a chance de morar em seu castelo com ela. *E lá elas ficaram a salvo como estrelas no céu*, era o que minha mãe sempre dizia.

— A serafante tem que ser a Dama Fantasma — Áster disse, expressando o que suspeitara desde que lera a carta no celeiro. — Garotas desesperadas a procuram para serem salvas.

— Faz sentido — concordou Clem, remexendo sua pulseira. — Mas não existem castelos de teomita em Arketta, então o que isso significa?

— E as dez garras — acrescentou Malva. — O que será que representam?

Violeta encolheu os olhos.

— Minha mãe nunca explicou essas coisas, e eu era pequena demais para questionar. Só amava a ideia de morar em um castelo brilhante com um monte de garotas perdidas e um fantasma gentil. Eu não sabia que era a *Dama* Fantasma.

Áster se levantou e começou a andar pela pequena cela. A Dama Fantasma morava em algum lugar onde havia muita teomita. Pelo menos essa parte estava clara.

— Uma mina, talvez? — Malva sugeriu. — Talvez ela faça como os Escorpiões.

— Pode ser! — Clementina exclamou.

— Era o que eu estava pensando — Áster concordou. — Mas, se *for* isso mesmo, como vamos saber qual é a mina? — *Como se fôssemos ter a oportunidade de fazer isso.* Ela tentou ignorar a voz insistente na cabeça.

— Deve ser aí que entram as dez garras — Palminha disse. — Você não sabe de mais nenhum detalhe, Violeta?

Violeta balançou a cabeça.

— Eu era muito nova. Talvez só não me lembre.

— Bem, nós vamos descobrir — Clementina disse com confiança. Ninguém respondeu, como se quisessem aproveitar a fantasia um pouco mais.

— Para onde vocês vão quando tirarem suas insígnias? — Palminha perguntou.

— Eu vou construir uma cabana confortável nesses bosques do norte de Arketta — Malva respondeu imediatamente. — Por mim, a Chaga pode ir para o inferno. Você vai ficar comigo, não vai, Palminha? Podemos ter uma vida tranquila.

— Contanto que eu possa exercer medicina de algum jeito — respondeu a outra. — Nunca tinha percebido o quanto ainda tenho a aprender até que saímos da casa de boas-vindas.

— Eu vou para a cidade — Clementina afirmou. — Num lugar como Rochedo do Norte, com tanta gente assim... eu poderia simplesmente... desaparecer. — Ela se remexeu, desconfortável. — E claro que eu levaria Zee comigo também.

Áster não disse nada. A ideia de Clementina querendo passar a vida com Zee a teria aborrecido terrivelmente algum tempo antes, mas agora ela o via como um irmão também. Gostaria que ele ficasse ao lado de Clementina.

— E você, Áster? — Palminha perguntou.

— Eu iria com Clem — ela respondeu em voz baixa. Uma sensação entorpecente de solidão tinha invadido seu peito. Malva tinha Palminha, e Clementina tinha Zee... Nas Cataratas de Annagold, ela dissera a Violeta que não conseguia se imaginar tão próxima de alguém, o que ainda era verdade. Mas esperava que não fosse verdade para sempre, se elas escapassem. A casa de boas-vindas já tinha tirado tanto dela.

Clem sempre seria sua família, pelo menos. E talvez...

— Eu poderia... eu poderia me juntar aos Escorpiões — Áster disse, lembrando-se do que a irmã tinha falado sobre não ser tarde demais para ela viver a própria vida. — Eles poderiam ajudar muitas recrutas de casas de boas-vindas, e que se danem se não acham que elas valem a pena. Vou mostrar para aqueles imbecis que valem, sim. Alguém precisa cuidar de garotas como nós.

— Como a serafante da história? — Violeta perguntou, erguendo uma sobrancelha.

Áster riu, encabulada.

— Talvez. Quer dizer, nós ajudamos Adeline. Talvez ela tenha a chance de uma vida melhor agora. Pelo menos é o que eu espero. — Seu rosto ardia, e ela olhou para Violeta, ansiosa para sair do centro das atenções. — E você? Sem sua insígnia, o que vai fazer primeiro?

Violeta lhe deu um olhar pensativo. Então, para a surpresa de Áster, sorriu.

— Enquanto me aceitarem, fico feliz em continuar com vocês.

☙

Os famélicos retornaram à noite. O estômago de Áster roncou com o aroma da comida que o garoto trouxe dessa vez – batatas-doces assadas nadando em manteiga.

— E aí, senhoritas, o que vamos fazer? — o famélico jovem provocou. — Já pensaram melhor? — O mais velho não dizia uma palavra, mas por algum motivo assustava Áster ainda mais. Seus olhos eram como os dos mortos.

— Não temos fome — ela respondeu, seca.

— Estão prontas para confessar seus crimes? — o mais velho perguntou, com uma voz suave como areia soprada pelo vento.

— Também não.

— Sinto muito por ouvir isso — o jovem disse, mordendo os lábios. Ele estalou os dedos para o garoto, que deu um pulo assustado. — Vá dizer ao sr. McClennon que não vai haver confissão hoje. — Ele se voltou para elas de novo. — Vamos ficar aqui a noite toda, caso mudem de ideia. Vocês podem pôr um fim nisso quando quiserem.

Áster e as outras se acomodaram no chão frio e duro para tentar dormir, mas toda vez que começavam a adormecer, os famélicos cutucavam suas mentes com uma pontada rápida de pânico. Áster sempre acordava assustada, trêmula e nauseada. Recusava-se a dar a eles a satisfação de ver seu incômodo, mas foi ficando cada vez mais difícil manter a compostura conforme a noite progredia. Ela conteve xingamentos e gritos, e resistiu ao impulso de correr até as barras da cela, determinada a manter a coragem pelas outras.

O pior de tudo era que, sem dormir, não havia alívio da fome que arranhava sua barriga.

Quando a manhã chegou e o garoto voltou, ela mal tinha dormido – e, pelas caras, as outras também não.

O garoto manteve os olhos abaixados, como sempre, enquanto os famélicos perguntavam a elas se estavam prontas para trocar seus serviços por comida. Não houve respostas duras dessa vez, só um silêncio desesperançado e cheio de ódio.

— Como quiserem — o famélico jovem repetiu, dando de ombros. Então elas foram deixadas sozinhas, como na manhã anterior. No minuto em que a porta do porão se fechou, o ar pareceu mais leve.

— Pelo Véu, eu me sinto péssima — Clementina murmurou.

— É melhor tentarmos dormir enquanto eles não voltam — Palminha disse. Seu cabelo tinha se soltado da trança e seus olhos estavam injetados.

Áster não disse nada. Ela já tinha sentido fome daquele jeito antes. Provavelmente, todas tinham, exceto Violeta. Ela sabia por experiência própria que poderia passar mais um dia sem comer, se fosse preciso. Mas com os famélicos lhes negando sono também...

— Quem quiser comer deve fazê-lo — ela decidiu. — Se uma de nós morrer, só estaremos dando a McClennon o que ele quer.

— Também vamos dar o que ele quer se nos oferecermos para aqueles esgarçados de olhos mortos — Malva apontou. — Eu não cheguei até aqui pra ceder agora.

Áster e Violeta se entreolharam. Como as outras nunca tinham estado com um gabola, a resistência delas era compreensível. Mas Áster... Ela já tinha ultrapassado esse limite para sobreviver e, se havia uma chance de salvá-las agora, sabia que faria isso de novo. Mesmo assim, a ideia a deixou enjoada de um jeito que nem a magia dos famélicos conseguira. Malva tinha razão – elas não tinham chegado tão longe para isso.

— De todo modo, Palminha tem razão — Áster disse. — É melhor dormirmos agora. Os mortos sabem que não vamos conseguir à noite.

Mas, mesmo sem os tormentos dos famélicos, ela teve dificuldade para cair no sono. Lembranças da casa de boas-vindas afloraram em sua mente, horrores enterrados que os famélicos tinham revirado e trazido à superfície – e com essas lembranças vieram toda a dor e a vergonha que ela mantinha escondidas nos recônditos mais profundos do seu coração. Elas cresceram em seu peito, ameaçando sufocá-la e duplicando o medo que os famélicos já tinham imposto sobre ela.

Ela perdia e recuperava a consciência, tendo sonhos tão assustadores quanto a realidade.

Pareceu uma eternidade até os famélicos voltarem com o jantar. A essa altura, Áster até perdera o apetite, e só o cheiro da comida já embrulhou seu estômago. Havia um animal selvagem dentro dela que lentamente a devorava.

— Confessem — o famélico mais jovem disse, sem qualquer traço de humor agora. Talvez McClennon o tivesse pressionado para conseguir resultados.

Mas elas permaneceram em silêncio.

Também recusaram a comida, e o garoto a deixou no chão, novamente fora de alcance. A refeição do dia anterior começara a apodrecer e atrair moscas, cujo zumbido enlouquecia Áster. O jarro de água fora enchido outra vez, mas saciar a sede só tornava a fome mais aguda.

Aquela noite, os famélicos brincaram com elas de novo – dessa vez, provocando-lhes visões. Pelo visto era a especialidade do mais velho, um dom raro. Ele mandou baratas marrons e pretas do tamanho de um dedo subirem pelas pernas de Áster, provocou-lhe ferimentos pustulentos cheios de larvas, rasgou as veias em seus braços e a obrigou a ver o sangue escorrer livremente.

Áster gritou. Todas gritaram. Ela sabia que não era real, mas sentia as pernas das baratas, o cheiro da própria pele apodrecida, a cabeça girando enquanto seu sangue era drenado. O famélico mais jovem sorriu ao ver que finalmente a tinham quebrado, mas o mais velho não disse uma palavra nem se mexeu, permanecendo imóvel como pedra enquanto as torturava.

A manhã chegou.

— Confessem — o jovem ordenou.

Áster balançou a cabeça. Mal tinha forças para se mover. O ataque da noite anterior tinha sido ainda pior que a tortura que ela havia sofrido – como todas as garotas – quando chegara à casa de boas-vindas, para aprender a obedecer.

Ele apontou o queixo para o garoto, que mantinha os olhos no chão enquanto segurava uma bandeja fumegante de ovos e biscoitos.

— Comam — ordenou de novo.

Áster olhou para as outras. Palminha soluçava baixinho. Malva tinha o olhar assombrado de um coelho sob a sombra de um gavião. Clementina mantinha os olhos fechados enquanto abraçava os joelhos. A expressão de Violeta era de concentração sombria. Mas todas balançaram a cabeça quando Áster olhou para elas.

Ele retorceu os lábios, lançou uma onda de sofrimento sobre elas para ter a última palavra, então se virou e partiu com os outros.

— O que ele fez você ver? — Áster perguntou.

— Cobras — Clementina respondeu, seus olhos reluzindo com lágrimas. — Cascavéis. Eu podia sentir o veneno nas veias. Como ele sabia? Será que ele... Eles podem ler nossas mentes?

— Não, eles só têm um bom instinto para o que nos assusta — Violeta murmurou.

— Meu irmão estava morto — Malva revelou com uma voz letárgica. — Parecia ter sido espancado até a morte. O rosto... — Ela se virou para Violeta. — Não era real, era? Eles sabem de algo que eu não sei sobre Koda?

— Não, nada disso é real — Áster respondeu depressa. — É como Violeta disse, eles só sabem como nos atormentar.

— Nunca vou conseguir dormir depois disso — Malva disse.

Mas elas tentaram. Quando a noite caiu e os famélicos retornaram, Áster lembrou às outras de que precisariam de forças para a noite seguinte, e praticamente implorou para que a deixassem se oferecer em troca de uma refeição. Mas elas estavam determinadas.

— Prometo que vamos sair dessa — Áster jurou enquanto o garoto ia embora. — Prometo. Aguentem firme.

— Nem você acredita nisso — debochou o famélico mais jovem.

Ela olhou feio para ele, preparando-se para uma briga.

Mas, no fundo, sabia que ele tinha razão.

෴

Mais três noites e três dias se passaram sem comida ou descanso. Os ataques ficavam mais medonhos a cada noite. Áster foi submetida a visões de Clementina apodrecendo, sentiu a solidão e o medo mais profundos e passou pelas sensações de ser afogada, queimada viva e esmagada até a morte. No sexto dia sob a custódia de McClennon, ela mal se mantinha consciente. A fome tinha ficado tão aguda que ela vomitara. A língua estava grossa e pesada na boca. A exaustão fazia espectros dançarem nos cantos de seus olhos. Ela não sabia onde o trabalho dos famélicos acabava e seu próprio sofrimento começava.

Todas estavam acabadas, mas Clementina parecia a pior. Áster odiava McClennon por fazer isso com ela e ainda mais sua própria impotência. Limpou o vômito do queixo da irmã com a manga da camisa, desejando poder fazer mais alguma coisa.

— Áster — Clem disse quando o garoto saiu com o café da manhã, sua voz fina de exaustão. — Não adianta. Vou ter que contar pra eles.

— *Não* — Áster retrucou, embora na verdade estivesse considerando se entregar também. Elas não iam resistir muito mais. — McClennon não vai nos deixar morrer. Não pode. Senão, jamais terá a satisfação de nos quebrar, de conseguir suas respostas. Ele vai ter que parar com isso uma hora.

— Ou pensar em algo pior — Violeta murmurou.

Áster não tinha forças nem para ficar com raiva. Sabia que Violeta tinha razão, mas não podia admitir.

— Nós *vamos* sair dessa — ela prometeu.

— Juro pelos mortos, Áster, se disser isso mais uma vez... — Malva rosnou do fundo da garganta. Seus lábios estavam rachados, seus olhos, injetados.

Mas Áster se recusou a ceder.

— Nós *vamos*. Clementina, olhe para mim — ela disse, porque a irmã começara a chorar. — Lembra o que eu disse antes da sua Noite de Sorte? Antes de tudo isso? Eu dei pra você a pulseira de cascavel e disse que você era capaz de sobreviver a tudo. Vai sobreviver a isto também, Clem, prometo. Eu vou tirar você daqui.

Clementina olhou para a pulseira, correndo o dedo pelo padrão intricado de cascavel-diamante. Ela ainda parecia segurar as lágrimas, mas de repente algo iluminou seu rosto. Devagar, soltou o alfinete que mantinha a pulseira unida.

E abriu um sorriso como se abrisse asas, pronta para alçar voo.

— Certo, sortudas — ela disse, tentando manter a voz firme. — Qual de vocês sabe arrombar um cadeado?

☙

Com cuidado, Áster tirou o alfinete da pulseira. Era feito de um metal flexível e, com um pouco de força, ela conseguiu quebrá-lo ao meio – um pedaço para dar apoio, como uma chave, e o outro para empurrar os ferrolhos. Um gabola lhe contara uma vez como invadira a casa da antiga amante, e Áster se lembrava dos detalhes.

Mas nunca tinha tentado.

— Consegue ver o que está fazendo? — Clementina perguntou.

— O bastante — Áster murmurou. Ela estava ajoelhada ao lado do cadeado pesado, enfiando os instrumentos improvisados nele. A posição era desconfortável, e ela entortara a cabeça para conseguir enxergar o buraco da chave. Todas ficaram em silêncio enquanto ela trabalhava, ouvindo o ruído de metal sobre metal.

Nada.

Áster respirou fundo.

— Vou tentar de novo — ela disse, tentando manter a voz calma. — Não sabemos para que lado a chave vira. Pode ser do outro.

Ela retomou seus esforços, os pedaços do alfinete deslizando em seus dedos suados.

— Quanto falta para os famélicos voltarem? — Violeta perguntou, tensa.

Era impossível dizer que horas eram. Eles poderiam entrar a qualquer minuto e, mesmo se não o fizessem, Áster ainda não fazia ideia de como fugiriam da propriedade sem ser pegas.

Uma coisa de cada vez.

— Acho que está começando a ceder — ela disse de repente, sentindo uma pontada de esperança.

O cadeado fez um clique e caiu.

— Isso! Inferno, *isso*! — Malva exclamou.

Áster se virou e sorriu para as outras.

— Pelo Véu, conseguim...

A porta do porão se abriu e deixou entrar uma cascata de luz esvanecente.

Com o coração na garganta, Áster tentou recolocar o cadeado no lugar às pressas, com as mãos tremendo. Assim que o fez, ergueu os olhos.

E percebeu que era tarde demais.

O garoto segurava um jarro de água e a encarava com os olhos castanhos arregalados. Áster ficou tensa, encarando-o. Se ele corresse para dedurá-las a McClennon, ela jamais conseguiria abrir o cadeado de novo a tempo de impedi-lo.

Ela umedeceu os lábios, erguendo as mãos.

— Vocês têm que correr — o menino disse, com a voz nítida e firme. — Os homens de McClennon acabaram de sair da propriedade. Acham que encontraram o trilheiro mais ao sul e não sabem quando vão voltar.

Clementina soltou um gemido desesperado. Áster demorou para entender as palavras.

— Está dizendo que os famélicos não estão aqui? — ela perguntou, ainda tensa.

— Eu vou deixar a porta do porão aberta — ele respondeu, enfiando o jarro de água pelas barras e saindo antes que elas pudessem fazer mais perguntas. A porta se fechou com um baque.

Áster olhou para as outras e viu o próprio choque refletido nos rostos das garotas.

— Acham que ele tem razão? — Palminha perguntou. — Não tem nenhum famélico de guarda agora?

— Ele também falou que Zee está por perto — Clementina disse. — Temos que encontrá-lo antes dos famélicos.

— Não, temos que nos afastar o máximo possível deste lugar — Violeta disse com gentileza. — Zee é capaz de se cuidar, você sabe disso.

— Nem sabemos se o garoto está falando a verdade — Áster apontou.

— Ele nos viu mexendo com o cadeado — Palminha rebateu. — E, em vez de fazer ameaças, mandou a gente fugir, porque pode ser nossa única chance.

— Sim, mas ele *podia estar mentindo* — Áster insistiu. — Tudo isso pode ser uma armadilha. — Ela desconfiava que McClennon poderia tentar algo do tipo em breve, e talvez fosse isso: deixá-las pensar que encontraram a liberdade, para então enquadrá-las por tentativa de fuga. Áster sabia que não podia acreditar cegamente nessa guinada súbita de sorte.

Clementina já estava tentando abrir o cadeado de novo. Malva olhou para Áster.

— Acha mesmo que não podemos confiar nele? — ela perguntou.

Áster hesitou. O garoto não agira como os famélicos. Não tinha rido do seu sofrimento nem tentado convencê-las a confessar. Sempre abaixava os olhos quando os famélicos as pressionavam a ceder seus corpos, e provavelmente tinha sofrido nas mãos de McClennon também – talvez ele mesmo fosse um prisioneiro.

Mais do que isso, ela se viu pensando em Violeta, Zee, Sam e Eli. Pessoas em quem tinha confiado apesar das ressalvas, pessoas que tinham recompensado essa confiança. Havia momentos em que se recusar a dar uma chance a alguém podia ser mais perigoso que lhe dar um voto de confiança. Momentos em que a pessoa não podia seguir sozinha, mas precisava de ajuda.

E Áster sentiu, embora a ideia fosse assustadora, que esse era um desses momentos.

— Não — ela declarou. — Acho que podemos confiar nele. — Ela olhou para Clementina. — E acho que ele tem razão. Precisamos correr.

✥

Como o garoto tinha prometido, a porta do porão estava destrancada. Áster se encolheu com o rangido que ela fez ao ser aberta, mas então foi atingida pelo ar fresco, puro e límpido como um córrego em um dia de verão. Já estava escuro lá fora, as estrelas frias espalhadas pelo céu. Quando o vento soprou escada abaixo, ela estremeceu e se virou para as outras, encolhidas nos degraus atrás dela.

— No três — ela sussurrou, esperando que não ouvissem o medo em sua voz. — Um... dois...

Elas correram.

Áster se permitiu um breve momento de alívio quando elas entraram nas sombras, correndo ao lado da casa. Não havia famélicos à vista. Mesmo assim, tinham que supor que um ou dois tivessem sido deixados para vigiar a propriedade – e que podiam estar em qualquer lugar.

— Pra que lado, Áster? — Palminha sussurrou. Elas corriam abaixadas sobre um tapete espesso de grama, passando ao largo das poças de luz projetadas das janelas da mansão. O cheiro de terra era pungente.

— Temos que encontrar Zee — Clementina respondeu por ela.

— E vamos, mas primeiro temos que sair daqui — Áster disse. — O garoto disse que os famélicos estavam atrás de Zee. Como vamos lutar contra todos eles?

— Não podemos abandoná-lo!

— *Silêncio* — Áster implorou. — Vamos encontrar um lugar para nos esconder até entendermos o que está acontecendo. Podemos conseguir ajuda e voltar para buscá-lo. Ou talvez ele já esteja à frente deles e a gente possa alcançá-lo de algum jeito.

— Mas...

— Não podemos correr *na direção* dos famélicos, Clem — Malva interrompeu. — Não temos armas nem cavalos nem... Escute, se alguém pode despistar aqueles malditos, é o Zee. Tenha mais fé nele.

Clementina não insistiu, mas Áster podia ver que continuava preocupada. Ela também estava – não apenas por Zee, mas por todas. Não estavam em condição de correr muito mais. A adrenalina a mantinha em pé no momento, mas sua cabeça já estava girando e seus membros tremiam depois de quase uma semana sem comida ou descanso.

Tum. Áster virou-se com o barulho suave. Violeta estava caída no chão.

— *Violeta!* — ela exclamou em um sussurro urgente. Elas correram até a garota, desmoronada na grama com o rosto mortalmente pálido e os olhos semiabertos e vidrados. Áster deu tapinhas gentis nas bochechas dela. Violeta gemeu, mas não retomou a consciência. — Faça alguma coisa — Áster pediu desesperada para Palminha.

— Eu... eu não sei se... se consigo — ela gaguejou. — Largar o cardo-doce e passar uma semana sem comida... acho que foi demais pro corpo dela.

— Então vamos — Áster disse. — Pegue as pernas dela.

Seu coração batia dolorosamente e, mesmo com cada uma segurando um dos membros, elas mal tinham forças para erguer Violeta. Áster sentia-se perigosamente próxima de desmaiar também. A escuridão rondava os cantos de sua visão enquanto ela lutava para sustentar Violeta. Assim que conseguiram dar alguns passos, a garota começou a tossir.

— Rápido, coloquem ela no chão e a virem de lado — Palminha ordenou. — Ela vai engasgar.

Tiros a distância.

Os famélicos estavam vindo.

Ah, pelos mortos...

— Áster. — Violeta acordou e tossiu sem forças. — Me deixe aqui.

— De jeito ne...

— Não consigo acompanhar. Eu... — Ela estremeceu violentamente e ameaçou vomitar outra vez. — Não quero que vocês morram. Vão logo.

— Cala a boca, Violeta, não vamos a lugar nenhum sem você — Malva retrucou, furiosa. Ela tentou erguer Violeta de novo, mas seus braços tremiam violentamente.

— Encontrei o rastro delas! — uma voz masculina gritou.

Áster olhou para Clementina, pânico correndo pelas veias.

A irmã morreria se elas não fossem embora imediatamente.

Todas morreriam.

— Só uma vez... na sua maldita vida... obedeça a uma ordem — Violeta implorou.

Áster a olhou nos olhos, balançando a cabeça.

Não. Eles vão matá-la. Não...

As pálpebras de Violeta começaram a pender de novo. Seu olhar estava perdendo o foco.

— Áster... — Palminha sussurrou.

— Nós vamos embora. — Sua própria voz soava distante. Ela apertou a mão de Violeta e se ergueu antes que pudesse mudar de ideia. — Me sigam.

Ninguém falou nada durante a fuga. E, embora sua garganta estivesse apertada com lágrimas que ela se recusava a chorar, Áster não olhou para trás.

23

Elas nunca conseguiriam fugir dos perseguidores naquele estado. Áster sequer ficou aliviada quando saíram da extensão assustadoramente aberta de grama para o abrigo relativo dos bosques. Não sabia para onde iam, só que tinham que se afastar de McClennon.

Elas reduziram o ritmo enquanto atravessavam um emaranhado de vegetação rasteira, pulando raízes e se abaixando sob galhos. Não tinham uma lamparina para iluminar o caminho, só a luz fraca e insuficiente das estrelas. Ninguém falava, e o silêncio era pesado como uma lápide.

Você é uma de nós agora, Violeta. Para o que der e vier. As palavras de Áster ecoavam em seus ouvidos.

McClennon a tornara uma mentirosa.

Um farfalhar inesperado soou adiante. Áster congelou, erguendo a mão para as outras pararem também. A silhueta de um homem apareceu entre as árvores, segurando um fuzil.

Ele baixou a arma devagar, seu sorriso brilhando no escuro.

— E eu pensando que ia ter que invadir a casa.

— Zee — Clementina suspirou, trêmula. Ela correu, e ele a envolveu num abraço. Então, para a surpresa dela, a puxou para um beijo também. Ele riu encabulado quando ela se afastou.

— Eu... achei que tinha perdido você — ele disse. — O que foi?

— Violeta — Clementina disse, desolada. — Ela...

— Ela ficou para trás — Áster cortou. Eles não tinham tempo para comemorar o encontro com Zee, nem para se desesperar por terem deixado

Violeta. Se não fossem embora naquele instante, o sacrifício teria sido à toa. — Temos que ir.

Alguém tinha que tomar as decisões difíceis.

— Merda — Zee murmurou, mas não hesitou e gesticulou para que elas o seguissem para o interior dos bosques.

— Ouvimos que os famélicos estavam atrás de você — Palminha comentou. Ela estava ofegante, assim como todas as outras. Na verdade, era um milagre que ainda estivessem de pé.

— Estavam... e estão — Zee respondeu. — Depois que percebi que vocês tinham sido levadas por McClennon, segui o rastro de vocês até a propriedade. Tentei encontrar um jeito de passar pelos famélicos de guarda, mas eles estavam vigilantes demais, e eu sempre tinha que recuar. Um deles finalmente me avistou hoje, e um minuto depois saíram atrás de mim. Consegui ficar à frente deles, mas não sabia aonde ir... até que ouvi vocês tropeçando pela floresta.

— Você tem comida? — Malva perguntou.

— Comida?

— McClennon fez a gente passar fome — Clementina explicou.

— Esgarçado maldito — Zee xingou, furioso. — Estive me abrigando em uma casa sagrada abandonada. Sobrou um pouco de comida, eu levo vocês pra lá.

Elas contaram sobre o cativeiro enquanto percorriam a floresta o mais rápido possível. Áster se sentia como uma sonâmbula se movendo em um pesadelo. Temia que os famélicos os alcançassem, especialmente porque estariam a cavalo enquanto ela e os outros seguiam a pé. Mas Zee manteve-se focado, guiando-as pelo escuro e apagando o rastro.

— Aqui estamos — ele disse finalmente, apontando a casa sagrada. Áster suspeitou que o local já fora frequentado pelos empregados da propriedade de McClennon. Havia algumas casas dilapidadas por ali também, e ela se perguntou onde esses criados moravam agora. Algo nos prédios vazios parecia um mau augúrio.

Mas qualquer coisa era melhor que o porão de McClennon.

— Só podemos parar um momento — Zee avisou quando Palminha desabou sobre um dos bancos. — Os famélicos vão nos encontrar se passarmos a noite aqui. — Ele se abaixou atrás do púlpito e pegou um alforje e um cantil, que estendeu para elas. Dentro havia carne de porco salgada e pão seco. Áster nunca ficara tão feliz por ver aquela comida insípida.

— Devíamos seguir direto para a Dama Fantasma — Clementina disse com a boca cheia. — Violeta nos disse como encontrá-la.

— Sério? — Zee perguntou.

— Bem, mais ou menos — Áster admitiu, tentando ignorar a pontada no coração. — Ela nos deu uma pista. O que você sabe sobre um lugar chamado Dez Garras? Achamos que a Dama pode se esconder por lá, em uma mina abandonada de teomita.

De repente, pareceu ridículo esperar que houvesse alguma verdade naquilo – que as Dez Garras existissem, que a Dama Fantasma morasse lá, que a mãe de Violeta soubesse dessas coisas e que elas tivessem interpretado a história corretamente. De repente, soaram como as esperanças tolas de pessoas que desesperadamente precisavam se agarrar a algo. E talvez tivessem sido exatamente isso o tempo todo.

Mas então, para a surpresa de Áster, Zee assentiu devagar.

— As Dez Garras? — ele repetiu. — Não conheço o nome, mas *existem* duas colinas ao norte daqui que os moradores dizem parecer um par de patas de gato, e uma mina no vale entre elas. Acho que vale a pena dar uma olhada.

— É perto daqui? — Áster perguntou, prendendo o fôlego. Era capaz de terem outra jornada de um mês pela frente – uma jornada que seria difícil de sobreviver.

Mas o sorriso de Zee renasceu.

— Estaremos lá depois de amanhã.

☙❧

Áster soube que tinham achado o lugar certo quando viu as duas colinas a distância. Não eram como os morros de rocha vermelha-escura da Chaga, mas verdes como as florestas do norte de Arketta, com a rocha cinzenta se erguendo em dez picos íngremes que se destacavam contra o céu azul.

A esperança de Áster voou alto como as próprias colinas, e seu peito foi tomado por uma leveza súbita, como se estivesse flutuando. Ela tentou reprimir a sensação. Os últimos dois dias haviam sido intermináveis, conforme eles se esgueiravam pela floresta, comiam qualquer coisa que pudessem encontrar e passavam a noite no chão sem o conforto de cobertores ou rolos de dormir. Ela ainda não se recuperara inteiramente da prisão – nem do choque de perder Violeta. Parecia que nenhuma delas tinha. Áster se sentia frágil e insegura, com a mente feito um espelho quebrado que não fora colado perfeitamente, e o corpo feito um espantalho chacoalhando ao vento. Elas tinham chegado tão longe e suportado tanta coisa que Áster não tinha certeza se acharia forças para seguir em frente se não encontrassem a Dama Fantasma. A história toda poderia ser só isto: uma história. Ou pior, uma armadilha criada para atrair crédulos até as mãos da lei.

O medo era um amigo íntimo àquela altura, que só queria o melhor para ela, mas, desde que saíra de Córrego Verde, Áster aprendera que nem sempre ele tinha razão. Fora preciso coragem para fugir da casa de boas-vindas, e seria preciso coragem para ir até o final.

— Tem certeza de que é aqui? — Clementina perguntou. Seus dedos apalparam a insígnia. Como Áster, ela parecia ter medo de criar expectativas.

Mas Áster assentiu.

— Parece um par de patas de gato para mim. Tanto quanto qualquer colina poderia, pelo menos. Já esteve aqui, Zee?

— Não, mas conheci outros trilheiros que já estiveram — ele respondeu. — Dizem que o inverno no vale é infernal. A cidade definhou há muito tempo.

Não havia motivo para não seguir em frente, mas todos ficaram parados na margem da floresta, hesitantes e tomados pelo mesmo medo.

Então Áster deu um passo à frente.

O ar estava fresco e revigorante, não cortante como na Chaga depois do pôr do sol, mas frio o bastante para arrepiar seus braços sob as mangas quando eles saíram do abrigo das árvores e se dirigiram para a cidade abandonada abaixo. Como ainda era dia, não havia sinal dos resquícios que sem dúvida haviam se apossado do local. Áster nem queria imaginar como o lugar seria de noite. Já não conseguia se livrar da sensação de estar sendo observada enquanto caminhava silenciosamente através do labirinto de prédios vazios.

Finalmente, Zee as levou até a entrada do túnel, que não exibia nenhum símbolo entalhado na madeira, nada que o marcasse como um lugar especial. Ele parou na entrada, parecendo inseguro, mas talvez não querendo dizer nada. Áster o empurrou gentilmente e passou por ele.

— Vamos — ela disse com a voz firme. Tinha se passado pouco mais de um mês desde que elas partiram, mais de um ano desde a Noite de Sorte dela, uma década inteira desde que os pais a tinham vendido. Ela assentiu para si mesma. — Já esperamos o bastante.

Zee acendeu uma lamparina e eles entraram no túnel. Era mais decrépito do que o do Acampamento Garra Vermelha – não havia tábuas para guiá-los através dos destroços e, em certo ponto, tiveram que escalar um desmoronamento. Ninguém falava, mas o silêncio era tão carregado quanto o ar durante uma tempestade de raios. Áster conseguia sentir a empolgação e a preocupação crescentes a cada passo ecoante.

Quando chegaram ao fim do túnel, duas jovens estavam esperando por eles – cada uma armada com um fuzil vóltrico.

A da esquerda tinha o cabelo loiro platinado cortado rente, em estilo militar, enquanto a da direita tinha o cabelo negro e grosso preso em um lenço antipoeira. Ambas tinham insígnias – pássaros de algum tipo. Áster sentiu o estômago revirar, a decepção esmagando seu coração como um punho se fechando. Se elas tinham insígnias... se a Dama não podia remover a maldição...

Será que a Dama Fantasma sequer estava ali?

Alguém claramente estava. Atrás das duas mulheres havia um túnel onde reluzia uma luz de lamparina, amarela e quente.

Nenhuma das duas sorriu nem falou, esperando que elas anunciassem suas intenções.

Áster engoliu em seco.

— Estamos procurando a Dama Fantasma — ela disse sem grandes esperanças, virando-se para mostrar a própria insígnia. — Nós... nós viemos de muito longe.

Finalmente, a mulher da esquerda abriu um leve sorriso. Ambas abaixaram as armas, e a da direita acenou para elas.

— Venham comigo — ela disse.

☙❧

As duas conduziram o grupo pelo túnel até um espaço aberto do tamanho da recepção de Córrego Verde, com lampiões de mineração pendendo do teto e despejando luz em todos os cantos. O local lembrava um pouco o salão de reuniões de Garra Vermelha – ocupado por fileiras de mesas longas, com uma mais baixa no fundo onde as líderes se sentariam. Vários túneis menores se ramificavam dessa câmara central, talvez levando a aposentos e depósitos. Cerca de vinte mulheres estavam sentadas às mesas mais longas, conversando enquanto comiam, mas a mesa principal só era ocupada por uma única mulher mais velha, que se ergueu e seguiu em direção a Áster e os outros. Ela usava um vestido preto com uma faixa cinza. Tinha a pele seca e branca, e o cabelo ralo e grisalho emoldurava um rosto encovado. O silêncio caiu sobre o salão quando ela se aproximou de Áster.

A garota sentiu uma vontade absurda de fazer uma reverência, agradecer ou se desculpar. Seus olhos se encheram de lágrimas. Então era verdade – a história era real, a Dama Fantasma era *real*...

— Bem-vindas — disse a mulher, sorrindo gentilmente. — Eu sou a Dama Fantasma.

Áster estendeu a mão para apertar a dela, mas então a loira ao seu lado falou.

— E eu sou a Dama Fantasma.

— E eu sou a Dama Fantasma — ecoou a mulher de pele escura usando o lenço antipoeira.

As mulheres às mesas entoaram juntas:

— Eu sou a Dama Fantasma.

Áster olhou ao redor, confusa, e virou-se para Clementina.

— Não entendo — ela murmurou. — Isso é algum tipo de piada? Um teste?

— É a verdade — disse a senhora mais velha. — Nunca houve apenas uma mulher chamada Dama Fantasma. Somos todas nós, trabalhando juntas. As histórias que vocês ouviram... todas ajudamos a contá-las. — Ela inclinou a cabeça para o fundo do salão. — Sentem-se comigo e vou explicar.

As duas mulheres que as tinham acompanhado voltaram para vigiar o túnel enquanto a Dama Fantasma – ou qualquer que fosse seu nome verdadeiro – voltava para a mesa lentamente, como se os movimentos lhe causassem dor. Áster e as outras se entreolharam. As garotas pareciam tão confusas quanto ela, mas aquela empolgação ainda estava viva, reluzindo mais forte que nunca.

Elas finalmente iam conseguir algumas respostas.

As outras Damas voltaram a comer e a conversar entre si. Enquanto passava por elas, Áster notou que todas tinham insígnias – algumas mais desbotadas que outras... Talvez levasse um longo tempo para removê-las? Anos até? Áster coçou o pescoço, incomodada.

— Venham — a Dama disse, convidando-os a sentar com um gesto. Eles se acomodaram no banco à frente dela. Malva, Palminha e Clem estavam praticamente vibrando de animação, mas Áster permaneceu reservada – não conseguia parar de pensar em Violeta, cuja fé as trouxera até ali. Sim, ela tinha os próprios motivos para ir a Rochedo do Norte, mas sempre acreditara que as deixaria com as orientações certas para terminarem a jornada. Já Zee estava remexendo em suas mangas – Áster nunca o vira desconfortável daquele jeito. Talvez se sentisse tão deslocado ali quanto Violeta entre os Escorpiões.

Áster sentou-se bem na frente da Dama Fantasma. Ela também tinha uma insígnia: um rastro de joias desbotadas salpicando sua bochecha e pescoço. A dúvida se infiltrou no coração de Áster novamente.

A Dama seguiu o olhar dela.

— Não há como se livrar delas — ela disse, respondendo à pergunta silenciosa. — Sinto dizer que é só outra parte do mito. Mas a maioria das garotas que ajudamos não deixou de encontrar trabalho em Ferron por causa delas.

— Espere... Ferron? — A pergunta ofegante de Clementina saiu alta.

— É isso que fazemos aqui: ajudamos garotas a pular a fronteira para Ferron e começar vidas novas. Ainda há muitas pessoas pouco receptivas por lá... não é perfeito, não vou mentir. Mas não existem dívidas de sangue-sujo, nem casas de boas-vindas, minas de arrendatários, famélicos, vingativos ou mestres de terras. Vocês estarão finalmente livres.

Os cinco a encararam incrédulos. Por um momento, ficaram em silêncio. Os Escorpiões tentavam encontrar um jeito seguro de ir a Ferron fazia anos, e ninguém tinha chegado perto.

— Está falando sério? — Clem sussurrou.

— Eu não achava que era possível — disse Malva, balançando a cabeça.

A Dama Fantasma sorriu.

— Muito mais é possível neste mundo do que vocês imaginam.

— Exceto nos livrarmos das insígnias — apontou Áster, as palavras escapando antes que pudesse segurá-las.

Ela não podia evitar uma sensação de derrota ao saber que tinham ido até ali para descobrir que jamais poderiam remover suas insígnias. A perspectiva de fugir para Ferron não conseguia impedir a pergunta que se formava em seu interior: como poderia deixar a casa de boas-vindas para trás quando ela estava escrita em sua própria pele?

Você nunca iria deixá-la para trás, não importa para quão longe fugisse, uma vozinha sussurrou de volta. O pensamento a encheu de dor – o que era esperado – e de alívio – que foi surpreendente. Pelo menos, finalmente, ela poderia parar de correr.

Córrego Verde sempre seria parte dela, com ou sem insígnia. Ela não podia mudar o passado.

Mas também não precisava deixar que isso definisse o seu futuro.

— Sim — a Dama Fantasma confirmou em voz baixa. — Exceto por isso.

— Pular a fronteira... — Clementina repetiu, parecendo hesitante. — Isso custa muito? Porque...

A Dama negou com a cabeça.

— Cada caso é um caso, mas nunca esperamos que as mulheres que ajudássemos nos reembolsassem, na verdade... — Ela ergueu as palmas. — O que puderem oferecer, será apreciado. Mas tudo que precisam nos dar é apenas a resposta a esta pergunta: gostariam de ajuda para começar uma vida nova além da fronteira?

— Bem, pelos mortos — Malva exclamou. — Eu aceito. — Palminha riu. As duas deram um beijo empolgado, separando-se com sorrisos largos e se virando para as outras.

— Ferron! Vamos para Ferron!

Áster ficou comovida com a animação delas. Embora não fora o sonho que nutriram durante os intermináveis dias na estrada ou no porão de McClennon, talvez fosse apenas por não ser um sonho que tivesse sido apresentado. Olhando para Palminha e Malva, Áster percebeu que isso ia ainda *além* do que as duas tinham imaginado.

— Zee pode vir? — Clementina perguntou à Dama. — Nunca teríamos chegado aqui sozinhas, e, por ter nos ajudado, ele corre tanto perigo com a lei quanto nós.

— Então vamos dar um jeito — a Dama disse, sorrindo para Zee, cuja expressão relaxou em agradecimento. Ele e Clementina se abraçaram com os olhos fechados. Zee acariciou a nuca de Clem, e ela enterrou a cabeça no pescoço dele. Por um momento, Áster se encheu de emoção ao ver todos felizes e a caminho da liberdade.

Era para *isso* que eles tinham arriscado tudo, e valia cada dificuldade que tinham enfrentado para chegar ali.

Clem pegou a mão da irmã, que a deixou ali enquanto os quatro começaram a encher a Dama de perguntas.

— Como é a vida em Ferron?

— É verdade que eles têm trens vôltricos no subterrâneo?

— Vamos poder ver um espetáculo de projeção de imagens?

Áster estava cheia de perguntas também, mas de um tipo diferente. Por que ela não estava tão animada quanto as outras? Por que não conseguia compartilhar do momento? Ainda estava pensando em Violeta, mas as outras provavelmente também estavam – e isso era só parte do problema. Havia algo a mais. Violeta não seria a única garota que elas deixariam para trás – havia outras cujos rostos ela nunca vira, cujos nomes ela nunca saberia. Áster pensou em Adeline, presa em uma jaula. Elas tinham conseguido salvá-la, mas havia tantas outras como ela a caminho de casas de boas-vindas ou já prisioneiras delas.

E as Damas Fantasmas vão continuar lutando por elas. Elas não são sua responsabilidade – Clementina é, e você a tirou daquele lugar. Merece ser livre.

Mas todo mundo merecia ser livre. Todo mundo merecia se sentir daquele jeito.

Áster olhou para os amigos, animados demais para notar que ela ficara calada e isolada em sua indecisão. Seu estômago doía.

Se Clementina é sua responsabilidade, você não pode abandoná-la. Ela ainda precisa de você.

Mas será que precisava? Ela tinha Malva e Palminha. Tinha Zee. E tinha a *si mesma*. Clem tinha crescido nesse último mês, por mais difícil que fosse para Áster aceitar isso. Ela entenderia.

Estou cansada, Áster pensou. Era o seu último argumento, e ela quase se convenceu. A vida toda, tudo que queria era escapar da Chaga. Agora tinha a chance de passar o resto de seus dias em Ferron com as pessoas que amava. Era tão doce quanto qualquer sonho que ela imaginara quando menina – mais doce ainda, porque era real.

Mas então ela se lembrou da conversa com Eli e de sua voz, suave mas segura, expondo uma verdade: que se sentia em dívida com os outros, não importava quão injusto fosse o fato de qualquer um deles ter que lutar.

Áster queria ajudar as mulheres sangues-sujos assim como ele e o irmão ajudavam os homens. Os Escorpiões e as Damas Fantasmas já tinham realizado sozinhos feitos incomensuráveis. Mas se alguém pudesse uni-los...

— Eu... eu quero ficar — ela anunciou finalmente, olhando primeiro para Clementina e então para a Dama. Ela engoliu a pedra que se alojara em sua garganta e firmou a voz. — Quero ficar em Arketta e lutar com vocês.

— Áster, *não*! É perigoso demais! — Clementina exclamou antes que a Dama pudesse responder. — Finalmente chegamos aqui, você não pode voltar agora.

— Estou decidida, Clem — Áster disse suavemente. — Vou voltar por Violeta. Por todas elas.

Por um momento, a expressão da Dama ficou séria, mas logo seu sorriso retornou.

— Bem, se é realmente o que deseja, somos abençoadas por sua ajuda. Mas você não tem que decidir agora. Descanse e reflita.

Áster assentiu, embora tivesse mais certeza a cada instante.

— Vocês devem estar muito cansados — disse a Dama. — Deixem eu lhes mostrar onde ficarão esta noite.

Então se ergueu, e o grupo a seguiu.

Eles passaram uma semana sob os cuidados das Damas Fantasma, descansando, se recuperando e se preparando para uma nova jornada. Uma carroça levaria Clementina, Palminha, Malva e Zee para o ponto onde cruzariam a fronteira na manhã seguinte. Todos tinham implorado para saber como fariam isso – como seria possível pular a fronteira que aparentemente nenhum sangue-sujo conseguia cruzar –, mas a Dama disse que, por enquanto, era melhor que poucos conhecessem os detalhes, mesmo entre as pessoas de confiança. Só para o caso de algo dar errado.

— Digamos apenas que exige muito trabalho e coragem, assim como contatos importantes dos *dois* lados da fronteira.

Áster nunca imaginou que pudesse se sentir tão feliz e tão triste ao mesmo tempo.

Clementina se aninhou no leito de Áster, que envolveu os braços ao redor dela, beijando o topo da sua cabeça.

— Tem *certeza* de que não quer vir com a gente? — a irmã perguntou.
— Certeza *absoluta*?

Áster ficou em silêncio por um longo tempo. Então:

— Não consigo parar de pensar em quantas garotas como nós existem lá fora. Garotas que não tiveram a sorte de ter alguém cuidando delas. É um milagre termos chegado aqui, Clem. Uma chance em mil. Está na hora de alguém tentar equilibrar a balança.

— Eu sei — Clementina suspirou. — Só não estou pronta para nos separarmos. Nunca fiquei sem você.

Áster ficou sem fôlego, atravessada por uma pontada de dúvida. Talvez Clementina não precisasse mais dela, mas e se ela ainda precisasse de Clementina? Sabia que jamais teria sobrevivido àquela viagem sem a luz da irmã para afastar sua própria escuridão. Jamais teria sobrevivido à casa de boas-vindas se tivesse sido obrigada a enfrentar seus horrores sozinha.

Mas Áster teria as outras Damas... e teria Clementina também. O tempo e a distância não significavam nada além do Véu. De alguma forma, em algum plano, elas sempre estariam juntas.

Lágrimas molharam o rosto de Áster. Quando fora a última vez que tinha chorado? Ela nem conseguia lembrar.

— Quando chegar a hora certa, eu vou encontrar você — ela prometeu, sua voz praticamente um sussurro. — Nós *vamos* nos ver de novo, está ouvindo?

Clementina assentiu, e Áster podia sentir que estava chorando também. Ela a apertou com mais força, a beijou de novo e, alguns momentos depois, elas adormeceram.

24

TRÊS SEMANAS DEPOIS

— Tem certeza? — a loira perguntou. Seu nome era Robin, Áster agora sabia.

Ela tinha aprendido muitas outras coisas nas últimas três semanas – como as Damas conseguiam transportar garotas pela fronteira escondido e sobre a sangue-limpo que trabalhava em um escritório do governo e fazia parte do plano. Percebera que sua colega de quarto lembrava Clementina, e que isso às vezes era reconfortante, às vezes insuportável. E aprendera quantos riscos as Damas Fantasmas corriam todos os dias fazendo seu trabalho.

Mas havia algumas coisas que ela não sabia com certeza, nas quais teria que confiar porque as sentia no coração: que os outros haviam se acomodado em Ferron e estavam começando novas vidas lá. E que ela estava fazendo exatamente o que precisava fazer.

Áster assentiu, tentando não olhar para a agulha na mão de Robin nem para a tinta ao seu lado – era tinta do Véu, o tipo usado para criar tatuagens que não podiam ser escondidas, que queimavam e brilhavam quando a pessoa tentava fazê-lo. Sua primeira insígnia tinha sido nada menos que uma violação, em que ela foi segurada, machucada e marcada para toda a vida. Mas, apesar de tudo que haviam tirado dela, não roubariam seu futuro. Esta insígnia seria diferente. Esta luta tinha sido sua escolha. Ela não fugiria mais, não se esconderia mais... e não teria mais vergonha.

— Acho que você deve ser a primeira a fazer algo assim — Robin murmurou enquanto limpava gentilmente o pescoço e o rosto de Áster com um pano. — Com certeza vai dar o que falar.

— As garotas estão sempre falando — Áster disse com um sorriso torto. Ela já conhecia todas e logo seria uma delas, fazendo o trabalho que precisava ser feito. — Vamos dar um *bom* motivo para elas falarem.

— Certo, então relaxe — Robin disse, retribuindo o sorriso e pressionando a agulha na pele de Áster. Ela ficou imóvel. Ardia, mas não mais do que sua insígnia quando era coberta. Mas isso... isso ela ficaria orgulhosa de exibir. Representaria tudo que ela superara: seu tempo como garota da aurora, quando temia a chegada da luz toda manhã, e seu tempo como garota do crepúsculo, quando temia o pôr do sol. Toda a sua vida como sangue-sujo, parada sob a luz sem uma sombra aos pés.

Ela não ficaria mais na escuridão para esconder quem era.

Quando Robin terminou, sorriu para ela.

— Tudo bem?

Áster assentiu. Robin a levou até o espelho, e Áster encarou o próprio rosto. Sua pele estava mais escura depois das semanas na estrada. A cicatriz na bochecha estava tão áspera quanto a própria Chaga. Seus olhos estavam mais velhos, mas brilhavam com novas possibilidades. Ela não via Áster, mas Aurora, a garota que tinha sido e a mulher que esperava ser.

E ali, na lateral do rosto, descendo para o pescoço e espalhando raios de luz ao redor das pétalas margeando a bochecha, sua insígnia havia sido transformada em um grande sol.

Agradecimentos

Os agradecimentos de um romance de estreia poderiam facilmente ser tão longos quanto o próprio romance. Tenho muitas pessoas a agradecer por me trazerem a este ponto na minha vida de escritora, e sou imensamente grata a cada uma delas.

Primeiro, gostaria de agradecer à equipe editorial da Dovetail, Lynn Weingarten e Marianna Baer. Vocês duas são meu controle de missão – *Garotas de Sorte* jamais teria decolado ou sobrevivido às turbulências sem a orientação constante de vocês. Não posso agradecê-las o suficiente pelas trocas de ideias, as conversas encorajadoras e o *feedback* meticuloso e atencioso. Esta é uma história, entre outras coisas, sobre o poder que vem de entender sua própria raiva e seu próprio medo e transformá-los em algo bom. Obrigada por me ajudarem a traduzir os meus nestas páginas.

Também tenho que agradecer a minha incrível editora Melissa Frain, cujo apoio foi inabalável desde o começo. Sou igualmente grata ao resto da equipe da Tor: Melanie Sanders, minha preparadora de texto com olhos de águia; Saraciea Fennell, minha assessora de imprensa; e Elizabeth Vaziri, assistente editorial, sei que nada poderia ser feito sem o seu trabalho duro.

A minhas outras mentoras no mercado de ficção para jovens adultos, um enorme agradecimento por me trazerem para este mundo e me ajudarem a entendê-lo. Cheryl Klein, eu nunca teria saído do nosso canto do Meio-Oeste se você não tivesse me dado a oportunidade de trabalhar com você e me incentivado a perseverar na escrita. Jill Santopolo, sua orientação me deu muito mais confiança no meu trabalho, e eu nunca teria tido a oportunidade de escrever *Garotas de Sorte* se você não tivesse me apontado na direção certa. Muito obrigada às duas.

Sou igualmente grata à maravilhosa família da New School MFA, que me deu a comunidade que todo escritor precisa para se manter são. Um agradecimento especial a Darcy Rothbard, parceiro de críticas, por ler meus piores primeiros rascunhos, discutir buracos na trama comigo e responder a mensagens frenéticas às três da manhã. Eu nunca teria sobrevivido a tudo isso sem a ajuda de vocês.

Também tive alguns dos melhores professores de escrita do mundo ao longo dos anos. Todo escritor diz isso, mas não deixa de ser verdade! Para Mary Klayder, em especial: não posso agradecê-la o bastante por todo o amor e apoio que mostrou a seus alunos. Você me deu muita coragem para falar a minha verdade. E à sra. McCormick – a primeira professora que tive que se parecia comigo, e que falou que eu tinha algo especial a oferecer ao mundo com a minha escrita –, obrigada por dar a esta garota negra a esperança de sonhar.

Eu jamais teria sobrevivido aos últimos meses sem a ajuda dos colegas que também fizeram sua estreia em 2019. Especialmente a Kristina Forest e Maya Montayne: muito obrigada por seu apoio constante. Não consigo expressar a minha sorte por ter amigas tão talentosas e intensas, e mal posso esperar para ver o que vocês vão fazer a seguir.

Eu mergulhei em uma pesquisa para esta história, e alguns livros foram particularmente úteis:

- *A metade que nunca foi contada: a escravidão e a construção do capitalismo norte-americano*, de Edward E. Baptist;
- *Enterrem meu coração na curva do rio: a dramática história dos índios norte-americanos*, de Dee Brown;
- *Slavery by Another Name: The Re-Enslavement of Black Americans from the Civil War to World War II*, de Douglas A. Blackmon;
- *Wicked Women: Notorious, Mischievous, and Wayward Ladies from the Old West*, de Chris Enss;
- *Gateway to Freedom: The Hidden History of the Underground Railroad*, de Eric Foner;
- *Sex Trafficking: Inside the Business of Modern Slavery*, de Siddharth Kara;

- *Girls Like Us: Fighting for a World Where Girls Are Not for Sale, an Activist Finds Her Calling and Heals Herself*, de Rachel Lloyd.

Esses recursos foram inestimáveis para mim, e esta história é infinitamente melhor graças a eles. Muito obrigada a esses escritores. E obrigada também aos meus leitores sensíveis, incluindo Patrick, que foram tão pacientes e, com seus pareceres, me ajudaram a contar a verdade emocional. Quaisquer erros no texto são meus.

Finalmente, gostaria de agradecer à minha família por seu infinito amor e apoio. Vocês leem minhas histórias desde que eu as escrevia em lápis de cera e as encadernava com grampeador. Esta pertence a todos nós.

Trilogia Sombra e Ossos – Leigh Bardugo

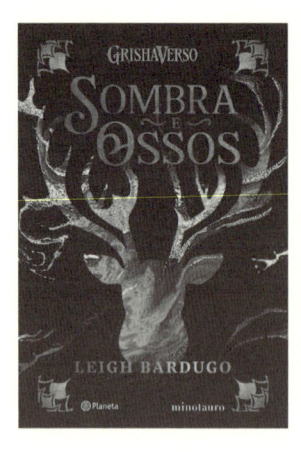

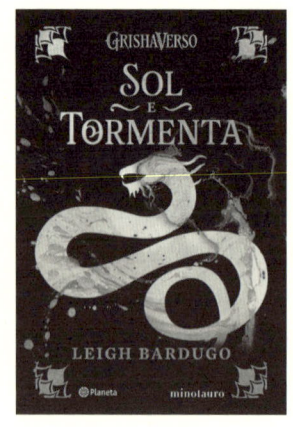

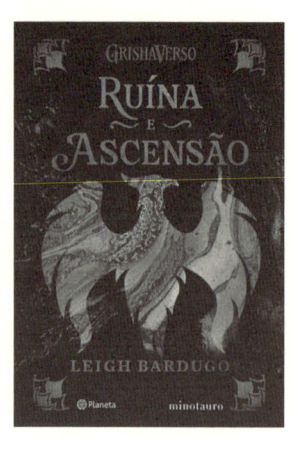

Entre no Grishaverso: visite, em Ravka, um mundo de magia e superstição, onde nem tudo é o que parece ser.

Em um país dividido pela Dobra das Sombras – uma faixa de terra povoada por monstros sombrios – e no qual a corte real está repleta de pessoas com poderes mágicos, Alina Starkov pode se considerar uma garota comum. Seus dias consistem em trabalhar como cartógrafa no Exército e em tentar esconder de seu melhor amigo, Maly, o que sente por ele.

Quando Maly é gravemente ferido por um dos monstros que vivem na Dobra, Alina, desesperada, descobre que é muito mais forte do que pensava: ela consegue invocar o poder da luz, a única coisa capaz de acabar com a Dobra das Sombras e reunificar Ravka de uma vez por todas.

Por isso, Alina é enviada ao Palácio para ser treinada como parte de um grupo de guerreiros com habilidades extraordinárias, os Grishas. Sob os cuidados do Darkling, o Grisha mais poderoso de todos, Alina terá que aprender a lidar com seus novos poderes, navegar pelas perigosas intrigas da corte e sobreviver a ameaças vindas de todos os lados.

Código-mãe – Carole Stivers

Em um mundo devastado e perigoso – em consequência da ambição e da violência da humanidade –, o que significa ser humano? Quais as fronteiras entre nós e as máquinas que criamos? E até onde iríamos para salvar nossas mães?

O ano é 2049. O governo de uma grande nação mundial decide disparar uma arma biológica capaz de matar terroristas mesmo dentro dos mais inacessíveis esconderijos.

Porém, nem tudo sai conforme os planos militares, e uma pandemia mortal se espalha pelo planeta. O destino parece certo: a total aniquilação da humanidade. E não resta muito tempo para isso acontecer.

Como último recurso a fim de garantir um futuro à espécie humana, cientistas e engenheiros se juntam para criar as Mães: enormes robôs construídos para gerar em seus ventres crianças imunes ao agente mortal. Um código especial permitiria, além disso, que cada robô fosse único, singular, desempenhando o verdadeiro papel de mãe da criança sob sua responsabilidade.

Anos depois, chega o momento de reunir as crianças sobreviventes. Mas, à medida que elas atingem a idade programada, suas Mães também se transformam – de maneiras imprevisíveis e aparentemente perigosas. Agora, cada uma dessas crianças deverá fazer uma escolha difícil: quebrar o vínculo partilhado com suas mães robóticas ou lutar com todas as forças para salvá-las?

**Acreditamos
nos livros**

Este livro foi composto em Adobe Garamond
Pro e impresso pela Geográfica para a Editora
Planeta do Brasil em abril de 2022.